The Puppet Master
KUKLA USTASI

Jan Coffey

with
May McGoldrick

Book Duo Creative

Telif Hakkı

Kukla Ustası'nı beğenmeniz durumunda, lütfen bir yorum bırakarak iyi sözleri paylaşmayı veya yazarlarla bağlantı kurmayı düşünün. Teşekkürler!

KUKLA USTASI (WHEN THE MIRROR CRACKS). TELIF HAKKI © 2014 NIKOO VE JAMES A. MCGOLDRICK

TÜRKÇE ÇEVIRI © 2024 NIKOO VE JAMES MCGOLDRICK

İlk Yayınlayan: Mira Books, 2009

Tüm hakları saklıdır. Herhangi bir incelemede kullanılması dışında, yayıncının yazılı izni olmadan bu eserin tamamen veya kısmen herhangi bir biçimde, kserografi, fotokopi ve kayıt dahil olmak üzere şu anda bilinen veya daha sonra icat edilecek herhangi bir elektronik, mekanik veya diğer yollarla veya herhangi bir bilgi depolama veya erişim sisteminde çoğaltılması veya kullanılması yasaktır: Book Duo Creative.

Bu bir kurgu eseridir. İsimler, karakterler, yerler ve olaylar ya yazarın hayal gücünün ürünüdür ya da gerçekçi bir şekilde kullanılmıştır ve yaşayan ya da ölmüş gerçek kişilerle, ticari kuruluşlarla, olaylarla ya da yerlerle olan benzerlikler tamamen tesadüfidir.

Taft "çocuklarımıza"
Tanrı sana...
Her fırtına için bir gökkuşağı,
Her gözyaşı için bir gülümseme,
Her bakım için bir söz,
Ve her denemede bir lütuf.
Hayatın gönderdiği her sorun için,
Paylaşmak için sadık bir dost,
Her iç çekiş için, tatlı bir şarkı,
Ve her dua için bir cevap.
-İrlandalı Bir Dua

Hilary Andrysick, Isaac Bamgbose, Yara Benjamin, Mina Blossom, Mathieu Bogrand, Zach Brazo, Amy Brownstein, Pat Clare, Kathy Demmon, Grace Dishongh, Lindsay Dittman, Jack Dowling, Cyrus Eslami, Julie Foote, Ches Fowler, Mackenzie Holland, Bo Jones, Allyson Kane, Alex Kendall, Paul Kiernan, Holly Lagasse, Dan Lima, John Lombard, Alexis McNamee, Catie Moore, Liesl Morris, Austin Paley, Chelsea Ross, Patrick Salazar, Will Sayre, Max Scheifele, Ben Slowik, Ryan Uljua, Katie Van Dorsten, Bob Vulfov, Annie Ziesing...
ve Sam McGoldrick.

Ve tüm
Taft '09 Mezun Sınıfı

BİRİNCİ KİTAP

Zihinde daha asil olan nedir?
Talihin acımasız darbelerine, aşağılayıcı oklarına katlanmak mı,
Yoksa dertlerin denizine karşı silahlanıp
Onları yenip sonlandırmak mı? Ölmek: uyumak;
Hepsi bu; ve bir uyku ile diyebilmek ki son buldu
Kalp ağrısı...

-Hamlet

Bölüm 1

KORKU

Kapalıçarşı
İstanbul, Türkiye

İSTANBUL'UN en büyük kapalı çarşısı olan Kapalıçarşı, içerisinde dört binden fazla dükkân, restoran, özel ve kamuya ait odalardan oluşan, adeta bir tavşan yuvasını andırır. Bu altın, mavi ve beyaz çinili kemerler ile boyalı kubbeler altında, alıp satamayacağınız neredeyse hiçbir şey yoktur. Türk halıları, çiniler, mücevherler, saatler, lambalar, tablolar, bakır ve pirinç eşyalar, deri giysiler, pamuk, yün, lületaşı pipolar ve kaymaktaşı kitap ayraçları gibi pek çok ürünü bulmak mümkündür. Hatta doğru insanlarla bağlantı kurarsanız ve alıcının avro veya dolar ödeyebilecek bir bütçesi de varsa, afyon hasadı veya silah ticareti gibi yasadışı ürünlerle bile karşılaşabilirsiniz.

Her ne kadar Kapalıçarşı artık bir halk pazarından çok turistlerin uğrak yeri haline gelmiş olsa da burada her kesimden Türk'ü her milletten insanla omuz omuza bulmak mümkündü. Buraya herkesin yolu düşerdi. İçerideki dükkanlar ve çarşıyı çevreleyen sokaklarda sıralanan tezgahlar her zaman hareketliydi.

Jan Coffey

Gündüzleri yani.
Nathan Galvin İstanbul'un tadını çıkarıyordu. Şehirde geçirdiği yirmi günün ve şehirde yaptığı birçok yürüyüş turunun ardından burada kendini çok rahat hissediyordu. Amerika'dan gelmeden önceki altı aylık süreçte öğrendiği Türkçeyi bile artık kullanabiliyordu. Taksiye binmek yerine, yürümeyi yahut tramvaya binmeyi tercih ediyordu. Üstelik pazarlık yapmayı öğrenmişti ve hiçbir şeye tam fiyat ödemiyordu; buna yemekler ve hatta yeni otel odasının ücreti bile dahildi.

Nathan, tramvayın penceresinden binaların arasında parıldayarak batmakta olan turuncu güneşe baktı. Üzerinde kot pantolon, eski bir çift spor ayakkabı ve Ocak ayının sert rüzgârını geçirmeyen gri bir ceket vardı. Akdenizli teni, kısa saçları ve kirli sakallarıyla yerlilerden pek de farklı görünmediğinin farkındaydı. Özgürce dolaşmayı tercih ediyor ve bundan keyif alıyordu. Yerlilerin yemek yediği yerlerde yemek yemeyi, onlar gibi yaşamayı seviyordu. Kendini İstanbul'un dokusuna sorunsuzca dâhil etmek istiyordu. Hepsi bu.

Nathan, sırt çantasını tramvayın zemininden alıp Çarşıkapı durağında indi. Kapalıçarşı'nın güney girişlerinden biri önünde yükseliyordu. Güneş batmak üzereydi ve hava hızla soğuyordu. Ceketinin fermuarını çenesine kadar çekti. Lokantalardan yükselen baharat ve kebap kokuları havaya sinmişti. Midesi açlıktan guruldasa da aldırmadı. Sokaklar, alışveriş yapanlar ve turistlerle dolup taşarken artık neredeyse boşalmıştı. Önünden geçtiği dükkân sahipleri geceyi kapatmaya başlıyor, direklere asılı mallarını gözden geçiriyorlardı.

Hafif yokuşu inip en yakınındaki kemerli kapıya doğru yürüdü. Kapının iki yanında duran, hallerinden üniversite öğrencisi oldukları anlaşılan bir grup genç kadın ve erkek, çarşıdan çıkmakta olan insanlara el ilanları dağıtıyordu. Nathan, içeri giren tek kişinin kendisi olduğunu fark etti. Kara gözlü bir genç kadın dönüp ona bir broşür uzattı. Başını sallayarak aldı ve çarşıya girerken broşürdeki Türkçe kelimelere göz attı. Ancak okuma ve yazma bilgisi, konuşma becerisine henüz yetişememişti.

İçeride hava çok daha sıcaktı ve Nathan kâğıdı yakınındaki bir varilin içine attı. Burası neredeyse terk edilmişti. Daha önce günün bu saatinde buraya hiç gelmemişti ama dükkânların önünden

BİRİNCİ KİTAP

geçerken buranın kokusunu tanıdığını fark etti. En yakın dükkânda istiflenmiş kilimlerden gelen yün kokusu. Bir sonraki tezgâhtan gelen safran ve diğer baharatların kokusu. Her dükkân kendine özgü bir koku sunuyor gibiydi. Türkiye'ye geldiğinden beri duyularına çok daha fazla uyum sağladığını fark etti. Kokular, tatlar, parlak renkler. Yirmi üç yaşındayken bunların hiç bu kadar farkında olduğunu düşünmemişti.

İçeride hava çok daha sıcaktı ve Nathan elindeki kâğıdı yakındaki bir varilin içine attı. Daha önce bu saatlerde buraya hiç gelmemişti, çarşı neredeyse terk edilmiş gibiydi. Dükkânların önünden geçerken buranın kokularını tanıdığını fark etti; en yakın dükkânda istiflenmiş kilimlerden gelen yün kokusu, bir sonraki tezgâhtan yükselen safran ve diğer baharatların aroması... Her dükkân sanki kendine özgü bir koku sunuyordu. Türkiye'ye geldiğinden beri duyularının çok daha fazla keskinleştiğini fark etmişti; kokular, tatlar, parlak renkler... Yirmi üç yaşında iken bunların hiçbirine bu kadar dikkat ettiğini hatırlamıyordu.

Halı satıcısı, kilimlerinin üzerine özenle plastik örtüler sererken Nathan'a göz ucuyla bir bakış attı, fakat onu önemseyip vakit harcamaya değmez buldu.

Nathan, ceketinin fermuarını açıp cebinden küçük bir not defteri çıkardı. Üzerinde yazılı yönergelere baktı: isim, yer, saat. Bahsedilen dükkân daha önce uğradığı bir yer değildi; çarşıya yaptığı önceki ziyaretlerde de oradan geçtiğini hatırlamıyordu. Oraya ulaşmak için biraz yürümesi gerekecekti.

Omzundaki sırt çantasını düzeltti ve doğruca binanın göbeğine doğru ilerledi. Büyük bir koridoru takip ederek sağa sola açılan dükkânlarla kaplı sokaklara baktı. Çarşının bu kadar içindeki dükkânların çoğu çoktan kapanmış, tahta kepenkleri sürgülenmiş ve sahipleri akşam yemeklerine, nargilelerine ve çaylarına gitmişlerdi. Neredeyse hiç kimse onun gittiği yöne doğru gitmiyordu.

Omzundaki sırt çantasını düzelterek doğruca binanın merkezine doğru ilerledi. Büyük bir koridoru takip ederek sağa sola açılan dükkânlarla kaplı sokaklara göz attı. Çarşının derinliklerindeki dükkânların çoğu çoktan kapanmış, tahta kepenkleri kapatılmış ve sahipleri akşam yemeklerine, nargilelerine ve çaylarına gitmişti. Nathan'ın gittiği yöne doğru ilerleyen neredeyse hiç kimse kalmamıştı.

Jan Coffey

Beklenmedik bir anda, Nathan'ın omurgasından soğuk bir ürperti yükseldi. Silkelenerek kafasında ne söylemesi gerektiğini tekrar gözden geçirdi. Elini kot pantolonunun ön cebine sokarak, dükkâna vardığında değiştirmesi gereken flash belleğe dokundu. Talimatlar basitti; söylemesi gerekenler kısaydı ve o kadar çok pratik yapmıştı ki, bunu uykusunda bile yapabilirdi. Yine de endişesinin arttığını hissedebiliyordu. Bu işte hâlâ yeniydi ve işi bir an önce bitirmek istiyordu. Daha dar bir sokaktan sola döndüğünde, etraftaki insan sayısı daha da azalmıştı. Tüm dükkânlar kapalıydı, yalnızca sokağın sonunda bir dükkân açık kalmıştı. Karanlıkta, sadece mal getirmeye yetecek kadar büyük kapalı bir ahşap çift kapı görünüyordu. Kapı parmaklıklıydı ve Nathan, diğer tarafta çarşıyı çevreleyen ara sokaklardan birinin olduğunu düşündü.

İki adam çuvallardan kuru meyve doldururken bir taraftan da yüksek sesle futbol hakkında konuşuyordu.

Nathan, kapının yanındaki karanlıkta birinin belirdiğini fark etti. Adam ve gözleri Nathan'a dikmiş bir şekilde sigarasını içiyordu.

Cebindeki cep telefonunun titremesiyle irkildi. Telefonu eline aldı; arayanın ailesi olduğunu biliyordu. Son birkaç gündür onlarla telefon ebelemesi oynuyordu. Şuan yanıtlamaması gerektiğinin farkındaydı.

Talimatlarının bir parçası olarak, bugün üzerinde hiçbir kişisel eşya taşımaması gerekiyordu: ne cep telefonu, ne de pasaport. Nathan, telefon konusunda bir istisna yapmıştı.

Telefonu yeniden titredi. Cevap vermeyi düşündü, ancak saatine baktığında ABD'nin Doğu Yakası'nda sabah 8:00 civarı olduğunu fark etti. Onlarla kısa bir görüşme yapamazdı ancak bu işi bitirdikten sonra onları arayabilirdi. O bunları düşünürken kapının yanındaki adamın ortadan kaybolduğunu fark etti. Nathan'ın ailesi onun yerine karar vermişti. Cep telefonunun titreşimi kesildi.

Nathan, iki kuru meyve satıcısına başıyla selam vererek yanlarından geçti. Sıra sonuna ulaştığında, loş ışıkta elindeki deftere göz attı. Sağa dönecek ve bir sonraki sokaktan sola sapacaktı; burada başka bir geçitle karşılaşacaktı. O sırada siyah çarşaf giymiş bir kadın, yürümeye yeni yeni başlamış olan çocuğunun elinden tutarak arkasından sürüklüyordu; bu dükkânlar bölgesindeki tek kişiydi. Nathan'ın etrafından geniş bir yol açarak aceleyle ilerledi.

6

BİRİNCİ KİTAP

Dükkânların ışıkları yanmadığından, çevre giderek karanlıklaşıyordu. Bir sonraki kemerin yanında bir gölge gördü. Nathan, bu gölgenin daha önce kendisini izleyen adam olduğunu düşündü; koyu renk deri ceket ve elindeki sigaranın parıltısıyla tanıdık bir siluetti. Nathan'ın tüyleri diken diken oldu ve yavaşladı. Ona bu işin hızlıca halledilecek basit bir görev olduğu söylenmişti. Tek başına gönderilmişti ve bu ona yerel bir bağlantıyla tanışma fırsatı sunacaktı. her şeyin kolay olması gerekiyordu. Ancak, kemerli geçide yaklaştığında, içini bir şüphe kemirmeye başladı. Yol tarifine tekrar göz attı; buluşma yerine yaklaşmıştı. Havadaki sigara dumanı kokusu belirgin bir şekilde hissediliyordu. Önündeki sokak, tamamen karanlık bir gölge gibi görünüyordu. Sigara içen adamın buradan sadece birkaç saniye önce geçmiş olduğu kesin gibiydi. Bağlantı, o adam olmalıydı.

Beklenmedik bir esinti yanağını okşadı. Nathan yukarı baktı; kemerin yükseklerinde küçük bir pencere açıktı ve karanlık gökyüzünde beyaz bir ay parlıyordu. Manzara büyüleyiciydi. Sakin kalmaya kendini zorlayarak, bu gece oteline dönmeden önce nehir kenarında yürümeyi aklına not etti. İstanbul'un tehlikeleri olsa da burası medeni bir şehirdi. Güzelliklerin şehri, Orta Doğu'nun Paris'iydi... Derin bir nefes alarak ciğerlerini taze havayla doldurdu ve kararını verdi. Kemerin altından geçerek karanlığa doğru adım attı.

"*Merhaba*," diye fısıldadı bir ses. Adam ileride, sağ tarafta duruyordu.

Sigaranın ucu hafifçe parladı, Nathan adama odaklandı ve birkaç adım öne çıkıp selamı tekrarladı: "*Merhaba*."

"*Nasılsınız?*" diye sordu adam.

Bu gereksiz sohbetten rahatsızlık duyarak "*İyiyim*," diye cevap verdi Nathan.

Bunun son durak olmadığını biliyordu. Asıl bağlantısıyla bir dükkânda buluşması gerektiği söylenmişti.

"*İsminiz nedir?*" diye sordu Nathan. Diğer adamın adını öğrenmekte bir sakınca yoktu; doğru kişiyle buluştuğundan emin olmak istiyordu.

Adam, "*Arkadaş*." diye cevap verdi.

Nathan, anlamını kavrayabilmek için kelimeyi zihninde birkaç kez tekrarlamak zorunda kaldı. Bu bir isim değildi; kelime, "arkadaş" anlamına geliyordu. Adam, kendisinin bir arkadaş olduğunu

Jan Coffey

söylüyordu. Nathan ondan birkaç adım ötede durdu. Adam, duvara yaslanmıştı; koyu renkli bir gömlek, siyah pantolon ve siyah deri bir ceket giymişti. Karanlık, yüzünü gölgeliyordu. Elindeki sigara yanına doğru sarkmıştı.

"*İsminiz nedir?*" diye tekrarladı Nathan. Gerçek bir isim duymak istiyordu.

Adam sigarasını yere attı ve çizmesinin altında ezdi. Ardından duvara yaslanarak yüzünü ortaya çıkardı. Nathan istemsizce yarım adım geri çekildi.

Adam bozuk bir İngilizceyle, "Bu... önemli... değil," dedi.

Nathan gözlerini adama dikti. Adamın üst dudağında, burnunun sağ tarafından başlayıp kalın bıyığının içinden çapraz inen bir yara izi göze çarpıyordu. Aynı kesikten çıkan kısa, beyaz bir çizgi alt dudağını da yaralamıştı. Siyah gözlerinde ise en ufak bir duygu okunmuyordu.

Adamın eli ceketin cebine gittiğinde, Nathan'ın vücudu bir anda gerildi.

"Sen buradasın. Bunu ister misin?" dedi adam, elini cebinden çıkararak. Nathan, adamın avucunda küçük bir flash bellek gördü.

Nathan dostça bir baş hareketiyle başını salladı ve kendi cebindeki flash belleği çıkardı.

"Evet. İhtiyacınız olan her şey burada. Bu işin bu kadar kolay olacağını düşünmemiştim." Farkında olmadan çok hızlı konuştuğunu fark etti. İşin bu kadar çabuk sonuçlanacağını hiç düşünmemişti ve bundan hoşlanmamıştı.

Nathan eliyle flash belleği uzattı. Buradan çıkmak için sabırsızlanıyordu.

O anda cep telefonu cebinde yeniden titreşti; telefonun yumuşak vızıltısı karanlığın sessizliğinde yankılandı.

"İşte burada. Gitmem gerek," dedi Nathan.

"Bekle," diye yanıtladı adam, Nathan'ın cebine bakarak. "Gitme."

"Önemli bir şey değil. Biz..." Arkasından, kukuletası başının üzerine düştüğünde gözlerinin önünde bir ışığın parladığını gördü. Sesler, anlık bir boğuk Türkçe bir mırıltıyla kaybolurken, Nathan kendini büyük bir yükseklikten düşer gibi hissetti.

Ve gerisi sessizlikti.

Bölüm 2

KAYIP

NASA Ames Araştırma Merkezi.
Moffett Field, Kaliforniya

LOMA PRIETA DEPREMI San Francisco Körfez Bölgesi'ni sarstığı gün, Alanna Mendes NASA'da, Moffett Field'da çalışmaya başlayalı tam bir ay olmuştu. Depremin başladığı o an, evine, Mountain View'e gitmek üzereyken, servis otobüsündeydi ve yol aniden sallanarak şiddetle çatlamaya başladı. Alanna, önce otobüsten inip diğer yolculara yardım etti, kurtarma ekiplerinin gelmesini bekledi ve nihayetinde evine yürüyerek dönmeyi başardı.

Ertesi sabah Alanna, işe tam zamanında geldi, tıpkı sonraki on dokuz yıl boyunca her sabah olacağı gibi. Yağmur, rüzgar, sis, iyi ya da kötü hava, depremler... Hiçbiri fark etmezdi. Değişmeyen tek şey Alanna Mendes'ti. Dakikti, titizdi, kendini işine adamıştı. Alışkanlıkların insanıydı.

Ve son birkaç ayda olanlardan sonra, hayatında buna ihtiyacı vardı.

Her sabah aynı rutini izlerdi. Saat 6:20'de dairesinden çıkar, bir blok ötedeki servis otobüsüne tam 6:29'da binerdi. Otobüste çıkış

Jan Coffey

kapısının olduğu tarafta, sondan bir önceki koltuğa otururdu. Kendisiyle aynı duraktan binenlere çok az konuşurdu. Servis, Mountain View'de bir kez daha durduktan sonra Moffett Field'daki tesis kompleksine girdikten sonra çeşitli binalarda dört kez dururdu. Alanna, NASA Araştırma Parkı'ndaki 23 No'lu binaya varana kadar on yedi ile on dokuz dakika arasında süren bir yolculuk geçirirdi. Her sabah saat 6:45 ile 6:50 arasında masasının başında olurdu.

Güne bu şekilde başlamayı severdi. Bu rutinin kesinliği ve öngörülebilirliği, içindeki mühendise hitap ediyordu. Otobüsteki süre, onun hazırlık zamanı, odaklanma dönemi ve işine tamamen dalma fırsatıydı. İşini seviyordu ve bu işte iyiydi. Ancak yaptığı iş, berrak bir zihin ve yoğun bir konsantrasyon gerektiriyordu. Yolculuk, zihnini toparlaması ve kişisel hayatını geride bırakması için bir fırsat sunardı. Her sabah olduğu gibi, bu dakikaları cep telefonundan günün programını gözden geçirerek ve gece boyunca kendisine gelen e-postaları okuyarak geçirirdi. Şimdi ise vazgeçilmez elektronik cihazını çantasından çıkardı.

Otobüse binen diğer NASA çalışanları Alanna'ya mesafelerini korurlardı. Kıdemi ve rütbesi ona nüfuz sağlıyordu ve hepsi geçtiğimiz sonbaharda neler yaşadığını biliyordu. Herkes onun mahremiyet arzusuna saygı duyuyordu.

"Buraya oturmamda sakınca var mı, Dr. Mendes?"

Neredeyse herkes, diye düşündü Alanna, yukarı bakarak. Yeni işe alınan biriydi. Genç mühendisle tatilden hemen önce tanışmıştı. Ayrıca onu Noel ve Yeni Yıl arasındaki günlerde, sadece kemik kadronun çalıştığı zamanlarda iki kez kendi katında görmüştü. Onun grubunda çalışan yüz elliden fazla kişi vardı. Bu mühendisi hatırlıyor olması bile bir mucizeydi. Yuvarlak, neşeli yüze baktı ve adını hatırlamakla ilgilenmediğine karar verdi.

Alanna önündeki dört boş koltuk sırasını belli belirsiz işaret etti ve tekrar cep telefonuna baktı. "Bir sürü koltuk var."

"Muhtemelen beni hatırlamıyorsunuz," dedi mühendis, evrak çantasıyla öğle yemeğini Alanna'nın önündeki koltuğa bırakarak. Ancak oturmadı, bu yüzden Alanna tekrar başını kaldırmak zorunda kaldı.

Diğer yolculardan bazıları şaşkın bakışlarını onlara doğru yöneltmişti.

"Ben Jill Goldman," diye devam etti genç kadın, elini uzatarak.

BİRİNCİ KİTAP

"Phil Evans'la çalışıyorum, o da sizinle çalışıyor. Bana STEREO projesi ve sizin çalışmalarınız hakkında çok şey anlattı. Yayınlarınızın hepsini okudum. NASA'ya mülakat verdiğimde, gerçekten sizinle çalışabileceğimi düşünmek beni çok heyecanlandırmıştı ve—" "Sizi hatırlıyorum," diye araya girdi Alanna, tam bir kabalık yapmak istemediğine karar vererek. Kadının elini kısa bir süreliğine sıktı. "Bakın, Ms. Goldman, binaya varmadan önce bunu halletmem gerekiyor."

Çantasını yerden alıp yanındaki koltuğa koydu. Onu açtı ve içinden bir kalem çıkardı, koltuğun müsait olmadığını belli etmek için.

"Tabii, tabii. Anlıyorum." Jill, önündeki koltuğa kayarak oturdu.

Alanna, Phil ile bugün konuşması gerektiğini aklında not etti. Genç kadına bazı kuralları açıklayabilirdi.

Jill, koltuğunda arkasına dönüp tekrar konuşmaya başladı. "Yılbaşınız nasıl geçti?"

Alanna bunun yerine Phil'e bir e-posta yazmaya karar verdi. Şu anda.

"Bu, kocamla evli bir çift olarak geçirdiğimiz ilk yılbaşı gecesiydi," dedi Jill başını cama yaslayarak. Boşluğa bakıyordu, bir an için kendi küçük dünyasına dalmıştı, sorusunun cevapsız kaldığını bile fark etmemişti. Dikkatini yeniden Alanna'ya yöneltti. "Moffett'te çalışmaya başlamadan önceki hafta sonu evlendik. Şükran Günü hafta sonunun Cuma günü. Ailemin evinde küçük bir tören yaptık. Sadece yakın ailem ve bir kaç arkadaşımız katıldı. Her şey mükemmeldi. İkimizin de olmasını istediği gibi."

Alanna, genç kadını başından savmak istese de sesindeki ton ve bahsettiği tarih için bir yerden derinden sızlattı. Cep telefonuna bakmaya devam etti. Görüşünü bir sis kapladı.

O hafta sonu Alanna'nın da düğünü olacaktı. Ray ve Alanna Şükran Günü'nden sonraki gün evlenmeyi planlamışlardı. Küçük bir tören olacaktı. Sadece birkaç arkadaşı ve büyükannesi katılacaktı. Alanna, gelinlik giymek istememiş, sade bir takım elbise giymeyi tercih etmişti. Ray ise onu en azından beyaz bir takım elbise seçmesi için ikna etmişti.

Duyguların ani hücumu, Alanna'nın kendini zorla ayakta tutmaya çalıştığı duvarı yıkıp geçiyordu. Gözlerini kapattı, Jill Goldman'ın evlendiği o cuma gecesini hatırladı. Aynı akşam, Carmel'de

11

Jan Coffey

Ray ile düğün hafta sonunu geçirmeyi planladıkları otele tek başına giriş yapmıştı. O süitte kilitli kalmış, sayısız gözyaşı dökmüş, olan biteni tekrar tekrar aklında canlandırmıştı. Suçluluk. İnkar. Daha fazla suçluluk. *Neden* onu o yolculuğa çıkmaya teşvik etmişti? Onun hatası değildi. Polis, ani bir patlama olduğunu söylemişti. Bir kazaydı.

Alanna göz kapaklarının arasından tek bir damla gözyaşı süzüldüğünü hissetti. Hızla sildi.

"Aman Tanrım," diye fısıldadı Jill. "Bahsettikleri kişi sizdiniz. Çok özür dilerim. Yarım yamalak bir konuşma duymuştum—sizin olduğunuzu bilmiyordum. Gerçekten sizin olduğunu hiç fark etmemiştim. Nişanlınız, STEREO uydusunun fırlatılmasından hemen önce, geçen sonbaharda o tekne kazasında ölen kişiydi. Ne kadar korkunç bir şey olmalı! Çok üzgünüm."

Alanna'nın boğazında kocaman bir yumru düğümlenmişti, ama bu önemli değildi. Otobüsün ilk durak olan Microsoft tesisi Moffett Field'dan uzaklaştığını hissetti. Bu konu hakkında konuşmak istemiyordu. Eşyalarını evrak çantasına tıkıştırdı ve kapağını kapattı.

Jill'in sesi alçalmıştı. Yine özür diliyordu, ama Alanna artık onu duymuyordu. Bu keskin, yıpratıcı duygusal patlamalarla işinin bittiğini sanmıştı. Noel'den önce doktoru tarafından verilen antidepresanlar işe yaramıştı. Ta ki şu ana kadar. Biraz hava almaya ihtiyacı vardı. Yürümeye ihtiyacı vardı. İşe gitmeden önce kafasını toparlaması gerekiyordu.

Alanna ayağa kalktı.

"İyi misiniz?" Jill, Alanna'nın koluna dokundu.

"İyiyim," diyebildi Alanna. Alanna. Otobüsün ön tarafına doğru ilerlemeye başladı. Yanından geçtiği birkaç yolcunun meraklı bakışlarının üzerinde olduğunu hissedebiliyordu.

"Bir sonraki durakta inecek misin, Alanna?" diye sordu başka bir ses. Bu, 23 No'lu binadaki başka bir proje yöneticisiydi.

Başını sallayıp onun yanından da geçti. Otobüs durakta yavaşladı. Alanna, boğazını temizledi ve sahte bir gülümseme takınmaya çalıştı. Gözlüğünü taktı, her ne kadar hava bulutlu olsa da. Bu durakta inen çok fazla insan vardı. Bazılarını tanıyordu. Yalnız kalamayacaktı.

Son anda, boşalmış bir koltuğa oturdu. Pencere kenarına kayıp dışarıya bakmaya başladı. İnen yolculara, yolda yürüyenlere baktı.

12

BİRİNCİ KİTAP

Kadınlar, erkekler; rahat giysiler içinde, ellerinde kahveler, evrak çantaları ve çantalarla kaldırımlarda ilerliyorlardı. Mühendisler, araştırmacılar, memurlar, teknik personel. Ne kadar gençlerdi, diye düşündü. Her yıl daha da gençleşiyor gibiydiler.

Otobüsün kapısı kapandı ve yola devam ettiler. İki durak kaldı, dedi kendine. İki durak daha dayanabilirdi.

Alanna birdenbire donakaldı.

Onu kaldırımda gördü. Sadece bir anlığına, ama yanılıyor olamazdı. Az önce çıktıkları otobüs durağına doğru yürüyordu. Üzerinde mavi bir blazer ceket vardı ve elinde deri bir evrak çantası taşıyordu. Saçları daha uzundu, daha kıvırcıktı. Otobüs yanından hızla geçerken yüzüne baktı, nefesi sıkıştı. Koltuğunda döndü, arkasından sadece bir saniye bakabildi, sonra kayboldu.

Ray'di.

Şok içinde, ne olduğunu anlamaya çalışamadan yerinde donakaldı.

Ray olamazdı. Ray ölmüştü. Bu bir kazaydı. Ray gitmişti.

Alanna bir anda ayağa kalktı.

"Durun!" Kapıya doğru hızla ilerledi. "Otobüsü durdurun!"

Bölüm 3

UMUTSUZLUK

Brooklyn, New York

ELI TITREDI. Posta yığını yere düşerek ayaklarının etrafına dağıldı. David Collier sigorta şirketinden gelen mektubu ikinci kez okudu.

Şu anda, kabul görmüş hiçbir çalışma yukarıda bahsedilen tedavinin uygulanabilir olduğuna dair kanıt sunmamaktadır. Sizi üzülerek bilgilendirmek isteriz ki...

Kızını reddediyorlardı.
"Baba... her şey yolunda mı?"

Üzülerek bildiriyoruz ki...

David, yere saçılan postaları toplamak için eğildi. Kendini toparlamaya çalıştı.

"Elbette, tatlım," dedi usulca. "Neden olmasın ki?"

Getirdiği yiyecek poşetini mutfak tezgahının üzerine koydu ve postaları da yanına bıraktı.

BİRİNCİ KİTAP

Küçük daire hastane gibi kokuyordu. David başını kaldırıp Leah'ya bakmaya cesaret edemiyordu. Sekiz yaşındaki çocuk, yemek masasının olması gereken yerde tuttukları kiralık hastane yatağında yatıyordu. Küçük kızı günün periton diyalizini yarılamıştı. Misafir hemşire okumakta olduğu dergiyi bir kenara bıraktı ve özenle hazırlanmış düzeneğin üzerindeki plastik torbalardan birini değiştirdi. "Nasıl gidiyor?" diye sordu hemşireye.

Huysuz kadın sert bir şekilde başını salladı ve koltuğunda arkasına yaslanarak bir kez daha okumaya daldı.

Evde uygulnan bu tedavi, geçen yıl David'in eşi Nicole'ün eğitimini aldığı bir yöntemdi. Zaman ve Leah'nın rahatlığı bakımından, bu yöntem, küçük kızın hastanelerde ve kliniklerde yaşadığı süreçlerden çok daha üstündü. Doktorlar, küçük kızın nadir görülen böbrek hastalığını ilk teşhis ettiklerinde uygulanan tedavi yöntemi ve Leah'nın yaşadıkları korkunçtu.

Bu yöntem, Leah'nın karın boşluğundaki zar tabakasını, yani peritonunu, bir filtre olarak kullanıyordu. David tüm detayları biliyordu. Leah'nın karnına bir kateter yerleştiriliyor ve bu kateter aracılığıyla dekstroz içeren bir solüsyon karın boşluğuna aktarılıyordu. Solüsyon oradayken, kandan atıkları ve fazla sıvıyı çekiyordu. Daha sonra, solüsyon karından, atıklarla birlikte boşaltılıyor ve karın boşluğu yeniden dolduruluyordu. Temizleme işlemi bu şekilde devam ediyordu.

Düşünmesi bile hoş değildi, ama bu yöntem, kızını hayatta tutuyordu.

Diyaliz evde, genellikle Leah uyurken, bir sağlık personeli olmadan da yapılabiliyordu. Fakat Nicole'ün ölümünden sonra bu program değişmişti. David bu prosedürü öğrenmemişti, bu yüzden eve gelen bir hemşire tedaviyi kurup kontrol ediyordu. Bu işlemin gündüz yapılması gerekiyordu ve bu da haftada iki gün boyunca Leah'nın okula gidememesi demekti Ancak mesele bununla sınırlı değildi. David, dün Leah'nın doktorlarıyla görüşmüştü. Diyalizi artırmayı planlıyorlardı. Gelecek haftadan itibaren her gün yapılacaktı. Kızının böbrek fonksiyonları hızla kötüleşiyordu. David, tedavide bir değişiklik gerekeceğini doktorlar söylemeden önce tahmin etmişti. Her gün, kızının sağlığındaki kötüleşmeyi gözleriyle görebiliyordu. Leah tekrar kilo kaybetmeye başlamıştı ve hiç enerjisi yoktu.

Jan Coffey

David, sekiz yaşındaki kızına kötü haberi söyleyecek cesareti bulamamıştı.

"Bana gelen bir posta var mı?" diye sordu Leah, elini ona doğru uzatarak.

David, kızının ne istediğini biliyordu. Yanına oturup tedavi bitene kadar onunla beklemesini istiyordu. Leah bu hemşireyi pek sevmemişti. Daha önce birkaç kez bu hemşireyi çağırmışlardı. David, sigortalarının kabul ettiği büyük bir hemşirelik ajansı ile çalışıyordu. Belirli bir kişiyi sevmenin kötü şans getirdiğini düşünüyordu; çünkü bir daha geri gelmiyorlardı. Öte yandan, soğuk ve konuşkan olmayan hemşireler hep tekrar tekrar geliyordu.

Bu kadın ona iki kelimeden fazla bir şey söylememişti. Kızıyla da pek daha fazla konuştuğunu sanmıyordu.

Leah, David yatağın kenarına oturduğunda gülümsedi. "Güzel bir şey var mı?" diye sordu, solgun yüzündeki gerginlik bir nebze olsun hafiflemişti.

David tezgâhın üzerine bıraktığı postalara üstünkörü bir göz attı. Sigorta reddi, faturaların ve faturaların ve faturaların üstündeydi. Bunun sonu yoktu. Onu mahvediyorlardı. Ve bugünkü mektup, ailesinden geriye kalanları da yok etmekle tehdit ediyordu. Leah daha önce bir kez böbrek nakli geçirmişti. Vücudu organı reddetme yoluna gitmişti. Doktorlar bunun altı ay ila bir yıl içinde gerçekleşeceğini öngörmüşlerdi. Neredeyse on aya gelmişlerdi ve bu gerçekleşiyordu.

Hastaneye son gittiklerinde doktorlardan biri David'e Almanya'da devam eden bir araştırmadan bahsetmişti. Bir insanın böbreğini klonluyorlardı. Leah'nın bu çalışma için mükemmel bir aday olacağını düşünüyordu.

Ancak böyle bir girişim çok paraya mal oluyordu ve David, sahip olduğu her şeyi tüketmişti. Tekrar postaya baktı. Sigorta şirketinin reddiyle, başvurabileceği başka bir yer kalmadığını düşünüyordu.

"Güzel bir şey var mı, baba?"

David Leah'nın yumuşak kahverengi saçlarını okşadı. Başını iki yana salladı. "Üzgünüm, tatlım. Güzel bir şey yok."

Uzanıp yerden sabah gazetesini aldı ve günün erken saatlerinde okuduğu manşetlere göz attı. Şu anda duygularına güvenemiyordu.

Leah ona, "Her şey yoluna girecek," diye fısıldadı.

David, kızının ses tonundan, içindeki şefkat ve sevgiden

BİRİNCİ KİTAP

derinden etkilendi. on dört yıl boyunca, defalarca çöküşün eşiğine gelmişti—yanlış bir şey yapmaya ramak kalmıştı. Dünya onlara karşıydı. Yanlış gidebilecek her şey yanlış gitmişti. İşi, Nicole'ün ve Leah'nın sağlığı, mali sıkıntılar, peşini bırakmayan yasal sorunlar... Ama Nicole, onu bir arada tutabilmişti. Her gün onu dimdik ayakta tutup hayatın zorluklarına göğüs germesini sağlayabilmişti. Nicole'ün hayata olan tutkusu ve iyimserliği bulaşıcıydı.

Ama şimdi Nicole gitmişti ve Leah'nın iyiliği için o da karısı kadar güçlü olmak zorundaydı.

"Çantada eriyecek bir şey var mı?" diye sordu Leah, yine hayatlarındaki yetişkin rolüne bürünerek.

David gülerek kısa saçlarını karıştırdı ve ayağa kalktı. "Evet, var."

"Dondurma mı?" diye neşeyle sordu Leah, tekrar bir çocuk gibi.

David başını salladı. "Dondurma."

Leah'nın böbrek fonksiyonları neredeyse her gün daha da kötüleşiyordu, bu yüzden idrar yapmada zorlanıyordu. Sonuç olarak, sağlıklı çocuklar gibi bol bol su içemiyordu. David, Leah'ya sıvı aldırmanın bir yolu olarak buz parçaları çiğnetiyordu. Dondurma ise ara sıra aldıkları bir kaçamaktı.

Bitişikteki mutfakta bir çekmece açtı ve tezgahın üzerindeki gecikme bildirimlerini içine tıkıştırdı. Leah uyurken onları gözden geçirecekti.

"Babana telefon görüşmesini anlat."

David ve Leah, hemşirenin konuşmuş olmasına şaşırarak ona baktılar.

"Hangi telefon görüşmesi?"

"Üzgünüm, baba. Her zaman telefonu açmamamı ve telesekretere bırakmamı söylüyorsun, biliyorum. Ama telefon tam buradaydı ve düşünmeden açtım." Yatağın üstünde duran telefonu kaldırdı.

David telefonlara kendisi bile cevap vermiyordu. Bugünlerde gelen telefonların hepsi bir tahsilat bürosundan geliyordu. Kızını onların kabalıklarına kesinlikle maruz bırakmak istemiyordu.

"Tamam, tatlım, sorun değil," dedi. Mutfaktaki tezgahın üzerindeki başka bir ahizeyi alıp son gelen aramanın kimliğine baktı. Belirsiz bir numara görünüyordu.

Jan Coffey

"Adam isim ya da telefon numarası bırakmadı. Ama ona yarım saat içinde döneceğini söyledim, o da tekrar arayacağını söyledi."

David, aramanın doğrudan telesekretere gitmesini sağlamak için zihnine bir not düştü. Mümkün olduğunca, Leah uyanıkken alacaklılarla konuşmaktan kaçınıyordu. Tekrar market alışverişlerini yerleştirmeye devam etti. Dondurma kutusu, geniş boş dondurucuda kaybolmuş gibi görünüyordu.

"Aramanın bir iş teklifiyle ilgili olduğunu söyledi."

David'in içine ani bir elektrik akımı gibi bir heyecan dalgası yayıldı. Kızına döndü.

"İş teklifi mi?" diye tekrarladı.

Bir iş teklifi.

Dört yıl önce David, yeni bir uluslararası bankacılık konsorsiyumunun CFO'su olarak çalışıordu. Büyük işlerdi. Lou Dobbs ile konuk olarak katıldığı bir röportaj. Hatta *Wall Street Journal*'da yönetim ekibi hakkında övgü dolu bir makale bile çıkmıştı. Ancak, iyi şeyler hiçbir zaman uzun sürmez diye düşündü David. En azından onun hayatında.

Unvanı, maaşı, avantajları ve geleceği, Patronu, yüz seksen milyon doları zimmetine geçirmeden önce her şeyi David'in suçlu gibi görünmesini sağlayacak şekilde ayarlamış ve ortadan kaybolmuştu. Adeta dünya başına yıkılmıştı. Günah keçisi o olacaktı. Sanki suçu üstlenmiş gibi görünüyordu.

Aylarca kendi parasını avukatlara harcadıktan sonra, David, özgürlüğünü kazanmayı başarmıştı ancak bu, finans sektöründe çalışma ihtimalinin sonu olmuştu. Artık Leah'nın tıbbi faturaları bir yana, ailesinin aylık masraflarını bile karşılayamıyordu.

"Adam böyle mi söyledi?"

Leah omuz silkti. "Sanırım öyle."

David özgeçmişiyle hâlâ kimlerin ilgileniyor olabileceğini düşünmeye çalıştı. Önemli değildi. İnsanlar hata yapabilirdi. Tek yapmaları gereken onu Google'da aramaktı ve zaten sonrasında özgeçmişini çöpe atacaklardı. Onu iki kez gömmeye yetecek kadar yanlış bilgi vardı.

Telefon çaldı. Ekrana baktı. Bilinmeyen numaraydı.

BİRİNCİ KİTAP

Telefon çaldı. Ekrana baktı, belirsiz numara. Leah, baş parmağını ona doğru kaldırarak "Sana tekrar arayacağını söylemiştim," dedi. David, yatak odasına doğru yürüdü.

Bu aramanın nasıl sonuçlanacağını zaten bilerek telefonu açtı. Zavallı adamı bekletmenin anlamı yoktu.

Bölüm 4

KORKU

Greenwich, Connecticut

KEI GALVIN UYUYAMIYORDU. Yemek yiyemiyordu. Birkaç dakikadan fazla bir yerde oturamıyordu. Huzursuzdu, endişeliydi, tam anlamıyla bitmiş durumdaydı.

Kahve masasının üzerindeki Afrika menekşeleri solmuştu; canlı mor çiçekleri artık yalnızca, sarkmış yeşil yapraklar arasında bir anıdan ibaretti. Onlara dokunmaya bile cesaret edemiyordu. Serayı iki gündür kontrol etmemişti. Üç hafta önce saksılara ektiği bahar soğanları sulanmayı bekliyordu, ama onlarla ilgilenmek için kendini toparlayamıyordu. Komşusuyla yaptığı sabah yürüyüşlerini bırakmıştı. Dün iki doktor randevusunu da kaçırmıştı. Odaklanamıyordu.

"Sanırım yeterince bekledik," dedi kocası elinde bir fincan çay ile oturma odalarına geri döndüğünde.

"Beklediğimizi bilmiyordum."

Başka bir zaman olsa, kocasının bu esprili yaklaşımını takdir ederdi. Ama şimdi değil. "Otel odasına dönmedi. Cep telefonuna cevap vermiyor. Bizi aramadı."

BİRİNCİ KİTAP

"Odasına dönüp dönüp dönmediğini bilmiyoruz," dedi Steven makul bir şekilde. "Telefonda konuştuğum iki farklı resepsiyonist de bilmiyordu. Sadece aradığımız sırada orada olmadığını biliyoruz. Hem biliyorsun, cep telefonuyla her yerde çekim alanı yok. New York'ta değil, her yerde çalışmıyor olabilir. Hayatım, o yirmi üç yaşında. Onu her gün aramak zorunda değiliz. Sakin olmalısın—" Kei, kocasına dönüp gözlerinin içine baktı. "Bana bunu yapma. Çocuğumu tanıyorum. O da beni tanıyor. Ne zaman endişelendiğimi bilir ve nerede olursa olsun, hangi saatte olursa olsun beni haberdar eder. Hep arar ya da e-posta atar, bir şekilde iyi olduğunu bildirir."

"Bu sefer de öyle olacak," dedi Steven yumuşak bir sesle. Fincanı sehpanın üzerine bıraktı ve iki elini Kei'nin omuzlarına koyarak onu oturmaya itti. "Arayalı sadece dört gün oldu."

"Onunla konuşmamın üzerinden sekiz gün geçti," diye düzeltti Kei.

"Dört gün önce bir mesaj bırakmıştı."

Kei tekrar ayağa kalktı, odada volta atarak devam etti. "İstanbul'da tanıdığımız biri var mı?" Cevap beklemeden konuşmasını sürdürdü. "Birini tanıyorsundur. Şirketin—"

"Şirketi sattım, hayatım. İki yıl oldu. Artık eskisi gibi bağlantılarım yok."

"Türkiye'de ofislerin var mıydı?" diye ısrarla sordu.

Steven elini saçlarının arasında gezdirdi. Kei'nin zihni tek bir noktaya odaklanmıştı, mantıklı düşünmeyecekti. Onu beklemeye ikna etmek imkansızdı. Otuz yıla yakın evliliklerinden sonra, Steven, Kei'yi kendisinden bile daha iyi tanıyordu. Kei, tamamen sevgi, duygular ve şefkatle doluydu. Nathan'dan haber almadan rahat edemezdi. Bu, Nathan'ın doğduğu günden beri evliliklerinin bir parçasıydı. Nathan her zaman birinci sıradaydı. Steven bu duruma asla kızmamıştı. Kendini ihmal edilmiş hissetmiyordu. Nathan onların tek çocuğuydu ve Steven şirketini inşa ederken, Kei hem anne hem baba olmuştu. Bu da Kei ve Nathan arasında, Steven'ın baba-oğul ilişkisinden daha derin bir bağ oluşmasına yol açmıştı.

"Ne olur, Steven." Kei kocasının elini tuttu. "Bana inan... ya da sadece beni mutlu etmek için olsun, bir şeyler yap. Ondan haber al. Bunu yapabileceğini biliyorum. Lütfen, aşkım."

Steven, Kei'nin yaşlarla dolu gözlerine baktı ve onu kollarına aldı.

Jan Coffey

Şirketini sattığından beri çok daha yakınlaşmışlardı. Onları ilk başta bir araya getiren şeyi yeniden keşfetmişlerdi. Sadece en iyi arkadaş değil, ruh eşiydiler. Steven, Kei'yi her zamankinden daha çok seviyordu ve onun varlığını tüm kalbiyle takdir ediyordu.

"Tamam, aşkım. O canavarı bugün bulacağım. Onun sesini duyacaksın. Sana söz veriyorum."

Bölüm 5

DAMGA

Boston

JAY ALEXEI YÜZÜNCÜ kez parmak eklemini dar posta kutusunun keskin kenarına çarptı. Sarkan deri parçasına bakarak. "Lanet olsun," diye homurdandı. Sıra sıra dizilmiş krom renkli posta kutularına başını sallayarak baktı ve elini dikkatlice tekrar içeri sokup zarfı çekmeye çalıştı. Zarfı kurtarmaya çalışırken köşesinin yırtılması canını sıktı. Apartman posta kutuları gerçekten berbat, diye düşündü. Posta dağıtıcısı, zarfı en arkaya kadar itmiş, önüne de bir sürü gereksiz posta yığmıştı. Bu da işini hiç kolaylaştırmıyordu tabii ki.

Güney Boston'daki bu binanın beşinci katındaki stüdyo daireyi geçen Eylül ayında kiralamıştı. Padma'yla Pawtucket'taki adliyeye gidip evlenmeye karar verdikten hemen sonraydı. Anne babalarından hiçbiri düğüne gelmemişti. Padma on sekiz yaşındaydı ve dört aylık hamileydi. Hemen ardından Boston'a taşınmışlar ve Jay, altı blok ötede bir depoda işe girmişti.

Burası harika bir yer değildi, ama en azından şimdilik işlerine yarıyordu.

Jan Coffey

Padma için burada yaşamak çok zordu, özellikle son dört ayda. Jay için o kadar kötü sayılmazdı, ama o hamile olan o değildi tabii. Jay'in geçmişte gördüklerinden çok daha iyi durumda bir yerdi. Mesela hapishane. Hiç de kolay olmamıştı.

Jay'le birlikte olana kadar Padma hiçbir zaman ısınma faturası, telefon ödemesi ya da o ayın kirasını nasıl ödeyecekleri konusunda endişelenmek zorunda kalmamıştı. Ailenin tek çocuğuydu ve adının anlamına uygun olarak, Padma, ailesinin gözünde bir lotus çiçeği, bir tanrıça, Lakshmi'ydi Mohali, Hindistan'dan gelen birinci nesil göçmenlerdi. Babası, mühendislik diploması için bu ülkeye gelmiş, ardından geri dönüp evlenmiş ve Rhode Island'a temelli yerleşmişti. Annesi ise hayatını Padma'yı piyano derslerine, bale ve diğer türlü birçok aktiviteye götürerek geçirmişti. Onu hem taparcasına severler hem de şımartırlardı. Ta ki Padma, Jay'den hamile kalana kadar. O zaman ona bir seçim sunulmuştu: Ya bebeği aldırıp Jay'i unutacaktı ya da onunla kalacak ailesi tarafından reddedilecekti.

Şanslıydı ki Padma ikinci seçeneği seçmişti.

Jay, posta kutusundaki sıkışmış zarfları daha iyi kavrayabilmek için bilgisayarın bulunduğu kutuyu yere koydu ve iki eliyle çekmeye çalıştı.

Ancak her gün kalbini dahada burkan bir şey vardı. Padma hiç şikâyet etmiyordu. Hamileliği boyunca ne kadar hasta olsa da, ona hep gülümserdi. Evdeki banyosunun, kiraladıkları dairenin tamamından büyük olması bile önemli değildi. Her akşam onu sanki bir kralı karşılar gibi karşılıyordu. Ve her sabah onu uğurlarken, dünyanın en mutlu kadını olduğunu söylüyordu.

Jay, onu hak etmiyordu.

Zarf, başka bir sürü gereksiz postayla birlikte çıktı, ve Jay broşürleri ve reklamları kapının yanındaki çöp kutusuna attı. Büyük zarfa baktı ve isminden önce yazan "Bay" unvanına acı bir tebessümle baktı. Göndericiye göz attı. Eski lisesi, Rhode Island'dan. Zarfı yırtıp açtı. Lise diplomasıydı.

"Demek sonunda bir kâğıt parçası alabildim." Diplomasını bilgisayar kutusuna tıkıştırıp kutuyu tekrar kaldırdı.

Jay geçen Haziran'daki mezuniyet törenine katılmamıştı. Gitmenin bir anlamı yoktu. O sırada yirmi bir yaşına basmasına bir ay kalmıştı. Gündüz derslerine girmek için çok yaşlıydı ama gece dersleri ona yeterli krediyi sağlamıştı. Çocukların hepsi onu tanı-

BİRİNCİ KİTAP

yordu. Kasabada ünlüydü, ama kimse onun hapiste geçirdiği süre hakkında konuşmaya cesaret edemiyor ya da utanıyordu. Gitmenin bir anlamı yoktu. Zaten ailesinden kimse orada olmayacaktı, onunla kutlama yapacak değillerdi. O gece, Jay ve Padma, kendi başlarına kutlama yapmak için Newport'a gitmişlerdi. Geceyi, plajda bir battaniyeye sarılıp geçirmişlerdi.

Jay, apartman kapısının iç metal kapısına anahtarını yerleştirdi. Şimdi bildiklerini o zaman bilseydi, hapisten çıktıktan sonra bu aptal diploma için geri dönme zahmetine girmezdi. Hapisteyken GED almanın ötesinde bir anlamı olacağını düşünmüştü. Ama bu kağıt parçası hiçbir şeyi değiştirmemişti. Kimse onunla konuşmak istemiyordu. Hiçbir üniversite sırada beklemiyordu. Yedinci sınıftayken SAT sınavından tam puan almış olması ve bir metre boyuna ulaştığı andan itibaren devlet okullarındaki üstün yetenekli öğretmenlerin ağzının suyunun akması önemli değildi. Ona "dahi çocuk," "deha" diyorlardı. Fotoğrafik bir hafızası vardı. Daha ortaokuldayken MIT ve Johns Hopkins'ten mektuplar alıyordu. Şimdi ise yerel bir bilgisayar mağazasında teknisyen olarak bile iş bulamıyordu.

Yakında doğacak bebeği ve hamile karısını geçindirecek kadar düzgün bir gelir sağlayamıyordu.

Jay, üçüncü katın sahanlığında durup nefes aldı. Padma'nın her gün bu merdivenleri nasıl çıktığını anlamıyordu. Köşedeki şarküteride günde dört saat çalışıyordu. İlk taşındıklarında, günde sekiz saat çalışıyordu ama artık o kadar uzun süre ayakta kalamıyordu. Geçen hafta birlikte gittikleri ücretsiz klinikteki doktor, Padma'ya bebek doğana kadar tamamen çalışmayı bırakmasını söylemişti. Yeterince kilo almamıştı ve Jay bazen Padma'nın karnındaki küçük bebeğin, geri kalanından neredeyse daha ağır olduğunu düşünüyordu. Buna rağmen, Padma kendisine söylenenleri pek dinlemiyordu.

Jay, orada dururken, durumları hakkında fazlaca düşündüğünde her seferinde olduğu gibi, içinden bir sıcaklık dalgası geçti. Bir bebek bekliyorlardı. Tanrı aşkına, bunun masraflarını nasıl ödeyeceklerdi?

Kutuyu bir kolundan diğerine geçirdi ve dördüncü katın sahanlığına doğru yürümeye başladı. Ufak tefek işler, çalışmaya devam et, her kuruş için mücadele et.

Kolunun altındaki bilgisayar, çalıştığı adamlardan birine aitti.

25

Jan Coffey

Bilgisayarla ilgili sorunları vardı, bu yüzden Jay elli dolara tamir etmeyi teklif etmişti. Daha önce iş yerinde bedava yaptığı işler olmuştu, ama artık para almaya başlamanın zamanı gelmişti. Çalıştığı insanlar onun bu işte iyi olduğunu biliyorlardı.

Bu, ilk ücretli işiydi ama Jay, etrafta dolanan bu işin, ona benzer başka işler getireceğini umuyordu. Daha fazla para kazanması gerekiyordu. Padma için yapmak istediği... hayır, yapması gereken çok şey vardı.

Daha dün gece, ikisi birlikte bebekleri için beşik almaya gitmişlerdi. Goodwill mağazasına gitmişlerdi, ancak tek sorun, ellerinde hiç beşik bulunmamasıydı. Gelecek hafta tekrar kontrol etmeleri gerekiyordu. Padma şikâyet etmemişti ama ona bakınca ruhunun derinliklerini görebiliyordu. Üzgündü, hayal kırıklığına uğramıştı.

Son birkaç basamağı ağır adımlarla çıkarken bininci kez düşündü: Acaba doğru yolda kalmak için verdiği mücadele boşuna mıydı? İçerideki her adam için, dışarıda başarıyı yakalayan yüzlerce kişi vardı.

Jay lisede bir hata yapmıştı. Diğer çocuklar da sürekli hatalar yapardı. Ama o diğer çocuklardan çok daha zekiydi. Bu yüzden, elbette, suçu çok daha ciddi görülmüştü. Cezası ise yıkıcı olmuştu. Bedelini ödemişti ve hala ödüyordu.

Her ne kadar Padma'nın ailesi öyle olduğundan emin olsa da her şeye rağmen, Padma'nın hayatındaki tek hata olmak istemiyordu.

Son basamağa ulaştığında, soluk yeşil kapıdaki numaraya baktı. Padma'nın kapının diğer tarafında olduğunu düşünmek bile ona enerji veriyordu. İhtiyacı olan tek şey oydu. Padma, onun tek ihtiyacıydı.

Yine de anahtarı bulmak için cebini karıştırırken, keşke bozuk bir bilgisayar yerine bir buket çiçek ya da bir kutu çikolata taşıyor olsaydım diye düşündü.

Tam o sırada kapı açıldı. Padma, kulağında telefonla heyecanla içeri girmesini işaret etti.

Jay şaşırmıştı. Onları kimse aramazdı. Hiç arkadaşları yoktu. Telefona sadece onun internet bağlantısını sağlamak için ihtiyaçları vardı. Jay, internette çok zaman geçiriyordu. Ayrıca, acil bir durumda Padma'nın onu iş yerinden arayabilmesi için telefonun varlığı ona huzur veriyordu. Padma, aramanın onun için olduğunu işaret etti.

BİRİNCİ KİTAP

Jay içeri girdi ve kutuyu yavaşça kapının içine bıraktı.
"Bekleyin, kendisiyle konuşabilirsiniz. Az önce içeri girdi."
"Tamam, teşekkür ederim." Padma, telefonu kapatmadan önce Jay'e uzattı.
Jay, telefonu elinden aldı ve kanepenin üzerine fırlattı. Padma, bu umursamaz davranışına şaşkın bir ifade takındı. Yüzü solgundu, gözlerinin altında koyu halkalar vardı. Tatlı yuvarlak yüzü gitgide daha zayıf görünüyordu. Her geçen gün, kendi bedeninden bebeğine ağırlık aktarıyor gibiydi. Telefonun kenara atılmasını tamamen göz ardı ederek, onu öptü.
Telefon hemen unutuldu, Padma Jay'in kollarına sokulup başını göğsüne yasladı.
"Grup kucaklaşması," dedi, Jay'in elini sert karnına koyarken gülümseyerek.
"Seni özledim," diye fısıldadı onun ipeksi saçlarına. "İkinizi de."
"Biz de seni özledik." Padma, parmak uçlarına yükselerek Jay'in dudaklarına hafif bir öpücük kondurdu. Sonra kanepedeki ahizeyi işaret etti. "Sanırım onunla konuşmak isteyebilirsin."
"Kim o?" Jay sordu.
"Bilmiyorum."
"Ama onunla konuşmam gerektiğini düşünüyorsun," dedi gülerek.
Omuz silkti. "Bir adam. Kulağa hoş geliyor. İlk bebeğimizi beklediğimizi biliyordu. Bir iş fırsatıyla ilgili haber vermek için aradığını söyledi."
"İş fırsatı mı?" diye tekrarladı Jay, merakla. Bu günlerde tanıdığı insanlar işten bahsederdi, "iş fırsatından" değil. Genellikle kas gücü gerektiren işlerdi bunlar. Birinin taşınması ya da bir şey alıp taşıması için ekstra yardıma ihtiyaç duyulurdu. Çalıştığı depodaki insanlar, Padma'nın hamile olduğunu biliyordu. Jay, arayanın o insanlar tarafından yönlendirilmiş olabileceğinden şüphelendi.
Padma yine omuz silkti ve ona o şirin, afacan haliyle yukarı baktı. "Ben uydurmadım. Adam tam olarak bunu söyledi."
Jay telefonu eline almadan önce aklından bir sürü şey geçti. Geçen yaz Monster iş arama sitesine ve Craig's List'e sırf denemek için bir özgeçmiş bırakmıştı. Ancak hiçbir ciddi teklif çıkmamıştı. Umutlanmamaya çalıştı.
"Merhaba. Size nasıl yardımcı olabilirim??" diye sordu.

27

"Bay Alexei?"
Bayım! Bu bugün bu hitabı ikinci kez oluyordu. Tanrım, bir dahaki sefere ona *efendim* mi diyeceklerdi.
"Evet?"
"Bir müvekkilim adına arıyorum. Sizinle bir görüşme ayarlamak istiyoruz, efendim."
Tamam, burada ne dolap dönüyor?
Padma, o kadar yakından dinlemeye çalışıyordu ki, Jay adamın neredeyse onun nefesini duyabileceğini düşündü. Jay, Padma'yı nazikçe kanepenin üzerine itti. Padma'nın dengeyi bulup tekrar ayağa kalkmasının en az on dakika süreceğini biliyordu.
"Müvekkiliniz kim, öğrenebilir miyim?" diye sordu Jay.
"Özel bir bilgisayar firması. İsmini bilmezsiniz."
Jay'in dikkati ilk kez arayan kişinin üzerinde yoğunlaştı. Hapiste geçirdiği iki buçuk yıl boyunca dolandırıcılık yapan pek çok adamla tanışmıştı. Sesleri tıpkı bu adama benziyordu. "Pekâlâ. İşvereniniz benimle ne tür bir iş için görüşmek istiyor?"
"Bir programcı pozisyonu için."
"Bir programcı," diye tekrarladı kulaklarına inanamayarak. Artık bunun gerçek olamayacağını biliyordu. İnternette yayınladığı özgeçmişinde sadece lise mezunu olduğu açıktı. Hangi yasal şirket, diploması veya gerçek iş tecrübesi olmayan bir programcıyı işe almak isterdi ki?
"Evet, doğru. Size söyleyebileceğim şeylerden biri, pozisyonun standart bir yan haklar paketiyle birlikte geleceği, bu paket hem sizi hem de ailenizi kapsayacak. Ayrıca yıllık maaşın 150.000 ile 180.000 dolar arasında olduğunu ve ek bonus teşviklerinin de olduğunu belirtmekle yükümlüyüm. Bu pozisyon taşınmayı gerektiriyor, ancak işverenim tüm taşıma masraflarını ve küçük detayları karşılayacak. Bu tür bir düzenleme sizin ilginizi çeker mi, Bay Alexei?"
Jay, soluğunu tutarak Padma'nın yanına kanepenin üzerine çöktü. Birkaç saniye nefes alamadı. Gerçek ya da değil, bu duyduklları kulağa bir müzik gibi geliyordu.
"Orada mısınız, efendim?"
Boğazını temizledi. "Evet, buradayım. Emin misiniz doğru kişi olduğuma?"
"Kesinlikle eminim."
"Bay...Adınız neydi tekrar?"

BİRİNCİ KİTAP

"Özür dilerim, Bay Alexei," dedi diğer uçtaki adam. "Kendimi size tanıtmadım. Adım Bay Diarte. Hank Diarte."

"Bay Diarte," diye başladı Jay. "Size söylemem gerek ki, kim olduğumu düşündüğünüz konusunda bir yanılgı içinde olmalısınız. Sadece lise mezunu olduğumu biliyorsunuz, değil mi?"

"Sizin hakkınızda düşündüğünüzden daha fazla şey biliyorum, Bay Alexei," dedi adam, sesi hafif bir Avrupa aksanıyla titreşiyordu. "Adınız Jay Alexei. Yirmi bir yaşındasınız. Doğum gününüz? 21 Temmuz. Providence Kadın ve Çocuk Hastanesi'nde saat 02:47'de doğdunuz. Anneniz, Rhode Island, Pawtucket'teki Saint Cecilia Okulu'nda yirmi üç yıldır müzik öğretmeni. Dindar bir Katolik. Babanız bilgisayar teknisyeni, ancak son üç yıldır işsiz. Üzülerek söylüyorum ki alkol sorunu var. Anne ve babanız şu anda ayrılar ve ikisiyle de konuşmuyorsunuz. Kardeşiniz yok. Doğru Jay Alexei ile mi görüşüyorum?"

Jay arkasına yaslandı. Bu bilgiler Google'da kolayca bulunacak şeyler değildi. Padma, yanına sokulmuş, merakla yüzüne bakıyordu. "Devam et," dedi.

"Müvekkilim, sizin son derece zeki bir genç olduğunuzu düşünüyor. Sizin için tam olarak, 'Bilgisayar konusunda bir dahi,' dedi, efendim. Şu ana kadar NASA'nın merkezi ana sistemine sızmayı başaran tek kişisiniz. Üstelik bunu yaptığınızda sadece on yedi yaşındaydınız. Bu nedenle, New York, Otisville'deki Federal Cezaevi'nde iki buçuk yıl yattınız."

"Bakın, sadece sitelerine bir göz atmak istedim, etrafa baktım. Herhangi bir zarar vermedim. Hiçbir veri çalınmadı. O hatayı bir kez yaptım ve bedelini ödedim," dedi Jay, dirseklerini dizlerine dayayarak. "O yola tekrar girmek istemiyorum."

"Evet, efendim. Müşterim Bay Lyons da bunu tamamen anlıyor. O—"

"Artık kendime ait bir ailem var."

"Müvekkilim bunun farkında, efendim. Bu konuda endişelenmenize gerek yok. Bilmelisiniz ki Bay Lyons, ikinci şanslara inanan bir adamdır. Ayrıca olağanüstü, fakat alışılmadık yetenekleri keşfetme yeteneğine de güveniyor."

"Devam et."

"Birkaç resmi programlama becerisinde eksik olduğunuzu biliyor. İki buçuk yıl sahadan uzak kalmak için uzun bir süre. Yine de

Jan Coffey

görüşmeye katılmaya karar verirseniz ve size iş teklif edilirse, müvekkilim gerekli eğitimi sağlamak için her türlü düzenlemeyi yapacaktır. Bay Lyons size başka bir yerde bulmakta zorlanacağınız bir şey teklif ediyor, Bay Alexei. Size yeni bir başlangıç sunuyor."

Jay, Padma'ya baktı. Jay'in konuşmanın büyük bölümünü dinleyen Padma, ona iyice sokulmuştu. Her şeyden tıpkı onun kadar şüpheli görünüyordu.

"Ne diyorsunuz Bay Alexei? Bir görüşme ayarlamak ister misiniz?"

Tam cevap vermeye hazırlandığında, Jay, karnına sert bir tekme hissetti. Bebek tekmelemişti.

"Evet, Bay Diarte," dedi Jay, bir karara varmıştı. "Sizinle konuşacağım."

Bölüm 6

KAYIP

GÖRÜNÜŞE GÖRE, Moffett Field'deki otoparkların güvenlik kamerası kayıtlarını izleyebilmek için Bill Gates ya da NASA Direktörü olmanız gerekiyordu.

Alanna güvenlik ofisinde durdu ve güvenlik görevlisinin arkasındaki monitör sırasına baktı. Birkaç tanesinde öğle yemeği trafiğinin akıp gittiğini görebiliyordu. En azından mantıklı bir şeyler söylemek gerekiyor, diye düşündü. *Ölen nişanlıma benzeyen birini gördüğümü sandım* demek, kimseye mantıklı gelecek bir gerekçe değildi. Ne Moffett Field güvenliğine, ne Ray'in geçen sonbahardaki kazasını inceleyen dedektife, ne de onunla Ray'in yakın arkadaşları olan birkaç kişiye. Bir yıl önce Ray'i taşeron olarak işe alan insan kaynakları temsilcisi bile sorusunu dinlerken neredeyse alaycı bir şüpheyle bakmıştı. Kayıtlarda Ray Savoy'un öldüğü yazılıydı.

İnsan kaynakları temsilcisi hariç, herkes ona üzülmüştü, tabii. Alanna, defalarca aynı sempati dolu ses tonunu duymuştu.

Ve bu durum onu gerçekten de çıldırtmak üzereydi.

Sempati istemiyordu. O gerçek, katı, ölçülebilir verilerin dünyasında yaşıyordu. Evet, Ray'in ölümünden sonra perişan olmuştu.

Jan Coffey

Hâlâ da üzgündü. Ama deli değildi Ya da en azından öyle olmadığını düşünüyordu. Sorunlarına bir de halüsinasyonlar eklenecekse, hemen gidip kendini bir hastaneye yatırabilirdi.

Bu belirsizlikten nefret ediyordu. Kendinden şüphe etmekten nefret ediyordu. Ray ya buradaydı ya da değildi. Cevap bulması oldukça basit olmalıydı.

"Hazır mısınız?"

"Bunun için başınızın belaya girmeyeceğinden emin misiniz?" Ona yardım etmek için kuralları esneten güvenlik görevlisini tanıyordu. Juan'ın büyükannesi Alanna'nın büyükannesinin iyi bir arkadaşıydı. Genç adamı gençliğinden beri tanıyordu ve hatta birkaç yıl önce işe alındığında referanslarından birisi olmuştu.

"Hayır," diye yanıtladı Juan. "Gerçekten. Hiçbir sorun olmayacak."

Alanna hala tereddüt ediyordu. Juan, onu neredeyse aileden biri olarak görüyordu. Alanna, ondan bunu istememeliydi, diye düşündü. Onun buradaki konumunu riske atmasını istemiyordu. Karısı ilk çocuklarını Noel'den hemen önce doğurmuştu ve Alanna Juan'ın şu anda evdeki tek maaşlı çalışan olduğunu biliyordu.

Alanna teklifi kabul etmemek için kendi kendine konuştuğunu fark etti.

"Sorun değil, Dr. Mendez," dedi ona anlamlı anlamlı bakarak. "Birinin arabanıza çarptığını söylediniz. Çok yaygın bir durum. İnsanlar gelip sürekli bunu yapmak için izin ister."

Öğle yemeği vakti olduğu için şu anda güvenlik ofisinde sadece ikisi bulunuyordu. Diğer güvenlik personeli dışarıda molalarının tadını çıkarıyordu. Tekrar monitör sırasına baktı ve onlardan birinde kendini gördü. Köşede yüksek bir yere monte edilmiş bir kamera izleme yapanları izliyordu.

Alanna yalanın kendisine ait olacağına karar verdi. "Evet, bir çizik. Kartvizit ya da başka bir şey bırakmamışlar."

Juan, onu tezgahın arkasına davet etti. "Neden şu monitörün yanına oturmuyorsun, bakalım işimize yarayacak bir şey bulabilecek miyiz?"

Alanna telefonda ona ölü nişanlısını gördüğüne dair hiçbir şey söylememişti. Sadece o sabahki otopark ve otobüs durağı kayıtlarını görüp göremeyeceğini sormuştu. Juan hiçbir soru sormamıştı. Daha

BİRİNCİ KİTAP

fazla açıklamaya ihtiyacı yoktu ve Alanna da herhangi bir açıklama yapmamıştı. Onun casus olmadığını biliyordu. Park yerlerinin düzenini Kuzey Kore'ye ya da Wal-Mart'a satmak gibi bir planı olmadığını da biliyordu. Bilmediği şey, Alanna'nın yalnızca akıl sağlığını test ettiğiydi.

Juan, onun nadiren arabayla işe geldiğini biliyor olsa da bunun önemi yoktu. Aslında, Ray'i gördüğünden beri Alanna her gün arabayla işe geliyordu.

Juan başka bir bilgisayarın başına oturdu ve Alanna dikkatini önündeki ekrana verdi.

"Dört gün önce, demiştiniz değil mi?" diye sordu Juan.

"3 Ocak. Herkesin Yeni Yıl tatilinden döndüğü gün," dedi Alanna, ekrana bakarken Juan'ın ne yaptığını anladı. Zaten doğru tarihe ulaşmıştı ve sekiz videoyu hızlı çekimde bölünmüş bir ekranda oynatıyordu. Videolar, otobüs güzergahındaki durakları ve otoparkların çeşitli görüntülerini gösteriyordu. Videoların sol alt köşelerinde askeri saatler görünüyordu.

Alanna'nın ilgisini çeken videolar ise sol alt köşedeki iki tanesiydi: Ray'i gördüğü durak ve karşıdaki park yeri.

"Çok mu hızlı gidiyorum?" Juan sordu.

Alanna başını salladı. Buz gibi soğuk parmaklarını dizlerinin arasına soktu. Boğazı kurumuştu ve kalbinin hızla çarptığını hissediyordu. Gerçeği bilmek istiyordu ama ekranda göreceği ya da göremeyeceği şeylerden korkuyordu.

Bir başka güvenlik görevlisi elinde öğle yemeğiyle ofise geldi. Alanna'ya başıyla selam verdi ve çantayı Juan'a uzattı. "Sahanda yumurtalı sandviçleri kalmamıştı, ben de sana çırpılmış yumurta ve pastırma aldım."

"Yok artık," dedi Juan. "Bu hafta ikinci kez sandviçlerim bitti."

Diğer güvenlik görevlisi omuz silkti ve başka bir masaya geçti.

"Bu, o zamanlara yakın," dedi Alanna kısık bir sesle. "Arabamı park ettiğim zaman."

Ertesi gün aynı otoparka park etmişti. Bir saat erken gelmiş, otoparkta volta atmış, otobüs durağında beklemiş, Ray'i görmek umuduyla beklemişti.

"Şu iki görüntüye odaklanabilir miyiz?" diye sordu, ekrana işaret ederek.

"Tabii." Juan, ekranı dondurup kareleri büyüttü, böylece sadece

33

Jan Coffey

iki görüntü kaldı. Alanna öne eğilerek önce otobüs durağında sıraya giren insanlara baktı. Ray orada değildi.

"Bunu ileriye götürebilir misiniz? Ve belirli alanları yakınlaştırabilir misiniz?" diye sordu.

"Elbette. Şöyle yapalım, Dr. Mendes, isterseniz siz buraya oturun ve bakmak istediğiniz yerlere kendiniz bakın," diye önerdi Juan. "Ben öğle yemeğimi alayım, size bir şey lazım olursa buradayım. Zaten bu bilgisayarları kullanmak sizin için çocuk oyuncağı."

"Bunun sorun olmayacağından emin misin?" Alanna gazetenin spor bölümünü açmakta olan diğer güvenlik görevlisine baktı.

"Elbette, öyle. Değil mi, Mo?"

"Ne olmuş ki?" dedi diğer güvenlik görevlisi, ağzı doluyken.

Alanna, Juan'ın yerinden kalkmasıyla monitörün başına geçti. Birkaç saniye sonra Juan, arkadaşının masasından öğle yemeğini alıyordu.

Alanna dikkatini ekrana verdi. Otopark görüntüsü adeta bir uydu fotoğrafı gibiydi. Metodolojik bir şekilde ekranın her bir köşesini inceledi. Hiçbir şey yoktu.

Otobüs durağına baktı ve yakınlaştırdı. Kamera Ray'i gördüğü kaldırımdaki alana kadar gitmiyordu ama Ray durağa doğru yürüyordu. Otobüs duraktan ayrıldıktan bir süre sonra kesinlikle görüntüye girecekti. Sonra dikkatlice, servis aracının gelişini, durduğunu ve hareket ettiğini görene kadar videoyu ilerletti. Devam etti.

Videoyu kare kare ilerletti. Otobüsten inen insanlar ekranın dışına çıkıyordu. Bekledi. Ray'in görünmesi gerekiyordu. Diğer insanlar kaldırım boyunca yürüyerek ekrana girip geçip gittiler. Ama Ray yoktu.

Ray yoktu.

Alanna videoyu geri aldı ve tekrar baştan izledi. Üçüncü kez izlerken zaman bilgisini kontrol etti, herhangi bir boşluk olup olmadığına baktı. Hiçbir şey yoktu.

Ekrandaki hiç kimse Ray'e benzemiyordu. Hafızasında sıkışıp kalan o birkaç saniye o ekranda yoktu. Saati ve tarihi tekrar kontrol etti. Tekrar bölünmüş ekrana gitti, videoyu ilerletti ve kendisini Bina 23'ün önünde inerken gördü.

Otobüsten inen bir zombi gibi görünüyordu. Alanna, servis gittikten sonra uzun bir süre durakta beklediğini gördü. Kaldırımda tek başına durmuş, yola bakıyor ve kaybolmuş gibi görünüyordu.

34

BİRİNCİ KİTAP

Oh, evet. Bu o gündü.

Hala inkar içindeydi. Videoları geri sarıp her adımı tekrar izledi, gördüğü andan sonraki iki saat boyunca çevredeki her otoparkı kontrol etti. Hiçbir şey.

"Bir şey gördün mü?" diye sordu Juan.

Alanna bir süredir orada oturup hiçbir şeye bakmadığını fark etti. Parmaklarını klavyeden çekti. İki adam yemeklerini bitirmişlerdi. Tüm gücünü toplayarak ve soğukkanlılığını korumaya çalışarak yavaşça ayağa kalktı.

"Hiçbir şey," diyebilmeyi başardı.

"Sanırım arabanıza zarar gelmiş olsa da, güvenlik kameralarında görünmediği için yine de Moffett ile sigorta evraklarını doldurabilirsiniz," dedi diğer güvenlik görevlisi. "Tesisin kapıları içinde park ettiğiniz için hasarı karşılayabilirler."

Alanna başını salladı, kendisine söylenenleri tam olarak duymuyordu. Güvenlik görevlisi, bir dosya çekmecesinden çıkardığı bazı kâğıtları ona uzattı. Alanna ikisine de teşekkür etti ve oradan ayrıldı.

Asansöre binmek için bekleyen iki kişi vardı, bu yüzden iki kat aşağı yürüyerek indi. Park etmiş arabaların sıralandığı yol boyunca yürürken, keskin, serin havayı ciğerlerine doldurdu. Bir otobüs durağının yanından geçerken durdu ve boş banka oturdu.

Alanna, eve gitmeyi düşündü ama bunun kötü bir fikir olduğunu biliyordu. Washington'dan gelecek komiteye sunacakları önemli bir sunum yaklaşıyordu. Ekibi, işleri savunup koruyabilmek için Alanna'ya güveniyordu. Hem, evde ne yapacaktı ki?

Bu hafta, özellikle de evde geçirdiği zaman tam bir cehennem olmuştu. Evde yaptığı tek şey ağlamaktı. Yalnızca uyku haplarının yardımıyla uyuyabiliyordu.

Önünde bir servis otobüsü durdu. Şoför başını sallayarak binmeyeceğini belirtti.

Ofisine geri dönmesi gerekiyordu. Binasına geri dönmeli ve kendini işine vermeliydi. Tek çözüm buydu. İşe yarayacağından emin olduğu tek çare.

Başka neyi vardı?

Alanna, kendini ayağa kalkmaya zorladı ve yürümeye başladı.

Yürürken, haftanın başında yaptığı telefon görüşmelerini düşününce aniden utandı. Juan'dan kendisine o güvenlik videolarını göstermesini istediği için neredeyse pişman olacaktı. Şimdi ne kadar

Jan Coffey

şeffaf davrandığını, etrafındaki herkese ne kadar çaresiz göründüğünü anlıyordu. Tek tesellisi, soğuk algınlığıyla mücadele eden ve gelmeyen büyükannesine bunlardan tek kelime bile etmemiş olmasıydı.

Büyükannesi Lucia, büyükannesinin meşhur olduğu bir açık sözlülükle ona tam olarak neler olup bittiğini anlatırdı. *Chica loca.* Alanna onun bunu söylediğini duyabiliyordu.

Büyükannesini ve birlikte yaşadıkları hayatı düşünerek yürümeye devam etti. Büyükannesi ona sağlam ve aklı başında bir hayat verebilmek için çok çalışmıştı. Temizlikçi olarak çalışan Lucia, çoğu kaçak göçmenin yaptığı gibi sağlıklı kalabilmek ve karnını doyurabilmek için mücadele etmişti. Alanna'nın annesi pek ortalıkta görünmüyordu. Meksika'dan sınırı ilk geçtiğinde Alanna'ya hamileydi. Aslında, Alanna'yı Lucia'nın kollarına bırakmadan önce San Diego'da bebeğini güvenle doğurabileceği bir klinik bulmuş olması bile mucizeydi.

Ancak mucizelerin genellikle bir bedeli olur.

Alanna, büyürken annesini gördüğü zamanları bir elin parmaklarıyla sayabilirdi. Babasını hiç tanımamıştı. Onun için ev, büyükannesinin o anki işverenlerinin kendilerine uyumak için verdikleri herhangi bir odaydı. Çocukken Alanna, ufak tefek ve sade bir kızdı. Utangaçtı. Çok fazla sosyalleşmezdi. Sahip olduğunu düşündüğü tek şey zekasıydı.

Alanna her zaman zeki bir çocuk olmuştu. Okumayı, çalışmayı ve çok çalışmayı severdi. Büyükannesi ilkokulu bile bitirememişti. Buna rağmen -belki de bu yüzden- Lucia, Alanna'nın Tanrı'nın bir armağanı olarak gördüğü bu yetenekten en iyi şekilde yararlanmasını sağlamıştı. Torununu her adımında desteklemişti. Alanna bunun için sonsuza dek minnettar kalacaktı.

Yıllar geçtikçe zekâsının, eğitiminin, doktora araştırmasının ve kariyerinin kendisini tamamlanmış hissetmesi için yeterli olacağını düşünmeye başlamıştı.

Ray'le tanışana kadar öyle düşünmüştü.

Aşk, tutku, "sonsuza dek mutlu yaşam" hep kitaplarda kalmış gibi görünüyordu. Aşık olacağını hiç düşünmemişti. Hatta sürekli bir erkek arkadaşa sahip olmak bile onun için pek cazip gelmemişti. Evlilik ona göre değildi. Çocuk sahibi olmak boş bir hayaldi. Ama sonra, aniden, Ray onu bunların hepsinin onun olabileceğine inan-

BİRİNCİ KİTAP

dırmıştı. Hayatta gizlice istediği ama umut etmekten bile korktuğu her şeye sahip olabileceğini düşünmesini sağlamıştı. Ve birlikte oldukları o birkaç ay boyunca son derece mutlu olmuştu. Sonsuza kadar mutlu...

Alanna, 23 No'lu binanın önündeki kaldırımda yürürken bir gözyaşını hızla sildi. O birkaç ay içinde, çoğu insanın yüz yılda bile yaşayamayacağı bir hayat yaşamıştı. Kendine bunu söylemek zorundaydı. Ve artık daha fazla hayal kurmak yoktu. Ray'in geri döneceğini hayal etmek yoktu.

Ray o sabah kaldırımda hiç olmamıştı. Jill Goldman'ın evliliğiyle ilgili konuşmaları, Alanna'yı anlık bir çöküşe sürüklemişti. Ama bu artık geride kalmıştı. Alanna, yeniden rayına girmiş, planına ve programına geri dönmüştü.

Asansöre binmekten vazgeçip katına çıkan merdivenleri tırmandı. Bilgisayarların ve insanların oluşturduğu hafif ofis gürültüsü, onu rahatlatıyordu. Burası artık onun evi gibiydi. Uzun zamandır hayatı buydu ve böyle olmaya da devam edecekti.

Ofisine varmadan önce iki proje yöneticisi onu sorularla durdurdu. Hatta stajyerlerden biri, hazırladığı raporu gözden geçirmesini istedi. Masasına ulaştığında tamamen odaklanmıştı. Aklında sadece iş vardı. Hayal kırıklığını bir süreliğine bir kenara bırakmıştı.

Masasına oturup telefon mesajlarını ve e-postalarını kontrol etmeye başladı. Beş'teki bir toplantının iptal edildiğini bildiren başka bir program yöneticisinden gelen mesaj vardı. İkinci sesli mesajını kontrol ederken, telefonu çaldı ve gelen aramayı bildiren bir sinyal verdi. Ekrana baktı. Arayan numara gizliydi. Buna şaşırdı. NASA'nın numarası gizli olan aramaların geçmesine izin vermediği izlenimine sahipti. Sesli mesaja yönlendirmenin daha iyi olacağına karar verdi.

Öğleden sonraki programını açtı. Toplantılar ve sunumlarla doluydu. Ayrıca saat 4:00'te potansiyel bir işe alım görüşmesi yapacaktı. Telefon tekrar çaldı. Ekrana baktı. Arayanın kimliği yine yoktu.

Telefona uzandı ama cevap vermedi. Birkaç dakika sonra, arayan her kimse mesaj bırakmadığını gördü. Öğleden sonra yapması gereken şeylere tekrar odaklanmaya çalıştı ama dikkati dağılmıştı.

Beş dakika geçmeden telefonu tekrar çaldı. Yine aynı gizli numara. Bu kez tereddüt etmeden açtı. "Mendes."

37

Jan Coffey

"Dr. Mendes?"
Alanna boştaki eliyle masayı kavradı. Telefonu bir kulağına dayayarak nefesini tuttu. Sesi tanıyordu. Ama bu olamazdı. Bu son saat, bunun imkansız olduğunu doğrulamıştı. Hayal gücü ona acımasız, zalim oyunlar oynuyordu. Sessiz kaldı, kendini tanımadığı birine karşı aptal durumuna düşürmemeye kararlıydı.

"Dr. Mendes?" Ses, adını bu kez daha yumuşak bir şekilde tekrarladı.

"Evet, benim. Size nasıl yardımcı olabilirim?"

"Ali," diye fısıldadı ses.

Alanna'nın başı sandalyeye yaslandı. Yanaklarından yaşlar süzülmeye başladı. Ona bu isimle hitap eden tek kişi oydu. "Kim... kim bu?"

"Seni görmem gerek Ali."

Bölüm 7

TERÖR

Antwerp, Belçika

"BIRAZ SOLA, SEVGILIM," diye nefes aldı Finn. "Daha iyi. Hayır, biraz daha... yoksa hem sana hem de o güzel sarı elbisene bulaşacak." Bir dakika içinde, bunun bir önemi kalmayacaktı. Elbiseli ya da elbisesiz, şimdi hedefini vurma zamanıydı. Modifiye edilmiş TRG-41'in uzun menzilli merceğinden bakarken Finn genç kadının döndüğünü ve şoförün dikkatinin de DurerBank'ın Pelikaanstraat'-taki Antwerp ofislerinin kapısına doğru kaydığını gördü.

Keskin nişancı son bir kez değişkenleri değerlendirdi ve merminin yörüngesini kafasında yeniden hesapladı. Hâlâ esinti yoktu ama bu pek de önemli bir faktör değildi. Lapua .338 fişeği rüzgârdan en az etkilenecek şekilde tasarlanmıştı. 582 metreden bir okul çocuğu bile bu hedefi vurabilirdi. Finn, bankacı kapı ile limuzini arasında ilerlerken ateş edecekti.

Finn omuzlarını gevşetti ve bekledi. Bankadan ayrılmak üzere olan Bernard Kuipers hakkında neredeyse hiçbir şey bilmiyordu. Ama işlerini bu şekilde yapıyordu. Adres, şehir, ülke, tarih, saat, isim, resimler. Yakın zamanda çekilmiş birkaç fotoğrafa ihtiyacı

Jan Coffey

vardı. Yanlış hedefi vurmanın anlamı yoktu. Bu temel unsurlar dışında, parasının yüzde seksenini peşin olarak istiyordu. On beş yıldır bu işi mükemmel bir isabet kaydıyla yürütmesi ona bu yüksek peşin yüzdesini kazandırmıştı. Kimse şikayet etmezdi. Makul, verimli ve kendi etik kurallarına sahip biriydi. Çocuklara ve yakın mesafeden vuruşlara hayır. O bir keskin nişancıydı, katil değil.

Sarı elbiseli kadın kollarını açmış banka kapısına doğru yürüyordu. Finn hedefinin gülümseyerek dışarı çıktığını gördü. Kuipers kadını kucakladı. Finn dürbünü yüze odakladı. Bu oydu.

"Tam isabet!"

İkili arabanın açık kapısına doğru yürüdü. Yavaşladılar ve kadın arabaya binmeye başladı. Finn, hedefinin başına odaklandı ve tetiği çekti. Hedef yere düştü.

TRG-41'in dipçiğini yere koydu ve pencereyi sessizce kapattı.

"Doksan yedi," diye fısıldadı Finn. Karısına yüzüncü vuruşundan sonra emekli olacağına dair söz vermişti.

Üç tane kaldı.

Bölüm 8

UMUTSUZLUK

Brooklyn, New York

KRAVATIN DÜĞÜMÜNÜ DOĞRU atana kadar iki kez elden geçirmesi gerekti. Bunu rüyasında bile yapardı. Şaşılacak bir şey değil, diye düşündü. David Collier en son karısının cenazesinde kravat takmıştı. Aynanın ve kapının arasına astığı Nicole'ün fotoğrafına baktı. Gülümseyen yüzü, her zamanki gibi umut doluydu. Onun burada, yanında olmasını istiyordu; takım elbisesinin omzundaki hayali tüyleri temizlemesini, yumuşak sesiyle ona cesaret vermesini, her şeyin iyi olacağını söylemesini. Tanrım, onu ne kadar özlüyordu.

Arkasını döndü ve birkaç derin nefes aldı. "Buna ihtiyacım var. Buna ihtiyacımız var."

Eski evrak çantası yatağın üzerinde açık duruyordu. Güncellenmiş özgeçmişinin bulunduğu dosya en üstteydi. En azından sürpriz olmayacaktı. Onu arayan beyefendinin elinde özgeçmişinin tamamı ve onu temize çıkaran mahkeme tutanakları ve bulguları vardı. Ve *hâlâ* onunla görüşmek istiyorlardı. Tam bir mucizeydi. Ona şirketin adı ya da özel sorumlulukları söylenmemişti. İlk tur

Jan Coffey

görüşmeleri yapıyorlardı. David'in nitelikleri açık pozisyonla örtüşüyordu. Maaş aralığı, dört yıl önce CFO olarak aldığı maaşa yakındı. Bir başka mutlak mucize dahaydı.

David evrak çantasını kapattı ve kapıya yöneldi.

"Bana şans dile, tatlım," diye fısıldadı karısının resmine. Yanından geçerken David resme bir mezuzaymış gibi dokundu.

Televizyon biraz fazla yüksek sesle açıktı. Bakıcı, alt katta ailesiyle yaşayan on dört yaşındaki Megan, telefonla konuşuyordu. David, kızını battaniyeye sarılmış halde kanepede uyuyor gibi buldu. Televizyonun sesini kısarak kapattı.

"Gitmem lazım. Sonra seni ararım," dedi Megan, telefondaki kişiye.

David kumandayı sehpanın üzerine koyarken ona baktı.

"Mutfaktaki defterde cep telefonumun numarası var. Ayrıca çocuk doktorunun ve hastanenin numaraları da aynı listede. Leah'nın yemeği buzdolabında. İki dakikalığına mikrodalgaya atman yeterli. Atıştırmalık ya da içecek bir şey veremezsin ama akşam yemeğinden sonra isterse dondurmalardan birini yiyebilir."

Megan neşeyle başını salladı. "Bu Leah'yı bana ilk bırakışınız değil Bay Collier."

"Biliyorum."

Bir saat önce genç kızın Leah'yı bloklarının sonundaki oyun parkına götürmesine izin vermişti. Sekiz yaşındaki kızın temiz havaya ihtiyacı vardı. Leah, tüm hafta boyunca evdeydi ve evde hapis kalmaktan bunalmıştı. Yine de, genç bakıcıya her geçen gün Leah'nın sağlığının daha da karmaşıklaştığını söylemek istemedi.

"Üç saatten fazla kalmam." Onu arayan beyefendiyle Wall Street yakınlarındaki Ulysses' adlı barda saat altıda buluşacaktı. Yemekten bahsedilmemişti. Muhtemelen birkaç saat içinde oradan çıkmış olurdu.

"Rahat olun," dedi Megan cesaret verici bir şekilde.

David kızıyla vedalaşmak için kanepenin kenarına oturdu. Onun kısa siyah saçlarını okşadı. "Temiz hava seni yordu, değil mi?"

Leah uykusunda hafif bir ses çıkardı.

Megan mutfaktan geldi. "Çok iyi vakit geçirdik. Salıncakların her birini ve hatta uzun kaydırağı bile denedi."

"Şimdi gidiyorum, tatlım," dedi David, Leah'nın alnına eğilerek

BİRİNCİ KİTAP

bir öpücük kondurdu. Cildi yapış yapıştı. "Kendini iyi hissediyor musun, tatlım?"

Leah normalde hafif bir uykucuydu ama gözlerini açmak için mücadele ediyor gibiydi. David onun küçük parmaklarının battaniyenin altından çıkıp kendi elini aradığını gördü ve elini fark etti. Şişmişti. Ayağa kalktı ve battaniyeyi geri itti. Leah'nın ayakları ve bacakları balon gibi şişmişti.

"Leah, uyan, tatlım," dedi, sesi sakin olmaya çalışırken içini panik kaplamıştı.

Sekiz yaşındaki kızı gözlerini açtı ve mırıldandı, "Acıyor. Acıyor, baba."

"Neren acıyor, tatlım?"

"Sırtım," dedi Leah ve gözlerini yeniden kapattı.

David, kızını battaniyeye sarıp kucağına aldı. Megan'a döndü. "Doktorun ofisini ara. Telefondaki kişiye acil bir durumumuz olduğunu ve Leah'yı hemen hastaneye götürdüğümü söyle. Şu an New York Presbyterian'a gidiyoruz, de."

"Leah'ya ne oldu?" diye sordu Megan, sesi titreyerek.

"Onlara böbrek yetmezliği olduğunu söyle."

43

Bölüm 9

KORKU

İstanbul, Türkiye

SOĞUK, ıslak bir damlacık tam alnının ortasına isabet ederek onu aniden uyandırdı.

Başı sanki çatlayacakmış gibi hissediyordu, etrafını karanlık bir sis sarmıştı. Gözlerini kırpıştırdı ve sorunun gözlerinde olduğunu düşündü. Görüşü bulanıktı. Elleri arkadan bağlıydı ve sol kolu uyuşmuştu. Parmaklarını hareket ettirmek biraz çaba harcadı. Parmaklarını oynatırken, bağlandığı iplerin bileklerinde açtığı kesiklerden kollarına kadar keskin bir acı yükseldi.

Yuvarlanarak yüzünü, üzerine atıldıkları kirli halı parçasına silmeye çalıştı. Kurumuş, kabuk bağlamış kan kaba yünün üzerinden akıp gitti. Kanın kafasındaki birkaç yaradan kaynaklandığını biliyordu. Kafasını kum torbası olarak kullanmaktan hoşlanıyor gibiydiler. Görüşünü netleştirmek için birkaç kez daha gözlerini kırpıştırdı.

Bu kez omzuna bir damla soğuk su daha düştü. Çok küçük bir odadaydı, belki de kullanılmayan bir depo. Eski paslı borular bir duvardan çıkıyor, karanlık tavan boyunca uzanıyor ve karşı duvarın içinde kayboluyordu. İnce bir telin ucunda asılı duran loş bir ampul

BİRİNCİ KİTAP

odadaki tek ışık kaynağıydı. Hiç pencere yoktu. Nathan kaç gündür burada olduğunu bilmiyordu.

Hafızası bulanıktı ve sadece bir adamın ona aynı soruları tekrar tekrar sorduğunu hayal meyal hatırlıyordu. Her seferinde onları çileden çıkaran tek soru ismiyle ilgiliydi. Verdiği cevap nedense hiç hoşlarına gitmemişti. Nathan Galvin olduğunu ve turist olduğunu söyleyip duruyordu. Bu cevap kafasına daha çok darbe indirmelerine sebep oluyor gibiydi.. ir ara, çılgınca bir düşünceyle, onlara Hillary Clinton olduğunu söylemeyi bile aklından geçirmişti, ama bu cevap onlara ne yaptırırdı bilemiyordu. Nathan diğer soruları gerçekten hatırlayamıyordu. Kafasına çok sert ve sık darbeler almıştı.

Odanın etrafına bakındı. Üzerinde uyuduğu halı parçası idrar ve kusmuk kokuyordu ama onu koyu lekelerle kaplı kirli beton zeminden ayıran tek şey de buydu. Nathan bu lekelere neyin sebep olduğunu düşünmek bile istemiyordu.

Kapının yanında bir masa vardı. Yerin ortasında ahşap bir katlanır sandalye duruyordu. Onlar kendisini sorgulamaya devam ederken o sandalyede oturduğunu hatırlıyordu.

Kendini oturur pozisyona itti. Başı o kadar çok ağrıyordu ki ikiye ayrılabileceğini düşündü. Odanın dönmesini durdurmak birkaç dakika sürdü. Son net anısını düşünmeye çalıştı. Yerel bir kişiyle bir flaş belleği değiştirmesi gerekiyordu. Ona basit olduğu söylenmişti.

USB bellekte ne olduğunu sormuştu. Cevap belirsizdi. Sadece isimler, denmişti. Peki, karşılığında alacağı bellekte ne olduğunu sormuştu. Yine sadece isimler.

Nathan kendini aldatılmış hissetti. Aslında, daha fazla soru sormadığı için kendini aptal gibi hissediyordu. Ailesi onu analitik bir çocuk olarak yetiştirmişti. Hayata gözleri açık şekilde bakmasını, her şeyi ilk elden deneyimlemesini, hiçbir şeyi olduğu gibi kabul etmemesini öğretmişlerdi. Ancak Nathan, bu işi kabul ettiği an, tüm bu öğütleri bir kenara atmıştı. Ailesinin bu işten haberi yoktu. Nathan'ın üniversiteden mezun olduktan sonra dünyayı gezmek için yola çıktığını sanıyorlardı..

Başı ciddi bir beladaydı, hatta belki de ölecekti ve ailesi onu nerede olduğunu bile bilemeyecekti.

Bölüm 10
Damga

Boston

JAY'IN TEK HAKI pantolonu Padma ile evlendiklerinde mahkeme salonunda giydiği haki pantolonuydu. Haki pantolonunu ve üzerine de karısının bir gün önce Goodwill mağazasında bulduğu gri hırkayı giydi. Heri ikisi de evden sadece bir bavul ve üzerlerindeki kıyafetlerle çıkmışlardı. Dairelerindeki az miktarda eşyayı, çevredeki garaj satışlarından, ikinci el dükkanlarından ve çöp konteynerlerinden toplamışlardı. Aslında ikisi de bir araya getirdikleri bu eşyalarla gurur duyuyordu.

Altı ay önce Jay aynaya bakar ve "Yeterince iyi." derdi. O zamanlar, kendisini nasıl giyindiğine göre yargılayacak bir işveren için çalışmayı umursamazdı. Ancak bugün gergindi. Padma'nın bu konuda hiçbir şey bilmemesini diliyordu. Onun yüzündeki heyecanı, umudu görmüştü. Jay, hayal kırıklığına alışıktı. Bununla nasıl başa çıkacağını biliyordu. Ama Padma bilmiyordu. Bu işi gerçekten istiyordu, onun için istiyordu...

Hayatında ilk kez, kravat ya da ceket giymemesinin ya da düzgün ayakkabılarının olmamasının, onu mülakata alacak kişi üzerinde kötü bir izlenim bırakabileceğinden endişe ediyordu.

"Bunu düşünmek için artık çok geç," diye mırıldanarak işlek caddeyi geçti.

BİRİNCİ KİTAP

Boston'un nemli ve soğuk rüzgarı onu iliklerine kadar hissetti. Eve hızla koşup kısa bir duş aldıktan sonra dışarı çıkmıştı ve saçları hâlâ ıslaktı. Genellikle taktığı gibi bir beyzbol şapkası takmamıştı. Saçları uzamıştı, Padma saçlarının bu halini seviyordu.. Rıhtımdaki kongre merkezinin yanındaki otelde buluşacaklardı. Bara gitmesi gerekiyordu. Jay yirmi bir yaşına bastığı için rahatlamıştı. Boston kimlik sorgulmamada çok titizdi. O da şartlı tahliyesinin bir maddesini ihlal edip kendine sahte bir kimlik yazdıracak değildi. Buraya geldiğinden beri Padma'yı üç kez yemeğe çıkarmıştı. Padma içki içmiyordu, bebeğe zarar gelmemesi için çok dikkat ediyordu. Her seferinde kimlik göstermesi istenmişti.

Jay'in sert görünmeye çalışmasına gerek yoktu; zaten yeterince sertti. Ama genç göründüğünü de biliyordu. Babasından aldığı o bebek yüzü, bu insanları yanlış etkiler mi diye düşünmeden edemedi.

Otelin lobisine girip etrafa bakındı. Muhtemelen biraz şaşkın görünüyordu ki, bir bellboy ona yaklaşıp barın yönünü gösterdi.

Jay, en son ne zaman bu kadar gergin olduğunu hatırlamaya çalıştı. Muhtemelen Otisville'deki hapishaneye ilk adım attığı gün böyle hissetmişti. Ceketini çıkardı, yanından geçerken aynalı duvarda yansıyan görüntüsüne kaşlarını çatarak baktı. İş botları, bu şık ortamda pek de uygun görünmüyordu.

Bardan ötesinde bir restoran vardı ve Jay, hostes masasının yanından geçerken içeride kalabalık bir akşam yemeği trafiği olduğunu fark etti. Yemeklerin kokusu güzeldi, ancak karnının aç olduğunu unutmak zorundaydı. Yemek yiyecek vakti olmamıştı. Umarım Padma bir şeyler yiyordur, diye düşündü.

Derin bir nefes aldı ve amber ışıklarıyla aydınlatılmış bara girdi. Rahat koltuklar ve masalar etrafa dağınık şekilde yerleştirilmişti. Masaların yarısı doluydu ve üniversiteli gibi görünen iki kadın Jay'e bakıyordu. Onları görmezden gelerek bara doğru ilerledi. Duvarlardaki büyük ekran televizyonlarda ses kapalı şekilde spor kanalı açıktı.

Kendisiyle mülakat yapacak kişinin neye benzediğini bilmediğini fark etti. Muhtemelen Bay Diarte de Jay'in nasıl göründüğünü bilmiyordu.

Etrafına göz attı. Yaklaşık iki düzine müşteri barın etrafında oturuyor ya da ayakta duruyordu. İki barmen harıl harıl çalışıyordu.

Jan Coffey

Kalabalık çoğunlukla iş insanlarından oluşuyordu; erkekler kravat ve gömlek giymişti, kadınlar ise hâlâ ofis kıyafetlerini üzerlerinde taşıyordu. Çoğu erkeğin ceketleri sandalyelerin arkasına asılmıştı. Jay'in Bay Diarte'yi bulmasına gerek kalmadı. Yuvarlak yüzlü, kısa boylu, düzgün taranmış saçları ve renkli gözlükleri olan bir adam ona doğru yaklaştı. Koyu gri bir takım elbise, beyaz gömlek ve kravat giymişti.

"Bay Alexei." Bu bir soru değildi.

Jay uzatılan eli sıktı. Hafif aksanından bunun telefonda konuştuğu adam olduğunu anladı. "Bay Diarte." dedi.

Diarte ona takip etmesini işaret etti.

Jay ceketini bir kolundan diğerine geçirdi ve adamı uzak köşeye kadar takip etti. Ana bardan L şeklinde bir oda ayrılıyordu. Bu bölümde daha az insanın oturduğunu fark etti. Televizyon yoktu ve hoparlörlerden gelen müzik boğuktu.

Jay, Diarte'yi takip ederken, uzak masada oturan ve onlara doğru bakan orta yaşlı, düzgün bir adam fark etti. Kravat takmış ve spor ceket giymişti. Jay bunun potansiyel işveren olabileceğini düşündü. Masada kalın bir dosya, yanında dokunulmamış bir içki ve adamın sandalyesinin yanında bir evrak çantası duruyordu.

Jay'in avuçları terlemeye başladı. Önemli sorular soracaklarından endişeliydi. Sadece lise mezunu olduğunu onlara söylemişti, ama zaten bunu biliyorlardı. Aslında, kendisi hakkında çok fazla şey biliyorlardı.

Bekleyen adamın elini sıkmadan önce sağ elini pantolonuna sildi. Diarte onu Bay Lyons olarak tanıttı. Adını söylemedi.

Lyons tamamen iş odaklıydı. Küçük sohbet yok, gereksiz konuşmalar yok. Ne bir içecek teklifi ne de yemek. Masanın karşısındaki sandalyeyi işaret etti ve hemen konuya girdi.

"Amacım, Bay Alexei, projemiz başlamadan önce kısa süreli yoğun bir eğitim için kaliteli bireylerden oluşan bir ekibi tek bir çatı altında toplamak."

Jay henüz soru sorma fırsatı bulamadan, Lyons konuşmaya devam etti.

"Bu ekip, proje için gerekli olan her bir pozisyon için yalnızca bir kişiden oluşacaktır. Yedek yok. Proje harekete geçtikten sonra kimse vazgeçmeyecek. Şu anda sizin özel pozisyonunuz için yirmiden fazla adayı değerlendiriyoruz."

BİRİNCİ KİTAP

Jay, şansının olmadığını düşündü, ama aklında Padma'nın yüzü canlandı. Elinden geleni yapmak zorundaydı. "Projenin ne hakkında olduğunu sorabilir miyim?"

"Gizlilik esas," dedi Lyons. "Sizin seçilen aday olduğunuza karar vermeden önce bilgi vermeyeceğim."

Dilenciler seçici olamaz, diye düşündü Jay. İşin ne olduğu fark etmezdi, şu an yaptığından kesinlikle daha iyiydi. Ve maaşı da çok daha yüksekti. Yine de, karanlık tarafa geçmeye hazır değildi.

"Cezaevinde yattığımı biliyorsunuz. Kendimi tekrar hapishaneye döndürecek bir duruma sokmam," dedi Jay kararlı bir şekilde.

Lyons, bir an için ona dikkatle baktı. "Yeterince adil, Bay Alexei. Eğer sizin doğru kişi olduğunuza karar verirsem, geleceğinizi tehlikeye atacak hiçbir pozisyona sokulmayacağınıza sizi temin ediyor olacağım."

"Tamam."

Lyons başını salladı ve önündeki manila dosyanın üzerine parmağıyla hafifçe vurdu. "Bay Diarte'nin size zaten söylediğinden eminim, geçmişiniz hakkında epey bilgiye sahibiz. Aileniz hakkında. Şu anki durumunuz hakkında da. O halde, bilmediğimiz şeylere geçelim."

Jay bilmedikleri bir şey olup olmadığını merak etti. Adamın dosyayı açtığını ve üzerine notlar karalanmış sarı bir kâğıt çıkardığını gördü. Bazı kelimeler daire içine alınmıştı. Diğerlerinin altı çizilmiş, bazen vurgulamak için birkaç kez yazılmıştı. Jay baş aşağı okumakta iyiydi ama loş ışık ve kötü el yazısı onu dezavantajlı duruma düşürüyordu. Kesin olan bir şey vardı ki, bu görüşmeye hazırlanırken epey ev ödevi yapmışlardı. Jay, ters yazıları okumakta iyiydi ama loş ışık ve kötü el yazısı onu zor duruma sokuyordu. Bir şey kesindi: Bu mülakat için iyi hazırlanmışlardı.

Lyons, karmaşık bir şekilde katlanmış okuma gözlüğünü açıp burnunun ucuna yerleştirdi. İnce yüzü ve gözlükleri, Jay'e duruşma sırasındaki kamu avukatını hatırlattı. O avukat, Jay hakkında pek iyi düşünmemişti. Bu adamın farklı bir fikri olmasını umuyordu.

Jay, Diarte'nin masalarına yaklaşan garsonla alçak sesle konuştuğunu fark etti. Garson başını salladı ve uzaklaştı.

"Kimlik doğrulama faktörü," Lyons dosyadan başını kaldırdı. "Bana bu konuda ne söyleyebilirsiniz?"

Jay, adama odaklandı. Kolay bir soruyla başlamışlardı. "Güvenlik

Jan Coffey

amaçlı bir kişinin kimliğini doğrulamak için kullanılan bir bilgi parçasıdır."

Ardından "İki faktörlü kimlik doğrulama?" diye sordu.

"İki farklı yöntemin kullanıldığı bir sistem. Bu sayede daha yüksek bir doğrulama güvencesi sağlanır." Jay'in gösterebileceği hiçbir diploması yoktu, bu yüzden yolda öğrendiği bilgilerle onları etkilemek zorundaydı. "Bu yöntemde, kullanıcıda fiziksel bir nesne, örneğin bir kart, ve ezberlenmiş bir bilgi, örneğin bir şifre bulunmalıdır. Genel kural... sahip olduğunuz bir şey ve bildiğiniz bir şeyin olmasıdır."

"Ama bunu çözmek çocuk oyuncağı, değil mi?" Bay Lyons kalemini kâğıdın üzerine tıklattı. Bu, avukatının da sahip olduğu bir alışkanlıktı.

Adam, soru, kalemin tıkırtısı, hepsi Jay'e geçmişini hatırlatıyordu. Midesinde rahatsız edici bir his oluştu. Bu yüzden hapis yatmıştı. Ama bu tür bilgiler internette herkesin erişimine açık haldeydi. Kendine bunun sadece konuşmak olduğunu söyledi. Şu anda yaptığı şey buydu, sadece konuşmak.

Jay başını salladı. "İki faktörlü kimlik doğrulama kimlik avına karşı koruma sağlamaz. Kimlik hırsızlığını durdurmaz. Elbette, on yıl önce yaşadığımız güvenlik sorunlarını çözer ama bugünkü sorunlarımızı çözmez."

"Peki neden?" Lyons sordu.

Diarte notlar alıyordu. Dizlerinin üzerinde tuttuğu not defterine ne yazdığını Jay göremiyordu. Ayrıca kaydedilip kaydedilmediğini de merak etti.

Jay açıklamaya başlamadan önce vereceği cevabı dikkatlice düşündü. "Saldırıların doğası geçtiğimiz on yıl içinde değişti. O zamanlar tehditler pasifti... gizli dinleme, çevrimdışı şifre tahmin etme. Bugünün tehditleri kimlik avı ve Truva atlarını içerebilir."

Jay, geceleri en az dört-beş saatini bilgisayar başında geçirirdi. Padma, saat dokuzu geçemezdi; gözleri kapanırdı. Jay ise uyanık kalırdı. Zihni bir kara delik gibiydi, her şeyi içine çekerdi. İnternet kocaman bir evrendi. Öğrenmesi gerekiyordu. Yasa dışı işler yapmak için değil, ufkunu genişletmek için.

"Devam et," dedi Lyons.

"İki aktif saldırı, diğerlerinden daha yaygındır," diye başladı Jay. "İlk saldırı, ortadaki adam saldırısıdır. Saldırgan, sahte bir banka

BİRİNCİ KİTAP

web sayfası, bir ebay sayfası veya bir hesap erişimi sağlayan herhangi bir sayfa kurar. Saldırgan, kullanıcıyı bu sahte sayfaya çekmeye çalışır. Kullanıcı, şifresini girdiği anda saldırgan bu şifreyi kullanarak sitenin gerçek web sitesine erişir ve istediği yasa dışı işlemi gerçekleştirir. Doğru yapılırsa, kullanıcı asla banka sitesinde olmadığını fark etmez."

"Peki ya ikinci yöntem?"

"Birincisinden daha basit," dedi Jay. "Saldırgan, kullanıcının bilgisayarına bir Truva atı yerleştirir. Kullanıcı bankasının web sitesine giriş yaptığında, saldırgan Truva atı aracılığıyla o oturuma sızarak istediği dolandırıcılık işlemini gerçekleştirebilir."

"Sizi dinlerken, birinin kişisel bilgilerinin nasıl güvende kalabildiğine şaşırıyorum," dedi Lyons.

Jay omuz silkti. "Bankalar sürekli yeni güvenlik teknikleri geliştiriyor, ama hackerlar hemen arkalarından geliyor, uyum sağlıyor. Hatta bazen onları bile geçiyorlar."

Lyons, not defterine baktı. Bir satırın yanına bir tik attı. "İki kanallı kimlik doğrulama?"

"Evet, yeni bir şey," dedi Jay. "İki farklı iletişim yolu kullanıyorlar. Örneğin bir banka, kullanıcıya SMS yoluyla bir doğrulama mesajı gönderiyor ve yanıtı yine SMS ile bekliyor."

"Bana daha fazlasını anlat."

Garson kız masada Jay'in önüne uzun bir bardak su ve bir pipet koydu. Geldiği gibi hızla gitti.

"Cep telefonlarının kısa mesaj gönderip almasını sağlıyor," diye açıkladı Jay, büyük bir yudum su alarak. Şu ana kadar boğazının çok kuru olduğunu fark etmemişti.

"Ancak tüm müşterilerin cep telefonu olmayabilir."

"Aynen öyle," diye onayladı Jay. "Ama tüm müşterilerin cep telefonu olsa bile, bu yeni aktif saldırılar dünyasında bunun pek bir önemi yok. Ortadaki adam saldırganı, kullanıcıyı SMS yoluyla gelen doğrulama kısmını kendisinin yapmasına yönlendirir, çünkü bunu kendisi yapamaz. Truva atı saldırganı ise zaten kullanıcının oturumunu ele geçirdiği için bu durum onu ilgilendirmez."

Lyons sandalyesine geri oturdu. "Eğer sizi doğru anladıysam, iki faktörlü kimlik doğrulamanın işe yaramaz olduğunu söylüyorsunuz."

"Her zaman değil," diye düzeltti Jay. "Yerel girişler için gayet iyi çalışır. Kurumsal ağlarda çalışan kullanıcılar için. Ancak

51

Jan Coffey

internet üzerinden uzaktan kimlik doğrulama için kesinlikle güvenli değil."

Sorgulamada bir duraklama oldu. Jay bir bardak suyun yarısını içti. Diarte sessiz bir gözlemci gibi görünüyordu. Bir mahkeme zabıt katibi gibiydi. Bay Lyons dosyayı karıştırıyordu. Dosyanın içinden yaklaşık on sayfalık bir kağıt parçası çıkardı. Jay, MIT antetli kağıdını hemen tanıdı. Bir zamanlar Jay'in hayali orada okumaktı. Lyons mektubu çekmeden önce Jay mülakatı yapan kişinin adını okudu. Mektup ona gönderilmişti.

Lyons sandalyeyi masadan uzaklaştırırken, "Çok faktörlü kimlik doğrulama?" diye sordu. Mektup ve not defteri de onunla birlikte hareket etti.

"Bildikleriniz, sahip olduklarınız, ne olduğunuz," dedi Jay ona. "Şifre bildiğiniz şeydir. Bir jeton ya da ATM kartı sahip olduğunuz şeydir. Biyometrik bir ölçüm ise ne olduğunuzdur... parmak izi ya da gözünüzün irisi gibi."

"Ve bu güvenli mi? Hackerlara karşı dayanıklı mı?" diye sordu Lyons.

Jay başını salladı. "Her şey aşılabilir. Her sistem çözülebilir. Tıpkı Minotaur'un labirenti gibi; bir insan aklı tarafından geliştirilen her gizem, bir insan aklı tarafından çözülebilir." Jay, kibirli görünmek istemiyordu, ama buna gerçekten inanıyordu. "Güvenlik sistemleri, yalnızca çözülmeyi bekleyen bulmacalardır."

"Biyometri aşılabildi mi?" diye sordu Lyons.

"Yüz tanıma tarayıcılarının, kameraya kişinin yüzünün kısa bir HD videosunu göstererek kırılabileceğini duydum. Aynı şey iris tarayıcısı için de geçerli. İhtiyacınız olan tek şey yüksek çözünürlüklü renkli lazer yazıcıda basılmış bir iris fotoğrafı. Parmak izleri bile güvenli değil. Parmak izleri jelibon yapımında kullanılan türden jelatin kalıplara basılabilir."

"Ses tanıma?" diye sordu Lyons.

"İnsanlar kullanmayı sevmiyor. Piyasaya sürüldükten hemen sonra neredeyse demode oldu."

"Peki neden?" diye sordu mülakatı yapan kişi.

"Kötü bir soğuk algınlığıyla uyanırsan ya da dün geceki beyzbol maçında çok bağırdığın için sesin kısılırsa ne olur?" Jay suyundan bir yudum daha aldı. Sesini kaybetmek üzereymiş gibi hissediyordu.

"İşe yarayan bir şey var mı?"

BİRİNCİ KİTAP

Jay omuz silkti. Yanıtını düşünüyordu. Diarte'a baktı. Not almayı bırakmış, o da yanıtı bekliyordu.

"Her şey her gün değişiyor. Daha önce bulmacalardan bahsetmiştim. Doğamız gereği, en yüksek duvara tırmanmak, en yüksek dağa ulaşmak isteriz. Herkesten ya da sadece yanımızda duran kişiden daha hızlı gitmek isteriz. Yeni güvenlik yöntemleri sadece yeni zorluklar getirir. Ancak her şey hacklenebilir."

Jay, küçük konuşmasını yaptıktan sonra, yasalar ve hackerlara karşı olumsuz tutumlarından hiç bahsetmediğini fark etti. Bu, on yedi yaşındayken yaşadığı problemdi. Kodları kırmaya o kadar odaklanmıştı ki, yaptığının yasal olup olmadığını hiç düşünmemişti. Hâlâ böyle olup olmadığını merak ediyordu. Labirentin gizemine fazla kapılıp, merkezindeki canavarı pek umursamıyor olabilir miydi?

"Ve siz, Bay Alexei," dedi Lyons, açıkça onun aklından geçenleri okuyarak. "İyi bulmacaları seven bir adam olduğunuza inanıyorum."

Bölüm 11

KAYIP

BULUŞMAMIZ GEREK, Ali. Kimseye söyleme. Hayatım buna bağlı.
Alanna işten bu kadar aceleyle çıkmak için hangi bahaneyi kullandığını hatırlayamıyordu. Öğleden sonraki programıyla ilgili hiçbir şey hatırlamıyordu. Bunun bir önemi de yoktu. Çalışanları bugünlerde onun zihinsel dengesizliğine alışmaya başlamış olmalıydı. Ray'in sözlerini ise hatırlamakta güçlük çekmedi. *Kimseye söyleme. Hayatım buna bağlı.*
Mountain View'a doğru manyak gibi araba sürerken kendi kendine, o yaşıyor, dedi. Onunla dairesinde buluşacaktı.
Alanna, kendisine ayrılan park yerine bile uğramadı. Onun yerine binanın misafir otoparkına çekti. Sekiz katlı Avalon Towers on the Peninsula, dağlardan körfeze kadar uzanan manzarasıyla genç ve hırslı işkoliklerin yaşamak için tercih ettikleri elit bir bölgedeydi. Alanna, ilk daire satın alanlardan biri olma ayrıcalığına sahipti ve sekiz yıl sonra hâlâ orada yaşayan nadir ilk sahiplerden biriydi.
Binanın içindeki güvenlik görevlisi, Alanna'yı öğleden sonra bu kadar erken bir saatte gördüğüne şaşırmış görünüyordu. "Her şey yolunda mı, Dr. Mendes?" diye sordu.
Alanna sakin görünmeye çalıştı. Ray'i görüp görmediğini

BİRİNCİ KİTAP

sormamak için kendini zorladı. Nişanlısını, kapıdaki tüm çalışanlarla tanıştırmıştı. Ray'in kendi anahtarı vardı. Herkes onun öldüğünü biliyordu.

Öldüğü söylenmişti, diye tekrar tekrar kendine hatırlattı. *Ölmedi. Yaşıyor.*

"Her şey yolunda, teşekkür ederim. Ziyaretçim var mı?" diye sordu, Ray'in arka otopark kapısını kullanarak yukarı çıktığını düşünerek. Ray'in anahtarı o kapıyı da açabiliyordu.

"Postanız geldi. İsterseniz getireyim."

"Elbette," dedi boş bir sesle asansöre doğru ilerlerken.

"Dr. Mendes... postanızı istiyor musunuz?"

Arkasına baktı ve hareketlerinin verdiği cevapla çeliştiğini fark etti.

"Ah! Boş verin," diye seslendi güvenlik görevlisine, asansör kapıları açılırken. "Sonra alırım. Teşekkürler."

Telaş içinde, inmek isteyen bir çifti engelledi. Hızlıca geri çekilip özür dileyerek onların çıkmasına izin verdi.

Bu delilikti. Güvenlik kameralarında Ray'i bulamadığında hissettiği hayal kırıklığını düşünmek istemiyordu. Onu orada göreceğinden emindi. Yanıldığını kabul etmişti, ta ki telefon çalana kadar. Ama ya o telefonu da hayal ettiyse? Belki gerçekten deliyordu.

Alanna, asansörde yalnız olduğuna sevindi. Şu an kimsenin onu izlemesini istemiyordu. Ray'in telefonundan bu yana ilk kez asansör kapılarındaki yansımasına baktı. Ray gittiğinden beri kilo vermişti. Gri takımı omuzlarından sarkmıştı. Saçları, Ray'le tanışmadan önceki gibi, başının tepesinde sıkı bir topuz yapılmıştı. Ön tarafta gri teller görünüyordu. Ama yanakları kızarmıştı. Koyu gözleri, heyecanını saklayamıyordu.

Canlı görünüyordu.

Alanna yedinci kat düğmesine tekrar tekrar bastı. Asansör yukarıya her zamankinden daha yavaş ilerliyor gibiydi.

Katına vardığında, kimse asansör beklemiyordu. Alanna, asansörden çıkarken sendeledi. Gülümsediğini ve kendine gülerek sakarlığıyla alay ettiğini fark etti.

Alanna dairesinin kapısına ulaşana kadar ne yaptığının farkında değildi. Anahtarları hâlâ arabanın kontağındaydı.

Bir anlık dürtüyle, hayallerine inanmak isteyerek, dairenin zilini çaldı ve bekledi. Sessizlik.

Jan Coffey

Kapıya yanaşıp yanağını kapıya dayadı ve hafifçe vurdu. Bekledi. Hiçbir şey. Ne bir ses, ne bir gözetleme deliğinden bakan göz, ne de ayak sesleri vardı. Kalbi dibe çöktü. Onu zirveye çıkaran o heyecanlı salınım, sanki kopmuş ve onu cehennemin derinliklerine fırlatmıştı. Gözyaşlarının dökülmesini beklemesine gerek yoktu. Zaten çoktan akmaya başlamıştı.

Kapısının yanındaki duvara sırtını yaslayarak, topuklarının üzerinde oturana kadar aşağı kaydı. Istırabının içinde kaybolmuşken, kapının kilidinin döndüğünü neredeyse duymuyordu.

Bir anda ayağa kalktı, elini kapıya dayadı. Ray uzanıp bileğini tuttu ve onu içeri çekti.

Ray.

Ağzını açtı ama hiçbir şey söyleyemedi. Titremeye başladığını hissetti. Artık gözyaşları mutluluk gözyaşlarına dönüşmüştü. Bu Ray'di. Aynı yakışıklı yüz, ona her zaman olduğu gibi sevgiyle bakan gözler. Ray, onu güzel hissettiren tek kişiydi. Başka kimse böyle hissettirmemişti.

Sonunda kelimeler döküldü: "Bu gerçek mi? Ray, lütfen bunun gerçek olduğunu söyle."

Kapıyı kapattı ve onu kapıya doğru bastırdı. "Ben gerçeğim. Biz gerçeğiz. Burada seninleyim, Ali."

Alanna, Ray'in mavi gözlerine baktı ve inanmak istedi. Ama gözyaşları dinmiyordu. Rüyalarının onu yine kandırıp kandırmadığını bilmiyordu. Elini Ray'in yüzüne dokundurdu, parmaklarını saçlarının arasından geçirdi, omuzlarının ve sırtının kaslarını hissetti. Ona sıkıca sarıldı, ıslak yanaklarını Ray'in göğsüne bastırdı. Ray'in kalbinin atışlarını duyabiliyordu.

"Sen öldün," diye boğuk bir sesle konuştu. "Tekne havaya uçtuğunda öldün. Sen gittin. *Artık* yoksun. Seni gördüm... ama bu hafta Moffett Field'da seni görmedim. Bugün beni aramadın. Burada değilsin. Seni tutmuyorum."

Ray başını eğdi ve onu bir öpücükle susturdu. Alanna, yeniden hayatta olmanın ne demek olduğunu hatırlarken kendini Ray'e teslim etti.

Aklında milyonlarca soru vardı, ama onları sormadı. Ray, ona açıklaması gereken çok şey olduğunu söyledi, ama Alanna açıklamaları değil, Ray'i istiyordu. Sahip oldukları, kaçırdıkları her şey için açtı ona. Onu yatak odasına doğru çekti.

BİRİNCİ KİTAP

Bir süre sonra, Ray'in kollarında yatarken, artık onun gerçek olduğundan emin olmuştu ki, telefon çaldı.

"Cevap verme," dedi Ray.

Çağrı telesekretere yönlendirildi. Ofisindendi; grubundaki teknisyenlerden biriydi. Cep telefonunu tekrar deneyeceğini söyledi. "Bu telefonu da cevaplama. Onu pencereden fırlat," dedi Ray, Alanna'nın boynuna sokularak.

"Yapamam. Arabada. Anahtarlarım ve evrak çantamla birlikte." Alanna ona doğru yuvarlandı ve parmaklarını saçlarında gezdirdi. Adamın yüzünü, gözleri kendi gözleriyle buluşana kadar yukarı kaldırmaya zorladı. "Buna hâlâ inanamıyorum."

Yakışıklı yüzünde bir gülümseme belirdi. "Tekrar bir performans ister misin?"

Her şeyi unutmak ve Ray'in onu bir kez daha huzura götürmesine izin vermek o kadar kolay olurdu ki. Ray, onun bedenini çok iyi tanıyordu. Zayıf noktalarını, onu nasıl zirveye çıkaracağını biliyordu. Her şeyi unutturmanın, onu sadece Ray'le bir bütün haline getirmenin yolunu biliyordu.

"Aklımı kaçırdığımı sanmıştım." Duyguları yine onu ele geçirmeye başlamıştı.

"Bu hafta mı?" diye sordu Ray.

"Daha öncesinde. Senin öldüğünü düşündüğüm andan itibaren ben de içimde öldüm," diye fısıldadı Alanna. "Ne oldu? Nereye gittin? Telefonda neden kimsenin bilmemesi gerektiğini söyledin? 'Hayatım buna bağlı' derken ne demek istedin? Tehlikedeysen bilmem gerek. Ne yapmamız gerekiyor? Gitmeyeceksin, değil mi?"

Ray, parmağını Alanna'nın dudaklarına koydu. "Güzel sorgucum, değerli Ali'm. Çok fazla endişeleniyorsun."

Ray dışında hiç kimse ona güzel dememişti.

"Lütfen," diye yalvardı Alanna. "Bana ne olduğunu anlat. Beni endişelendirme."

İlişkileri Ray etraftayken hep böyle olmuştu. Alanna, doğası gereği gergin, odaklanmış ve organizeydi. Risk analizi yapmadan ve güvenlik faktörünü hesaba katmadan plan yapmazdı. Ray ise tam tersiydi. Kaygısız, mutlu ve rahat biriydi. Otuz altı yaşında ve mühendislik diplomasına sahip olmasına rağmen, hiçbir şirkette iki yıldan fazla çalışmamıştı. Bir yüklenici olmaktan gurur duyuyordu, teknik geçici işçi ajansları ve kulaktan kulağa duyduğu işler aracılığıyla iş buluyordu. Sadece paraya ihtiyacı olduğunda çalışıyordu. Onlar birçok yönden zıt insanlardı ama birbirleri için mükemmeldiler. Alanna ona sorumluluk hakkında ders verirdi. Ray ise onu neşeyle dinler, ardından canının istediğini yapardı. Ama o, Alanna'yı mutlu ederdi.

Ancak şu an Ray'in gözlerinde o kaygısız tavırdan eser yoktu.

"Ölümümü tezgahladılar," dedi sonunda.

"Ölümünü kim tezgahladı?" diye sordu bir dirseğinin üzerinde yükselirken.

"Senin ve benim güvenliğim için sana çok fazla şey söyleyemem."

"Daha hiçbir şey söylemedin," dedi Alanna, sabırsızlıkla.

Ray sırtüstü döndü, tavana bakarak düşüncelere daldı. Alanna, çenesini tuttu ve onu tekrar kendisine bakmaya zorladı.

"Ray bana neler olduğunu anlat. Lütfen."

Birkaç saniye daha tereddüt etti. Gözleri Alanna'nın yüzünde gezindi. Sonra elini uzatıp parmaklarını onun saçlarında gezdirdi. Saçlarını tutan lastik ve tokalar, kıyafetleriyle birlikte düşüp gitmişti.

"Tanık koruma programındaydım."

Alanna, Ray'in herhangi bir davaya karıştığını hatırlamıyordu. Ray, ona bundan hiç bahsetmemişti. Hiç gergin ya da korkmuş görünmemişti. "Neden? Nasıl?"

"Uzun zaman önce, seni tanımadan önce yaptığım bir işle ilgiliydi. Bazı yasa dışı işlere tanık oldum."

Alanna, sorular sormak için ağzını açtı, ama Ray başını salladı. "Sorma, Ali. Bu konuda konuşamam. Başka bir seçeneğim yoktu. Hayatta kalmam gerekiyordu ve bunun için kimliğimi değiştirmem ve ortadan kaybolmam gerekiyordu. Yoksa seni de bu işin içine çekerlerdi. İfade verdiğim kişiler, iyi insanlar değillerdi. Bana ulaşmak için seni hedef alırlardı."

Alanna, Ray'in onlar tanışmadan önce hangi işlerde çalıştığını hatırlamaya çalıştı, ama çok fazla şey bilmiyordu. Sadece Moffett Field'da müteahhit olarak çalıştığını biliyordu.

"Seni nereye gönderdiler?" diye sordu.

Başını iki yana salladı. "Bunu sana söyleyemem."

"Ama geri döndün. Hala tehlikeli değil mi?"

"Öyle ama benim bulunduğum yerden daha tehlikeli değil. Kimliğim ve konumum ortaya çıktı."

BİRİNCİ KİTAP

"Kime? Peşindekilere mi?" diye sordu Alanna. "Böyle bir koruma mı olur? Ne oldu? Şimdi ne yapacaksın?"

Ray doğrulup başlığın yaslandığı yere sırtını verdi. "Şu anda bazı planlar yapılıyor. Yakında bazı cevaplar almayı umuyorum."

"Planları kim yapıyor? Adalet Bakanlığı mı?"

"Lütfen, Ali."

Alanna hayal kırıklığına uğramıştı. Ray'i bir kez daha kaybetmek istemiyordu, hele ki yapabileceği bir şey varsa. Ray'i bugün görmek, hayatın güzel yanlarını tekrar hatırlatmıştı ona.

"Bu yeni planların içinde ben de var mıyım?" diye sessizce sordu.

Ray'in gözlerine sevgi dolu bir ifade yayıldı. Ona eğilip yanağını okşadı. "Bu yüzden buradayım. Bu sefer ikimiz için de işe yaramasını sağlamalıyım. Bize sundukları hayatın seni mutlu edebileceği bir yol bulmalıyım."

"Ben seninleyken mutluyum. Gerisi önemli değil. Bana söyleyebileceğin her şeyi söyle."

59

Bölüm 12

KORKU

STEVEN GALVIN artık cevap alamamaktan bıkmıştı. Altı bin mil uzaklıkta olmak da insanı fazlasıyla dezavantajlı bir duruma sokuyordu. Mesafe, saat farkı, dil engelleri—bunlar yalnızca bazı engellerdi. Sakin bir tavır sergilemeye çalışsa da, içindeki hayal kırıklığı artık Kei'ninkiyle eşleşiyordu.

Onlara haber vermeden ortadan kaybolmak Nathan'ın yapacağı bir şey değildi.

Galvin, kendisi İstanbul'a uçarken karısının Connecticut'ta kalmasını istemiş ama karısı buna yanaşmamış. Ayaklarını bir yere bağlamadan gelmesini engellemek imkansız gibi bir şeydi.

Nathan'ın kendi banka hesapları ve kredi kartları vardı. Gizlilik politikaları nedeniyle Steven bu hesaplara erişemiyordu. Tek istediği, son işlem tarihini ya da Nathan'ın en son ne zaman para çektiğini öğrenmekti.

Yerel polis departmanına ve Ankara'daki ABD Konsolosluğu'na kayıp kişi bildirimi yapmak zorunda kaldı. Ancak, bir gün boyunca telefonda yaşanan çılgınlığın ardından, banka ve kredi kartı şirketleri nihayet gerekli bilgileri Steven'a sağladı. Nathan, onlarla en son

BİRİNCİ KİTAP

iletişim kurduğundan beri ne bir harcama yapmış ne de para çekmişti. Hatta kaydedilen en son işlem, konuşmalarından üç gün öncesine aitti ve oldukça küçük bir miktardı.

Oğulları oldukça tutumlu bir hayat yaşıyor gibiydi. Steven, bunun Nathan'ın üniversiteden mezun olduktan sonra geliştirdiği bir alışkanlık olduğunu düşündü. Ne yazık ki, bu durum işleri daha da karmaşık hale getiriyordu, çünkü takip edilecek bir kredi kartı izi yoktu. Ayrıca Nathan, Türkiye'ye geldiğinde ABD Konsolosluğu'na kaydolmamıştı. Çoğu turist yapmazdı. Bu da konsoloslukla olan bürokratik süreçleri daha da zorlaştırmıştı.

Steven ve Kei JFK'den İstanbul'a direkt uçuşla gitmişlerdi. Para yıllardır onlar için bir sorun olmamıştı. Galvin eski bağlantıları sayesinde bir Türkçe tercüman ve havaalanında hazır bekleyen bir şoför tutmuştu. Türkiye'deki eski dostları ona Kei ile birlikte ülkeye varana kadar İstanbul polisine ihbarda bulunmamasını söylemişti. Süreç ABD'dekiyle aynı değildi. Polisle yüz yüze görüşmek "öncelikli muamele" için çok daha büyük bir fırsat sağlıyordu. Galvin bunun Amerikan dolarının harekete geçmek için iyi bir'teşvik sağladığı anlamına geldiğini düşündü.

Kime ve ne kadar gerekiyorsa faiziyle bile olsa ödemeye hazırdı...

Bir uçuş görevlisi usulca, "Size çay ya da kahve getireyim mi efendim?" diye sordu.

Steven karısına baktı. Doktorlarının birkaç gün önce yazdığı mega güçlü uyku hapları sayesinde Kei, uçağa bindikten yaklaşık beş dakika sonra sızmıştı.

Bir başka viski daha ısmarladı. Yanına aldığı kitap, tepside dokunulmamış duruyordu. Nathan dışında hiçbir şeye odaklanamıyordu. Yemek yiyemiyordu, ama bir içki daha iyi gelirdi. Türkiye'ye vardıklarında bol bol çay ve kahve içeceğini biliyordu.

Zihninde, Nathan'ı bulduklarında ona vereceği azarın provasını defalarca yapmıştı. Şirketini sattıktan sonra Steven'ın Midas'tan daha fazla parası olmuştu. Nathan hayatı boyunca bir gün bile çalışmak zorunda kalmayacaktı. Bu yüzden, oğulları onlara üniversiteden mezun olduktan sonra bir yıl boyunca seyahat edeceğini söylediğinde, ebeveynler bunun iyi bir fikir olduğunu düşünmüşlerdi. Ama yanılmışlardı. Nathan'ı bundan vazgeçirebilselerdi bugün bu durumda olmazlardı.

"Başka bir şey ister misiniz, efendim?"

Jan Coffey

Uçuş görevlisinin içkisiyle geri döndüğünü fark etmemişti bile. Başını iki yana salladı.

Küçük çocuklar küçük dertler, büyük çocuklar büyük dertler getirir. Steven, yıllar önce ilk iş ortaklarından birinin ona bunu söylediğini hatırladı. Nathan'ın çocukluğunu iş saatleri yüzünden kaçırdığı günlerdi. Arkadaşı ona, o büyük sorunlar ortaya çıktığında emekli olmak için yeterli parası olacağını hatırlatmıştı. Sert içkisinin yarısını mideye indirdi ve saatine baktı.

"Ne kadar kaldı?" diye sordu kendi kendine.

Kei'nin kendisini izlediğini görünce şaşırdı. "Uyuduğunu sanıyordum."

"Kendi kendine konuşuyorsun."

"Seni uyandırdığım için özür dilerim," dedi battaniyeyi Kei'nin omuzlarına doğru çekerek.

Başını iki yana salladı. "İnmemize ne kadar kaldı?"

"Saat 10:15'te geliyoruz, yani hâlâ birkaç saatimiz var," diye cevap verdi. "Biraz uyuduğuna sevindim. Buna ihtiyacın vardı."

Hâlâ sersem görünüyordu. "Rüyamda Nathan'i gördüm."

"Lütfen bana etrafında bir grup güzel kızla bir plajda olduğunu söyle."

Kei cevap vermedi. Gülümsemedi bile. Başını pencereye çevirdi ve güneş ışığıyla dolan perdeyi açtı. Steven içkisinden bir yudum daha aldı.

"İçmek için biraz erken, değil mi?" dedi omzunun üzerinden geriye bakarak.

"Hâlâ New York saatindeyim, yani saat gece yarısını biraz geçiyor."

Kei başını salladı ve tekrar pencereye baktı.

Steven, Nathan için endişeliydi ama karısı Kei için de endişeliydi. İlk endişe tohumları Kei'nin zihnine düştüğü günden beri, yavaş yavaş çökmeye başlamıştı. Uyku düzeni, beslenme alışkanlıkları, davranışları bozulmuştu. Steven, doktorlarına görünmesi için ısrar etmişti. Onu doktora bizzat kendisi götürmüştü.

Kei, anksiyete ilaçlarını reddetmişti. Uyuşmuş hissetmek istemiyordu. Klinik depresyonla savaşmıyordu ama uyumasına yardımcı olacak bir reçeteyi kabul etmişti. Bu da bir şeydi, en azından.

Kei'nin Nathan'ın ismini pencereye yazdığını gördü. "Ne gördün rüyanda?"

BİRİNCİ KİTAP

Kei, ona döndüğünde Steven, karısının güzel kahverengi gözlerinde yaşlar gördü. "Nathan yine küçük bir çocuktu."

Steven, Kei'nin ipeksi cildinden bir gözyaşını sildi. "Sonra?"

"Dört yaşındayken Fas'a yaptığımız geziyi hatırlıyor musun?" Steven hatırlıyordu. Nathan, o zamanlar çok enerjik ve çok küçüktü, bu yüzden gezilecek yerler onun pek ilgisini çekmemişti. Başını salladı.

"Rüyamda Kazablanka'daki o güzel camideydik. Hatırlıyor musun?"

"Hassan II Camii. Okyanusun hemen kıyısında olan. Hatırlıyorum. Çok büyüktü."

Steven, tur rehberlerinin onlara Mekke'den sonra bu yapının dünyanın en büyük dini anıtı olduğunu söylediğini hatırlıyordu. İçeride yirmi beş bin kişi için ibadet yeri vardı ve camiyi çevreleyen alan seksen bin kadar insanı daha alabiliyordu.

"Orası Nathan'ın gerçekten mutlu olduğu tek duraktı," dedi Steven. "Binlerce insan, hepsi anlamadığı bir dilde dua ediyordu ve o büyülenmişti."

"Rüyamda minarenin en tepesindeydi," diye fısıldadı Kei. "Duaları seslendiren müezzinin çıkıp ezan okuduğu yerde duruyordu."

Tur rehberleri, minarenin dünyanın en yüksek minaresi olduğunu söylemişti. Steven, Casablanca'da kaldıkları sürece minareyi gece gündüz her yerden görebildiklerini hatırlıyordu.

Elini uzatıp Kei'nin koluna koydu. "Oradayken minareye çıkmak için sürekli soruyordu. Merdivenleri tırmanmak istiyordu. Belki bu yüzden rüyanda onu gördün."

"Ancak rüyamda tehlikedeydi. Korkuyordu. Ama ona ulaşamıyordum. Hareket edemiyordum. Caminin önündeki o büyük açık alan insanlarla doluydu. Kalabalık her yönden üzerime geliyordu. Çığlık atıyordum ama sesim gürültüye karışıyordu."

Steven, rüyayı analiz etmeye çalışmanın bir anlamı olmadığını kendine hatırlattı. Kei, Nathan için endişeliydi ve uyansa da uyumasa da bu endişe, Nathan'ı görene kadar geçmeyecekti.

Gözlerini kapattı ve yanağından bir damla yaş daha süzüldü.

" Dinlenmen için uyuman gerekiyor, kabuslar görmek için değil," dedi Steven, gözyaşını silerken. "Bak, İstanbul'a varmamıza çok az

Jan Coffey

kaldı. Onu bulacağız, hayatım. Bulacağız. Sana söz veriyorum, onu bulacağız. O iyi, göreceksin."

Ancak bu sözler ağzından çıkarken Steven Galvin, son birkaç gündür karısına birçok söz verdiğini ve bu sözlerin hiçbirini yerine getiremediğini fark etti.

Bölüm 13

UMUTSUZLUK

New York Presbyterian Hastanesi

David Collier, acil servis bekleme odasında bir aşağı bir yukarı dolaşmayı bırakamıyordu. Ne yapacağını, nereye gideceğini, kiminle konuşacağını bilmiyordu. Başhekim, Leah'ya bir dizi test ve tarama yapacaklarını söyleyerek, David'den dışarıda kalmasını rica etmişti. Leah'nın etrafında serbest hareket edebilmeleri gerekiyordu. David'i kızının durumu hakkında bilgilendireceklerini söylemişlerdi, ancak şu anda orada durmakla sadece işlerine engel oluyordu.

David, çaresizce gezinmeye devam etti.

Kapıdan içeri giren genç asistan doktoru gördüğünde bir anda onun yanında bitti. Bu doktor, Leah'nın tedavisini yönlendiren başhekimin yanında gölgede kalıyordu.

"Bay Collier. Ben Doktor—"

"Kim olduğunu biliyorum," diye sözünü kesti David. "Kızıma ne oluyor?"

Doktor, tekerlekli sandalyede götürülen bir hastaya yol vermek için kenara çekildi. "Kızınız... Leah... şiddetli elektrolit dengesizlik-

Jan Coffey

leri geliştirdi. Kan testleri, vücudunda toksik atık seviyeleri gösteriyor. Aynı zamanda sıvı yüklenmesi de var. Tabii ki yapılması gereken testlerin henüz sadece bir kısmını tamamlayabildik."

"Peki şu anda ona ne yapılıyor? İlaçlar, diyaliz?" David, Nicole'ün şimdi yanında olmasını dilerdi. Bu tür durumlarla başa çıkmada ondan çok daha iyiydi.

"Kan nakline başlıyoruz. Anemiyi kontrol altına almamız gerekiyor. Ancak diyalize başlamadan önce onu yatırmamız gerekecek."

Genç doktor konuşmaya devam etti ama David'in bunları duymasına gerek yoktu. Senaryoyu zaten biliyordu. En kötü durumdaydılar. Leah'nın çocuk doktoru geçen hafta onunla bu konuyu konuşmuştu. Leah, daha önce böbrek nakli olduğu için transplant listesinde oldukça gerilerdeydi. Ama mucizevi bir şekilde başka bir donör bulunsa bile, sekiz yaşındaki kızının vücudunun organı büyük olasılıkla reddedeceği söylenmişti. David, kızına donör olamayacak kadar uyumsuzdu. Oysa Nicole, mükemmel bir eşleşmeydi. Fakat Leah'nın hastalığı teşhis edildiğinde Nicole'ün kanseri tüm vücuduna yayılmıştı.

Genç doktor, omzuna hafifçe dokundu ve David'i resepsiyonun olduğu pencereye yönlendirdi. Artık hiçbir şey net değildi, ne görüyordu ne de duyuyordu. Kızının böbrekleri iflas ediyordu. David'in zihni de aynı yolu takip ediyordu. En yakındaki sandalyeye çöktü, başını ellerine gömdü. Çocuk doktoru ona bu durumlarda Leah'nın hastanede kalması ve sürekli diyalize bağlanması gerektiğini söylemişti... ta ki yeni bir donör bulunana kadar. Sonra yine aynı süreç başlayacaktı.

Koca bir adamdı, ama ağlıyordu. Nicole ölmüştü ve bunu engellemek için yapabileceği hiçbir şey olmamıştı. Şimdi de kızı.

"Sanırım bunu düşürdünüz."

Adamın sesi onu ürküttü. Başını kaldırdı ve yanındaki adamın elinde tuttuğu manila dosyaya baktı.

"Hiç sanmıyorum. O benim değil."

"Eminim ki sizin," dedi adam. "İçine bir göz atsanız iyi olur."

David'in bu saçmalığa tahammülü yoktu. Dosyayı adamın elinden hızla çekti ve açtı.

Adının, üzerine yazılmış olduğu bir mektup, kalın bir belge yığınının tepesine kıskaçlanmıştı. David, mektuptaki anteti hemen

BİRİNCİ KİTAP

tanıdı; Leah'yı götürmek istediği Almanya'daki araştırma hastanesinin anteti... Sigorta şirketinin reddettiği programın.

"Bu da ne?" diye fısıldadı David alçak bir sesle. Mektup ona hitaben yazılmıştı. Hızla göz gezdirdi. Bu, kabul mektubuydu; mali düzenlemelerin onaylandığını ve Leah'nın organ klonlama programına katılmasını kabul ettiklerini belirtiyordu.

"Bu ne?" diye tekrarladı David. Yanındaki adama döndü. "Ve siz kimsiniz?"

Bölüm 14

KORKU

İstanbul, Türkiye

"ADINIZ?"

"Ben Nathan Galvin. Yirmi üç yaşındayım. ABD vatandaşıyım. Bir turistim... ve suya ihtiyacım var." athan, bu cümleyi kaç kez tekrarladığını hatırlamıyordu. Bugün onu sorgulayan adam, dün onu sorgulayan kişiden farklıydı. Bu, kendisini nispeten bilinçli hissettiği tek sorgulama olmuştu. Bitkindi ve çok zayıf düşmüştü, ama en azından kafasına vurmayı bırakmışlardı.

Sorgucusu yolun karşısında oturuyordu, küçük metal masa onları ayırıyordu. Ampulün loş ışığında adamın yüzü görünüyordu ve kimliğini gizlemeye çalışmıyordu. Bileklerinden düğmeli, siyah desenli bir spor gömlek giymişti. Elleri masanın üzerinde belirdiğinde Nathan'a narin göründü. Bir müzisyenin ya da bir bilginin elleri gibiydi.

Dün Nathan'ın ellerini ve ayaklarını çözmüşlerdi. Artık onu bir tehdit olarak görmediklerini biliyordu. Onu buraya getirdiklerinden beri hiç yemek yememişti ve bu ona zarar veriyordu. Ona çok az su vermişlerdi.

"Adınız?" diye tekrar sordu adam.

BİRİNCİ KİTAP

Bu adam, kusursuz bir İngilizceyle konuşuyordu ve hafif bir İngiliz aksanı vardı. Son iki sorgulayıcı da yüzlerini saklamaktan çekinmemişti. Bu durum, Nathan'ı dehşete düşürüyordu. Ne söylerse söylesin, onu öldüreceklerinden korkuyordu.

"Adınız?" adam, aynı tekdüze tonla tekrar sordu. Ne öfke vardı ne de dayak, sadece aynı soru, defalarca.

"Lütfen bizi daha ikna edici yöntemler kullanmaya zorlamayın. Sadece bize dürüst olmanızı istiyoruz."

"Öyleydim," diye mırıldandı Nathan. "Dinlemiyorsun."

"Adınız?"

Nathan, aynı oyunu oynamak zorundaydı. Sadece yetkililerin ona izin verdiği bilgileri tekrar etti ve başka bir şey söylemedi. Bu insanların kim olduğunu bilmiyordu—Türkler, Araplar, Iraklılar, Kürtler, İranlılar mıydılar? Hangi El-Kaide grubuna bağlı olduklarını anlamıyordu. ABD'nin Orta Doğu'daki politikalarından nefret eden pek çok kişi vardı ve Nathan bunları kesin olarak ayırt edemeyecek kadar acemiydi.

Odanın kapısı gıcırdayarak açıldı ve Nathan sırt çantasının kendisini sorgulayan adama teslim edildiğini gördü.

Sırt çantasının önündeki masaya boşaltılmasını sessizce izledi. Ayakta duran adam her şeyi karıştırırken Nathan içindekilere baktı. Küçük not defterini eline aldı. Nathan onun cebinde olduğunu hatırladı.

"Bunlar yol tarifi. Ne için?"

Bellekler masanın üzerinde değildi. Nathan'ın onları esir alanların elinde olduğundan hiç şüphesi yoktu. "Biri bana bu talimatları verdi ve Kapali Carsi'da onun için bir flash bellek takas etmemi istedi. Ben de oraya gidiyordum. O dükkâna." Not defterini işaret etti.

"Yol tarifini kim verdi?"

"Size yüzlerce kez söyledim. Kaldığım otelde kahve içerken tanıştığım bir çocuk. Onu tanımıyorum. Sadece tesadüfen karşılaştım. Amerika'ya gidiyordu ve bir arkadaşına stick drive'ını geri vermeyi unutmuştu."

"Bunu yapmayı neden kabul ettin?"

"Bilmiyorum. Bana birkaç dolar teklif etti. Paraya ihtiyacım vardı ve bildiğim azıcık Türkçeyi pratik etmek için iyi bir fırsattı. Yanlış bir şey yaptığımı düşünmedim."

69

Jan Coffey

Nathan masanın üzerinde duran diğer eşyalara baktı. Beyzbol şapkası, eldivenleri, bir turist defteri ve lira cinsinden nakit para. Bilerek cüzdanını yanında getirmemişti. "Cebimde bir cep telefonu vardı. Eşyalarımın arasında olmalıydı. Burada, masanın üzerinde değil."

Belki cep telefonunu açarlarsa, yeri tespit edilebilirdi. Nathan, ailesinin şimdiye kadar kendilerini çoktan aramaya başlamış olduklarını tahmin edebiliyordu.

Adam Nathan'ı duyduğuna dair hiçbir işaret vermedi. Eşyaları karıştırmaya devam etti.

"Sende olduğunu biliyorum," diye ısrar etti Nathan. "Gerçek adımı öğrenmek istiyorsan, cep telefonumdan aradığım numaralara bak. Ara onları. Ailemi ara. Yemin ederim, doğruyu söylüyorum. Ben bir turistim. Neyi ya da kimi aradığınızı bilmiyorum. Ama ben değilim."

Onu esir alan kişi defteri aldı ve diğer her şeyi masanın üzerine geri bıraktı.

"Hiçbir şeye dokunma," dedi, ardından odadan çıktı ve Nathan'ı yalnız bıraktı.

Bölüm 15

TERÖR

Belfast, İrlanda

FINN, Pazar sabahı Saint Brigid Kilisesi'nin otoparkında karısı ve iki çocuğunu bekliyordu. Ayinin başlamasına daha yirmi dakika vardı ve o, havaalanından doğruca buraya gelmişti.

Malone Yolu'nun yakınlarında arabasını park ettiği yerden, eski kırmızı tuğlalı kilisenin yanında devam eden bina inşaatını görebiliyordu. Finn için Saint Brigid, Belfast'ta değişen zamanın bir simgesiydi. Bu kilise, yüz yıl önce şehrin Protestan egemen sınıfı için çalışan Katolik hizmetkarlar için inşa edilmişti. Bugün ise bu kilise şehrin en hızlı büyüyen ve en zengin kilisesiydi.

Finn, Monsenyör Cluny'nin yandaki mabedin inşası için talep ettiği üç milyon dolar için yüklü bir bağışta bulunmuştu. Finn, bunu gururla yapmıştı Dört yıl önce bu bölgeden bir ev satın aldığından beri ailesinin cemaati burası olmuştu. Her şey göz önüne alındığında, bu çok yerinde bir haraketti. Lanet olası evin değeri şimdiden iki kat fazla artmıştı.

Bugünlerde Belfast'in en pahalı evlerinden bazıları güney yakasındaki bu zengin yerleşim bölgesinde yer alıyordu. Malone Yolu'nu

Jan Coffey

zengin Katolik ve Protestanların birlikte yaşadığı "karma" bir bölge olarak adlandırıyorlardı. Finn ve kardeşi Thomas'ın büyüdüğü mahallelerden çok farklıydı.

Finn, bu kilisenin ve bu mahallenin, IRA ile yıllarca sürmüş olan mücadeleyi haklı çıkardığını düşünüyordu. Ama artık öldürme ve bombalama işlerini bırakmışlardı. Çoğu Katolik artık eşit görülüyordu. Ya da en azından kendilerini öyle görüyorlardı. Finn de öyleydi. Bunun için savaşmıştı ve bunu hak ediyordu. Kardeşi Thomas'ı, hak mücadelesi için yapılan lanet olası bir kavgada kaybetmişti. Sahip olduklarının tadını çıkarmak için her türlü hakka sahipti ve hâlâ sorun var diye sızlananlara da lanet ediyordu.

Geçen hafta Katolik bir erkeğin işsiz kalma ihtimalinin Protestan bir erkeğe göre 2,5 kat daha fazla olduğunu ve Katoliklerin şirketlerin yönetim kademelerinde hala yeterince temsil edilmediğini söyleyen bir broşür okumuştu. Şüphesiz bunda doğruluk payı vardı ama bu savaşları vermek artık başkalarının işiydi.

Bir Mercedes otoparka girdi ve ona korna çaldı. Finn, arabada oturanlara başıyla selam verdi. Arkasından bir Volvo geldi ve sürücüsüne aynı şekilde tanıdık bir bakış attı.

Karısının Mercedes SUV'sini Malone Yolu'ndan gelirken gördüğünde arabadan indi. İş için ayda birkaç kez şehir dışına çıkması gerekiyordu ve Kelly'yi özlüyordu. İkizleri ise daha da çok özlüyordu. Kelly, arabanın yanına park ederken, oğlanların arka koltukta zıpladığını şimdiden görebiliyordu.

Arka kapıyı açtı, beş yaşındaki Conor ve Liam, yaramaz çocuklar gibi hemen dışarı atıldılar.

Babalarına ulaşmak için birbirlerinin üzerine tırmanmaya çalışırken aynı anda "Bize ne getirdin baba? Bu sefer ne aldın?" diye sordular.

Davranışlarına bakılırsa, sanki iki yaşındalarmış gibi davranıyorlardı. Dikkat çekmeye çalışırken ise minik birer yaramaza dönüşüyorlardı.

"Ayinden sonra söylerim," dedi çocuklara ve onları kucakladı. Ceketlerini düzeltmeye çalıştı, ancak enerjileri o kadar yüksekti ki hareket etmeden duramıyorlardı.

"Hadi Baba. Şimdi söyle!"

"Ayinden sonra dedim. Ayin sırasında uslu dururursanız söylerim."

"Arabana bakmamıza izin ver," dedi biri.

BİRİNCİ KİTAP

"Evet, hadi bakalım," diye onayladı diğeri.
"Ne dedim ben?" Finn sert görünmeye çalışarak, "Ayinden sonra," dedi."
"Bize video oyunu getirdin mi?"
"Evet, geçen seferki gibi. Öyle mi?"
Finn başını salladı ve çocukları bacaklarından sararak kucakladı ve eliyle şakacı bir şekilde ağızlarını kapattı. Karısına baktığında Kelly'nin arabadan inmek için acele etmediğini fark etti. Dikiz aynasında makyajını kontrol ediyordu. Yolunda olmayan bir şeyler vardı.
"Kiliseye geçin çocuklar, anneniz ve benim için de bir yer ayırın."
Finn, arabanın sürücü tarafına dolanıp kapıyı açtı. Kelly ona dönüp gülümsedi.
Makyajı ve gülümsemesi bile karısının ela gözlerindeki yaşları saklamaya yetmiyordu.
Açık kapının önünde çömelerek "Ne oldu, hayatım?" diye sordu. "Çocuklar bu sabah yine çok mu zorladılar?"
Pazar sabahları evde yeterince zaman geçirmişti; çocuklara kilise kıyafetlerini giydirmek ve buraya gelene kadar kıyafetlerini temiz tutmaları için sekiz ele ihtiyacın olduğunu biliyordu.
"Hiç sorun çıkarmadılar." Başını salladı ve çantasından bir güneş gözlüğü çıkarıp taktı. Hava kapalıydı. Dışarı çıktı ve arabayı kilitlemeden önce ona sarılıp dudaklarına hızlı bir öpücük kondurdu.
"Hadi içeri girelim. Geç kalmak istemiyorum."
Bir taraftan arabalar gelmeye devam ediyordu. "Geç kalmayız. Seni üzen şey ne Kelly?"
"Mick," dedi sessizce.
"Ne olmuş ona?" diye sordu hemen. Mick, Thomas'ın oğluydu. Finn, Thomas'ın ölümünden sonra yeğenini kendi oğlu gibi yetiştirmişti. Mick şimdi on dokuz yaşındaydı ve evcil bir tilki kadar akıllıydı. Finn'in ailesinde üniversiteye kabul edilen ilk gençti.
"Evde." dedi Kelly, sesini alçaltarak. "Bir arkadaşı onu bu sabah kapının önüne bırakmış. Yatağına ben yatırdım, Finn. Tamamen sarhoştu... Tamamen uyuşturulmuş..."
Arabalarını park etmiş olan diğer cemaat üyeleri de kiliseye doğru giderken yanlarından geçiyorlardı ve bazıları ise selam vermeye başlamıştı, bu da konuşmayı kesmelerine neden oldu. Finn başını salladı ve gülümsedi, bir yandan da söylenenlere aldırış etmi-

73

Jan Coffey

yordu. Karısının elini tutarak cemaatle birlikte kiliseye doğru ilerlediler.

Finn, bu son iki ay içerisinde üç kere oldu diye düşündü, midesi bulanıyordu. Mick evdeyken böyle şeylere dokunmazdı. Temiz bir çocuktu. Ne içkiyle arası vardı, ne de ciddi bir kız arkadaşı olmuştu. Çok çalışkan bir delikanlı olduğu kesindi. Ama ona bir şeyler oluyordu, hem de iyi bir şeyler değil. Finn bunun olmasına izin veremezdi. Thomas'ın oğluna daha iyi bakmalıydı.

Monsenyör Cluny kapıda cemaat üyelerini selamlıyordu. "Finn, Kelly, ikizleri gördüm. Onların arkasından sizin de geleceğinizi düşünmüştüm."

Kelly, çocuklara bakması gerektiğini söyleyerek hızlı bir bahane uydurdu. İçeri girerken gözlüklerini çıkardı. Finn de karısını takip etmek üzereydi, ama rahip kolundan tutup onu durdurdu.

"Ayinden sonra biraz daha kalabilir misin Finn? Seninle biraz konuşmak istiyordum."

Finn şaşırdı. Genelde rahip büyük bağışçılarıyla rektörlükte çay içerek ya da ciddi para konuları için son duadan sonra O'Rourke's'ta bir iki bardak içerek buluşmayı severdi.

"Elbette, Monsenyör. İhtiyacınız olan bir şey var mı?"

"Hayır, hayır. Öyle bir şey değil. Şey... Mick hakkında konuşmamız gereken bazı şeyler var."

Bölüm 16

KAYIP

. ALANNA, geçen hafta boyunca her gün işe gitmek zorunda kaldı. Sanki hiçbir şey olmamış gibi davranması gerekiyordu. Ray, San Francisco bölgesine geri döndüğünün kimse tarafından fark edilmemesi için rutini bozmamasını istemişti.

Evindeki o ilk günden sonra Alanna nerede ve ne zaman buluşacaklarını bilmiyordu. Onunla iletişim kuramazdı; Ray, bunun çok tehlikeli olduğunu söylemişti. Her gün, kimliği gizlenmiş bir numaradan geç saatlerde onu arıyordu. Ona nereye gideceğini, ne zaman orada olması gerektiğini söylüyordu. Kimsenin onu takip etmemesi için son derece dikkatli olmak zorundaydı.

Her gün farklı bir motelde buluşuyorlardı. Ancak nerede buluşurlarsa buluşsunlar, genelde sadece birkaç saatlik bir süre için bir araya gelebiliyorlardı. Moteller genellikle San Jose ya da Fremont'taydı; insanların nadiren bütün gece kaldığı, genellikle nakit ödedikleri yerlerdi. O gün birlikte bile olmamış, sadece yatağa uzanıp konuşmuşlardı. Birbirlerine sarılıp ve pencerenin dışında Pasifik Okyanusu'nun kıyıya vuran dalgalarını dinlemişlerdi.

Alanna bugünlerde kendini daha farklı görüyordu. Bunların hiçbirinden rahatsız olmamıştı. Utanmıyordu bile. Birlikte geçirdik-

75

Jan Coffey

leri her an için mutluydu. Hayatta ona ikinci bir şans verilmişti ve bu şansı sonuna kadar kullanmayı planlıyordu.

Ancak, Ray ile birlikte ortadan kaybolmaya karar vermiş olmalarının gerçekliği ve bunun ortaya çıkaracağı sonuçlar vicdanını rahatsız ediyordu. Ray dışında, hayatında değer verdiği iki şey vardı: büyükannesi ve işi. Alanna ortadan kaybolursa, her ikisi de zarar görecekti.

Alanna'nın NASA'da işe başladıktan sonraki ilk işi, büyükannesini hayatının geri kalanında rahat edebileceği bir yere yerleştirmek olmuştu. Lucia'nın bir kez daha çalışmasını kimse istemiyordu. Artık ev temizlemek ve yabancıların çocuklarına bakmak yoktu. Elbette Lucia'nın bununla bir ilgisi olmayacaktı. Tabii ki Lucia bunu asla kabul etmedi. Çalıştığı aileyi ve çocukları çok seviyordu; çocuklar büyüyüp üniversiteye gidene kadar da çalışmaya devam edecekti. Ancak bir yıl önce, nihayet ikna olup seksen yedi yaşında emekli olmuştu.

Alanna, büyükannesini Mountain View'da kendi odasının olduğu, tüm yemeklerinin hazırlandığı ve ihtiyaçlarının karşılandığı bir huzurevine yerleştirmişti. Ama bu sadece başlangıçtı. Lucia artık Alanna'ya her zamankinden daha yakın olmak istiyordu. Çoğu pazar gününü birlikte geçiriyorlardı. Bunun dışında, Alanna haftada bir kez, büyükannesini evine getirip gelecek hafta için tüm yemeklerini hazırlamasına izin veriyordu.

Ray'in kazası Lucia'yı da derinden etkilemişti. Lucia onu sevmiş, yanındayken üzerine titremiş ve ölümünü oldukça zor karşılamıştı. Alanna'nın Ray'in hayatta olduğu haberini büyükannesiyle paylaşamaması çok üzücüydü. Ve hepsinden daha da trajik olan, Alanna'nın bir gün sonsuza dek ortadan kaybolmasının Lucia üzerinde nasıl bir yıkım yaratacağını hayal edememesiydi. Alanna büyükannesinin sahip olduğu tek gerçek aileydi.

Lucia, Alanna'nın büyükbabasını Alanna doğmadan yıllar önce terk etmişti ve büyükbabası beş yıl önce vefat etmişti. Lucia'nın Meksika'daki son ağabeyi ve kız kardeşleri de öldükten sonra, sınırın güneyindeki akrabalarıyla iletişimi önce yavaş yavaş, sonra da nihayet kesilmişti. Her ikisi de Alanna'nın annesini neredeyse otuz yıldır görmemişlerdi. Nerede olduğunu ya da nasıl yaşadığını bilmiyorlardı. Alanna, büyükannesinin tek kızını kaybetmemiş olmasının

BİRİNCİ KİTAP

ona hala büyük bir acı verdiğini biliyordu. Lucia'nın hayatında sadece Alanna kalmıştı.

Suçluluk duygusu Alanna'nın vicdanını kemirmeye başlamıştı. Ancak bunun ötesinde bir şeyler vardı, diye düşündü. Lucia'ya karşı hissettikleri çok daha yoğundu. Bunca yıldır yanında olan kadını nasıl bırakıp gidebileceğini bilmiyordu. Ebeveyni, hayatının temeli, onu güçlü bir insan yapan kişi olan Lucia'yı en az Ray kadar seviyordu... hatta belki de daha fazla...

Alanna, bu gerçeği kabul etti. Büyükannesini kendinden bile daha çok seviyordu.

Masanın başında otururken, düşüncelerinin derinliklerinde kaybolmuştu. Alanna, planlarının her yönünü ve bu eylemlerin sonuçlarını tartarken duygular denizinde boğuluyordu. Bu işin nasıl yürüyeceğini bilmiyordu. Bu imkânsızdı. Hayatı çok karmaşıktı. Öylece çekip gidemezdi.

Açık olan kapısının çalınmasıyla irkildi. Bilgisayar ekranına ve bir süredir bakmakta olduğu e-postaya döndü. Henüz tek bir satırını bile okumamıştı.

"Şu an müsait misin, Alanna?"

Phil Evans ve Jill Goldman kapısının önünde bekliyordu. Phil, bugün mutlaka bir araya gelmeleri gerektiğini söylemişti. Alanna onları içeriye davet etti.

"İyi misin?" diye sordu Phil.

Alanna yanaklarına dokundu. Sıcaktılar. Kendini biraz halsiz hissediyordu. Bardaktaki sudan bir yudum aldı ve şu ana, işine ve ona güvenen insanlara odaklanmaya çalıştı.

"Ben iyiyim. Biraz fazla düşündüm." Alanna ortamı yumuşatmak için hafifçe alnına dokundu. "Beynimin kabloları biraz ısınıyor sanırım."

"Yarın büyük gün," dedi Jill.

Ray'in ortaya çıktığı günden beri Alanna genç mühendise ısınmaya başlamıştı. Hatta Jill'i, yarın üst düzey yöneticiler ve misafirlerine sunum yapacak ekibe dahil etmişti. Bu şirkette yükselmenin ve daha fazla para kazanmanın en hızlı yolunun, yöneticilerin dikkatini çekecek bir pozisyonda bulunmaktan geçtiğini biliyordu. Kendini yetenekli, rahat iletişim kurabilen ve yaptığın işten gurur duyan biri olarak göstermen gerekiyordu.

77

Jan Coffey

"Harika olacağına eminim," dedi Alanna, genç kadına güven vererek.

"Sunumumun kendi bölümünü sana e-posta ile gönderdim. Umarım sorun olmamıştır," dedi Jill.

"Gayet iyi. Unutma, göz teması kur. Okuma, anlat." Phil ona, "Kongre'nin Bilim Gözetim Komitesi'nin yarın toplantıya katılacak üç yeni üyesi var," diye hatırlattı. "Bu adamlar ne yaptığımız ya da fonlarımız kesilirse sonuçlarının ne olacağı hakkında neredeyse hiçbir şey bilmiyorlar. Ve görünüşe göre ikisi uzay programlarındaki federal harcamaları kesmeye sıcak bakıyor."

Her yıl, Kongre'ye yeni üyeler seçildiğinde komite üyeliklerinde değişiklikler olurdu. Yeni üyelerin, yapılan işin önemi hakkında bilgilendirilmesi ve ikna edilmesi gerekirdi.

"İstatistiklerin ve bilginle onları etkileyeceğine güveniyoruz," dedi Phil.

"Onları korkutmak demek istiyorsun," diye düzeltti Alanna.

"Şok ve hayranlık uyandırma ve onları etkilemek her zaman işe yarar. Sen bu işte harikasın."

Alanna, Phil'in söylediklerine inandığını biliyordu. Aslında, projede çalışan herkes aynı şekilde düşünüyordu. Alanna, projeleri yönetmeye başladığından bu yana, hibe akışları devam etmişti. Diğer programların bütçeleri kesilirken, onunki büyümüş ve daha fazla fon almıştı. İyi bir risk olarak görülüyordu. Verdiği sözleri tutuyordu. Ancak her şeyin çalışmasını sağlayan sadece basit bir sunum değildi. Yine de, bunun iyi bir başlangıç olduğunu biliyordu. Bu yüzden kendisinin ve ekibinin her zaman hazırlıklı olduğundan emin oluyordu. Yarın da hazır olacaktı.

Telefonu çaldı. Alanna ekrana baktı ve arayanın Ray olduğunu fark etti. İçinde bir suçluluk duygusu belirdi. Aramayı yanıtlamak istiyordu ama toplantının başında izin istemek de pek uygun olmazdı. Phil'in, işiyle ilgili sorumluluklarını savunması gerektiğinde son derece gerginleşme eğiliminde olduğunu biliyordu. Yarınki sunumda değinecekleri her bir maddeyi tek tek gözden geçirmeden içi rahat etmeyecekti. Alanna, Jill'in de aynı şekilde hazırlanması gerektiğini düşünerek, Phil'in bu titiz yaklaşımını uygun buldu. Telefonun çalması durdu.

"Ortadoğu'daki savunma harcamaları nedeniyle bütçemiz,

BİRİNCİ KİTAP

yıllardır gördüğümüz en zorlu eleştirilere maruz kalacak. Onları ikna etmemiz gerekiyor ki—"

Telefon yeniden çaldı.

"Bana bir saniye izin verseniz, olur mu?" diyerek ahizeyi aldı ve onlara arkasını döndü.

Phil'in, "Kahvemi masamda unuttum," dediğini duydu ve Phil odadan çıkarken peşinden baktı. Alanna, telefonu kulağına yaklaştırıp sesini sakin tutmaya çalıştı. "Dr. Mendes."

Alanna telefonu kulağına dayadı ve sesini düz tutmaya çalıştı. "Dr. Mendes."

Tahmin ettiği gibi, arayan Ray'di.

"Bu gece buluşamayacağız," dedi Ray, yumuşak bir sesle.

Hayal kırıklığına uğraması gerekirdi ama içini bir rahatlama kapladı. Kendi tepkisi onu şaşırtmıştı. Yine de bunun, ekibinin yarınki sunuma hazırlanmak için zamana ihtiyacı olduğunu söyleyen mantıklı ve dakik yanından kaynaklandığını biliyordu.

"Üzgünüm," dedi Ray.

"Sorun değil." O sırada Jill'in hâlâ odada olduğunu fark etti.

"Sana bunu telafi edeceğime söz veriyorum, hem de birkaç farklı şekilde..."

Alanna, olabildiğince rahat görünmeye çalışarak "Beklenmedik bir şey mi oldu?" diye araya girdi. Yüzünün ısındığını hissedebiliyordu. Onun bunu nasıl telafi etmeye çalışacağını çok iyi biliyordu.

"Yanında biri mi var?"

"Evet." Alanna ayağa kalktı ve masasının arkasındaki kitaplığa doğru ilerleyerek genç mühendisle arasına biraz mesafe koydu.

"Müsait olduğumda seni ararım."

"Bu gece geç saatlere kadar çalışacağım," diye ekledi Alanna.

Bir duraklama oldu. "Onlara kendinden çok fazla şey veriyorsun. Onları yavaş yavaş sütten kesmeye başlamalısın. Sensiz yapmayı öğrenmek zorundalar."

Alanna, onun bu uyarıcı tonunu tanıyordu. Ray, Alanna'nın işini bazen her şeyin önüne geçirdiğini biliyordu. Bu duruma izin veriyordu çünkü hep böyle olmasını istemişti. Ray de bunu çok iyi biliyordu.

Asıl problemin ne olduğunu anlamak umuduyla, "Bir sorun mu var?" diye sordu.

79

Ray uzun bir süre sessiz kaldıktan sonra cevap verdi. "Belki gitmem gerekebilir."
Alanna'nın kalbi sıkıştı. "Yalnız mı?"
"Bu sefer... ama endişelenme. Geri döneceğim, aşkım. Görmem gereken biri var."
"Kim?"
"Daha önce de söyledim, Ali. Bu konuda konuşamam. Ama bu görüşme, tüm bu karmaşayı aşmamız için bir fırsat olabilir," diye güven verici bir tonda konuştu.

Alanna, bu karmaşadan onları kurtaracak olan şeyin nasıl biri ya da nasıl bir şey olabileceğini kestiremiyordu. Yokluğunun büyükannesi üzerinde yaratacağı etkiyi düşündükçe içi daralıyordu. Phil ve Jill'le yaptığı bu toplantı da ona NASA'nın STEREO görevinde ne kadar vazgeçilmez bir figür olduğunu bir kez daha hatırlatmıştı. Öylece her şeyi bırakıp gitmek imkânsızdı. Bunu itiraf edemiyor olsa da aslında gerçekten gitmek isteyip istemediğinden bile emin değildi. Mantıklı tarafı onu gerçeklerle yüzleşmeye zorluyordu.

"Seninle nasıl iletişime geçebilirim?" diye sordu aceleyle, ikisinin de bir süredir sessiz olduğunu fark etti. Konuşmaları ve bir yol bulmaları gerekiyordu. Birlikte gitmeyeceklerse bile, belki bir şekilde görüşmeye devam edebilirlerdi. Onun hayatta olduğunu bildiğine göre artık her şey çok daha farklı olabilirdi.

"Sana mesaj atarım. Eğer acil bir şey olursa, bana her zaman mesaj yazabilirsin," dedi Ray. "Ancak o numarayı arayamazsın."

"Bir karar vermeden önce bir araya gelmemiz bizim için önemli," diye hatırlattı ona.

"Görüşeceğiz. Sana haber vereceğim," dedi Ray yumuşak bir ses tonuyla. "Seni seviyorum, Ali. Lütfen bana güven. Şimdi gitmem gerek."

Tüm mantığını bir kenara bıraktı ve boğazı düğümlendi. Ray telefonu kapattığında, Alanna orada, sırtı Jill'e dönük şekilde, hâlâ telefonda olduğunu hatırlayarak durdu. İçinde kabaran duygularla savaşmaya başladı. Hayal kırıklığı, kafa karışıklığı, kararsızlık. Kendini toparlaması gerekiyordu. Alanna, Ray'in bu kişiyle buluşmasını istemiyordu; sorumluluklarından kolayca sıyrılabileceğini düşünmesini istemiyordu.

Konuşma devam ediyormuş gibi yaparak "Tamam, kulağa harika geliyor," dedi. "Güle güle."

BİRİNCİ KİTAP

Arkasını döndü ve telefonu ahizeye geri yerleştirdi. Phil'in kahve almaktan dönmediğini görünce rahatladı.

"Özür dilerim," dedi Jill sessizce.

Alanna genç mühendise merakla baktı. "Ne için?"

"Dinlediğim için. Telefonla konuşurken odandan çıkmadığım için," diye yanıtladı Jill.

Alanna, diğer kadının çok bir şey duyduğunu ya da konuşmanın neyle ilgili olduğunu anladığını sanmıyordu. "Kalmanda bir sakınca yoktu. Gizliliğe ihtiyacım olsaydı bunu seninle paylaşırdım."

"Ah, biliyorum," dedi Jill utangaç bir ifadeyle. "Otobüste seni rahatsız ettiğim sabah, departmanda işten ne zaman kovulacağıma dair bahis açıldı."

"Demek ben de senden para kazanabilirdim, öyle mi?" diye şaka yaptı Alanna.

Phil elinde ağzına kadar taze kahveyle dolu büyük boy kupasıyla içeri girdi. "Pekâlâ, yarına odaklanmaya hazır mıyız?"

Alanna rahatlamıştı. Ray'in araması onu birkaç dakika önce altüst etmiş olsa da, artık dikkatini tek bir şeye yani ikiz uydularını uzayda tutmaya yönlendirebilecekti.

81

Bölüm 17

DESPAIR

New York Presbyterian Hastanesi

BAZEN, bir hayat tehlikede olduğunda, doğru ile yanlış, yasal ile yasadışı arasındaki seçim, aslında bir seçim değildir. David Collier için de bu bir tercih meselesi değildi. Önünde tek bir yol vardı. Ve eğer bu yol, kızına yaşama şansı vermek demekse, gözünü kırpmadan sonuna kadar bu yolda yürüyecekti.

Onunla görüşmeye hevesli olan adam, Hank Diarte, Almanya'daki klinikten gelen mektubu ona veren adamla aynıydı. David, görüşmeye gitmeyince, Diarte, David'in evini aramış ve bakıcı ona Leah'nın acil durumundan bahsetmişti. Bunun üzerine Diarte, hastaneye gelmişti. David'in yapacağı iş hakkında hemen çok az şey söylenmişti ve bir bakıma David için de o kadar önemli değildi. Diarte, ona kızının hayatını kurtarma şansı sunuyordu. Soru sormak için daha sonra zamanı olacaktı.

Leah'nın hastaneye yatırılmasının ardından David, kızının pediatri uzmanı ve nefrologu ile bir araya geldi. Doktorlar ona neler yapıldığına dair kısa bir açıklama yaptılar. Kan nakli işe yaramıştı, ancak hâlâ daha yapılması gereken birçok test vardı. David, kızının

BİRİNCİ KİTAP

Almanya'daki klinikte tedavi edilmesi için yapılan düzenlemeleri anlattığında, her iki doktor da hayli heyecanlanmış ve açıkça rahatlamışlardı. Pediatri uzmanı hemen Almanya'daki doktorlarla bir telekonferans yapmayı önerdi. Leah'nın orada göreceği tedaviye en iyi şekilde hazırlanmak gerekiyordu.

Onlar telefon görüşmesinin lojistiği üzerinde çalışmaya başladıklarında David de koridorda Diarte'a katıldı. Acil servisin bekleme salonunda tanıştıklarından beri, adamla ilk kez konuşma fırsatı buluyordu. Şimdi, sorularını sormak için zamanı vardı.

"Bay Diarte, kızımın durumunu nasıl öğrendiniz? Nasıl oldu da Almanya'daki klinikle temasa geçtiniz? Elimizdeki en iyi tedavi şansının bu olduğunu nereden biliyorsunuz?" diye sordu.

"Nasıl geçmişinizi bildiysek, bunu da biliyoruz, Bay Collier," dedi Diarte.

David'in birçok geçmiş bilgisi, mahkeme kayıtlarından halka açık bilgilere dayanıyordu. Ancak Leah'nın tıbbi dosyaları özeldi ve bu insanlar bunlara ulaşmışlardı.

"Ama nasıl oldu da işvereniniz klinikle iletişime geçme ve ayarlamaları yapma kararını verdi? Henüz benimle görüşmemiştiniz bile. Hakkımda bilmediğiniz o kadar çok şey vardı ki."

Diarte ona, "İlk andan itibaren kızınızın içinde bulunduğu kritik durumu biliyorduk," dedi. "Aciliyeti hissettik. Vakit kaybetmek istemedik."

"Ya iş için en uygun aday değilsem?" diye sordu David.

"Adaylarla ilgili araştırmalarımızda çok titiz davranırız. Siz en iyi adaysınız Bay Collier. Bunu sizinle temasa geçmeden önce de biliyorduk. İş sizindir. Mülakat sadece bir formaliteydi."

David, klinikten gelen mektubun Diarte'den ilk telefon aldığı tarihten önceye ait olduğunu hatırladı. "Peki ya bu işin bana uygun olmadığını düşünseydim? Ya hâlâ öyle düşünürsem?"

Diğer adam gülümsedi. "İşverenim bizim iş görüşmemizin sonucundan bağımsız olarak, kızınızın durumunun aciliyetinin ele alınması gerektiğine karar verdi..."

"Bu, işvereninizin çok cömert olduğu anlamına geliyor," dedi David.

"Belki, Bay Collier, ancak aptallık değil. Riskler tartıldı. Sizinle anlaşabileceğimizden emindik."

Pediatri kanadı için ayrılan geniş salonun dışındaki bir alanda,

Jan Coffey

bir otomatın yanında durdular. Bir düzine endişeli ebeveyn ya da hasta yakını salonun etrafına dağılmış durumdaydı. David, elindeki bozuk paraları salladı. Otomatlardan ne alması gerektiğine odaklanamıyordu.

"Benden ne yapmamı istiyorsunuz?" diye sordu.

"Proje, kısa süreli bir seyahat göreviyle başlıyor. En fazla birkaç hafta."

"Fakat benden ne yapmamı istiyorsunuz?" diye yineledi David.

"Pozisyon, uluslararası bir bankacılık meselesine bağlı bazı dosyaların denetlenmesini içeriyor."

David söylenenlere inanamayarak, "Denetleme," diye tekrarladı. Kimse bir denetçi tutmak için Leah'nın tedavisine tahakkuk edecek türden bir masraf yapmazdı. "Niteliklerimin farkındasınız."

"Daha önce söylediğim gibi, niteliklerinizin tamamen farkındayız, Bay Collier," dedi Diarte, otomat makinesine para koyarken. "Ancak projeyle ilgili ayrıntılara girmemize gerek yok şu an. Sizin burada öncelikli olarak dikkat etmeniz gereken bir durum var. Telefonla konuştuğumuzda maaş paketinde anlaşmıştık."

"Almanya'daki tıbbi yardımlardan hiç bahsetmemiştiniz."

"O sırada durumun kritikliğinin farkında değildik," dedi Diarte.

"Sizin işvereninizin üstlendiği maliyeti göz önünde bulundurduğumuzda, maaşın ayarlanması gerekiyor sanırım," dedi David. Bedava çalışmaya bile razıydı, yeter ki Leah sağlığına kavuşsun.

"İşverenimin para söz konusu olduğunda cömert olduğunu göreceksiniz. Ancak işin doğasıyla ilgili tüm sorumlulukları, kızınızın sağlığı düzeldikten sonra detaylandırabiliriz."

Bu insanların kim olduğunu bilmiyordu, ama David, önceliklerini anlamalarına minnettardı. Yine de bir dolandırıcılık olayında günah keçisi olmayı göze alamazdı. Daha önce hapse girmekten kıl payı kurtulmuştu; bir kez daha bunu yaşamak istemiyordu.

Bölüm 18

KORKU

İstanbul, Türkiye

STEVEN, Atatürk Havalimanı'nda Ankara'daki ABD Konsolosluğu'ndan bir Dışişleri Görevlisi'nin (FSO) kendilerini beklediğini görünce hem şaşırdı hem de memnun oldu. FSO kendisini Joe Finley olarak tanıttı ve görünüşüne bakılırsa Nathan'dan çok daha yaşlı olamazdı.
"Üstlerim işin içinde bir cinayet olmadığından neredeyse eminler," dedi onlara. "Bay ve Bayan Galvin, oğlunuzun birkaç gün içinde ortaya çıkacağını düşünüyoruz. Muhtemelen bir tur gezisindedir. Bu tür durumlar sık sık yaşanıyor."
Bu açıklama, Kei'yi sinirin eşiğine getirmişti. Steven, karısının elini nazikçe sıktı; o patlamadan önce duruma el atmalıydı.
"Kaç yaşındasınız, Bay Finley?" diye sordu Steven.
"Yirmi dört, efendim."
"Peki ne zamandır Türkiye'desiniz?"
"Sekiz aydır, efendim. Burası büyüleyici bir ülke. Görülecek o kadar çok şey var ki."
Steven, gümrükte özel bir kapıdan geçerken, "Bir hafta boyunca

Jan Coffey

kimseye haber vermeden geziye çıkma alışkanlığınız var mı?" diye sordu.

"Ne zaman fırsat bulursam," dedi neşeyle. "Türkiye Idaho'dan çok farklı, size söyleyeyim. Elbette bir FSO olarak nereye gittiğimi konsolosluğa bildirmem gerekiyor."

Finley konuşmaya devam etti. Steven Kei'ye baktı. Büyük güneş gözlükleri gözlerini kapatıyordu. Genç adamın anlattıklarının kendisini teselli ettiğine dair hiçbir belirti vermiyordu. En azından henüz onu boğmaya kalkmamıştı.

Steven'ın ayarladığı Türkçe tercüman ve şoför onları terminal çıkış kapısında karşıladı. Finley, kendisine oğulları tekrar ortaya çıkana ya da kendilerine ihtiyaçları kalmayana kadar onlarla kalması talimatı verildiğini söyledi.

Galvin bu özel ilginin ABD'den ayrılmadan önce eski dostu Paul Hersey ile yaptığı telefon görüşmesiyle ilgili olduğunu düşündü. Pennsylvania'da dört dönem senatörlük yapmış olan Paul, iki farklı başkan döneminde Dışişleri Bakanlığı'nda görev almış ve hatta BM'de Geçici Büyükelçi olarak görev yapmıştı. Paul'un Dışişleri'ndeki üst düzey kişilerle güçlü bağlantıları vardı ve Steven'a yardıma her zaman hazır olduğunu söylemişti.

Finley, Steven ve Kei ile arabada arka koltukta otururken, tercüman—Tansu adında genç bir kadın—şoförle birlikte önde oturuyordu. Finley'nin şoförü ise Nathan'ın kaldığı otele kadar onları takip edecekti.

Steven'a göre Kei çok solgun görünüyordu. Şimdiye kadar yanlarındaki insanlara tek bir soru bile sorma eğilimi göstermemişti. Bunun Steven'ın duruma hâkim olma yaklaşımından mı yoksa kendini iyi hissetmemesinden mi kaynaklandığını kestiremiyordu.

Joe Finley, Steven'ın düşüncelerini bölerek, "Durumu özetlemek gerekirse, Konsolosluk, Türk Ulusal Polis Genel Müdürlüğü'ne ve Interpol'e oğlunuzun kaybolduğunu bildirdi. Bu sabah İstanbul Polisine de ben şahsen ulaştım. Bu sabah otelde bizimle buluşmak üzere birini görevlendirdiler," dedi. Saatine bakarak, "Zamanlama açısından iyiyiz," diye ekledi.

Finley, trafiğe bakıp ardından tekrar Steven'a döndü. "Onları otelde kaçırmak istemiyorum. Bilmelisiniz ki buradaki polis soruşturmaları ABD'deki gibi aciliyet duygusuyla yürütülmüyor."

Kei ilk kez konuştu. "Dürüstlükleri bizi hızlarından daha çok

BİRİNCİ KİTAP

ilgilendiriyor. Bu davayı ele alacakların bir grup sahtekâr olmadığından nasıl emin olabiliriz?"

Steven karısının abartmadığını biliyordu. Türkiye'nin yozlaşmış polis teşkilatı ve yargı sistemiyle ilgili sorunlar Amerikan gazetelerine bile yansımıştı. Tercüman oturduğu yerde dönerek dikkatle Kei'ye baktı.

"İşlerini nasıl yaptıkları umurumda değil," dedi Steven, Finley ve Tansu'ya dönerek. Tercümanın UCLA'de lisans eğitimini tamamladığını ve şimdi İstanbul'da hukuk okuduğunu biliyordu. "Kayıp şahıslar bürosunun yarısını maaşa bağlamam gerekiyorsa, yaparım. Oğlumun bulunmasını istiyorum. Mesele bu kadar basit. Bunu netleştirmemiz lazım. Teşvik gerekiyorsa, onu da sağlarım."

İkisi de başlarını salladı. Steven, mesajını net bir şekilde ilettiğini düşündü. Kei, parmaklarını onun parmaklarıyla kenetledi. Eli buz gibiydi. Beklemek ikisi için de zor bir süreçti; her seçeneği değerlendirmesi, her taşın altına bakması gerektiğini biliyordu.

Tercümana döndü, "İstanbul'daki büyük gazeteler hangileri?"

Tansu, birkaç gazete adı sıraladı.

"Her birinin oğlum bulunana kadar her gün oğlumun resminin olduğu tam sayfayı basmalarını istiyorum. En üstte 'Kayıp' yazmasını ve ödül vereceğimizi belirtmek istiyorum." Tansu çantasından bir kâğıt çıkarıp not almaya başladı.

"Peki ya televizyon?" diye tekrar sordu.

"Evet," diye yanıtladı Tansu, "Haber kanallarıyla da iletişime geçebiliriz—"

"Polisin bu konuyu önce araştırmasını beklememiz gerekmiyor mu?" diye sordu Finley, şaşkın bir ifadeyle.

"Az önce, polisin hızlı davranamayacağını söyledin," diye hatırlattı Steven ona.

"Evet, ama ya her şey yolundaysa? Oğlunuz belki bir geziye çıkmış olabilir. Eğer acele edip resmini yayınlarsak, onu zor durumda bırakabiliriz," dedi Finley.

"Bu riski almaya razıyım. Oğlumun güvende olduğunu görmek için her şeyi yaparım. Eğer bu onu utandıracaksa bile bunu göze alabilirim," diye karşılık verdi Steven.

Bölüm 19

DAMGA

STRATEJİLERİ HER NEYSE İŞE YARIYORDU. Bir haftadan uzun bir süredir onu aramıyor ya da e-posta göndermiyorlardı ve Jay Alexei endişelenmeye başlamıştı. Jay yatakta uykusuz geçirdiği gecelerin sayısını unutmuştu. Bay Lyons'la yaptığı görüşme kafasının içinde tekrar tekrar dönüp duruyordu. Keşke her şeyi daha iyi açıklasaydı. Teknik uzmanlığını daha fazla göstermeliydi. Keşke yasadışı bir iş yapmaktan ya da tekrar hapse girmekten korktuğunu bu kadar vurgulamasaydı. Jay'e önceden daha fazla başvuru olduğu ve kendisine geri dönmelerinin biraz zaman alacağı söylenmişti. Jay'e başvuran çok kişi olduğunu ve kendisine geri dönmelerinin biraz zaman alabileceği söylenmişti. Ama o geçen hafta boyunca, işe gitmeye devam etmiş, giderek tükenmiş bir haldeydi. Beyni bir türlü durmuyordu. Padma'nın hamileliğiyle mücadele ettiğini görmek ise onu daha da endişelendiriyordu. Para kazanmaya ihtiyaçları olduğu için Padma çalışmayı bırakmayı reddediyordu. Ama her gece elleri ve ayakları şişiyor ve sırt ağrıları çekiyordu. Bir bebekleri olacaktı ve

BİRİNCİ KİTAP

Jay yakında sadece kendilerini değil, bebeklerini düşünmek zorunda olacaktı.

Uyuyamıyordu ve saatler boyunca Padma ve bebekleri için hayatlarını nasıl daha iyi hale getirebileceğini düşünüyordu. Ve evet, ailesinin geçiminin sağlanacağına dair bir garanti varsa hapse bile girmeyi bile göze alabileceğini fark etmişti.

Keşke tüm bunları Lyons'a söyleyebilmenin bir yolu olsaydı. Başka bir görüşme, kendini kanıtlayabilmek için başka bir şans istiyordu.

Padma yatağın içinde huzursuzca hareket etti ve uykusunda bir ses çıkardı. Sırtı Jay'in yanına yaslanmıştı. Jay dönüp onu göğsüne daha sıkı sardı. Son birkaç ayda sevginin ne anlama geldiğini yeni yeni fark ediyordu. Her geçen gün, Padma'ya olan sevgisi daha da derinleşiyordu. Belki klişe olabilirdi ama gerçekti; her geçen gün onu bir önceki günden daha çok seviyordu.

Jay, kollarındayken Padma'nın gerildiğini hissetti. Boğazında derin bir iç çekiş duydu, acı çekiyor gibiydi. Jay bir dirseğiyle doğrulup ona baktı. Yatağın yanındaki pencerenin perdesi açıktı ve içeriye dolan ay ışığı Padma'nın gözlerine vuruyordu. Onun sadece uyuyormuş gibi yaptığını fark etti.

"Neyin var?" diye fısıldadı.

Başını yastığın üzerinde çevirdi ve ona baktı. Gözlerinden yaşlar süzüldüğünü görebiliyordu.

"Neyin var Padma?" diye tekrarladı.

"Sanırım vakit geldi," diye fısıldadı Padma.

Jay'in anlaması biraz sürdü.

"Doğum başladı Jay."

Birisi onu sıcak bir demirle dürtmüş gibi yerinden fırladı. Yatağın kenarına çöküp pantolonunu çekmeye başladı. Çorap giymekle uğraşmayıp, ayaklarına botlarını geçirdi.

"Seni aşağı indirmemiz lazım. Beş kat. Belki de bir ambulans çağırmalıyım. Çantan! Yanında bir çanta hazırlamakla ilgili bir şey vardı," dedi aceleyle. Ona döndü, Padma hala yataktan kalkmamıştı.

"Doğum yapıyor olamazsın. Bebeğin gelmesine daha üç hafta var."

Aynı anda hem ağladı hem de güldü. "Keşke kendini görebilseydin." Dedi ve doğrulmaya çalıştı.

Jay yatağın yanına gelip diz çöktü. Yanındaki lambayı açtı. İnter-

89

Jan Coffey

nette okuduğu her şeyi hatırlamaya çalışıyordu. "Emin misin, tatlım? İlk hamilelikler biraz karmaşık olabilir."

"Hayır," dedi titreyerek. "Artık hiç şüphem yok."

Adam onun bakışlarını takip etti. Geceliği ıslaktı.

"Suyum geldi."

"Ama bu kırmızı! Kanaman var," diye bağırdı panik içinde.

"Sorun yok. Doktor bana söylemişti. İyiyim. Ama bebek şimdi hızlı gelebilir." Elini ona doğru uzattı. "Kalkmama yardım et."

Jay tam bir şaşkınlık içinde her dediğini yapmaya başladı. Kıyafetlere ihtiyacı vardı. Daha önceden hazırlanmış bir çanta vardı. Kanepeye bırakılmıştı. Doktoru aramalıydı.

"Sanırım bu büyük bir sancı," Padma acıyla kıvrandı.

Jay, Padma'nın elini sıkı tutarak nefes almayı unuttu. Kasılma geçince Padma ona baktı.

"Jay, nefes al."

Dediğini yaptı. Keşke hastanenin sunduğu doğum derslerine katılsalardı.

Tamamen kaybolmuş bir halde, "Ne yapacağımı bilmiyorum." dedi.

"Bütün işi ben yapıyorum," diye hatırlattı ona. "Sen bana yardım edeceksin."

"Nasıl?"

"Bayılmayarak," diye gülümsedi Padma. "Şimdi doktoru ara. Kasılmaların dört dakika arayla olduğunu söyle."

Jay telefonu alırken ellerinin titrediğini fark etti. Beyni boşalmış gibiydi. Doktorun numarasının nerede olduğunu hatırlayamıyordu. Padma'nın bir kasılmayı daha atlatmasını beklemek zorunda kaldı ve sonunda Padma ona numaranın tam karşısında, buzdolabının üstünde yazılı olduğunu söyledi.

Jay kendini güçlü biri olarak görüyordu. Hapis yatmıştı. Ama hayatında şu anki kadar korktuğu başka bir anı hatırlamıyordu.

Bir bebekleri olacaktı.

Bölüm 20

TERÖR

Belfast, İrlanda

"NE ISTIYORSUN BENDEN, LANET OLSUN!" Mick öfkeyle bağırdı ve yumruğunu kahvaltı masasına indirdi. Tabaklar sallandı, Finn'in fincanındaki kahve masaya döküldü.

"Öncelikle," dedi Finn soğukkanlılıkla, "çeneni kapamanı ve beni dinlemeni istiyorum." Masanın üzerindeki dökülen kahveyi peçetesiyle sildi ve peçeteyi tabağının üstüne fırlattı. Mick'le bu tartışmayı başlatabilmek için Kelly ve çocukların evden çıkmasını beklemek zorunda kalmıştı, ama artık bu konuşmayı yapmaktan geri durmayacaktı. Finn kuralları koymuştu. Yapılması gereken değişiklikler vardı. En büyük değişiklik, on dokuz yaşındaki Mick'in nerede yaşayacağıydı. Mick, üniversite yakınındaki dairesini bırakmak istemiyordu. Bu onu ilgilendirmezdi. Finn, Mick'in her gece bu çatı altında uyumasını istiyordu. Ne zaman ve nereye gideceğini ve ne zaman geri döneceğini bilmek istiyordu. Ne tür arkadaşlarla takıldığını bilmek istiyordu.

"Senden istediğim şey, delikanlı, uyuşturucudan uzak durman. Zihninin keskin, alışkanlıklarının temiz olmasını istiyorum. Sıkı

Jan Coffey

çalışmanı, derslerine odaklanmanı ve bu ailenin adına yakışır bir şekilde hareket etmeni istiyorum. Tanrı sana bir akıl vermiş Mick. Onu kullanmaya başlamalısın. Bu, senin için çok mu zor?"

Mick alaycı bir ses tonuyla Finn'in sözlerini tekrarladı, "Aile adımıza yakışır şekilde..." Başını acı acı salladı.

"Monsenyör bizzat kilisede yanıma gelip bana, geçen hafta Donegall Quay'de seni sendeleyerek dolaşırken gördüklerini söyleyen iki cemaat üyesinin hikayelerini anlattı," dedi Finn sessiz bir ses tonuyla. "Bu seni şaşırtabilir, ama büyüdüğünde baban ve benim senin için planladığımız bu değildi. Sana bir çatı sağlamak ve cebine para koymak için bu kadar sıkı çalışmamın nedeni bu değil. Biz senden—"

"Babam öldü," diye çıkıştı Mick.

Finn için Mick'in babası, yani kendi kardeşi, hâlâ yaşıyordu. Karşısında oturan öfkeli genç adam, kaybettiği küçük kardeşinin sürekli bir hatırlatıcısıydı.

Bir an durdu, düşüncelerini topladı. "Senden, hayatını düzgün bir şekilde yaşamanı istiyorum. Beş, on yıl sonra sana gururla bakıp, 'İşte bu benim kardeşimin oğlu. Kendi hayatını doğru bir yola koydu,' diyebilmek istiyorum. Mick babasına layık oldu diyebilmek istiyorum."

"Bu saatten sonra o iş biraz geç kalmadı mı sence?" diye karşılık verdi Mick.

"On dokuz yaşındasın delikanlı. Ne için çok geç?"

"Aile adını kurtarmak için mesela," dedi Mick alaycı bir tonla.

"Doğduğun gün sana tertemiz bir sayfa verildi. Bu fırsatları değerlendirip iyi bir şeyler yapabilirsin."

"Ne yaparsam yapayım fark etmez. Senin ve babamın cennette bir yer satın almama imkân yok," dedi Mick, acı dolu bir sesle. "Aptal değilim Finn. Cebime koyduğun paranın nereden geldiğini anlamadığımı mı sanıyorsun? Babamın neyin içine bulaştığını ve neden yirmi dokuz yaşında öldüğünü anlamadığımı mı sanıyorsun?"

Thomas ölmüş olmamalıydı, diye düşündü Finn. Kardeşini o gün o karakoldan çıkarmak onun sorumluluğuydu. Ama o gün başaramamış, acı bir şekilde başarısız olmuştu. Kendi öz kardeşini kaybetmişti.

Mick yerinden kalktı. "Babamın cenazesinde kapalı tabut vardı, ve nedenini bilmediğimi mi sandın?" diye devam etti. Uzun kahve-

BİRİNCİ KİTAP

rengi saçlarının arasından ellerini geçirdi. "Babam parçalanmıştı. Ondan geriye fazla bir şey kalmamıştı, değil mi Finn? Tıpkı kendisinin parçaladığı diğerleri gibi."

"Yeter!" Finn elini masaya vurdu. Mick dönüp tezgâhın yanında, sırtını ona dönerek durdu.

Finn'in hayatında çok şeyi olduğu gibi kabul etmişti. Açıklamadığı, hiç anlatmadığı birçok şey vardı. Bu sadece Mick'e değil, Conor ve Liam da büyüdüğünde aynı şekilde olacaktı. Bu yeni nesil, Finn ve Thomas'ın neden o şekilde yaşadığını, neyi neden yaptıklarını, neden o kadar çok hayat aldıklarını bilmek zorunda değildi. Bir zamanlar bunu anlatmak kolay olabilirdi. Ancak artık zaman değişmişti ve bunu açıklamak o kadar da kolay değildi.

Aslında, diye düşündü Finn, açıklamak işleri daha da kötü hale getiriyordu.

Finn sert bir sesle, "Thomas ve benim her ne yaptığımızı düşünüyorsan, bunun amcan ve vasin olarak bana olan borcunla hiçbir ilgisi yok," dedi. "Ben kendi yükümü taşıyorum. Sen de kendininkini taşıyacaksın. Ben kendi işimi yapıyorum, sen de kendi işini yapacaksın."

"Peki ya taşıdığım yük, seninkiyle çakışırsa?" diye meydan okudu Mick, yüzünü ona dönerek. "Derslere giriyorum, hayatın değeri hakkında yapılan konuşmaları dinliyorum, her gün önüme gelen saçmalıkları okuyorum. Sonra bir an durup geçen ay Budapeşte'ye, Kazablanka'ya ya da Frankfurt'a yaptığın seyahati düşünüyorum. Aldığın canları düşünüyorum, peki ya ne için, Finn?"

Finn, Mick'in bu kadar çok ayrıntıyı nereden bildiğini bilmiyordu. Ama bu şu anda en büyük sorunu değildi.

"Benim günahlarım için endişelenme. Sen kendi hayatını yaşa. Ben de benimkini yaşayacağım."

"Tam da bunu yapmaya çalışıyorum," diye karşılık verdi Mick, öfkeyle. "Hayatımı sürdürebileceğim bir şekilde yaşamaya çalışıyorum, en azından katlanabileceğim bir şekilde."

Mick mutfaktan hışımla çıktı.

"Bekle bir dakika, sen!" diye arkasından bağırdı Finn. "Bu konu burada bitmedi, seninle daha işimiz var."

Hayır, diye düşündü karanlık bir ifadeyle, bu tartışma daha bitmedi.

Bölüm 21

KAYIP

ALANNA tek bir bedene hapsolmuş iki farklı ruh gibiydi. Ruhlardan biri tutku, aşk ve mutluluk için yaşıyor, onu dünyanın herhangi bir köşesine sevgilisinin yanına sonsuzluğa kaçmaya sürüklüyordu. Diğer ruh ise mantık ve sorumlulukla besleniyor, sürekli olarak Alanna'ya ona güvenen insanları hatırlatıyordu. Mantığın ruhu, Alanna'nın kişisel ihtiyaçlarını hep en sona bırakıyordu. Alanna bunun da tam olarak doğru olmadığını düşündü. Hayatı boyunca çok çalışmıştı. Ve sonunda aklın ve sorumluluğun getirdiği ödülleri topluyordu. Kendi alanında bir uzmandı. Ona saygı duyan, ona güvenen, onun bilgisine bel bağlayan pek çok kişi vardı. Çok önemli bir satranç oyunun kilit figürü gibiydi. Bu ona kendini değerli hissettiriyor, dönüştüğü kişiyle gurur duymasını sağlıyordu. Geçmişi ve ailesinin eğitimsizliği düşünüldüğünde, nesiller boyu peşlerini bırakmayan yoksulluk ve güçsüzlük döngüsünü kırdığı için memnundu. Pek çok kadına örnek olduğunu biliyordu.

Yine de ruhların savaşı acımasız olabiliyordu, her biri kendi yolunu seçmek istiyordu. Bu savaş şu anda da içindeydi ve asansöre adımını attığı andan itibaren bunu hissetmişti. Etrafındaki insanları

BİRİNCİ KİTAP

görmüyordu. Tek kelime etmiyordu, çünkü zihnindeki gürültü sağır ediciydi. Asansör varış noktasına ulaştığında, mantığın ruhu kontrolü ele aldı.

Lobiye adım atar atmaz, bekleyen takım elbiseli insanlar ve askeri yetkililer grubunu gördüğü anda, Alanna'nın içine bir sakinlik ve güven duygusu yayıldı. STEREO görevi hakkında bilgi almak için buradaydılar, onun hayata geçirilmesinde etkili olduğu proje. Uzman olan oydu, cevapları olan oydu. Bu görevde nerede olduklarını ve nereye gitmeleri gerektiğini biliyordu. Projeyi ayakta tutmak ve ilerletmek için ne kadar paraya ihtiyaçları olduğunu biliyordu.

Alanna lobide bekleyen insanların çoğunu tanıyordu. Onlar NASA'dan insanlardı. Diğerleri ise tamamen yabancıydı.

"Dr. Mendes." NASA direktörlerinden biri onu durdurdu ve yeni bir kongre üyesiyle tanıştırdı.

Siyaseti pek takip etmezdi. Bu adamın mali görüşleri ya da politik hedefleri hakkında hiçbir fikri yoktu. Bu tür bilgiler Phil'in uzmanlık alanıydı. Bir buçuk metre boyuyla adamın çenesine ancak ulaşabiliyordu. Ama bu sunumu bitirdiğinde adamın kendisini iki metre boyunda sanacağını biliyordu.

VIP'lerle görüştükten sonra iznini istedi. Adamlarının yanına gitmesi gerekiyordu. Odada bazı fısıltılar başladı ve kısa süre içinde pek çok göz, lobiyi geçip açık konferans salonu kapılarına doğru ilerleyen Alanna'ya çevrildi.

Grubundan beş mühendis odanın önünde toplanmıştı. Hepsi hazır görünüyordu. Alanna hızlıca Phil'e bir göz attı. Phil güvenli görünüyordu. Bu da herkesin hazır olduğu anlamına geliyordu.

Sunumlarının toplam süresi yaklaşık üç saat olacaktı. Uydu görüntüleri, kayıtlı röportajlar ve video sunumuyla bir gösteri-tanıtım havası katmaya çalışmışlardı. Görevin mevcut proje yöneticisi olarak, raporu Alanna başlatacaktı, Phil de bazı ek detaylar vererek araya girecekti ve Alanna ilk bölümü bitirecekti. Ayrıca, sonunda gelen soruları yanıtlamak da onun sorumluluğundaydı. İki sunum yapan kişi yeni personeldi; Jill bunlardan biriydi. Diğer üç kişi ise Alanna gibi eski çalışanlardı.

Alanna konferans salonuna dönüp baktığında, dışarıdaki kalabalığın onu takip ettiğini fark etti. Her yer doluydu. Bugüne kadar hatırladığı herhangi bir zamandan daha fazla insan vardı. Biri kapıları kapattı, bir başkası ışıkları ayarladı.

95

Jan Coffey

Direktörlerden biri Alanna ve grubunu tanıtarak, eğitimine ve deneyimlerine uzun uzun değindi.
Kararı zihninde biraz daha değişti. Dinleyici kitlesi zaten onun tüm niteliklerinden etkilenmiş görünüyordu.
Büyük ekran, Hollywood tarzı bir Star Wars açılışıyla başladı. Kürsünün önünde, STEREO projesinin ikiz uydularının sürekli hareket halinde olduğu üç boyutlu bir Dünya modeli parlıyordu.
Alanna sahnenin ortasına geçti.
"Yıl 1859'du. Amerika Birleşik Devletleri ve Avrupa'da, iki yüz bin kilometrelik telgraf telleri aniden kısa devre yaptı. O uzun saatler boyunca, dünyadaki etkili uzun mesafe iletişim yolları tamamen durdu. Kanada ve Amerika Birleşik Devletleri'nin batısında, birdenbire yaygın yangınlar çıkmaya başladı. Roma ve Hawaii kadar güneyde, gökyüzü kırmızı ve yeşilin farklı tonlarına büründü. Bu, bilim kurgu filmlerinden çıkmış bir kıyamet sahnesi gibiydi."
Bazı seyirciler şaşkınlıkla mırıldandı. Alanna, NASA personelini diğerlerinden ayırt edebiliyordu. Projesi hakkında bilgi sahibi olanlar bu sunumu daha önce duymuştu, diğerleri ise ilk kez dinliyordu.
Alanna devam etti. "Bu sırada, Londra yakınlarında, ilk yer tabanlı magnetometrelerden bazıları Dünya'nın manyetik alanının davranışlarını izliyordu. Şaşırtıcı bir şekilde, Dünya'nın manyetik alan çizgilerinin bir müzisyenin Dünya'nın manyetik gitarının tellerini çalıyormuş gibi dakikalarca süren, sürekli salınımları kaydedildi."
"140 yıldan daha uzun bir süre önce gerçekleşen bu olay, modern tarihin en güçlü uzay fırtınasından üç kat daha güçlüydü. Quebec'te 1989'da elektriği kesen fırtınayı hatırlayanlarınız olabilir," dedi.
Yanına gelen Phil'e bir bakış attı.
"Bugün dinleyicilerimiz arasında teknoloji meraklısı olmayanlar için biraz arka plan bilgisi vereyim" dedi. "Uzay fırtınaları ya da bazen adlandırıldıkları şekliyle güneş fırtınaları, Güneş'teki bükülmüş manyetik alanların aniden kırılması ve muazzam miktarda enerji açığa çıkarmasıyla bağlantılıdır. Bu yüklü parçacıklar dışa doğru hızla ilerler. Biz bu genişleyen sıcak gaz bulutuna 'plazma' diyoruz."
Alanna sözü devraldı. "1859'da, dört önemli unsur bu olayı büyük bir felakete dönüştürdü. İlk olarak, Güneş'ten fırlatılan plazma

BİRİNCİ KİTAP

Dünya'ya çarptı. Bu, nispeten rutin bir olaydı. Ancak plazma çarpmasının hızı oldukça sıra dışıydı. Plazma bulutu olağanüstü bir hızla geldi. Güneş'ten Dünya'ya ulaşması sadece 17 saat 40 dakika sürdü."

"İkinci unsur da bu," diye ekledi Phil. "Güneş fırtınaları genellikle Güneş ve Dünya arasındaki 93 milyon mili iki ila dört gün içinde kat eder. Ancak bu plazma çarpması bir günden kısa sürede gerçekleşti."

Alanna devam etti. "Üçüncüsü, plazma bloğundaki manyetik alanlar - bu arada bilimsel adı koronal kütle atımıdır - her neyse, kütledeki manyetik alanlar son derece yoğundu."

"Ve dördüncü, en önemli bileşen," dedi Phil. "Koronal kütle atımının manyetik alanları Dünya'nın alanlarının ters yönündeydi."

"1859'daki bu dört unsurun birleşiminin sonucu çok basitti: gezegenin savunma mekanizmaları etkisiz hale geldi," dedi Alanna ve ekranın kararmasıyla etkileyici bir duraklama yaptı.

"Ama o *zaman* öyleydi, diye düşünüyor olabilirsiniz. Ve haklısınız da." Phil tekrar başladı. "1859'da teknoloji bugünün teknolojisine kıyasla neredeyse Neolitikti. Uydular ya da GPS sistemleri yoktu. Televizyon yayınları yok, yörüngedeki röle istasyonlarına bağlı otomatik vezne makineleri, hassas bir şekilde dengelenmiş ve aşırı gerilmiş elektrik şebekeleri yoktu. Ne cep telefonları, ne de *telefonlar yoktu*. O zamanlar telgraf bile sadece on beş yaşındaydı."

"Şimdi, bu yeniden olabilir mi ve olası sonuçları nelerdir?" diye sordu Alanna. "Öncelikle, evet, kesinlikle olabilir. Aslında, NOAA Uzay Çevresi Merkezi'nin bir uluslararası güneş uzmanları paneliyle koordineli olarak yayınladığı tahmine göre, bir sonraki güneş döngüsü, bir önceki döngüden yüzde otuz ila elli daha güçlü olacak ve bu yılın sonunda ya da önümüzdeki yılın ortasında zirve yapacak."

"NOAA'daki bilim adamları sadece üç kez döngü tahmini yayınladılar," diye devam etti Alanna. "1989'da bir panel Döngü 22'yi tahmin etmek için toplandı ve aynı yıl gerçekleşmesini seçtiler ve bilim insanları Eylül 1996'da Döngü 23'ü tahmin etmek için tekrar bir araya geldi. Ve 2007 yılının Nisan ayında, Döngü 24 tahminleri yapıldı."

"Yeni bir çalışma alanı sayesinde bilim insanları, bir sonraki döngünün şiddetini daha iyi tahmin edebiliyor," diye ekledi Alanna. "Helioseismoloji adı verilen bu çalışma alanı, araştırmacıların Güne-

Jan Coffey

ş'in içini, Güneş'in içinde yankılanan ses dalgalarını izleyerek görmelerini sağlıyor. Bu, tıpkı ultrasonun doğmamış bir bebeğin görüntüsünü oluşturması gibi. Bilim insanları bu yöntemle, ilk kez güneş aktivite döngüsünün gücünü tahmin edebiliyor."

"Şimdi," diye araya girdi Phil. "Bazılarınızın yüzünde şu ifadeyi görüyorum: 'NOAA'daki bilim insanları tüm işi yapıyor gibi görünüyor. Peki neden bu insanların projesine 560 milyon dolardan fazla para yatırıyoruz?'"

"Bir dakika, Phil," dedi Alanna, keskin bir soruyla. "Eğer bize bu kadar para verdilerse, neden hâlâ her sabah işe otobüsle gidiyorum?"

Bu esprisi kalabalıktan bir kahkaha kopardı.

Kimsenin uyumamış olması her zaman iyi bir işaretti, diye düşündü Alanna.

STEREO uydusunun yakın çekim görüntüsü birdenbire ekranı aydınlattı.

"Meslektaşıma hatırlatmak gerekirse, STEREO, Solar Terrestrial Relations Observatory'nin kısaltmasıdır. Projemiz, NASA'nın Güneş-Dünya Probları programındaki üçüncü misyondur. Ve bu da oldukça zor bir ifade," diye gülümsedi Alanna. "Biz ona STP diyoruz."

Phil son harfe vurgu yaparak ve bir kahkaha daha atarak "Bu STP," diye tekrarladı. "Biz cinsel eğitim alanında değiliz."

"Geçen yıl başlattığımız iki yıllık STEREO misyonumuz sayesinde, ikiz uydular Güneş-Dünya sistemine devrim niteliğinde bir bakış sunuyor." Ekranda bir başka görüntü belirdi. "Burada gördüğünüz gibi, bu iki neredeyse özdeş gözlemevi, biri Dünya'nın yörüngesinde ileride, diğeri ise geride kalıyor. Bu ikisi sayesinde, enerjinin ve maddenin Güneş'ten Dünya'ya akışını izleyebiliyoruz." Ekrana işaret etti. "İşte burası, Güneş'ten uzaya doğru fırlayan koronal kütle atımlarının 3D görüntüsü. Daha önce de dediğim gibi, bunlar iletişim ve savunma uydularını devre dışı bırakabilecek ve yer yüzeyindeki elektrik şebekelerini etkileyebilecek Güneş patlamalarıdır. Bu patlamalar, günlük yaşamımızda bağımlı olduğumuz her şeyi durdurabilir. Ve burada sadece rahatlıktan bahsetmiyoruz; toplumumuzu ayakta tutan iletişim yeteneklerinden ve güçten bahsediyoruz."

"Ama hâlâ diyorsunuz ki, bu çok pahalı bir kamera seti," diye

BİRİNCİ KİTAP

şakaya katıldı Phil. "Aynı işi yapacak daha ekonomik bir model yok mu?"

"Phil'in bir sonraki kariyeri zihin okuyucu olacak," dedi Alanna esprili bir şekilde. "Ama görebildiğiniz gibi, bu konuda pek başarılı değil." Gülümseyerek dikkatini tekrar ekrana çevirdi. "Koronal kütle atımları, yani CMEs, Güneş'in atmosferinden uzaya on milyar tona kadar madde fırlatabilir. Güneş'ten saatte yaklaşık bir milyon mil hızla uzaklaşarak Dünya'nın manyetosferiyle çarpıştıklarında şiddetli manyetik fırtınaları tetikleyebilirler."

Bir sonraki görüntü Dünya'nın manyetik fırtınaların saldırısı altında olduğunu gösteriyordu.

"En önemli nokta şu," diye devam etti Alanna. "STEREO uydularının bize sağlayacağı hayati ve zamanında gelen uyarı. Bu uyarı sayesinde, elimizdeki teknolojiyi kullanarak potansiyel bir felaketi önleyebiliriz. Amerika Birleşik Devletleri, ya tek başına ya da dünya genelindeki diğer ülkelerle iş birliği içinde, hepimizin güvendiği elektrik altyapısını korumak için gerekli adımları atabilir. Ama tüm bunlar, CME'ler bize ulaşmadan önce gerçekleşmek zorunda."

Henüz sunumlarının sonuna gelmemişlerdi, ama Alanna izleyicilerin iştahını yeterince kabarttıklarını düşündü. Artık tasarım ve izleme detaylarına, ayrıca görev uyduları güvenli bir şekilde yörüngedeyken paranın nereye harcandığına dair spesifiklere geçebilirlerdi. Grubundaki diğer üyeleri tanıttı ve her birinin sunumun hangi bölümlerini ele alacaklarını hızlıca özetledikten sonra kenara çekilip ekibinin işini yapmasına izin verdi.

Ceketin cebine uzandı. Odanın bir köşesindeki gölgede dururken, cep telefonunu beş dakika önce fark etmemiş olduğu için şükretti. Telefonu görmezden gelmeye çalıştı, ama titreşimler durmadı.

Kimin aradığını biliyordu. Neyle ilgili olduğunu da. Ray, birlikte kaçıp gitmenin bir yolunu bulmaya kararlıydı. Ona onu sevdiğini söylemişti. Onu yanında istiyordu.

Alanna dolu konferans salonuna, yaratılmasında büyük rol oynadığı bilim ve maceranın büyüsüne kapılmış dinleyicilere baktı. Uydunun panodaki büyük resimlerine, podyumlarının önündeki daha küçük modele baktı. Bu çok önemliydi. Bu iş onun için fazlasıyla değerliydi. Ray olmadan yaşamayı öğrenmişti, ama bunu bırakmanın çok daha acı verici olacağını düşündü.

99

Jan Coffey

Cep telefonunu cebinden çıkardı ve gelen aramalara baktı. Ray, sesli mesaj bırakmamıştı. Bir gün önce ona gönderdiği mesajı buldu, Ray'e ulaşabileceği tek bağlantıydı. Bir mesaj yazmaya başladı:

Çok üzgünüm Ray, ama gidemem. Asla. Seni seviyorum.

Alanna mesajı gönderdi ve sonra telefonu kapattı. Bu hem kendisi, hem büyükannesi, hem de Ray için en iyisiydi.

Her şey bitti, diye düşündü.

Bölüm 22

KORKU

İstanbul, Türkiye

OTEL, Türkiye'nin Osmanlı döneminden kalma bir yapıya benziyordu. En iyi döneminde bile belki bir yıldız alabilmişti, ama bu bile en az elli yıl önce olmalıydı.

Araba ön tarafa yanaştığında Steven, Kei'ye arabada kalmasını önerdi ama Kei'nin buna hiç niyeti yoktu. Küçük lobiye girdiler. Sol taraftaki cam kapı, öğleden sonra kapalı olduğu anlaşılan bir çay salonuna açılıyordu.

Steven'in görebildiği kadarıyla, resepsiyonda çalışan görevli, otelin şefi ve temizlikçisi gibiydi. Lobide bekleyen polis memurlarının varlığı adamı ne kadar telaşlandırdıysa, dışarıda Amerikalıların bir arabadan inmesi onu daha da fazla şaşırtmıştı. Resepsiyona yaklaştıklarında, görevlinin kaçmaya hazır gibi göründüğünü fark ettiler.

İki polis de İngilizce bilmiyordu ama Steven, Tansu aracılığıyla neden burada olduklarını ve ne yapmalarını istediklerini anlattı. Joe Finley arkada durmuş, konuşmaları dikkatle dinliyordu.

Polisler lacivert pantolon ve naylon ceket giymişti; açık mavi

Jan Coffey

gömlek ve lacivert kravatla tamamladıkları üniformalarında, göğüslerinde gümüş bir rozet ve ceketlerine iliştirilmiş bir kimlik vardı.

Steven, yaşça biraz daha büyük olan kıdemli memurun kendisine sempatiyle baktığını fark etti. Daha sonra memur, astına bilgileri not almasını emretti. Steven, bunun işlerini ciddiye aldıklarının bir işareti olmasını umuyordu.

"Burada işimiz bittikten sonra, evrak doldurmak için karakola gelmeniz gerekiyor." dedi çevirmen. "Memur bu ayrıntılarla sizi rahatsız etmek zorunda kaldığı için üzgün, ancak prosedürlerini takip etmek zorunda."

"Önce oğlumuzun odasına gidebilir miyiz?" diye sordu Steven.

Tansu soruyu tekrarladı.

Polis başını salladı ve resepsiyon görevlisine sert bir dille anahtarı vermesini söyledi.

"Ne dedi?" diye sordu Steven. "Odaya dedektiflerin gelip inceleme yapması gerekebilir, o yüzden hiçbir şeyi bozmamanız gerektiğini söyledi."

Steven başını salladı.

"Oğlunuz...iyi bir adam." Resepsiyon görevlisi bozuk bir İngilizceyle Steven'a oğlunun kirasını bir hafta öncesinden ödediğini anlattı. "Eğer geri dönmeyecek olsa, kirayı ödemezdi. Akıllı. Lirayı iyi kullanıyor."

Steven'a "Ben gelemem," dedi, kelimelerle tökezledi ve sonra tercümana hızla Türkçe konuştu.

"Bugün sadece kendisinin çalıştığını söylüyor. Resepsiyondan ayrılamayacağını belirtti." diye tercüme etti Tansu. "Oğlunuzun odası ikinci katta. Merdivenlerin üstünden sola dönün. Soldaki son kapı onunki."

Kei anahtarı almak için uzandı ve resepsiyon görevlisi polislere başka bir şey söyledi.

"Oda çok küçük," dedi Tansu. "Herkesin aynı anda sığmayacağını düşünüyor."

Zaten lobiye bile zor sığmışlardı, diye düşündü Steven.

Kei Steven'a "Önce bizim yukarı çıkmamızı istiyorum," dedi. Tercüman onun isteğini iletti ve polis memuru omuz silkerek merdivenleri işaret etti.

İkinci kata çıkarken, Steven, Tansu'dan gazete ilanı ve televizyon haberi konusunu açmasını ve polislere çabalarını teşvik etmek için

BİRİNCİ KİTAP

'bir hediye' sunup sunamayacaklarını sormasını istedi. Ayrıca gazetelere telefon açarak her şeyi ayarlamasını da rica etti.

Merdivenlerin başında, Joe Konsolosluğa rapor vermek üzere onlardan ayrılacağını söyleyerek izin istedi. "Konsolosluk, Ankara'dan işleri hızlandırmaya yardımcı olma ihtimaline karşı bilgi sahibi olmak istiyor."

Steven başıyla onayladı. Polisler ve Tansu merdivenlerin yanındaki dar koridorda beklediler ve Galvinler odaların dışına yığılmış çöplerin ve şişelerin üzerinden geçerek odaya doğru yürüdüler.

"Bu seyahatten önce ona Ritz Carlton'da kalacak kadar para vermiştik," diye homurdandı Steven. "Bu sefer paçayı kurtaramaz. Döndüğünde evden çıkamayacak."

Yirmi üç yaşındaki oğullarını ev hapsine alma fikri, Kei'nin yüzünde hafif bir gülümseme yarattı. Nathan'ın kayboluşundan beri Kei'nin böylesine neşeli bir hali olmamıştı.

Koridordaki ortak banyonun kapısı açıktı. Keskin bir dezenfektan kokusu etrafa yayılıyordu. Kapı numaraları yoktu, ancak Steven, Nathan'ın odasını bulmakta zorlanmadı.

Eli titriyordu. Oğullarının güvenliğiyle ilgili şüpheler çoktan midesinin derinliklerine yerleşmişti ama Kei'nin iyiliği için Steven anahtarı deliğe sokmadan önce güvenle başını salladı.

Kapıyı açar açmaz odaya ağır, küflü bir koku yayıldı. Oda gerçekten de küçüktü. Yatak yapılmıştı ve parlak, soluk yeşil örtünün üzerinde bir polo tişört duruyordu. Uzak duvarda küçük bir pencere vardı. Solmuş, yırtık pırtık bir perde asılıydı. Yatağın altında Nathan'ın bavulunun köşesi görünüyordu. Bazı turist broşürleri, bir Türkçe kitap, bir harita ve bir miktar bozuk para duvara dayalı bir aynanın altındaki masaya yayılmıştı. Masanın yanındaki sandalyenin arkasına bir spor ceket asılmıştı ve koltuğun üzerinde düzgünce katlanmış bir gömlek duruyordu. Pencerenin yanında, küçük bir çekmecenin üzerinde büyük bir kazak duruyordu.

Kei önden içeri girdi.

Steven, birkaç parça mobilyanın üzerindeki toz tabakasını fark ederek, "Temizlik görevlileri sadece biri taşındığı zaman geliyor olmalı," diye yorum yaptı. Karısını takip ederek içeri girdi ve kapıyı kapattı. Kapının arkasında küçük pirinç bir kancaya asılı bir havlu vardı.

Kei, odanın ortasına doğru ilerlerken yatağın üzerindeki gömleği

Jan Coffey

aldı ve yüzüne yaklaştırdı. Steven, karısının ağlayacağını düşündü ama ağlamadı. Hala gömleği tutarak masanın yanına geçti. Steven yatağın altına baktı. Valiz ve bir spor çantası oraya sıkıştırılmıştı. Yere çökerek bunları çıkardı. Çantanın içinde sadece birkaç kıyafet buldu.

"Steven, şuna bak."

Başını kaldırdı. Kei, ellerinde katlanmış gömlekle ayakta duruyordu. Sandalyenin oturma yerinde Nathan'ın pasaportu ve cüzdanı vardı. Bir anda karısının yanında bitti. Cüzdanın içinde Nathan'ın ehliyeti, kredi kartları ve banka kartları, ayrıca biraz Amerikan doları ve Türk lirası vardı.

"Bu ne anlama geliyor?" diye sordu Kei, sesinde yükselen bir panik notasıyla.

Yatağın üzerine oturdu, düşünemiyordu. Ne kadar uğraşırsa uğraşsın, Nathan'ın bu temel ihtiyaçlar olmadan neden çekip gittiğine dair mantıklı bir açıklama bulamıyordu.

Birden Kei, elindekileri bırakıp çekmecelere yöneldi. Sırtı dönük, katlanmış kazağın yanındaki bir şeye bakıyordu. Kei'nin eli boğazına gitti.

"Neydi? Ne buldun?" diye sordu Steven, sesini sabit tutmaya çalışarak.

"Onun..." Sesi titredi.

"Kei?" Gözyaşlarını tuttuğunu gördü.

"Tıraş çantası. Diş fırçası, hatta lens kabı ve gözlükleri bile burada. Hepsi burada." Zinciri ve madalyonu eline alıp Steven'a gösterdi. "Nathan bunu her zaman takardı."

"Evet, ama bize burada yankesicilerin büyük bir sorun olduğunu söylemişti." Steven bir bahane bulmaya çalıştığını fark etti. "Belki—"

"Ona bir şey oldu, Steven." Eline aldığı eşyaları geri uzatırken, gözyaşları akmaya başladı. "Ne yapacağız? Onu nasıl bulacağız?"

Gözyaşları yüzünden süzülüyordu. Steven yapabileceği tek şeyi yaptı; karısını kollarına aldı ve tüm umudunu, oğullarını geri getirebilmek için paralarının yeterli olacağına bağladı.

Bölüm 23

UMUTSUZLUK

New York Presbyterian Hastanesi

ÇOCUK DOKTORU DAVID'E "Bu tekniği öneren ben olsam da, terapötik klonlamanın çok deneysel olduğunu bilmelisin" dedi.
"Tam olarak ne olacak?" diye sordu David. Her iki doktorun da Almanya'daki meslektaşlarıyla birkaç kez telefonda görüştüğünü biliyordu.
"İlk olarak Leah'tan DNA alacağız," diye açıkladı doktor. "Bu aşama burada, New York Presbyterian'da yapılabilir. Ardından DNA'yı Almanya'daki kliniğe göndereceğiz ve orada DNA, çekirdeği çıkarılmış bir yumurta hücresine aktarılacak. Yumurta, Leah'nın DNA'sıyla bölünmeye başladığında, embriyonik kök hücreler toplanacak. Bu kök hücrelerden, Leah'ya genetik olarak uygun bir böbrek oluşturulacak."
"Ve bu böbrek, nakil için mi kullanılacak?" diye sordu David, meseleyi daha iyi kavramaya çalışarak.
Doktor başını salladı. "Evet, nakledilecek böbrek neredeyse hiçbir doku reddi riski taşımayacak."

Jan Coffey

David'in aklı karışmıştı. "Peki, bu yöntem daha önce denendi mi?"

"Evet," diye cevapladı doktor, temkinli bir iyimserlikle. "Bu teknik yaklaşık beş yıldır uygulanıyor. Yirmi yaş üstü hastalarda başarı oranı yüzde elli civarında. Leah gibi genç hastalarda ise bu oran çok daha yüksek."

David, zayıf da olsa bir umut ışığı hissetti. Ama hâlâ endişeliydi. "Riskler neler?" diye sordu.

İki adam birbirlerine baktı ve tekrar konuşan nefrolog oldu. "Kültürün ilk adımlarının başarısız olduğu vakalar var, ancak bu insanlar bu teknikte kesinlikle en iyiler. Her yerde en iyi başarı oranına sahipler. Leah için asıl risk sonunda ne olacağı değil, bekleme süresidir. Açıkçası Bay Collier, onu bu süre boyunca hayatta tutmak çok zor olacak."

David umutlarının tuzla buz olmasına izin vermemeye çalıştı. "Ne tür bir zaman diliminden bahsediyoruz?"

"Nakil için uygun böbreğin üretilmesi, her şey yolunda giderse, iki ila altı ay sürebilir," dedi nefrolog. "Klinik, nakle hazır olduklarında size haber verecek."

"Peki bu süre zarfında nerede olması gerekiyor?" diye sordu David, durumun ağırlığını kavramaya çalışarak.

"Leah bir kez stabilize olduktan sonra," diye yanıtladı çocuk doktoru, "sürekli diyaliz uygulayabilecek herhangi bir klinikte ya da hastanede kalabilir. Nakil ameliyatı Almanya'daki klinikte yapılacak ve nakil sonrası en az altı hafta boyunca orada kalması gerekecek. Sonraki testler ve iyileşme süreci için bu süre uzayabilir."

David iş teklifini ve bu yöntem için ödeme yapan perde arkasındaki adamı düşündü. Görevine başlamasını istemeden önce ne kadar bekleyeceklerini merak ediyordu. Leah'yı terk edemezdi, bu şekilde olmazdı.

"Kültürü ne zaman alacaksınız?" diye sordu.

"Bugün," diye yanıtladı doktor. "Eğer bu yöntemi seçerseniz."

"Kesinlikle," dedi David. "Başka seçeneğimiz yok, değil mi?"

İki doktorun sessizliği, David'e yanıtını vermişti. Başka bir seçenek yoktu.

Bölüm 24

KORKU

İstanbul, Türkiye

KARAKOLA GIDIP EVRAK doldurmalarına gerek yoktu. Joe Finley ve ABD Konsolosluğu, tüm işlemlerin Galvin ailesinin Ritz-Carlton İstanbul'daki penthouse süitinden halledilmesini sağlamıştı.

Steven ayrılmadan önce Nathan'ın odasındakilerin envanterini çıkardı ve Kei oğlunun kazaklarından birini yanına aldı.

İlk defa Steven, eşinin korkularını paylaşır hale gelmişti. Nathan'ın günlerce ortadan kaybolmasına ve tüm kişisel eşyalarını otel odasında bırakmasının mantıklı hiçbir açıklamaaı yoktu.

Otele yerleştiklerinde Steven Galvin'e Tansu tarafından Finley'nin gazetelerle temasa geçmesini engellediği söylendi. Genç adamı pencerelerden birinden aşağı atacak kadar sinirlenmişti ama Kei'nin hatırına, operasyon üssü olarak kullanmayı planladığı Kulüp Katı'ndaki süitte FSO ile yalnız kalana kadar bekledi.

Finley, Steven daha ona yüklenmeye fırsat bulamadan açıklamaya başladı.

"Efendim, kızgın olmakta sonuna kadar haklısınız, fakat emir-

107

Jan Coffey

lerim Ankara'dan geldi. Büyükelçi bizzat aradı ve duruma ışık tutabilecek kişilerin yolda olduğunu iletmemi söyledi. Talimatım, Bilgi Görevlileri buraya gelip sizinle şahsen görüşene kadar olayı kamuya açıklamamak yönündeydi."

"Dinle, emirlerin umurunda bile değil," diye öfkeyle cevapladı Galvin. "Bu ulusal güvenlik meselesi değil. ABD hükümetinden emir almıyorum. Oğlumu arıyorum ve onu bulmak için ne gerekiyorsa yapacağım. Hemen büyükelçiyi arayıp ona da söyle; eğer yardımdan çok engel olacaksan, seni de Ankara'ya geri göndereceğim."

"Efendim, bu bölgedeki kolluk kuvvetleriyle karmaşık ilişkilerimiz var. Büyükelçi, hassas bir durum karşısında çok daha verimli çalışabileceğimizden emin olmanızı istiyor."

"Bana palavra sıkmaya çalışma genç adam. Dün, ben dünyanın öbür ucundayken, sizler bana Nathan'ın Konsolosluğa kayıt yaptırmadığı ve yapabileceğiniz pek bir şey olmadığı konusunda atıp tutuyordunuz," dedi ona. "Bir telefon ettim ve birdenbire beni havaalanında karşılıyorsunuz. Size hemen kamuoyuna açıklama yapacağımızı söylüyorum ve büyükelçinin ağır topları göndermesinin umurumda olmadığını belirtiyorum. Size güvenmiyorum. Konsolosluğa güvenmiyorum. Zaman çok değerli ve ben oğlumu bulmak için elimden gelen her şeyi yapmayı planlıyorum. O yüzden ayağıma dolanma!"

Finley'nin cep telefonu çaldı. Aynı anda kapı çalındı ve Steven kapıyı açtı. Tansu koridorda iki adamla birlikte duruyordu.

"Bay Galvin, bu beyler Konsolosluk'tan geldiklerini söylüyorlar."

Steven, Finley'e sert bir bakış attı. "Teşekkür ederim, Tansu." İki adama döndü. "İçeri gelin."

"Bay Galvin?" diye konuştu iki adamdan daha yaşlı olanı. Rozetler ortaya çıktı ve tanışma faslı başladı. Yaşlı adamın adı Siegel, diğerininki Cooper'dı.

Finley'yi görünce Siegel, genç subaya dışarıda beklemesini işaret etti ve Finley sessizce odadan çıktı.

"Siz Ankara'dan gelen Enformasyon Memurlarısınız," dedi Steven, kimlik kartlarında gördüklerini teyit ederek.

Siegel, "Hem evet hem hayır, efendim," diye yanıtladı.

"Hangisi?"

"Bu bizim buradaki işlevimizin sadece bir parçası."

BİRİNCİ KİTAP

"Bakın, Bay Siegel," dedi Steven sertçe. "Şifre çözücü yüzüğümü getirmedim, o yüzden neden doğrudan benimle konuşmuyorsunuz?" Pencereye doğru yürüdü, sonra geri dönüp onlara baktı. İki adam hiç hareket etmemişti.

"Neler oluyor, Bay Siegel? Neden buradasınız?" Adamlar önce birbirlerine baktılar. Bu kez konuşan Cooper oldu. "Buraya oğlunuzla ilgili durumu ABD Hükümeti'nin halletmesine izin vermenizi önermek için gönderildik efendim."

"Beş dakika içinde oğlumun kayboluşundan ikinci kez 'durum' olarak bahsediliyor. Neden?" diye tersledi, öfkesi yükseliyordu. "Sen ne biliyorsun ki? Nathan nerede? Eğer bir şey biliyorsanız, neden çıkıp söylemiyorsunuz?"

"Korkarım katı kurallarımız var-"
"Bu saçmalık," diye araya girdi Galvin. Birinin gözünü boyamaya çalıştığını anlayacak kadar uzun yıllar iş hayatında çalışmıştı. "Nathan'ın nerede olduğunu biliyor musun? Yaralı mı? O... o öldü mü?"

Siegel ve Cooper tekrar bakıştılar.

"Bay Galvin, şunu söyleyebilirim ki, oğlunuz şu an hayatta ve güvende," dedi Siegel. "Şimdilik."

Göğsünde bir umut ışığı yandı. "Peki bunu nereden biliyorsun?"
"Çünkü biliyoruz."
"Bu yetmez. Açıklayın," diye sertçe emretti Steven.
"Size söyleyeceğim şey gizli bilgilerdir. Bu odanın dışındaki hiç kimseye bu bilgiyi veremezsiniz, efendim."
"Neyden bahsediyorsunuz?"
"Oğlunuz görevde."
"Kimin görevi için?" Galvin artık öfkesini kontrol edemiyordu. Sinirli bir şekilde konuştuğunu biliyordu ve bu umurunda değildi. "Nathan çalışmıyor. Üniversiteden mezun olduktan sonra biraz dinleniyor. O bir turist, Tanrı aşkına!"

"ABD Hükümeti için çalışıyor, efendim."
"Bu saçmalık." Steven ona sert bir bakış attı. "Ne yapıyor?"
"İstihbarat," dedi Cooper alçak bir sesle.
Steven gözlerini onlara dikti. "Bana oğlumun bir casus olduğunu mu söylüyorsunuz?"

Siegel başıyla onayladı. "Hükümetimizin bazı üyeleriyle olan statünüz nedeniyle, oğlunuzun ifşa etme özgürlüğüne sahip olma-

Jan Coffey

dığı, yakından korunan bilgileri size vermek için özel izin aldım. Efendim, oğlunuz Merkezi İstihbarat Teşkilatı'nda çalışan bir ajan. Geçtiğimiz yıl boyunca bizimle eğitim aldı. Nathan temel eğitimini tamamladıktan sonra, yani üç ay önce saha ajanlığına terfi etti. Türkiye ise onun ilk yurtdışı görevi."

Bölüm 25

TERÖR

Gana, Afrika

FINN İRLANDA RAGBISINI SEVERDI. Maçlara gider, uzaktayken skorları kontrol ederdi. Oyuncuları tanırdı. Kimin sakat, kimin formda olduğuna dair antrenman haberlerini takip ederdi. Niall O'Connor'ın geçen hafta antrenmanda sol kalçasına bir darbe aldığını biliyordu. Ferris'in kadroya geri çağrıldığını öğrenmişti. Isaac Boss'un baldırında bir zorlanma vardı ama bu kaptanı durduramazdı. Finn, kimin takıma alınacağı ve kimin gönderileceği konusunda en iyi tahminleri yapabilirdi. 99'daki o soğuk Ocak gecesinde Ulster takımının Heineken Kupası'nda Fransızları yenmesini izlemek için Dublin'deki Lansdowne Street Stadyumu'ndaydı ve Ravenhill'deki iç saha maçlarında etrafında kimlerin oturduğunu da çok iyi bilirdi. Kısacası, rugbi onun sporuydu.

Ama futbol için aynı şeyi söyleyemezdi. David Beckham, Finn'in gözünde basit bir pop yıldızından ibaretti. Futbolu asla takip etmemiş, zerre kadar da ilgilenmemişti. İşte bu yüzden, bu işi bitirmek onun için kolaydı. Issa Bongben'in bir rugbi oyuncusu olmamasına memnundu. O sadece lanet olası bir futbolcuydu.

Jan Coffey

Afrika Uluslar Kupası devam ediyordu ve bu turnuva mükemmel bir perde görevi görüyordu. Elinde isim, fotoğraf, tarih, saat ve yer vardı. Hedefi hakkında daha fazla şey öğrenmemek için ne kadar dikkat etse de, her gazetenin manşetlerinde bu ismi görmekten kaçamamıştı. Issa Bongben, Kamerun Milli Futbol Takımı'nın kalecisiydi ve yarın Mısır ile final maçı oynayacaklardı. Bongben, uzun zamandır bahisçilerin etkisi altında olduğu şüphesiyle anılıyordu, ama bu Finn'i ilgilendirmiyordu. O, sadece lanet olası bir işti.

Aşağıdaki sokak insanlarla dolup taşıyordu. Finn, hedefinin otel restoranından çıkışını gördü. Çevresinde korumaları, menajerleri ve kadınlar vardı. Futbolcu kalabalık kaldırıma adım attığında, Finn'in odağında başka kimse kalmamıştı. O an, dünyada sadece kendisi ve hedefi vardı. Yüzüne odaklandı. Doğru adamı bulmuştu.

Tetiği çekti. Hedef yere yığıldı.

Artık bu dünyada sadece Finn kalmıştı ve Kamerun milli futbol takımının Cumartesi günkü finaller için yeni bir kaleciye ihtiyacı olacaktı. Dışarıda çılgına dönen kalabalığın gürültüsü patlarken Finn pencereyi hafifçe kapattı.

"Doksan sekiz, Kelly sevgilim," diye fısıldadı. "İki tane kaldı."

Bölüm 26

KAYIP

ALANNA, tamamen bitirmenin mantıklı olduğunu biliyordu. Ray'i seviyordu, ama ortada çok fazla sır ve cevaplanmamış soru vardı. Ray hayatına tekrar girdiğinden beri, birbirlerini gerçekten tanıyıp tanımadıklarını sorgulamaya başlamıştı. Cevaplara ihtiyacı vardı. Başkalarının onun adına kararlar vermesine izin verecek biri değildi. O bir liderdi, takipçi değil. Körü körüne bir yere sürüklenmeyecekti. Ne Ray'in peşinden, ne de başka birinin.

Duyguları kalbini parçalıyordu ama aklı Alanna'ya Ray'le olan ilişkisinin artık farklı olduğunu söylüyordu. Yüzündeki kızarıklık gitmişti. Birçok kez kendini Ray'i eleştirirken bulmuştu. İlk seferinde neden onunla savaşmaya ve onu yanında tutmaya çalışmadığını merak ediyordu. Onun sevgisinin derinliğini sorguladı.

Kendi derinliğini sorguladı.

Alanna onunla kalmadığı için memnundu. Düşünmek için zamanı vardı. Geri adım atarak durumu daha net bir şekilde görebiliyordu. İlişkilerini bitirmesi gerektiğini biliyordu. Artık gizli toplantılar, telefon görüşmeleri ve belirsizlik olmayacaktı.

Mesajı gönderdikten bir gün sonra Ray aradığında ona tam olarak bunu söylemişti. Yine de Ray'in onu son bir buluşmaya ikna etmesine izin vermişti. Onu son bir kez rahatsız edeceğine söz vermişti.

Ray ondan Sonoma Vadisi şarap bölgesine gitmesini istemişti. San Francisco bölgesinde yaşadığı onca yıl boyunca bir kez bile turistçilik oynayıp oraya gitmemişti. Bu bir boş zaman aktivitesi sayılırdı. Boş zaman aktiviteleri için hiç zaman ayırmamıştı. Elbette bölgeyi biliyordu, gazetelerden okuduğu ve başkalarından duyduğu kadarıyla. Napa Vadisi büyük şaraphaneleriyle turistleri çekiyordu. Napa, 1970'lerde Fransızlar tarafından düzenlenen kör tadım yarışmasında, birkaç Napa şaraphanesinin Fransız rakiplerini geçip madalya kazanmasıyla ünlenmişti. Bu olay, Napa Vadisi'ne büyük bir tanıtım getirmiş ve ardından büyüyen bir turizm endüstrisi gelişmişti. Napa'nın gölgesinde kalan ise Sonoma Vadisi olmuştu.

Alanna arabayı sürerken aslında, görmezden gelinmek tam da şu anda işine yarayabilecek bir şey diye düşündü. Gerçekten sadece yalnız kalmak istiyordu. Ray'in kaybının yasını aylarca tutmuştu. Kendi kendine, bu kez onu bırakmanın daha kolay olacağını, çünkü hayatta olduğunu bildiğini söyledi. Artık başarabilirdi. Bunu atlatabilirdi.

Pazar sabahı Santa Rosa'ya yaptığı elli beş millik yolculuk keyifli geçmişti. Ray ile FountainGrove Inn'de buluşacaktı ve oteli bulmakta hiç zorlanmamıştı. Kapıya yanaştığında, görevlilere Equus Restaurant'ta bir arkadaşıyla brunch yapacağını söyledi.

Ray, her zaman Alanna'nın dakikliğine uyum sağlardı, bu yüzden tam otele varmasının birkaç saniye ardından onu karşılamaya çıkmasına hiç şaşırmamıştı. Saat tam on biri bir dakika gösteriyordu.

Ray geniş kenarlı bir Stetson şapka ve güneş gözlükleri takıyordu. Vale, Alanna'nın arabasını götürür götürmez Ray eğilip onu öptü.

Alanna, keşke bunu yapmasaydı diye düşündü. Baştan çıkarılmak istemiyordu. Kararını vermişti.

Ray, Alanna'nın elini tuttu. "Hadi biraz yürüyelim."

Alanna, konuşmaları gereken şeyleri özel bir yerde söylemeyi tercih ederdi. Kararını vermişti, ama bu kararı uygulamanın, vedanın acısı hâlâ tazeydi. Bu konuyu açık alanda konuşmak, onun kaygılarını daha da artırıyordu.

Otel ve konferans merkezi bir zamanlar tarihi bir çiftlik olan

BİRİNCİ KİTAP

arazinin üzerine inşa edilmişti, ancak eski araziden geriye sadece kalıntılar kalmıştı. Binalar alçak bir profil çiziyordu ve yukarıda oldukça yuvarlak bir ahırın engelsiz bir görüntüsü vardı. Gittikleri yerin orası olduğunu fark etti. Kızılağaç, meşe ve taş, eski ve yeninin bir karışımını sağlamak için peyzaj planlarında dikkatlice harmanlanmıştı.

Ray, onları karşıdan geçen iki grup misafirin yanından geçerken hiç konuşmadı. Alanna etrafına bakındı, yanındaki adamın varlığını görmezden gelmeye çalışarak başka şeylere odaklandı. Elini Ray'in elinden çekti, o da bırakmasına izin verdi.

"Fikrini değiştirdin," dedi ona, başkalarının duyamayacağı bir yerdeyken. Ses tonunda suçlama yoktu, sadece incinmişti. "Nedenini bilmiyorum."

"Yapamam," dedi Alanna, tutkuyla. "Sorumluluklarımı bırakamam, büyükannemi ve işimi terk edemem. Bunlar benim için fazlasıyla önemli."

"Beni hâlâ seviyor musun?" diye sordu Ray.

"Evet, seviyorum. Seviyorum Ray," diye yüzüne baktı Alanna. "Ama kim olduğumu biliyorum. Ve seninle kısa vadede ne kadar mutlu olursam olayım, uzun vadede suçluluk duygusuyla acı çekeceğimi biliyorum. Sana da acı çektiririm. Sorumluluklara inanıyorum, Ray. Ve bana bağlı olan çok fazla şey, çok fazla insan var. Ne kadar çok mutlu olmak istesem de, seni ne kadar derin bir aşkla sevsem de, bu hayatı diğerlerinin yerine seçemem."

Ray yüzünü başka tarafa çevirip yürürken önüne bakarak devam etti.

"Bana, senin yokluğumda perişan olduğunu söylemiştin."

"Öyleydim. Tanrı biliyor ya öyleydim. Ama bu sefer çok düşündüm. Bu kez daha iyi olacağım. Senin hayatta olduğunu ve bir yerlerde güvende yaşadığını bilmek bana yetip artacak."

Yeniden elini tuttu. Alanna bu kez elini çekmedi. "Daha önce uzak duramamıştım. Otoparkta seni gördüğüm ilk günü hatırlıyor musun?"

Alanna başını salladı. "Aklımı kaybettiğimi düşünmüştüm. Ölmüş olman gerekiyordu ama işte oradaydın, otobüs durağına yürüyordun."

"San Francisco bölgesine döndüğüm sabahtı. Seni görmem gerekiyordu. Servislerden birine bindim ve kapının içinde indirildim.

Jan Coffey

Hayatım tehlikedeydi ama ben sadece seni görmeyi düşünüyordum" dedi. "O sabah beni tanıyabilecek biriyle karşılaşmadığım için şanslıydım. Şoför de eski kimliğime pek dikkat etmedi. Seni bulmaya çok yaklaşana kadar ne yaptığımın farkına varamadım. Bunu iyice düşünmeliydim. Bu sefer doğru yapmalıydım."

Alanna adımlarına bakarak yürümeye devam etti. Onun itiraflarını duymak canını acıtmıştı.

"Biliyorum, gerekirse yine aynı şeyi yaparım. Sensiz yaşayamam, Alanna."

"Keşke bunu söylemesen, Ray. Senin benden önce de bir hayatın vardı. Benden sonra da olacak. Sen de ben de hayatta kalabilen insanlarız. Hatta belki benden daha güçlüsün. Ama senden gitmeni istiyorum. Beni serbest bırakmanı diliyorum."

Ray durdu. Alanna, küçük elinin onun büyük avucunun içinde nasıl kaybolduğunu fark etti. Ray, güneş gözlüklerini çıkarıp gözlerinin içine baktı. "Başka bir seçenek daha olabilir."

"Ne demek istiyorsun?" diye sordu Alanna.

"Size bazı insanlarla görüştüğümü söylemiştim. Bazı fikirleri var... Bize danışmak istiyorlar."

Ray'in gergin olduğunu fark eden Alanna, onun elini iki eliyle kavradı.

"Seninle paylaşmak istedikleri demek istiyorsun," dedi Alanna. "Ne karar verirsen, senin için en doğrusu olacak. Bu kararı ben vermeyeceğim."

Başını iki yana salladı. "Hayır, bu farklı. Bence onların ne dediğini duymak isteyebilirsin. Tabii beni hâlâ seviyorsan."

"Ray, bunu benim için olduğundan daha zor hale getirme. Uzaklara gidemem. Gitmeyeceğim," diye tekrarladı.

"Bence, teklif ettikleri şeyle, buna gerek yok. Ve ben de zorunda kalmayacağım."

Kafası karışmış bir halde ona baktı.

"Bunu sana açıklamalarını istiyorum. Bana da tekrar anlatmalarını. Çok iyi ya da gerçek olamayacak kadar güzel gibi görünüyor. Ama onlar, benim ortadan kaybolmamı gerektiren sorunu çözebileceklerini söylüyorlar. Ve gerçekten bunu yapacak güce ve kaynağa sahip olduklarını düşünüyorum. Bu yüzden, tekliflerini dinlemek için orada olmalısın. Lütfen, Alanna."

"Bu insanlar kim?" diye sordu Alanna.

BİRİNCİ KİTAP

"Bana kendilerini sadece danışman olarak tanıttılar."
"Ne tür danışmanlar?" diye sordu.
"Teknik danışmanlar," dedi.
Alanna bundan daha belirsiz bir açıklama olamayacağını düşündü. Her detayı öğrenmek zorunda kaldığı için içten içe sinirleniyordu. "Kim için çalışıyorlar?" diye sordu.
"Bunu kendilerine sorabilirsin."
"Ray," dedi Alanna, tonunu sertleştirerek, onun dikkatini çekmek istedi. "Büyükannemin bir sözü vardır: 'Bazen bir su birikintisinin üzerinden atlarken kuyuya düşeriz.' Sen de aynı hatayı yapıyor olabilir misin?"
Ray bir an sessiz kaldı, cevap vermedi.
"Ray, görünüşe göre kolluk kuvvetlerinin yapamadığı bir şeyi yapmayı teklif ediyorlar. Bu onların kaynakları hakkında bir şeyler söylüyor. İş yapma şekilleri hakkında. Bildiğiniz kadarıyla organize suçun bir parçası olabilirler."
"Sen bunu bilmiyorsun. Ben de bilmeyeceğim, ta ki onlarla konuşana kadar." Ray, Alanna'nın kollarını tuttu ve derin bir şekilde gözlerinin içine baktı. "Lütfen, Alanna. Buradalar, restoranda. Şimdi onlarla konuşabiliriz, ne sunduklarını ve ne istediklerini öğrenebiliriz."
Alanna artık neden Ray'in kendisini buraya getirmek istediğini anladı. Bu bilgiyi önceden paylaşmamış olmasına sinirlendi. "Ray, bence sen gidip kendin konuşmalısın."
"Hayır, Alanna. Benim için hiçbir şey yapmayacaklar. *Sen* de dahil olmadığın sürece bana yardım etmeyecekler."
"Neden ben?"
"Lütfen, sadece sorularını kendin sor," dedi Ray, başıyla geride bıraktıkları binayı işaret ederek. "Burası halka açık bir restoran, öğle yemeği servisi var. Bize zarar veremezler. Yardım etmek istediklerini biliyorum. Hadi, sadece gidip konuşalım."
Alanna gitmek istemiyordu. Zaten ne yapacağına karar vermişti. Ray'i bir kez daha kaybetmenin nasıl bir şey olduğunu biliyordu ve buna dayanabileceğini sanıyordu. Aslında Ray'in bu hareketleri, onu bu sefer kaybetmenin ne kadar daha kolay olacağını fark etmesine neden olmuştu. Ama Ray neredeyse çaresiz bir ses tonuyla konuşuyordu. Ona hayatını düzene sokma şansı vermesi gerektiğini düşündü.

Jan Coffey

"Eğer rahatsız olursan ya da onları sevmezsen, hemen kalkar gideriz. Tamam mı?" dedi Ray.

Yukarıda gökyüzü solgun bir maviydi. Yürüdükleri yön olan yuvarlak ahıra doğru geçerken, daha önce hiç fark etmediği bahçelerden geçtiler. Henüz hiçbir şey büyümemişti. İlkbaharın tomurcuklarının tepelere renk vermesine daha bir ay vardı.

Alanna, bu insanların kim olduğunu ya da ne istediklerini bilmiyordu. Ray'in ona her şeyi anlattığına da inanmıyordu. Kendini o restorana girecek kadar hazırlıklı hissetmiyordu. Ama bunu yaptı, çünkü hayatında sevdiği tek adam için son bir şey yapıyormuş gibi düşünüyordu.

Bölüm 27

KORKU

İstanbul, Türkiye

"Bize söylediklerinin doğru olduğunu nasıl bileceğiz?" diye sordu Kei. Steven, Amber Hersey'nin telefona geri dönmesini beklerken ahizeyi avucuyla kapattı. "Neden yalan söylesinler ki?" Steven ve Kei süitlerinde bu gelişmeyi tartışırken, ajanlar iki kat altlarındaki odada topuklarını soğutuyorlardı. Steven iki ajana, onların önerilerini dinlemeden önce karısıyla konuşmak istediğini söylemişti. Ayrıca ABD'de kendisine bazı cevaplar verebilecek tek arkadaşını da aramak istiyordu. Saat farkı nedeniyle Steven senatöre ulaşabilmek için tek şansının onu evinden aramak olduğunu düşündü.

Paul evde değildi ama kızı Amber babasını bulmaya ve Steven'a bir yönlendirme numarası bulmaya çalışıyordu. Amber, Nathan'la aynı yaştaydı ve tek çocuktu, biraz vahşi bir geçmişi vardı. İkisi de büyürken birbirlerine çok yakınlardı. Kolej ve farklı arkadaş grupları yollarını ayırmıştı, ancak ne zaman bir araya gelseler ya da Steven ve Kei, Amber'ı görseler, kendi çocuklarını görmüş gibi oluyorlardı.

Jan Coffey

"Nathan'a bir mesaj gönderip bizi aramasını sağlayabilirler mi?"

"Hayır, gizli görevde olduğunu ve herhangi birinin onunla temasa geçmesinin tehlikeli olacağını söylüyorlar."

Kei yeniden daha enerjik görünüyordu. Oda içinde sürekli ileri geri yürüyordu, elinde Nathan'ın kazağı vardı. "Bundan haberin var mıydı?"

"Tabii ki hayır, sevgilim."

"Onlarla iş aradığından haberin var mıydı?" diye sordu."

Başını iki yana salladı. "Senin gibi, onun biraz ara verip seyahat etmek istediğine inandım. Ama neden... neden CIA? Neden bu kadar tehlikeli bir şey?"

"Bu cesareti senin aile tarafından almış olmalı," dedi kadın hafifçe gülümseyerek. "Bense tam bir tembelim."

"Gel buraya, tembel patates," dedi Steven elini uzatarak. Kei, onun yanına oturdu. Birden titredi.

"Üşüyor musun?"

"İçimden sürekli ürpertiler geçiyor. Buna inanamıyorum. İyi olduğunu kendime inandırmam gerek. Nathan iyi."

"İnan buna," dedi Steven ona.

"Neden bize söylemedi?" diye sordu.

"Yapamaz. Yapmaması gerekiyor. Eğer Nathan'ın resmini İstanbul'daki tüm gazetelere koymakla tehdit etmeseydim, muhtemelen hâlâ bilmiyor olacaktık."

Kei, oğlunun kazağını yanağına bastırarak ovaladı. "Görevi ne zaman bitecek?" diye sordu.

"Bana bir cevap veremediler. Onlara tekrar sorabiliriz."

"Lütfen tekrar sor," diye rica etti. "Bu arada, onu gördüğümde öldüreceğim."

"Öldürebilirsin. Sonuçta sen onun annesisin," dedi Steven gülümseyerek. Kei'nin hislerini çok iyi anlıyordu. Steven bu olaydan kendisi için de bir ders çıkarmıştı. Nathan geri döndüğünde oğlu ile iletişimini daha iyi sağlaması gerektiğini öğrenmişti. Nathan yirmi üç yaşında ve kendi başının çaresine bakabiliyor olsa da, aralarındaki bağların hâlâ kopmadığını anlamıştı.

Amber telefona geri döndü. "Az önce babamla cep telefonundan konuştum. Birkaç dakika içinde sizi arayacak. Güvenli bir telefona ulaşması gerektiğini söyledi."

"Teşekkür ederim, tatlım," dedi Steven.

BİRİNCİ KİTAP

"Bu arada, Nathan nasıl?" diye sordu. "Ziyaretin iyi geçiyor mu?"

Amber telefonu açtığında Steven, Kei ile neden İstanbul'da olduklarına dair bir yalan uydurmuştu. Paul'ün kızına daha önceki telefon konuşmalarından hiç söz etmediği açıktı. Amber ve Nathan'ın ne kadar iyi arkadaş olduklarını hepsi biliyordu. Genç kadını gereksiz yere endişelendirmeye gerek yoktu.

"O iyi... harika gidiyor." Steven bunun bir yalan olmadığını umuyordu.

"Ona beni araması gerektiğini söyle," dedi alaycı bir ses tonuyla.

"O hâlâ oradayken o tarafa bir yolculuk yapmak istiyorum."

"Ona söyleyeceğim," diye söz verdi Steven.

"Kei'ye de selam söyle. Onu özledim."

Steven genç kadına teşekkür etti ve telefonu kapattı. Amber ile yaptığı konuşmayı karısına özetledi.

"Paul bize yardım edebilir mi dersin?" diye sordu Kei.

"Senato İstihbarat Komitesi'nin eş başkanı olarak, gerekli bağlantıları var. En azından bu iki adamın gerçekten kim olduklarını doğrulayabilir. Ayrıca, Nathan'ın gerçekten CIA için çalışıp çalışmadığını da teyit edebilir."

Kei, oğlunun kazağını göğsüne sıkıca bastırdı. "Paul aradığında ben de telefonda olmak istiyorum."

"Kesinlikle, neden olmasın." İki aile birbirini yaklaşık yirmi yıldır tanıyordu. Paul ve karısı yedi ya da sekiz yıl önce boşanmışlardı ama herkes iletişim halindeydi.

Çok beklemelerine gerek kalmadı. Senatör beş dakika içinde onları geri aradı. Kei, odadaki ikinci telefonu açtı. "Merhaba Paul," dedi.

"Merhaba Kei. İkinizin de benimle aynı hatta olmasına sevindim."

Steven birkaç dakika düşündükten sonra arkadaşına Ankara'daki CIA ajanlarından ve kendisine anlattıklarından bahsetti.

"Bunların hepsini zaten biliyorum," dedi Paul onlara. "Dünkü telefon görüşmenizden sonra biraz araştırma yaptım. Komitem Langley'deki yöneticilerle el ele çalışıyor. Nathan'a neler olduğunu öğrenmek zor olmadı."

Galvin rahatlamış hissetti. Yakın bir arkadaşının da bu işin içinde olduğunu bilmek, Nathan'ı bu işte hayal etmeyi çok daha kolaylaştırmıştı.

Jan Coffey

"Paul, neden bunu yapar ki?" diye sordu Kei. "Neden böyle tehlikeli bir işin içine girer?"

"Bilmiyorum, Kei," dedi senatör. "Belki görev duygusu, belki de macera arayışı. Bunlar, onu gördüğünüzde sorabileceğiniz sorular. Öğrendiğim kadarıyla daha üniversiteyi bitirmeden başvuruda bulunmuş. Standart eğitim programının ardından bir dizi özel ders almış. Şimdi kariyerine bu yolda devam ediyor."

"Paul, nerede peki?" diye sordu Steven. "Ne yapıyor?"

"Size sadece Türkiye'de olduğunu ve görevde olduğunu söyleyebilirim. Sorularım bana ancak bu kadarını söyleyebilir. Ama iyi olduğuna dair güvence aldım. . Aynı zamanda, sizin ve Kei'nin şu an orada bulunmanızın iyi bir fikir olmadığını söylediler. Sanırım onun kimliğini daha fazla riske atmak istemezsiniz. Bu, onu tehlikeye sokabilir, biliyorsunuz."

Steven, odanın karşısında oturan eşine baktı, duyduklarından tatmin olup olmadığını merak ediyordu.

"Madem bir süreliğine gidecekti, neden kişisel eşyalarını almadı?" diye sordu Kei.

"Çünkü ona ihtiyaç duyduğu her şeyi verdik," diye açıkladı Paul. "Onun kim olduğuna dair herhangi bir kanıt bulunmasını istemiyoruz."

Steven cebinden, Nathan'ın yatak odasındayken hazırladığı bir liste çıkardı.

"Peki, tam olarak kim olduğunu söylüyor?" diye sordu Kei.

"Bunu cevaplayamam. Doğruyu söylemek gerekirse, ben de bilmiyorum. Ama anlamalısınız ki bu tür operasyonlar... şey, gizlilik gerektirir."

"Nathan'ın yanında birkaç kişisel eşyası var," dedi Steven telefondaki senatöre. "Odasında kalan eşyaları incelediğimizde, saatini ve cep telefonunu yanında götürdüğünü fark ettik."

Hatta bir süre sessizlik oldu. "Saat pek sorun değil," dedi Paul. "Ama telefonunu götürme fikrini pek sevmedim."

"Her birkaç günde bir bizi aramak için kullanıyordu," dedi Kei. "Ona bu telefondan ulaşamayınca endişelenmeye başladık."

Paul onlara, "Bana, yanında hiçbir kişisel eşya bulundurmaması yönünde talimat aldığı söylendi," dedi. "Telefonu kaybetmiş ya da atmış olabilir. Gerçekten de bu iki konuda endişelenecek bir şey yok. Dinleyin, size arkadaş olarak konuşuyorum. Size önerim,

BİRİNCİ KİTAP

ikinizin de Connecticut'a dönmeniz ve onun size ulaşabileceği bir yerde beklemeniz."

Steven, odanın diğer ucundaki eşiyle göz göze geldi. Karısına küçük bir baş selamı verdi. Kei kaşlarını çattı ama karşı çıkmadı.

"Kuvvetle muhtemel Nathan bir fırsatını bulup sizi arar... sadece iyi olduğunu söylemek için bile olsa...."

Steven arkadaşına, evde olmadıkları takdirde Nathan'ın onları cep telefonlarından arayacağını bildiğini hatırlatmak istemedi. Telefon görüşmesi bir yana, karısının eve dönmesinin daha iyi olacağını düşünüyordu.

"Onun sesini duymak istiyorum," diye fısıldadı Kei.

"Merak etme, Kei. Onu duyacaksın," diye güvence verdi Paul. "Bu arada, onun durumunu burada yakından takip edeceğim. Siz sadece evinize geri dönün."

Bölüm 28

DAMGA

JAY ALEXEI PARMAKLARINI soğuk cama bastırdı. İçeri uzanıp oğlunu kucağına almak istedi. Bebek ağlıyordu.

İçerideki iki hemşire, balık fanusuna benzer bu odada onun huzursuz olduğunu göremiyorlar mıydı? On adım öteden bebeğin bademciklerini görebiliyordu. Yüzü mora dönmeye başlamıştı. Başındaki mavi şapka komik duruyordu. Onu tekrar kucağına alıp, o yumuşacık koyu renk saçlarına dokunmak, küçük burnuna elini değdirmek istiyordu.

Jay cama vurdu. Hiçbiri ona aldırış etmedi. Bir kez daha, daha sert vurdu. Hemşirelerden biri dönüp ona baktı. Bebek odasını işaret etti. Hemşire ona gülümsedi ve konuşmaya geri döndü.

"Görünüşe göre ciğerleri sağlammış," dedi yanındaki bir adam. "Bir sonraki Pavarotti olabilir mi?"

Jay dönüp adama bakmasına gerek yoktu. Aksan onu ele vermişti. Bu Hank Diarte'ydi. İçinde önce bir şaşkınlık, ardından da büyük bir rahatlama hissetti. Soğukkanlı olmaya çalıştı. Ona burada ne aradığını sormamaya çalıştı.

"Vokal aralığını test ediyor gibi ama hemşireler şimdiden alışmışlar gibi görünüyor. Onu hiç duymuyorlar."

BİRİNCİ KİTAP

"Kaç kilo doğdu?" diye sordu Diarte.

"2 kilo, 900 gram. 50 cm uzunluğunda. Ama bence 53 cm. Doğum odasındaki hemşire ayaklarını yeterince sabit tutamadı, tam ölçemediler." Jay bir gururlu baba gibi konuştuğunu biliyordu. Bu hissi sevmişti.

"Peki eşin nasıl?" diye sordu Diarte.

Jay gülümseyerek, "İnanılmaz biri," dedi. Son on iki saat içinde kendini çok fazla gülümserken bulmuştu. O doğumhanede tanık olduğu şey, Padma'nın yaşadıkları gerçekten bir mucizeydi. Bunu düşünmeden edemiyordu. Normal doğum olmuştu. Toplam dört saat sürmüştü. Hemşireler bunun ilk doğum için çok iyi olduğunu söyleyip duruyordu. Jay daha uzun sürseydi hayatta kalabileceğini sanmıyordu. "Çok yorgun ama harika."

"Bu inanılmaz bir şey. Buna hiç şüphe yok."

Jay başını salladı. "Siz nasılsınız, Bay Diarte? Sizi burada görmeyi beklemiyordum." Artık dayanamadı, sorması gerekiyordu.

"Eh, adaylarımızı yakından takip etmeyi seviyoruz," dedi. "Bebeğinize isim koydunuz mu?"

Jay başını salladı. "Bunun hakkında konuşmadık bile. Bebek erken doğdu. Gerçi bizi bu öğleden sonra eve gönderecekler. Sanırım bu sabah bir isim bulmamız gerekecek."

Jay henüz bir beşiklerinin bile olmadığını hatırladı. Aldıkları tek bebek kıyafetleri, birkaç ay önce indirim reyonlarından buldukları birkaç tulumdu. Padma çalıştığı yerden birkaç paket bez almıştı. Hala birçok eksikleri vardı. Eli cebine gitti. Üzerinde sadece kırk altı dolar nakit vardı ve bir sonraki maaşına üç gün vardı. Eve dönmek için bir taksi çağırması gerekiyordu. Hemşirenin bebek koltuğundan bahsettiğini hatırladı. Onlardan bir tane almaları gerekiyordu. Ama onun bir arabası bile yoktu.

Diarte'ye döndü. "Mülakatlar hala devam ediyor mu?"

"Hayır, işimiz bitti."

"Peki sonuç?" Jay umutlanmaya cesaret edemiyordu.

"İşte bu yüzden buradayım."

"Evet... buradasınız," dedi Jay neredeyse sevinçten başı dönercesine.

Diarte yere koyduğu evrak çantasına eğildi. Doğrulduğunda elinde büyük bir manila zarf vardı. Jay'e uzattı.

"Oraya nasıl gideceğiniz, biletleriniz ve ihtiyacınız olan tüm

125

irtibat bilgileri burada." Tekrar eğildi ve çantadan daha küçük bir zarf çıkardı. "Bu da yeni işvereninizin size, eşinize ve isimsiz bebeğinize tebrik hediyesi."

Jay ikinci zarfı açtı. İçinde bir tebrik kartı ve bin dolarlık bir American Express Hediye Kartı vardı. "Bu çok cömertçe."

Diarte ona bir kartvizit uzattı. "Siz ve eşiniz eve gitmeye hazır olduğunuzda bu araba servisini arayın. Servis için ödeme yapıldı. Şoför gelip sizi alacak."

Bu beklediğinden çok daha fazlaydı. Jay biraz sersemlemiş hissediyordu.

"Lütfen Bay Lyons'a teşekkür edin," dedi, şaşkın ve minnettar bir halde. Kimse Jay'i böyle cömertlikle karşılamamıştı. "Onun için elimden gelen her şeyi yapacağıma hiç şüphesi olmsın."

Diarte eğildi ve evrak çantasının üstünü kapatıp eline aldı.

"Yeni işvereninizin size önermemi istediği bir şey daha var. Ancak bu sadece bir öneri ve bunu kabul etmek zorunda hissetmek zorunda değilsiniz."

Jay hiçbir öneri ya da teklifin kendisine verilenin üstüne çıkabileceğini düşünmüyordu.

"Eşinizi ve oğlunuzu da görevli olduğunuz süre boyunca adalara götürebileceğinizi bilmenizi istedi. Hepiniz için çok iyi olabilir. Ama dediğim gibi, bu sadece bir öneri."

Jay gülümsedi ve artık bebek odasında uyuyan oğluna baktı. Bay Lyons'ın bir kez daha sormasına gerek kalmayacaktı.

Bölüm 29

KORKU

İstanbul, Türkiye

NATHAN GÜNLERİN SAYISINI UNUTMUŞTU. Ne bir pencere vardı, ne de bir saat. Tavandan sarkan tek bir ampul sürekli açıktı. Gece mi, gündüz mü olduğunu hiçbir şekilde anlayamıyordu. Onu esir alanların ne istediğini bilmiyordu. Ya da daha önemlisi, ne beklediklerini.

Siyah gömlekli adamla konuştuktan belki iki ya da üç gün sonra, birden uyandırıldı. Ellerini kelepçelediler, ağzını bağladılar, gözlerini kapadılar ve yarı sürüklenerek dışarı çıkardılar. Hızla bir kamyonetin ya da minibüsün arkasına itildi. Dışarı çıktığında gece olduğunu anlamıştı; göz bağıyla hareket ederken hiç ışık hissetmemişti. Yol boyunca da pek trafik yok gibiydi.

Nereye götürüldüğüne dair hiçbir fikri yoktu. Hâlâ İstanbul'da mıydı yoksa şehir dışına mı çıkarılmıştı, bilemiyordu.

Yeni hapishanesi bir nevi gerçek bir hapishane hücresine benziyordu, ancak Orta Çağ'dan kalma bir hissi vardı. Bu küçük odada tavandan sarkan bir ampul yoktu; tek ışık tek metal kapının etra-

Jan Coffey

fından süzülüyordu. Odanın köşesinde, daha önce tuvalet olarak kullanılmış, yaklaşık üç metre derinliğinde bir çukur vardı. Taş duvarlardan birinden paslı bir demir boru çıkmış ve birisi altına paslı bir metal kova yerleştirmişti. Borudan sürekli damlayan su, Nathan'ın tek su kaynağıydı. Ne mutlu ki bir noktada onu açlıktan öldürmemeye karar vermişlerdi. Günde bir kez bir tabak tanınmaz halde bir yiyecek getiriliyordu.

Nathan, hücresine birinin geldiğini her zaman anlayabiliyordu. Metal kapının kilitleri paslanmış olmalıydı; biri içeri girmeden önce her zaman çok ses çıkıyordu.

Üç farklı adam onu korumakla görevlendirilmiş gibi görünüyordu. Biri Kapali Carsi'de tuzağı kuran kişiydi. Nathan onun yaralı yüzünü hatırlamakta güçlük çekmedi. Adamlar dönüşümlü olarak görev yapıyordu, böylece ona yemek verme zamanı geldiğinde her zaman iki kişi orada oluyordu. Hiçbirinin yüzünü saklamaya çalışmaması onu rahatsız ediyordu ama zaten yüzlerini görmek neredeyse imkânsızdı. Hepsi biraz İngilizce konuşuyordu ama biri diğer ikisinden daha iyi konuşuyordu. Yemek getirdiklerinde, içlerinden biri elinde bir el feneri ve metal bir tabakla içeri girerken, diğeri koridorda, kapının hemen dışında bekliyordu. Koridordaki her zaman bir AK-47 taşıyordu.

Yaşam koşulları ve sürekli aç bırakılmasının dışında, Nathan'a kötü davranılmamıştı. Taşındığından beri dayak yememişti. Ara sıra birkaç kelime söylüyorlardı, ama sorgulamalar durdurulmuştu. İlk günlerde Nathan, buradan kaçmanın bir yolunu düşünmüş ama fırsat bulamamıştı. Koridordaki silahlı adam, bu düşüncesini engelliyordu.

Bununla birlikte, ne kadar uğraşsa da Nathan, bu insanların neden onu kaçırdığına veya ne istediklerine dair mantıklı bir açıklama bulamıyordu. Yanlış birini almış olabilirler mi diye düşünmeden edemiyordu. Her şey o kadar anlamsız geliyordu.

Neredeyse karanlıkta yatarken, Nathan sık sık ailesini düşünüyordu. Sahip olduğu fırsatları, seçebileceği yolları hatırlıyordu. O kadar çok seçenek vardı ki, hiçbiri ailesinin önerdiklerinden değildi. Kendi yolunu bulmakta ısrarcı olmuş, bu işi kabul etmeye neredeyse ani bir kararla karar vermişti. Başarılı olmak istiyordu, ama maddi anlamda değil. Babası, on nesil boyunca yetecek kadar kazanmıştı. Nathan, kendi hayatını ve kariyerini bulmak ve bunda iyi olmak istiyordu.

BİRİNCİ KİTAP

Şu an neden bu yolu seçtiğini hatırlayamıyordu.

Egzersiz yapmadığı, kaslarını güçsüzleşmekten korumaya çalışmadığı zamanlarda, köşeye koyduğu eski bir şilte üzerinde yatıyordu. Şilteyi, odadaki pis kokan deliğe en uzak köşeye yerleştirmişti. Ama şimdi birinin geldiğini duydu. Hemen ayağa kalktı. Her zaman kalkardı. İçeri kim girerse girsin, onu görünce her zaman "Otur!" derlerdi.

Kapı gıcırdayarak açıldı. Nathan'a en son yemek getiren adam içeri girdi. Elinde, uzatma kablosuyla dışarıya bağlı bir yer lambası taşıyordu. Diğer gardiyan ise dışarıda duruyor ve dikkatle izliyordu. Nathan, gardiyanın ona oturmasını söylememesine şaşırdı. Yanında yemek de yoktu. Diğer elinde bir dijital fotoğraf makinesi tutuyordu.

Nathan gardiyanın ona oturmasını söylememesine şaşırdı. Yanında yiyecek de yoktu. Diğer elinde dijital bir kamera tutuyordu.

"Duvar," dedi adam, duvarı işaret ederek. "Orada... dur."

Fotoğrafını çekeceklerdi. Nathan, bu küçük değişiklikle garip bir şekilde mutlu oldu. Belki de bu, dışarıdaki birilerine onu ellerinde tuttuklarını söyleyecekleri anlamına geliyordu. Al Jazeera yayınlarında görünen kaçırılmış batılıların görüntülerini hatırladı. Birçoğu esir alanlarının elinde ölüyordu, ama birçokları da hayatta kalıyordu. Onlardan biri olmayı umdu.

"Duvar," diye tekrarladı adam.

"Benimle fotoğraf çektirmek istemez misin?" diye sordu Nathan, moralinin ilk kez yükseldiğini hissederek.

"Dur. Duvar," diye tekrarladı adam.

Koridordaki silahlı gardiyan odaya adım attı. AK-47'sinin tetik parmağıyla Nathan'a tehditkâr bir şekilde baktı.

"Bu zamana kadar beni hayatta tuttunuz. Bilirsiniz, bunun için bir ödülü hak ediyorsunuz," dedi Nathan onlara.

Bunu bir süredir düşünüyordu. Duvara doğru bir adım attı.

"Eğer fotoğrafımı ABD hükümetine göndereceksiniz, bir kopyasını aileme de gönderin. Onlar benim iyi olduğumu bilmek için size bolca Amerikan doları verir."

Kamera flaşı patladı.

Gardiyan fotoğrafa baktı. "Bak," dedi, kapıyı işaret ederek. Nathan, profilden dönerek poz verdi. Kamera tekrar flaş patlattı.

"Milyon dolar. Hatta daha fazlası," dedi Nathan aceleyle,

Jan Coffey

adamlar odadan çıkarken. "Ne isterseniz öderler. Ben onların tek çocuğuyum. Babamı Google'da arayın. Steven Galvin. Göreceksiniz, bir milyar dolar değerinde ve ben onun tek çocuğuyum. Onunla iletişime geçin. Size öder."

Kapı büyük bir gürültüyle kapandı ve Nathan'ın önerisine verilen tek yanıt kilitlerin kapanma sesiydi.

Bölüm 30

KAYIP

ALANNA'NIN ZIHNINDE BU "DANIŞMANLARIN" organize suçun hangi kolunun bir parçası olduklarına dair nasıl bir imaj oluştuysa, bu imaj görünüşleri ve tavırlarıyla uyuşmuyordu. Emeklilik yaşına yaklaştıkları belli olan iki adam da kesinlikle masa başı çalışan tiplerdi ve ikisi de son derece kibar ve profesyoneldi.

Kendilerini tanıttılar ve Mr. Diarte, söz hakkını işvereni Mr. Lyons'a bıraktı. Equus restoranının kalabalık olduğunu fark ettiklerinde, neredeyse tamamen kendilerine ait olacak Pegasus Lounge'a yönlendirildiler.

Odanın bir köşesinde zarif bir kuyruklu piyano sessizce duruyordu. Alanna, odaya şöyle bir göz attı ve alanın bir zamanlar çiftlik arazisi olduğu günlerden kalma antika sepya tonlu büyük bir fotoğrafa baktı. Ahşap panelli odanın uzak köşesine geçerken, Diarte onları sakin bir masaya götürdü; konuşmak için oldukça uygun bir yerdi.

Alanna, iş dünyasında yeterince uzun süre geçirmiş biri olarak, her iki adamın da memnun etmeye fazlasıyla istekli olduklarını hemen anladı. Bu durum onu şaşırtmıştı, çünkü yardıma ihtiyacı olan tarafın Ray olduğunu düşünüyordu.

Jan Coffey

"Siz iki beyefendinin tam olarak ne iş yaptığını öğrenebilir miyim?" Konuya hızlıca girdi, onlara mimosas veya Bloody Marys ikram etmek isteyen hostes masadan ayrılırken. Tekliften yalnızca Ray faydalandı.

"Hank Diarte şu anda benim için çalışıyor," diye açıkladı Lyons. "Ben bir danışmanlık şirketinde müdürüm. Projeleri yönetiyoruz."

"Ne tür projeler?" diye sordu Alanna.

"Çoğunlukla teknik nitelikteki projeler."

Alanna, adamın daha fazlasını söylemesini bekledi, ancak söylemedi. "Bu oldukça genel bir açıklama, Mr. Lyons," diye üsteledi. "Daha açık konuşamaz mısınız?"

"Korkarım ki hayır. En azından, bizimle çalışmayı düşündüğünüze dair sizden bir işaret alana kadar olmaz."

"Ben mi?" Alanna şaşkınlıkla Ray'e baktı. Ray'in bakışları onun dışında her yerdeydi. Daha önce bu toplantıyla ilgili kendisine söylenmeyen çok şey olduğuna dair şüphesi giderek doğru çıkıyordu. "Yanılıyorsunuz. Ben bir iş aramıyorum."

"Bunu biliyoruz, Dr. Mendes," diye yanıtladı Lyons, sakin bir sesle.

"O halde anlayamıyorum," dedi Alanna.

"İzin verin açıklayayım. Yönettiğimiz projeler genellikle kısa süreli oluyor. Birkaç günden bir aya kadar, nadiren daha uzun sürer. Bu projeleri yönetme şeklimiz, sadece belli görevler için alanının en üst düzey uzmanlarını bir araya getirmektir ve bu sadece kısa bir süre için geçerlidir. Şu anda bizimle çalışan çoğu kişi, sizin gibi, mevcut işlerini kalıcı olarak terk etmeyi düşünmezler. Bu bizim için de gayet uygun. Çoğu kişi kişisel izin ya da tatil zamanını kullanıyor. Aldıkları ücret ise bunu fazlasıyla karşılıyor," dedi.

Alanna sandalyede geriye yaslanıp aynı masada oturan üç adamı inceledi. Ray, bir yabancı kadar uzak görünüyordu.

"Gitgide daha çok kafam karışıyor," dedi.

Ray'e döndü. Şimdi bakışları bir şarap listesini incelemekle meşguldü.

"Ray, bu insanları nasıl buldun?" diye sordu ona doğrudan.

"Onlar beni buldu."

Alanna tekrar Lyons'a döndü. Diarte küçük bir not defterine notlar karalıyordu. "Onu nasıl buldunuz, üstelik tanık koruma programında olduğunu hesaba katarsak?"

BİRİNCİ KİTAP

Lyons, "Hükümet de dahil olmak üzere pek çok alanda bağlantılarımız var," dedi. "Ve bağlantılarımızın yasadışı olması da gerekmiyor. Aldığımız pek çok bilgi ve yönettiğimiz projeler bize Amerika'daki en saygın kişi ve kuruluşlardan geliyor."
"Zekamı küçümsemeyin, Mr. Lyons," dedi Alanna sert bir şekilde. "Bu sadece laf kalabalığı. Bana yüzeysel olarak söylediklerinizi kabul edeceğimi düşünüyorsunuz? Sizi tanımıyorum. Ve dürüst olmam gerekirse, bu söyledikleriniz bana fazlasıyla şüpheli geliyor. Doğrudan sorular soruyorum. Net cevaplar bekliyorum."
Ray bir şey söylemek için ağzını açtı, ama Alanna elini Ray'in dizine koydu. Ray durdu.
"Mr. Lyons. Gerçekten bütün günümüzü buraya ayıramayız," diye devam etti Alanna. "Kim olduğunuzu, nişanlım için ne yapabileceğinizi ve karşılığında tam olarak ne istediğinizi açıklamazsanız, bu toplantı burada sona erecek."
Diarte amirini izliyordu ama Lyons gözlerini Alanna'nın yüzünden ayırmıyordu. Sonunda başını salladı ve oturduklarında yere bıraktığı evrak çantasını açtı. Bir dosya çıkardı.
"Açık sözlülüğünüze saygı duyuyorum, Dr. Mendes," dedi kibarca. "Projelerinizi nasıl yönettiğinize dair oldukça ayrıntılı bir bilgiye sahip olduğum için, daha azını beklememeliydim. Konuya daha önce girmediğim için özür dilerim."
Lyons sözlerine devam ederken, sanki İncil üzerine yemin ediyormuş gibi elini dosyanın üzerine koydu.
"Biz, ne söylediysek oyuz." Dosyanın kapağını açtı, bir sayfa çıkardı ve onu Alanna'nın önüne kaydırdı. "Bu liste, referanslarımızın isimlerini ve telefon numaralarını içeriyor. Burada listelenen kişiler, geçmişte projelerimizde bizimle çalışmış uzmanlardır."
Alanna, on isimlik listeyi, görevleri, şirket isimleri ve telefon numaralarını hızlıca inceledi. Çalışmalarından tanıdığı birkaç ismi görmek onu şaşırtmıştı.
Lyons, "Bay Savoy için ne yapabileceğimize gelince, dahil olduğu soruşturmanın tüm ayrıntılarını biliyoruz," diye açıkladı. "Muhtemelen farkında olduğunuz gibi, davanın kovuşturulmasıyla iş birliği yapmaya istekli tek tanık oydu ve bu da elbette nişanlınızı çok gerçek bir intikam ve kesin ölüm tehdidiyle karşı karşıya bıraktı."
Alanna bu ayrıntıların hiçbirini bilmiyordu ama bunu itiraf etmek için doğru zaman olduğunu da düşünmüyordu.

Jan Coffey

"Neyse ki, aynı davaya dahil olan, ancak daha önce öne çıkmamış üç başka tanığa erişimimiz var. Uygun mali tazminat karşılığında, hepsi şimdi ifade vermeyi kabul etti. Aslında, bu tanıklardan ikisi, çok daha ciddi suçlamaları destekleyecek kanıtlar sunmayı da kabul etti."

Ray'in dikkati ilk kez tamamen Lyons'a odaklanmıştı.

"Sizi her küçük ayrıntıyla sıkmak istemem ama daha önce de benzer bir durumu çözmeyi başarmıştık. Önüne bir kâğıt parçası daha koydu. "Bu isim size tanıdık gelebilir. Artık her şey kamuya açık ve ilgili tanık korkusuzca yaşıyor. Bu vakada, nişanlınızın durumuna benzer şekilde, tanık federal koruma programından çıktı." Lyons sözlerinin iyice yerleşmesi için durakladı. "Bir tanığı ortadan kaldırmak oldukça kolaydır, ancak üç veya dört tanık..."

"Peki bu diğer davada ayarlamaları yapan siz miydiniz?" diye sordu.

Başıyla küçük bir selam verdi. "İsimlerimizi kamuya açık kayıtlarda bulamazsınız, ancak şirketim bunun gerçekleşmesinde etkili oldu. Bu telefon numarası beyefendiyle doğrudan konuşmanızı sağlayacaktır."

Alanna gazeteye baktı. Davayı hatırladı. İki büyük şirketi ilgilendiren yüksek profilli bir davaydı.

"Diğer tanıklar kim?" diye sordu Ray.

Lyons, küçük bir gülüşle başını salladı. "Üzgünüm, ama bunu size söyleyemem. Şunu söyleyebilirim ki, Dr. Mendes tam karar vermeden ilerleyemeyiz."

Alanna, Ray'in dahil olduğu durum hakkında bilmediği çok şey olduğunu fark etti. Bu insanların söylediklerinin doğru ya da yasal olup olmadığını kesin olarak anlamadan önce bir avukatla konuşması gerektiğini biliyordu. Ray'in ona umut dolu gözlerle baktığını gördü. Çok kolay ikna oluyordu. Elbette onun çok fazla kaybedeceği şey vardı.

Alanna'nın da öyle.

"Benden tam olarak ne istiyorsunuz?" diye sordu sonunda Lyons'a.

"Bay Savoy ile birlikte ekibimizin geri kalanına katılmanızı ve Grand Bahama Adası'nda iki, en fazla üç hafta geçirmemizi istiyoruz."

BİRİNCİ KİTAP

Alanna Lyons'a kuşkuyla baktı. Daha fazlasını söylemesi için eliyle ona işaret etti. İfadesinin sabırsızlığını gösterdiğini biliyordu.
"Bizi bu işe almakla görevli olan kişi—"
"Hangi kişi?" diye araya girdi.
Onun sözünü kesmesine rağmen, Lyons sakinliğini korudu.
"Buradaki görevimiz, belirli yeteneklere sahip, önceden belirlenmiş bir süre için bir grup nitelikli bireyi bu proje için işe almak. Hepiniz, aynı zamanda adada bizimle olacaksınız."
"Yani siz, bir tür yetenek avcısı olarak mı çalışıyorsunuz?"
Lyons başını salladı. "Bu durumda, evet, doğru."
"En başından bunu söyleyebilirdiniz," diye hatırlattı Alanna ona. "Bu sizin projeniz değil. Projenin ne olduğuna bakmaksızın, sadece insanları mülakat için mi görüşüyorsunuz?"
Lyons yine başını salladı.
"Birleşik Devletler hükümeti çalışanı olmam da hiçbir şeyi değiştirmiyor."
"Herhangi bir yabancı hükümet için çalışmak üzere işe alınmıyorsunuz, Dr. Mendes, size söz veriyorum."
"Ancak işimle ilgili gizlilik meseleleri var ve hiçbir durumda bunlar ihlal edilemez."
"Bunu anlıyoruz."
"Peki, o zaman neden özellikle ben?" diye sordu. "Benim alanımda benzer niteliklere sahip pek çok kişi var. Nişanlımın ve benim yaşadığımız sorunları yaşamayan insanlar. Sizin için çok daha az maliyetli olacak insanlar."
"Dr. Mendes, şunu söylemem işimizi kolaylaştırmayabilir ama teklif etmeye hazır olduğumuz şeylerden çok memnun olacağınızı düşünüyoruz; ve fiancé'niz için yapacaklarımız, ki bunun çok önemli olduğunu biliyorsunuz, sadece başlangıç. Sonuçta, Dr. Mendes, sizin sunabileceğiniz şeylere sahip başka kimse yok. Bu ekibi bir araya getirmemizi isteyen kişi, sizin mutlaka bu ekibin bir parçası olmanızı şart koştu. Sizin yerinize geçebilecek kimse yok."
Alanna Lyons ve Diarte'dan Ray'e baktı. Şu anda onu sarsmak istiyordu. Bildiği ama ona açıklamadığı şeyler vardı. Bu buluşma için hazırlıksızdı.
Onu seviyordu. İşte bu yüzden buradaydı. Ama Ray, ona aynı şekilde karşılık vermiyordu. Gözlerini tekrar Lyons'a çevirdi. "Evet, bu da bizi sizin işvereninizin kim olduğuna geri götürüyor, değil mi?"

135

Jan Coffey

Lyons başını salladı. "Evet, sanırım öyle."

Bölüm 31

TERÖR

Belfast, İrlanda

ÇAY, boş zamanlar içindi; kahve ise çalışma saatlerinin içeceği. Saat dokuzu otuz geçiyordu ama Kelly, Finn'in hâlâ çalışmakta olduğunu biliyordu. Kocasına bir fincan dolusu mürekkep siyahı kahve doldurdu. Şekersiz, sütsüz. İçinde bir kaşık duracak kadar sertti. Merdivenlerin başında ikizlerin kıkırdadığını duydu. "Artık yatsanız iyi olur," diye uyardı kapının dışından. Anında sessizlik hâkim oldu, ancak birkaç saniye sonra kapı hafifçe aralandı.

"Babam bize hâlâ iyi geceler demedi," diye fısıldadı Conor, başını kapıdan dışarı çıkararak.

"Hayır, demedi," diye tekrarladı Liam, kardeşinin önüne geçerek kapının eşiğine yaklaştı.

"İkiniz de yataklarınıza girin, ben de gidip onu çağırayım."

Oldukları yerde durup, parlak yeşil gözleriyle yukarı bakarak söylediklerini ne kadar ciddi olduğunu anlamaya çalıştılar.

Jan Coffey

"Hadi." Kelly bir adım kapıya doğru attığında, çocuklar ciyaklayarak yataklarına doğru koştu.

Kelly gülümseyip başını salladı. Mick'in odasının önünden geçerken durakladı. Kapı kapalıydı. Amerikan rap müziğinin sesini duyabiliyordu. İşlerin düzelmeye başladığını düşünmek hoşuna gidiyordu. Mick, Finn'in emrettiği gibi her gece eve geliyordu. Bildiği kadarıyla, her gün üniversiteye derslerine gidiyordu. İki hafta önceki o pazar gününden bu yana Mick'i uyuşturucu kullanırken görmemişti. Yine de Finn ile Mick'in pek konuşmamalarını hiç sevmiyordu. İkisi yabancı gibiydi. Sorulara verdikleri yanıtlar kibar ama zorunluydu, hepsi bu. Kelly bundan hiç hoşlanmıyordu. Bir sorun çıkacağı kesindi. Onu derisinin altına süzülen bir ürpertiyle hissediyordu.

Koridorun sonunda Kelly, Finn'in ofisinin kapısına bir kez vurdu ve içeri girdi. Kocası, masasının üzerinde yayılmış dosyaya tamamen dalmıştı. Masanın yanındaki kasa açıktı.

"Sana yeni demlenmiş kara çamur pastası getirdim," dedi ona.

"İşte benim tatlım."

Kelly yaklaşırken adamın bazı fotoğrafları diğer sayfaların altına ittiğini fark etti. Finn hakkında her şeyi biliyordu; nereden geldiğini, neler yaptığını ve şimdi ne yaptığını. Yıllar önce öğrenciyken onunla birlikte çalışmış ve IRA grup liderine sırılsıklam âşık olmuştu. Adamın onu fark etmesi biraz zaman almış, âşık olması ise daha da uzun sürmüştü. Ama işte buradaydılar, evlenmişler ve kendi ailelerini kurmuşlardı. Kelly, Finn'in bu işten vazgeçeceği günü dört gözle bekliyordu. Buna artık ihtiyaçları yoktu. Finn'in kazandığı ve Belfast'ta gayrimenkule yatırdığı parayla finansal olarak zaten rahatlamışlardı.

"Sadece iki kaldı," diye hatırlattı ona, kupayı masasına koyarak.

"Evet, işte o konuda," dedi Finn, elini uzatıp onun elini tutarak. "Sana hem iyi hem de kötü bir haberim var."

Kelly, gözlerini kısarak ona baktı. "Bu hiç hoşuma gitmedi. Verdiğin sözden dönmüyorsun, değil mi?"

Finn, başını salladı, sonra tekrar salladı.

"Finn," dedi dişlerinin arasından.

"Biliyorum. Bunu bilerek yapmıyorum." Elini çekiştirerek onu sandalyesinin yanına kadar getirdi. Kolunu beline doladı. "Bu, kesin-

BİRİNCİ KİTAP

likle son iş. Bu işten sonra bir daha asla kabul etmeyeceğim. Bu benim sözüm."
"Doksan dokuz. Bundan memnunum. Peki, sorun nedir?" diye sordu.
"Şuna bir bak."
Kelly, birkaç kez altı çizilmiş sayıya baktı. Bir an başı döndü. "Bu, çok büyük bir para, Finn."
"Öyle," dedi. "Ama bu bir değil, üç kişilik."
"Üç mü?" diye tekrarladı.
"Yine de normal oranın iki katı."
Kelly bir şey demedi. Bu konuda Finn'e güvenmek zorundaydı.
"Ya hep ya hiç. Ya üç işi birden alırım ya da hiçbirini almam."
Kahve fincanına uzandı ve sandalyesine geri oturdu. "Ama bu, son bir işi tamamlamak için harika bir tarz olmaz mıydı, ne dersin?"
Başını kaldırıp Kelly'ye baktı. "Ne düşünüyorsun, tatlım?"
"Eğer bu gerçekten son olacaksa itiraz etmem. Ama bu, Finn, bu işten sonra sonsuza dek bitirmen gerektiği anlamına geliyor."
"Bitecek," dedi gülümseyerek. "Bu, son olacak."
İkisi de kapının gıcırtısını duyunca başlarını çevirdiler. İkizler kapıdan içeri baktılar. "Baba..."
"Size yatağınızda kalmanızı ve babanızın gelip size iyi geceler demek için sarılacağını söylememiş miydim?" Kelly kapıya yöneldi, Finn de arkasından gitti. Anne ve babaları, oğullarını tekrar yatak odalarına götürdü.

Bir an sonra, Kelly ve Finn çocukların odasına girerken, Mick kendi odasından çıktı ve hızla Finn'in ofisine yöneldi. Mick, koridorun sonuna doğru bir kez bakıp hızla içeri süzüldü.

Finn'in parasını nerede sakladığını biliyordu. Kasa açıktı. Aceleyle kasaya yöneldi ve ihtiyacı olanı aldı. Çok fazla değil. Finn bunu fark etmeyecekti bile. Ailesini soymuyordu. Sadece adamına borcunu ödemeye yetecek kadarını aldı. İthalatçılara yönelik baskılar yüzünden son zamanlarda esrarın fiyatı artmıştı.

Kapıya doğru dönerken masanın üzerindeki dosya gözüne çarptı. Kâğıdın üzerinde altı çizili numarayı gördü. Hızla göz gezdirdi ve isimleri gördü. Bir an için resimlere baktı.

Fotoğrafları diğer kâğıtların altına geri koyan Mick, hızla dışarı çıkıp odasına döndü.

Finn onun orada olduğunu bile fark etmeyecekti.

Bölüm 32

KORKU

Washington, D.C.

STEVEN GALVIN, politikacının ofisine girdiğinde senatörün yüzündeki şaşkınlığı hâlâ görebiliyordu.

"İçeri gel. İçeri gel," diye gürledi ve Galvin'in elini sıcak bir şekilde sıkmak için yanına yürüdü.

Paul Hersey, eski futbolcu olduğu her halinden belli olan iri yarı bir adamdı. Sağlam bir duruşu, kare çenesi ve tam anlamıyla Amerikan yakışıklılığı vardı. Bu özelliklerin hiçbiri seçim zamanı ona zarar vermemişti.

"Sekreterim bana burada olduğunuzu söylediğinde doğru duyduğumu sanmıyordum. Sizi tanıdığım onca yıl boyunca, sanırım sizi Capital Hill'de ilk kez görüyorum."

Haklıydı. Steven her zaman Washington'dan uzak durmaya özen göstermişti.

"Neyse ki bizim sektörde, Bill Gates her zaman bizim için paratoner görevi görürdü," dedi Steven.

"Doğru," dedi Paul. "Ne kadar şikayet etse de, herhangi bir komitenin önünde konuşmak Bill'in pek de umrunda değildi gibi."

BİRİNCİ KİTAP

Steven başını salladı. Bill bu konuda gerçekten ilginç biriydi. Kendi açısından ise, Steven hep geri planda kalmayı tercih etmişti. Dikkatleri üzerine çekmeden işleri yürütmenin bir yolunu bulmuştu. Bunun bir kısmı, Temsilciler Meclisi ve Senato celplerinden uzak durmayı gerektiriyordu. Siyasetle ilgilenmediğinden değil. Sadece bu onun uzmanlık alanı değildi. Lobiciler bunun için vardı... Birinin ya da diğerinin kampanya fonlarına yaptığı önemli mali katkılarla birlikte. Paul Hersey, uzun zamandır dost olmanın yanı sıra, Steven'ın yıllardır cömertliğinden en çok yararlanan isimlerden biriydi.

Senatör, Steven'e oturmasını işaret etti ve Steven de yanındaki deri koltuğa yerleşti.

"Kei seninle mi?" diye sordu Paul, cevabı beklemeden devam ederek, "Biliyor musun, Amber tekrar benimle yaşamaya başladı. Mezun öğrenci yurdu ya da babasının evi arasında bir seçim yapması gerekiyordu o da babasının evini seçti. Ve şunu söylemeliyim, onun yanında olması gerçekten çok güzel. Onunla ergenlik dönemine göre çok daha yakınız şimdi. Yepyeni bir ilişkimiz var."

"Buna sevindim, Paul."

"Ben de sevindim. June'la boşandığımızda, Amber'ı annesiyle bırakma konusunda çabuk pey etmiştim. Şimdi, onun hayatının ne kadarını kaçırdığımı fark ediyorum. Çok olgun, inanılmaz zeki. Biraz fazla idealist ama Washington'da yaşamak bunu kısa sürede değiştirir. Sonuçta harika bir kız. Hem de çok güzel. Kaç yıl oldu onu görmeyeli?"

Steven hafızasını yokladı. "Bilmiyorum... belki birkaç yıl. Nathan onu bir hafta sonu Connecticut'a getirmişti. Sanırım üniversitedeki ilk yıllarının yazıydı. İstanbul'dayken ve seni ararken onunla konuşmuştum. Sesi mutlu geliyordu."

"Evet... evet, konuşmuştunuz," dedi Paul. "Onu tekrar görmeni sabırsızlıkla bekliyorum. Seni ve Kei'yi özlediğini söyledi. Buradayken kesinlikle akşam yemeğinde bir araya gelmeliyiz."

Steven, kendisinin de Paul gibi konuşup konuşmadığını düşündü. Nathan küçükken cüzdanındaki düzinelerce fotoğrafı gösterirdi. Şimdi ise çocuklarının başarıları hakkında konuşuyorlardı.

"Kei benimle değil. Sadece bir günlüğüne geldim. Yardımına ihtiyacım var Paul." Direkt konuya girmeye karar verdi.

141

Jan Coffey

"Ne istersen," dedi senatör içtenlikle. "Beni bilirsin. Senin için elimden geleni yaparım."

"Mesele Nathan," dedi Steven. "İki hafta oldu ve onun gizli görevde olduğu ve fırsat bulduğunda bize geri döneceği yönündeki söylemler artık bize yeterli gelmiyor, özellikle de Kei için. O berbat durumda. *Ben de berbat durumdayım.* Daha sağlam bir şeye ihtiyacımız var. Birinin onu dışarıda gördüğüne, birinin onunla temas kurduğuna dair bir haber. Artık radarınızdan kaybolmuş olmasından korkuyoruz. Paul, sen de bir babasın. Beni anladığını biliyorum."

"Anlıyorum."

Senatörün yüzü bir anda ciddileşti. Düşüncelerini toparlamaya çalışırken doğru kelimeleri bulmaya çalışıyordu. Steven, Paul'ün yüzünde daha önce hiç böyle bir ifade görmediğini fark etti.

"Nathan'ın durumu bir an bile radarımın dışına çıkmadı, Steven. Bir gün bile. Durumu çok yakından takip ediyorum. Langley'deki insanlarla sürekli irtibat halindeyim. Durumu kontrol altına almaya çalışıyoruz."

Steven'ın midesine bir tonluk bir ağırlık çöktü. Birkaç saniye boyunca nefes alamadı. Kalbi o kadar hızlı atıyordu ki her an göğsünden fırlayabileceğini düşündü.

"Ne oldu ona?" diye sormayı nihayet başarabildi.

Paul öne eğildi, dirseklerini dizlerine dayadı, yüzünde büyük bir stres ifadesi vardı. "Nathan, buluşma noktasına varmadan önce birileri tarafından yakalandı. Kaçırıldı."

Bu cümle, Steven için tam anlamıyla bir darbe olmuştu. Paul'e bakarken bu kelimelerin anlamını çözmeye çalışıyordu. "Olamaz. Ne zaman oldu bu?"

"Üzgünüm, Steven."

"Onu kim kaçırdı? Bütün bunları nereden biliyorsun?"

"Bize bir fotoğrafını gönderdiler. Kesinlikle Nathan. Birkaç gündür tıraş olmamış gibi görünüyor ama genel olarak iyi durumda. Kesinlikle hayatta."

Steven öfkeyle "Bunu bana ne zaman söyleyecektiniz?" diye sordu.

"Hiçbir zaman. Amacım oğlunu sana geri getirmekti."

"O benim oğlum. Bana bunu söylemeliydin." Sesi titriyordu.

"Steven, yapamazdım. Ulusal güvenlik gereklilikleri—"

"Bu durumu halının altına süpüremezsin," diye bağırdı Steven,

BİRİNCİ KİTAP

Paul'ün ne diyeceğini keserek. "O benim çocuğum, Paul. Kanımdan canımdan. Olan biteni bilmeye hakkım var."

"Nathan Amerika Birleşik Devletleri hükümeti için çalışıyor. Daha açık olmak gerekirse, CIA ajanı. Oradaki kargaşadan dolayı şu anda Türkiye ile çok hassas bir durumun ortasındayız. Kaçırıldığının duyulmasına izin veremeyiz."

Paul konuşmaya devam etti. Steven'a göre bunların hepsi anlamsızdı. Kendini ayağa kaldırdı. Bir an için bacaklarının ağırlığını taşıyamayacağını düşündü. "Halkın gözü önünde olmak onun yaşamak için tek şansı."

"Durum öyle değil," diye karşı çıktı Paul. "Biliyorsun, teröristlerle kamuoyu önünde pazarlık yapmıyoruz. Ancak şu anda perde arkasında onlarla müzakere ediyoruz. Olayın sessiz tutulmasının tek nedeni bu. Bu seviyede tutmalıyız yoksa her şey elimizde patlar. Tabii eğer onlar olayı kamuoyuna açıklamaya karar verirse, o zaman her şey değişir."

Hayal kırıklığına uğrayan Steven bir elini yüzünde gezdirip saçlarını karıştırdı. Odanın içinde bir o yana bir bu yana yürümeye başladı, senatör ise sessizce onu izliyordu. Kei'ye nasıl anlatacağını bilmiyordu. Zaman zaman umutlandıkları olmuştu, ancak şimdi her şey yeniden dibe vurmuştu. Karısının bunu nasıl karşılayacağını kestiremiyordu.

"Sadece altı aydır CIA için çalışıyor," dedi Steven sonunda. "Onun gibi bir çocuğu neden kaçırsınlar ki?"

"Bana söylenene göre bazı hatalı bilgiler buna yol açmış. Görünüşe göre hem bizimkiler hem de bağlantıları yanlış yönlendirmiş. Bu insanlar, her kimlerse, son iki haftadır farklı bir ajanı kaçırdıkları varsayımıyla hareket ediyorlardı. Çok deneyimli birini."

Steven "Bu insanlar tam olarak kim?" diye sordu.

Paul, "Bunun gerçekten bir önemi yok," dedi.

"Benim için önemi var," diye hiddetlendi Steven. "Kim bunlar?"

Senatör, uzun bir süre arkadaşına baktı, sonra omuz silkti. "Güney Irak'ta faaliyet gösteren bir direniş grubunun kalıntıları. O grup ya dağıtıldı ya başka gruplara katıldı ya da ülkeden kaçtılar. Langley'deki bilgilere göre, bu kaçırma olayı, Irak'ta sahada çalışan o deneyimli ajanla ilgili bir misilleme olarak planlanmış. İntikam. Hızlı bir infaz. Neyse ki, kaçıranlar hemen Nathan'ın peşlerinde oldukları kişi olmadığından şüphelenmişler. Bize gönderdikleri

Jan Coffey

fotoğraf da bunu neredeyse kesinleştirdi; artık yanlış kişiyi ellerinde tuttuklarının farkındalar."

Steven uzun, titrek bir nefes verdi. Suikast. Oğluna. Tanrım. Bu Kei'yi mahvedecekti. Bilgi onu yok ediyordu.

"Peki şimdi, onların yanlış kişiyi ellerinde tuttuklarını anladıklarına göre, Nathan'ı serbest bırakacaklar mı?" diye sordu, sesi yalvarırcasına.

"Dediğim gibi, şu anda bunu müzakere ediyoruz."

"Kim müzakere ediyor?" diye sordu Steven.

Paul sakince, "Bizim insanlarımız," dedi.

"Bana bu saçmalıkları anlatmayın... bizim insanlarımız!" Steven bağırdı. Öfkesi artık taşmak üzereydi. "Kimin pazarlık yaptığını bilmek istiyorum. Şu anda Nathan için ne yaptıklarını bilmek istiyorum. Bu insanların oğlum karşılığında ne alacaklarını bilmek istiyorum."

Paul daha konuşmaya başlamadan bakışlarındaki ciddiyet her şeyi ele veriyordu. "Şimdiye kadar, bizim onlara veremeyeceğimiz şeyleri istediler."

"Diğer ajanı istiyorlar," diye yüksek sesle düşündü Steven. "Ve bu olmayacak. Bu kadar deneyimli bir ajan feda edilmez, ama benim oğlum edilir."

"Hayır, biz olaya öyle bakmıyoruz. Nathan'ı çıkaracağız," dedi Paul güvenle. "Müzakerelerde kullanabileceğimiz başka şeyler var. Siyasi tutuklu takası, para... Nathan'ı çıkaracağız, Steven. Sana söz veriyorum."

"Onlara ne kadar para teklif ediyorsunuz?"

"Henüz bir miktar belirleyemedik."

"Burada devreye ben giriyorum, Paul," dedi Steven. "Teklifi o kadar büyük yap ki, reddedemesinler. En üstten başlayın."

"Yapacağız ve teklifiniz için minnettarım-"

"Bu bir teklif değil. Sana söylüyorum."

"Bak, Steven." Paul bir yumruğunu etli bir avuç içine vurdu. "Burada izlenmesi gereken standart bir prosedür var. Bizim için pazarlık yapanlar bu tür işleri her gün yapan profesyoneller. Ne yaptıklarını biliyorlar. Ayrıca, bu kez anlaştıkları miktar ne olursa olsun, bir dahaki sefere ajanlarımızdan biri bir terörist grubun eline geçtiğinde bunun tekrarlanması gerekeceğini de biliyorlar."

"Diğer ajanlar umurumda değil. Geleceği, prosedürleri ya da

BİRİNCİ KİTAP

başka bir şeyi umursamıyorum. Şu an umursadığım tek şey, Nathan'ı geri getirmek. Beni anlıyor musun, Paul?"

Senatör, hayal kırıklığı dolu bir nefes verdi. Steven'a baktı. "Senin tarafındayım. Sana yardım etmeye çalışıyorum. Ama bu, ilk kez olan bir şey değil."

"Eğer bana yardım etmezsen, Paul, yardım edecek başka birini bulurum," dedi Steven sert bir şekilde. "Bu profesyonel saçmalıklar umurumda değil. Buradaki tek önemli olan şey oğlumun hayatı. O geri dönene kadar her adımda işin içinde olmalıyım."

Paul, hükümetin duruşunu savunmak için ayağa kalktı.

Steven, elini kaldırdı. "Eğer benim yerimde sen olsaydın, eğer biri Amber'ı kaçırmış olsaydı, onu geri almak için ne kadar ileri giderdin? Dürüst ol, Paul. Ne kadar ileri giderdin?"

Senatör cevap vermeden önce hiç duraksamadı. "Dünyanın sonuna kadar."

"Ben de o kadar ileri gitmeyi planlıyorum," dedi Steven ona. "Şimdi, bana yardım edecek misin yoksa başka birini mi bulayım?"

Senatör, uzun bir süre Steven'ın yüzüne baktı ve ardından başını salladı.

"Sana yardım etmek için elimden gelen her şeyi yapacağım," dedi Paul. "Ama bana güvenmene ihtiyacım var."

145

Bölüm 33

UMUTSUZLUK

New York Presbyterian Hastanesi

DAVID'IN ÇOCUK yoğun bakım ünitesindeki Leah'yı her seferinde sadece beş dakika ziyaret etmesine izin verildi. Ona burada en fazla birkaç gün kalacağı söylenmişti. Ardından, son evre böbrek hastalığı olan çocukların beklediği başka bir bölüme taşınacaktı. David, o bölümü daha önce gezmişti. İyi aydınlatılmış, renkli ve açık bir şekilde tasarlanmıştı. Neşeli alan, çocukları meşgul tutacak pek çok dikkat dağıtıcı unsur ve oyun alanı sunuyordu. Ancak çevrenin fiziksel özelliklerine rağmen, Leah gibi çocuklar için bu bölümün, çoğu zaman, sadece bir hospis bakım merkezi olduğunu gizleyemiyorlardı.

Çok fazla çocuk için burası yolun sonuydu.

Ancak yoğun bakım ünitesi, merakla "Pembe Ünite" diye adlandırılan yer, farklıydı. Burada yüzeysel görünüşlerle kandırma yoktu. Bu ünite tamamen ciddiydi.

David, kasvetli hislerini bir kenara itmeye çalıştı ve Pembe Ünite'ye girdi. Elektronik cihazlar ve monitörlerle çevrili hastane

BİRİNCİ KİTAP

yatakları odanın ortasında bir çember oluşturuyordu ve her yatakta çeşitli yaşamı tehdit eden rahatsızlıklarla mücadele eden bir çocuk vardı. Leah'nın yatağına doğru ilerlerken, etrafına göz attı. Neredeyse her yatağın başında, onun gibi çaresiz ve kederli görünen bir ebeveyn ya da bakıcı vardı. Onlara bakarken, David bir tür kader birliği hissetti. Hepsi acı çekiyordu ve her birinin, çocuklarına sağlıklı bir yaşam şansı vermek için kendi hayatlarını feda etmeye hazır olduklarını biliyordu.

David, Leah'nın yanına vardığında, kızı dalıp gitmiş ve yarı uykulu bir haldeydi. Yarı açık bir perde, sekiz yaşındaki kızını, yan yatakta yatan küçük çocuktan ayırıyordu. Saçına dokundu, yumuşacıktı. Teller ve tüpler, monitörlere ve diyaliz makinesine bağlıydı. Kızına bağlı bu cihazları gördükçe, boğazındaki o tanıdık düğümü, göğsündeki o ezici hüzün hissini görmezden gelmeye çalıştı.

"Negatif güçlerin pozitif güçleri alt etmesine izin verme," diye mırıldandı kendi kendine.

İkisi için de açılan fırsat kapısını düşündü ve kızının küçük elini tuttu. Leah gözlerini açtı.

"Baba," diye fısıldadı, solgun yüzünde zayıf bir gülümseme belirdi. Parmakları onunkileri kavradı. "Geri geldin."

"Sana çok uzaklaşmayacağımı söylemiştim."

"Biliyorum," diye fısıldadı.

"Duyduğuma göre birkaç güne seni buradan çıkarıyorlar," dedi.

"Beni eve götürebilir misin?"

Parmaklarını sıktı. "Henüz değil tatlım, ama çok yakında."

"O zaman benimle kalır mısın?" diye sordu. "Bu bu yabancılardan hoşlanmıyorum."

"Burada çok uzun kalmama izin vermiyorlar. Hiçbir ebeveynin fazla uzun süre kalmasına izin yok. Ama seni başka bir yere taşıdıklarında hemen yanında olacağım, canım."

"Korkuyorum baba," diye fısıldadı, elini daha sıkı tutarak.

"Buradayım, tatlım," dedi David, gözlerindeki yaşları tutmak için mücadele ederek. "Her şey yoluna girecek, göreceksin. Her şey düzelecek."

Bugün Diarte, projeye başlama tarihini konuşmak için geri gelmişti. İş birkaç hafta içinde başlayacaktı. David, projeyle ilgili daha fazla ayrıntı sorduğunda, Diarte bir şekilde konuyu geçiştirmişti. Henüz David'e bu konuda açıkça konuşmak istemediği

Jan Coffey

belliydi. Nasıl olduysa konu sürekli Leah ve onun bakımı üzerine dönüyordu.

Projeyle ilgili şu ana kadar net olan tek şey, David'in birkaç hafta ila bir ay boyunca Bahamalar'daki bir adaya gitmeye hazır olması gerektiğiydi. David aptal değildi. Bunun yasal olmadığını biliyordu. Birkaç hafta boyunca açık denizlerde bir projede çalışmak zorunda kalacağı bir iş mi? Üstelik ona çok cömert bir şekilde ödeme yapmayı teklif ediyorlardı, ama projenin ne olduğu konusunda net değillerdi. Ve sadece para da teklif etmiyorlardı. Leah için gösterdikleri muazzam çaba ve masraf, işin düşündüğünden çok daha karmaşık olduğunu ortaya koyuyordu.

David, Almanya'daki klinik yöneticileriyle görüşmüştü. Leah'nın bakımına ilişkin tüm beklenen masraflar önceden ödenmişti, New York'tan Almanya'ya taşınma masrafları da dahil. Ve şu anda New York'ta, sigortasının karşılamadığı tüm maliyetler de bu ödemelere dahildi.

Bu kadar değerli biri olduğunu düşünmüyordu... en azından yasal bir proje için. Yasadışı bir operasyonda nasıl faydalı olabileceğini hayal bile edemiyordu.

David, Philadelphia'da yaşayan üvey kız kardeşiyle konuşmuştu. O, New York'a gelip David yokken Leah'yı her gün hastanede kontrol edebileceğini söylemişti. Ancak bu düzenlemeye rağmen, Leah'yı nasıl bırakabileceğini bilmiyordu. Ona bunu nasıl açıklayabileceği hakkında hiçbir fikri yoktu. İkisi de bunu kaldırabilecek durumda değildi. Kızının hayatı çok ince bir ipliğe bağlıyken, böyle bir şey yapmak imkânsız görünüyordu. Doktorlar, Leah'nın ne kadar süre hayatta kalabileceği konusunda hiçbir güvence vermiyordu. Onun durumu her gün yeniden değerlendiriliyordu.

David, kızını yeterince iyi tanıyordu ve onun ruh halinin vücudunun nasıl tepki vereceği üzerinde etkili olacağını biliyordu. Nicole'ün ölümü, Leah'nın böbrek fonksiyonlarında büyük bir düşüşe neden olmuştu. Eğer ona, haftalarca ve belki de bir aya kadar onu terk ettiğini öğrenirse nasıl tepki vereceğini düşünmek bile istemiyordu.

Her zamanki gibi, ICU hemşirelerinden biri, ziyaretçileri çıkarmak için gelmişti. Leah'nın yeniden uykuya daldığını görmek

BİRİNCİ KİTAP

David için bir rahatlamaydı. Koridorda yürürken aklına bir fikir geldi. Leah'nın çocuk doktorunu bulup birkaç soru sorduktan sonra, Diarte'nin kendisine verdiği numarayı çevirdi.

"Bay Diarte, yapmak istediğim bir teklif var... projeyi ileriye taşıyacak bir şey."

"Mükemmel, Bay Collier. Ne düşünüyorsunuz?"

"Anladığım kadarıyla, ekibinize katılmam konusunda para bir sorun teşkil etmiyor," dedi David.

"Daha yüksek bir maaş mı talep ediyorsunuz, Bay Collier?" diye temkinli bir şekilde sordu Diarte.

"Hayır," dedi David ona. "Ama kızımın Bahamalar'a giderken bana eşlik edebilmesi için gerekli düzenlemelerin yapılmasını istiyorum."

"Ama şu anda yoğun bakım ünitesinde," diye cevap verdi.

"Bu doğru," diye kabul etti David. "Ama birkaç gün içinde yoğun bakımdan çıkıp hastanede normal bakıma geçmesi planlanıyor."

Karşı tarafta bir sessizlik oldu.

"Onu bırakamam," dedi, ses tonuna yansıyan duygularını bastırmaya çalışarak. "Ben onun sahip olduğu tek kişiyim. Eğer Leah'yı yanımda götürebilecek bir düzenleme yaparsanız, başka hiçbir soru sormam."

"Size hemen geri döneceğim, Bay Collier," dedi Diarte ve telefonu kapattı.

David kendini koridorun sonundaki bir pencerede dururken buldu. Altında, Doğu Nehri'nin siyah suları Queensboro Köprüsü'nün ışıklarını ve trafiğini yansıtıyordu. Roosevelt Adası ve RFK Köprüsü'nün ötesinde Queens bir karnaval gibi uzanıyordu. Jetler La Guardia'ya ritmik bir hassasiyetle inip kalkıyordu. Uzakta Whitestone Köprüsü'nü görebiliyordu. Görünüşe göre her yere köprü vardı.

Diarte'nin geri dönmesi sadece birkaç dakika sürdü ama David için bir ömür gibi geldi. Diarte'nin bu teklifi amirleriyle görüşmesi gerektiğini biliyordu. Leah'nın yanında tıbbi personel bulundurulması gerektiğini ve diyaliz alabileceği bir tesisin bulunmasının elzem olduğunu farkındaydı.

Diarte, Bahamalar'a gideceklerinden bahsetmişti. Miami'den sadece yarım saatlik bir uçuştu. Orada insanlar yaşıyordu. Medeni-

Jan Coffey

leşmiş bir yerdi. Hastaneler de olmalıydı. Leah'yı taşımanın tehlikelerini çocuk doktoruna zaten danışmıştı. Bunu yapabilirlerdi. Zaten sonunda onu Almanya'ya taşımak zorunda kalacaklardı. David'in telefonu elinde titredi. Diarte diğer uçtaydı.

"Bunun kesinlikle mümkün olduğunu söylemekten mutluluk duyuyorum Bay Collier. Kendi tarafımızdaki düzenlemeleri yapmaya başlayacağız."

Bölüm 34

KAYIP

ALANNA, Lyons'un kendisine verdiği listedeki beş kişiyi aradı. Konuştuğu her kişi bu deneyimden övgüyle bahsetti. İlginçtir ki hepsinin mühendislik geçmişi vardı. İçlerinden ikisi yeni bir envanter sisteminin başlatılmasında görev almıştı. Normal işlerinden üç hafta izin almışlardı ve aldıkları ücret inanılmazdı. Konuştuğu bir başka kişi ise ürün testleriyle ilgileniyordu. Tüm projeler aynı şekilde ele alınmıştı. Hepsi de Lyons'un müzakerelerdeki açık sözlülüğünden ve ardından iş gerçekten başlayana kadar proje hakkında gizlilikten söz ediyordu. Her iş kısa bir süreliğine uzak bir yere gitmeyi gerektiriyordu.

Konuştuğu beş kişi de aynı şeyi söylemişti: Tekrar teklif edilse, bu fırsatı hiç tereddüt etmeden bir kez daha kabul ederlerdi.

Gizliliğin nedenine dair sorularına ise farklı cevaplar almıştı. En iyi cevap, NASA'da çalışan ve Alanna'nın şahsen tanıdığı bir mühendisten gelmişti. Lyons'ın ona yaptırdığı işin, "polisi denetlemek" gibi bir şey olduğunu söylemişti. Bu mühendis, Lyons'ın düzenli olarak uzmanları kısa süreli "gözcü" olarak görevlendirdiği izlenimine kapılmıştı. Genellikle daha önce test edilmiş bir şeyi tekrar test etmek gibi bir görevdi bu. Dolayısıyla, bilginin yayılmaması büyük önem

Jan Coffey

taşıyordu. Ayrıca, Lyons'ın hükümetten birinden talimatlar aldığına da dair bir izlenim edinmişti. Hem de oldukça önemli biri.

Alanna'nın başka soruları da vardı. Gizlilik ve olası güvenlik ihlalleri gibi konularla ilgili sorular. NASA için yaptıkları iş söz konusu olduğunda, ajans tüm çalışanlardan yaptıkları işi gizli tutacaklarına dair belge üstüne belge imzalamalarını istiyordu. Yanıt yine olumluydu. Özel sektörde çalışan hiç kimse 'günlük' işleriyle herhangi bir çatışma yaşamamıştı. Alanna'nın sorumlulukları çok daha hassastı, ancak diğer NASA mühendisi de benzer olumlu deneyimlerini doğrulamıştı.

Ray, Çarşamba gecesi, Alanna işten eve döner dönmez aradı. Daha önce telefonda konuşmuşlardı, ancak FountainGrove Inn'de buluştuklarından beri birbirlerini görmemişlerdi. Ray'in sesi heyecan doluydu.

"ABD Polis Teşkilatı'ndaki bağlantımla konuştum. Ayrıca avukatımı da aradım. İkisi de bunun işe yarayabileceği konusunda hemfikir."

Alanna ile konuştuğu diğer insanlar arasındaki en büyük fark, Ray'in onu köşeye sıkıştırmış olmasıydı. Ray zor bir durumdaydı ve bu, dolaylı olarak Alanna'yı da tehlikeye sokuyordu. Lyons'ın Ray'e sunduğu teklif ise en hafif tabirle şüpheliydi. Alanna, tanıkların üzerine baskı yapmanın veya onları ifade vermeye zorlamanın savcılar tarafından hoş karşılanmadığını öğrenmişti.

"Keşke senin bağlantılarından birkaçını benimle paylaşsan," dedi Alanna. "En azından Adalet Bakanlığı'ndan biriyle konuşabilsem. Bu konuda kendimi rahat hissetmiyorum, Ray."

"Kendi hayatımı idare edebileceğime mi güvenmiyorsun?"

Ray'in sesindeki kırgınlığı hissetti. Alanna, kontrolü elinde tutmaya alışkındı.

"Sana güveniyorum," dedi nazik bir sesle, keşke kendi söylediklerine inanabilseydi. Bu, Ray'in hayatıydı, geleceği. Ama Alanna da bu işin içine sürükleniyordu.

"O halde bunu deneyeceksin, değil mi?" dedi Ray, umut dolu bir sesle.

"Benden ne yapmamı istediklerine dair hiçbir ayrıntıya hâlâ sahip değilim."

"Lyons'la telefonda konuştum," dedi Ray. "Grand Bahama Adası'na vardığımızda sana her şeyi açıklayacaklar. O zaman hâlâ

BİRİNCİ KİTAP

şüphelerin olursa, işi kabul etmek zorunda değilsin. Hemen eve dönmemizi ayarlayacaklar."

Alanna, şimdiye kadar ne kadar güvensiz bir doğaya sahip olduğunu fark etmemişti. Duyduğu her şey aşağı yukarı mantıklıydı, arka plan kontrolleri sağlam çıkmıştı, ama yine de içindeki büyük soru işareti midesinde sürekli bir rahatsızlık yaratıyordu.

Öte yandan Ray'in bunların hiçbiriyle sorunu yoktu. Düşündüğünde, Ray'den en başından beri etkilenmesinin bir başka nedeninin de bu olduğunu fark etti. O, ilk atlayan ve yüzmeyi sonradan öğrenen türden biriydi Alanna ise suya adım atmadan önce olimpiyat düzeyinde bir yüzücü olması gerektiğini hissediyordu. İkisi de çok farklı insanlardı, hayata farklı yaklaşıyorlardı. Bu farklılıkların, aralarına geçilmesi zor bir uçurum açıp açmadığını merak ediyordu.

"İki hafta Karayip adasında, Ali," dedi Ray, sesi yumuşak. "Berbat moteller yok. Arkadan gelen tehlike yok. Birkaç güneşli hafta boyunca sadece ikimiz. Eski günlerdeki gibi. Bunu en az benim kadar istediğini söyle bana, lütfen."

Alanna, oturma odasında bir sandalyenin kenarına oturdu. Gözlerini kapatıp derin bir nefes aldı. Ray'i ya da kendisini kandıramazdı. Aklındakini açıkça söylemeliydi. "Ray... sen gittikten sonra her şey eskisi gibi değil. Sanırım yas tutarken, seninle tanışmadan önceki hayata geri döndüm. Ve bu hayat, mükemmel olmasa da, en azından..."

"Ali, lütfen. Bu yaşadıklarım yüzünden her şey farklı görünüyor. Bize bir şans ver."

Başının arkasını ovaladı, artan baş ağrısını hafifletmeye çalıştı. "Ali," dedi Ray, sesinde yumuşak bir yalvarış vardı. "Yeniden yaşamak için bir şans istiyorum. Hâlâ beni sevdiğini söylüyorsun. Teklif ettikleri şey hayatımı geri kazanmam için elime geçen gerçek bir fırsat."

Sinirli bir nefes verdi ve sonra kendi kendine başını salladı. İşi, büyükannesi, iki haftalığına bir 'tatile' çıksa hiçbir şey yörüngesinden oynamazdı.

"Tamam," dedi sonunda. "Zaman ayıracağım."

Bölüm 35

KORKU

NATHAN ÇOK YORGUNDU.
Bu, dayanılmaz derecede uzun ve zorlu bir yolculuk olmuştu. Son zamanlarda, her şeyin nasıl başladığını hatırlayamadığını fark etti. Ne kadar zamandır burada olduğuna dair hiçbir fikri yoktu. Bitip bitmeyeceği hakkında da hiçbir fikri yoktu.

Ancak, son birkaç gündür, fotoğrafının çekilmesinden bu yana Nathan'ın içinde yeni bir umut yeşermeye başlamıştı, tıpkı ilkbaharda tomurcuklanan çiçekler gibi. Bazen, karşısına sadece bu bitmek bilmeyen kışın karanlığı çıkacakmış gibi hissederken, ardından kameranın flaşını hatırlıyor ve belki de bu işin bir sonu olabileceğini düşünüyordu.

Bu umut kıvılcımıyla ruhu canlandığında, serbest kalacağına dair sonsuz olasılıklar gözünde canlanıyordu. Nathan, fotoğrafının ABD yetkililerine gönderildiğini hayal ediyordu. Zihninde, ABD deniz piyadeleri tarafından gerçekleştirilecek cesur bir kurtarma operasyonu canlanıyordu. Diğer bir senaryoda ise kaçıranların Nathan'ın babası Steven Galvin hakkında söylediklerine inandığını düşlüyordu. Onları, Boğaz Köprüsü'nün altındaki bir gece kulübünde siyah bir

BİRİNCİ KİTAP

çanta dolusu nakit parayı babasından alırken görüyordu. O zaman serbest bırakılırdı.

Bazen Nathan'ın aklı, kendisini tutsak edenlerle savaşmak ve kendi başına kaçmak için yeterli gücü ve cesareti toplama düşüncelerinde dolaşıyordu. Bu hayal edilmesi en heyecan verici, en hoş şeydi. Bunu ilk yakalandığında denemeliydi. Böyle bir fırsatı olup olmadığını şimdi hatırlayamıyordu. Hiç sanmıyordu.

Koridordaki tanıdık sesler birinin geldiğini haber veriyordu. Nathan heyecanla karnında bir kıpırtı hissederek ayağa kalktı. Kilit sesleri. Kapı açıldı.

İçeri giren iki adamı izledi. Artık onları oldukça iyi tanıyordu ama keşke isimlerini bilseydi diye düşündü. Yüzlerinden hiçbir şey okunmuyordu. Ancak bu sefer şaşırtıcı olan, her zamanki gibi ona "otur" dememeleriydi. Yine de kapıya en yakın olan, her zamanki gibi AK-47'yi elinde tutuyordu.

"Adın ne?" diye sordu biri, el fenerini ona doğru tutarak.

Bu soru, esaretinin ilk günlerini hatırlattı. Nathan bu düşünceyi kafasından uzaklaştırdı.

"Biliyor musunuz, isimlerinizi bile bilmiyorum." dedi Nathan, kollarını esneterek. Baharın gelmekte olduğunu düşündü. Acaba Washington'a kiraz çiçeklerini görmek için zamanında dönebilir miydi? Lisansüstü eğitime başlıyordu. Bu kariyerin sona erdiğine karar vermişti. Annesini Georgetown'ı görmeye davet ederdi. Dışarıda güzel bir öğle yemeği yerlerdi.

"Fotoğrafımı çektiniz," diye devam etti. "Sanırım ABD Konsolosluğu'na gönderdiniz. Umarım bir kopyasını da aileme göndermişsinizdir. Ben Nathan Galvin'im."

"Bize yalan söylediğini söylüyorlar," dedi adam, el fenerini tutarak.

Nathan el fenerini tutan adama dik dik baktı.

"Hayır, bu yanlış. Yalan söylediğimi kim söyledi?"

AK-47'li diğer adam bir adım daha yaklaşırken adam "Hepsi yalan," dedi.

"Anlamıyorum," dedi Nathan. "Babam—"

Ama Nathan sözünü bitirmeye fırsat bulamadı, çünkü diğer muhafız tüfeği omzuna kaldırıp ateş etti.

İKİNCİ KİTAP

Gel, "Vakvaklayan karga intikam için haykırıyor."

-Hamlet

Bölüm 36

AMBER HERSEY, geniş oditoryumun en arka sırasında oturuyordu. Bugünkü ders, Freedom and Self (Özgürlük ve Birey) dersini alan tüm lisansüstü öğrenciler için zorunluydu. Georgetown'daki hukuk öğrencilerine de bu etkinlik tavsiye edilmişti. Ama zaten bu dersi kaçırmayı düşünmezdi.

Konuk konuşmacı, Senatör Paul Hersey, "İnsan Haklarının Geleceği" üzerine yaptığı konuşmayı, kapasitesini doldurmuş bir kalabalığa sunmuştu. Kırk beş dakikalık konuşmanın ardından gelen soru-cevap bölümü gayet iyi ilerliyordu. Babası, mizah ve gerçekleri mükemmel bir dengede harmanlayarak izleyiciyi kazanmayı başarmıştı.

Amber, hayatı boyunca siyasete hep dahil olmuştu, ama farkına vardığı şey, bu yaşına kadar babasının yaptığı tam bir konuşmayı baştan sona dinlediği ilk zamandı. Paul Hersey kendine güveniyordu, inandırıcıydı, karizmatikti. Platformda, tüm dikkatleri üzerine toplayarak, ne kadar rahat ve komutayı elinde tutan bir figür olduğunu görebiliyordu. Amber, bu özelliklerin bazılarının kendisine de geçmiş olmasını dilese de 24 yaşına geldiğinde, içine kapanık biri haline gelmişti. Kişilik açısından kesinlikle annesine benziyordu. Sessiz, utangaç, arada bir coşkulu çıkışları olan ve sonra tekrar kabuğuna çekilen biriydi.

Senatörün yaptığı bir yorum, izleyiciyi kahkahaya boğdu. Amber, babasının ne söylediğini tamamen kaçırdığını fark ederek gülümsedi.

Jan Coffey

"Gerçekten harika biri," Amber'ın yanında oturan genç kadın hafifçe fısıldadı.

"Bir de çok yakışıklı. Kaç yaşında acaba?" diye sordu birkaç koltuk ilerideki bir başka yüksek lisans öğrencisi.

Amber, *senin için fazla yaşlı* dememek için kendini zor tuttu. Yakınında oturan öğrencilerden hiçbirini tanımıyordu. Hiçbiri, aslında Senatör Hersey'in kızı olduğunu bilmiyordu.

Kalabalığın güçlü alkışları, konuşmanın sona erdiğini işaret ediyordu. Amber, bu sabah babasıyla görüşmek için plan yapmamıştı. Bir saat içinde, yakında çıkacağı kitap turu için izin almak amacıyla danışmanıyla bir görüşmesi vardı. On yaşındaki bir kızın Beyaz Saray'da kaybolup geçmiş başkanların hayaletleriyle karşılaştığı maceraları konu alan çocuk kitabı, beklenmedik bir başarı yakalamıştı. Senatörün de sabah kalan zamanı için dolu bir programı olduğunu tahmin ediyordu. Muhtemelen geldiği kapıdan, sahneye en yakın olan kapıdan çıkacaktı.

Amber ayağa kalkıp çıkış kapısına doğru yöneldi.

Yanında oturan kadın heyecanla, "Bu taraftan çıkıyor," diye duyurdu.

Amber arkasını döndü ve babasının öğrencilerin arasından geçerek merdivenlerden kendisine doğru geldiğini görünce şaşırdı.

"Affedersiniz, çok teşekkür ederim. Sağ olun, affedersiniz," babası, konuşmaya çalışıp yolunu kesen öğrencilere söylenerek ilerliyordu. "Affedersiniz, kızıma yetişmem gerek."

İçini sıcak bir his kapladı. Kafalar dönüyor, insanlar ona bakıyordu. Amber, dikkatlerin üzerinde olduğunu hissediyor ve yüzünün kızardığını fark ediyordu. Biraz garipti ama aynı zamanda hoşuna gitmişti.

Senatör sonunda ona ulaştı.

"Eee?" diye sordu, kollarını etrafına dolayarak. "Nasıl buldun?"

Amber ona sarılarak cevap verdi. "Harikaydın."

Bölüm 37

ALANNA ŞÜPHELERİNİ GERİDE bırakabileceğini ve bu yolculuğa açık fikirli bir şekilde çıkabileceğini düşünmüştü. Ama yanılıyordu. Sadece düzenlemeler bile endişesini körüklemeye yetmişti. Oakland'dan Miami'ye yaptıkları uçuşta koltukları birinci sınıftaydı. Alanna mükemmel bir maaş alıyordu ama ilk kez bu şekilde uçuyordu. İş için seyahat ettiği onca zaman boyunca, kendisi için bu kadar para harcamayı hiçbir zaman haklı bulamamıştı. Her zaman A noktasından B noktasına en ucuz bileti arardı. Şımartılmaya ihtiyacı yoktu.

Miami Havaalanı'na indiklerinde, terminalin içinde onları bekleyen bir görevli golf arabasıyla gelmişti. Bagajlarının halledileceği söylenmişti. Alanna ve Ray, golf arabasına binerek, dışarıda bir özel hangarda yakıtı doldurulmuş bir turbo-prop uçağına doğru hızla yönlendirildiler.

Pilot ve yardımcı pilotla, uçağın kanadının gölgesinde tanıştılar. King Air C90B model altı kişilik uçakta tek yolcu onlar olacaklardı. 125 millik uçuş yaklaşık yarım saat sürecekti. İçeride, daha önceki uçuşlarındaki birinci sınıf koltuklardan bile daha iyi olan konforu gördüler.

"İşte böyle yaşanır," dedi Ray, uçağa binerken.

"Sanırım ki biri bizi etkilemeye çalışıyor," diyerek krem rengi deri koltuklardan birine geçti. Hemen emniyet kemerini taktı.

"Neden olmasın. Bunu hak ediyorsun," diye karşılık verdi.

Jan Coffey

Dört koltuk, Alanna ve Ray oturduktan sonra yardımcı pilotun yerleştirdiği bir akçaağaç masa etrafında bir araya gelmişti. Dışarı çıkmadan önce, kapıyı göstererek tuvalet ve yerleşik soğutucularda bulunan ikramları tanıttı. Uçağın birkaç yıllık olmalıydı. Her şey hâlâ yeni gibi görünüyordu ve hoş bir koku yayıyordu. Ray, soğutucudan bir Heineken çıkardı.

Bu, günlerdir başka kimse olmadan birlikte olabildikleri ilk andı. Kafesin arkasında bir kapı, kokpit ile kabin arasında bir ayrım yaratıyordu. Uçağın küçük penceresinin dışına bakarken, pilot ve yardımcı pilotun aracı kontrol ettiğini gördü. Onları izlerken, bir cartın uçağa bagajlarını getirdiğini fark etti. Böyle bir özel düzenlemenin maliyetinin ne kadar olduğunu merak etti. Mutlaka çok pahalı olmalıydı.

Ray'e baktı. "Neden?"

"Ne neden?" diye sordu.

"Bunu neden hak ediyorum?" diye sordu. "Benden yapmamı istedikleri şey ne?"

Ray başını salladı, birasından bir yudum aldı ve masanın üzerindeki bardaklığa koydu. "Sanırım oraya vardığımızda öğreneceğiz."

Alanna kabinde etrafa bakındı. Kol dayama yerindeki bazı düğmelerle oynamaya başladı. Tavandan inen bir kişisel ekran belirdi ve üzerine eğlence seçenekleri sıralandı. Ray'a bir göz attı ve ayaklarını masanın üzerine koyduğunu gördü. Yine uyumaya hazır görünüyordu. California'dan Miami'ye kadarki uçuşları boyunca sürekli uyumuştu. Onunla konuşmak istemişti ama Ray uyumayı tercih etmişti. Altlarında bir bölme kapısının kapandığını duydu. Bagajlarının yerleştirildiğini düşündü.

"Ray, lütfen bana bu insanlar hakkında bildiğin her şeyi anlat."

"Ben sadece senin bildiklerini biliyorum." Sesinde, onun sorusuyla rahatsız olduğu hissi vardı.

Ona inanmıyordu, ki bu son derece üzücüydü. Ona karşı hissettikleri yüzünden, onu sevdiği için buradaydı. Ama yine de onun söylediklerine güvenmiyordu.

Pilot ve yardımcı pilot uçağa bindi. Belli belirsiz, kendisine ve Ray'e bir şeyler söylediklerinin farkındaydı ama Alanna dinleyemeyecek kadar düşüncelerine dalmıştı. Ray onlarla konuştu ve iki adam kapıdan geçerek kokpite girdiler ve kapıyı arkalarından kapattılar.

İKİNCİ KİTAP

Ray uzandı ve onun eline dokundu. "Meyve suyu ya da su ister misin?"

Alanna, motorlar çalışmaya başladığında başını salladı. "Bu Bay Lyons... veya Diarte hakkında bilmen gereken daha fazlası olmalı. Onlarla tanışmaya beni sen götürdün."

Ray omuz silkti. "Üzgünüm, bilmen gereken her şeyi biliyorsun."

"Hayır, Ray. Onlarla konuştun," dedi Alanna kararlı bir tonla. "Seni aradılar mı? Sana nasıl ulaşabildiler? Sabit bir yerde kalmıyordun. Ben bile sana ulaşamamıştım. Lütfen geri dönüp düşün. Onlarla o ilk konuşmanı hatırlamak zorundasın."

"Elbette," diye fısıldadı, oturduğu yerden kalkıp onun yanına çömeldi. "Ama biz sadece senin hakkında konuştuk."

Dudaklarını onunkilere değdirdi. Parmakları yanağında gezindi. Öpücüğü derinleştirmeye başladı... ve sonra durdu.

"Birlikte böyle vakit geçirmeyeli uzun zaman oldu. Bu uçuş zamanını iyi değerlendirmeye ne dersin?"

Alanna, sanki bir yere çarpmış gibi geri çekildi. Uçak hareket etmeye başladı. Pencereden dışarı bakarken, yüzünün alev alev yandığını hissetti. Pist yönüne ilerliyorlardı.

"Ali?" diye sordu Ray, elini tutarak.

Elini çekti ve parmaklarını bacağının altına, onun ulaşamayacağı bir yere sıkıştırdı. Kafa karışıklığı onu paramparça ediyorduOnunla birlikteyken düşünmeye vakti olmuyordu. Son zamanlarda çok ayrı kalmışlardı. Sadece telefonla konuşmuşlardı. Bugün öncesinde, bu yolculuğu ayarlayan adamlarla görüştükleri zamandan beri onu görmemişti.

Ray, yanaklarını okşadı. "Ne oldu, Ali?"

Davranışlarından dolayı utanç duymalı, suçluluk hissetmeliydi. Aynı zamanda, sanki ellerine ve ayaklarına görünmez ipler bağlıymış gibi hissetmeye başlamıştı. Onu kontrol ediyordu. Ne zaman çizginin dışına çıksa onu çekiştiriyordu. Bu duygudan nefret ediyordu ama bu Ray'di. Onun gözlerinin içine baktı.

"Sen benim zayıf noktamsın Ray," diye fısıldadı. "Bunu biliyorsun. Onlar da biliyor."

"Bilsinler. Sen de benim zayıf noktamsın. Her şeyimsin. Aşık olan insanların başına gelen bu."

Pilotun sesi koltuk başlığındaki hoparlörden geliyordu. Kalkmak üzereydiler. Ray koltuğuna geri döndü ve emniyet kemerini bağladı.

Jan Coffey

"Yorgunsun, aşkım. Neden gözlerini kapatıp biraz uyumayı denemiyorsun?"

"Hayır, Ray. Uyumak istemiyorum," diye ağzından kaçırdı. "Soru sormayı bırakmak istemiyorum. Soru *sorarken* dikkatimin dağılmasından hoşlanmıyorum. Körün köre yol göstermesi gibiyiz. Bu insanların bizi nereye götürdüğünü bile bilmiyoruz. Ama beni en çok rahatsız eden şey bizden ne istediklerini bilmememiz."

"Ama biz biliyoruz." Sesini alçalttı ve başıyla kokpiti işaret etti"Referansları kendin kontrol ettin. Ne Lyons ne de Diarte suçlu gibi görünmüyor ya da davranmıyor. Üzerimizde silah tutan kimse yok. Gereksiz yere panik yapıyorsun."

"Ray, kaybedecek hiçbir şeyin yok," diye hatırlattı ona.

"Ama kazanacak çok şeyimiz var."

Alanna kendini buna ikna edebilmeyi diledi. Uçak havalandı. Koltuğunda arkasına yaslandı ve pencereden dışarı baktı. Suyun hemen üzerindeydiler.

"Bunun bir sebebi var," dedi ve aklındakileri söylemeye karar verdi. "Gittiğin süre boyunca cehennemden geçtim. Suçluluk, yas, pişmanlık, yalnızlık, depresyon... Seni geri almak için dünyada her şeyi, gerçekten her şeyi yapardım."

Öne doğru eğilip nazikçe koluna dokundu.

O da ona dik dik baktı. "Ve bir gün dileğim gerçek oldu. Bir gün, geri döndün. Ve şimdi biliyorum ki, benim sözümü tutmam bekleniyor."

"Bize mutluluk için ikinci bir şans verildi. Bu gezinin amacı da bu Neden geleceğimiz dışında başka bir şey düşünelim ki? Önemli olan tek şey bu."

Ona bakmaya devam etti. Onu rahatsız eden bir şey vardı. Sesinde *bir şey* vardı. Ona bakışında, daha doğrusu bakışlarını tutamayışında. Zihnini açık tutmak için kendini zorluyor, kalbinin dikkatini dağıtmasına izin vermiyordu.

Sonra bunu hissetti ve her şey bir anda değişti. Onun içini görebiliyordu.

"Ray, gerçekleri bilmeyi hak etmediğimi mi düşünüyorsun?"

Kafası karışmış gibi başını salladı. "Ne demek istiyorsun? Elbette gerçeği öğrenmeyi hak ediyorsun. Sana söylemediğimi düşündüğün şey nedir?"

İKİNCİ KİTAP

"Bunu *bana* söylemek zorundasın." Ona doğru eğildi ve onu kendisiyle yüzleşmeye zorladı.
"Seni anlamıyorum, Ali."
"Belki de bu doğru. Ama bu yolculukta düşünmek için zamanım oldu ve bir şey aklıma geldi."
"Sen neden bahsediyorsun?"
"Oraya varana kadar ayaklarımı yerden kesmen gerekiyordu," dedi ona.
Ray alay ederek güldü. Elini kaldırdı. "Beni korkutuyorsun. Hayal gücünün seni ele geçirmesine izin veriyorsun."
Alanna birkaç uzun dakika boyunca sessizliğin sorgulayıcı olmasına izin verdi. Oturduğu yerde gözle görülür bir rahatsızlık içinde kıpırdandı.
"Kimsin sen, gerçekten?"
"Bunların hiçbirini komik bulmuyorum." Sandalyesine geri oturdu ve ayaklarını masanın üzerine koydu. Aralarındaki bölmeden bir dergiye uzandı.
"Yakışıklı, zeki, uzun genç bir playboy, hayatında asla düzenli bir erkek arkadaşı olmamış olan, daha büyük, kısa, sıradan Meksika-Amerikan bilim insanına aşık oluyor. Bunu çekici kılan şeyin ne olabileceğini hiç sorgulamadım. Bilmek istemedim."
"Ali, kendin hakkında böyle konuşmayı bırak. Sen güzelsin ve altı yıl hiçbir şey değil. Bunu biliyorsun." Ray ses tonunu yumuşatmaya çalıştı ve zayıf bir gülümseme takındı. "Tamam, minyon sayılabilirsin ama bence mükemmelsin."
Alanna'nın kalbi göğsünde sıkıştı. Her geçen saniye her şeyi daha net görebiliyordu. Utanç oradaydı, artık saklayamadığı suçluluk duygusu da.
"Bu planlar ne kadar geriye gidiyor, Ray?" diye sordu.
"Artık seninle konuşmuyorum. Sen böyle davranırken olmaz." Dergiyi açtı.
"Moffett'te çalışmaya başladığın gün aynı gün tanışmamız bir tesadüf değildi," dedi ona. "Seni işe alan bu insanların NASA güvenliğiyle ciddi bağlantıları var, değil mi?"
Sesini düz, gözlerini kuru tutmaya çalıştı ama içi kan ağlıyordu. Çok büyük bir aptallık yapmıştı.
"Beni yüz yüze gördüğünde ekstra para istedin mi?"

Jan Coffey

"Dur," diye sertçe karşılık verdi. "Beni duyuyor musun? Kes şunu!"

Emniyet kemerini çözdü ve ayağa kalktı. Onun nereye gideceğini merak etti.

"Bu beni incitiyor," diye tersledi. "Bunu hak etmek için ne yaptım bilmiyorum."

Onu sessizce izledi.

"Bana güvenmiyor musun?" dedi, bir elini hâlâ önünde asılı duran küçük ekranın üzerine koyarak. "Beni sevmiyor musun? Tamam. Sorun değil. Eğer böyle düşünüyorsan, Alanna, hiçbir sıkıntı yok. Bu uçak indiği anda, bir sonraki uçakla eve dönebilirsin."

"Döneceğim, Ray."

Parmaklarını saçlarının arasında gezdirdi. "Mutlu olamıyorsun, değil mi Alanna? Mutlu olmayı da bilmiyorsun."

Bölüm 38

"ANNEM BURAYI ÇOK SEVERDİ."

Leah'nın sözleri üzerine David, tekerlekli sandalyenin tutacaklarını sıkı sıkı kavradı. Kızının adaya ilk bakışı, onu Nicole'a götürmüştü.

Zihinlerinin bu kadar benzer çalışıyor olması komikti. Karısının hayatının son birkaç yılında mali durumları çok sıkışıktı. Hiç tatile çıkmamışlardı. Leah'nın en son ne zaman ailece bir yerlere gittiklerini hatırlayıp hatırlamadığını merak ediyordu. Sadece üçü. Muhtemelen hatırlamıyordu. Daha dört yaşındaydı.

"Haklısın," diye cevap verdi. "Bu adayı çok severdi."

Leah'nın hemşiresi ve bir asistan, tekerlekli sandalyeyi havalimanı pistine indirmek için kaldırıcıya bağlamak üzere etraflarında dolaşıyordu. Leah'nın durumu son iki haftadır stabildi ve her gün diyaliz işlemi yapıldığı sürece doktorları, hastanede kalmasına gerek olmadığını düşünüyorlardı.

David'in yeni işvereni bu yolculuğu ve sonrasında kalacakları yeri kolaylaştırmak için mümkün olan her türlü düzenlemeyi yapmıştı. David'e Grand Bahama Adası'nda, Freeport şehir merkezinin kalbinde bir hastane olduğu söylenmişti. Ayrıca diyaliz ekipmanı bulunan üç özel klinik de vardı. Florida'ya uçakla yarım saatten az bir mesafede olan David, Leah'nın New York'taki son teknoloji ürünü bir hastanede binlerce kilometre uzakta olmasındansa kendi-

Jan Coffey

siyle birlikte olmasının çok daha iyi olacağını düşünüyordu. Haklı olduğunu umuyordu.

Adadayken Leah'ya göz kulak olmaları için vardiyalı çalışacak iki hemşire tutulmuştu. Diyaliz ekipmanı ve ilaçları kaldıkları yerde onları bekliyordu.

"Gideceğimiz yerde televizyon var mı?" diye sordu Leah.

"Elbette vardır," dedi. Son birkaç haftadır sekiz yaşındaki kızının eğlence kaynağı hastanede film ya da TV izlemek olmuştu. "Ama ayrıca plaj var, kitaplar var ve belki de oyun oynamak için fırsat buluruz."

"Sadece iki kişiyle oynamak eğlenceli değil," dedi. "Sen her zaman kazanıyorsun."

"Bu doğru değil. Arada sırada kazanmana izin veriyorum." Leah'nın taktığı beyzbol şapkasını düzeltti. Son derece solgundu. Yolculuk onu çok yormuştu. Öğleden sonra güneşi yanma konusunda pek bir tehdit oluşturmuyordu. Yine de David'e bazı şeylere dikkat etmesi söylenmişti. Leah'nın direnci çok düşüktü.

"Gördün mü? Biliyordum. Kazanmama *izin verdin.*"

"Şaka yapıyorum. Kazandığında, kendi çabanla kazanıyorsun."

"Baba, yalan söylüyorsun," diye azarladı Leah onu.

"Ciddiyim. Sadece boş konuşuyorum."

Asansör piste yerleşti ve hemşireler kayışları çözdü.

"Onu ben alırım," dedi iki kadına.

Kazağını çıkardı ve Leah'nın sandalyesinin arkasına örttü. Hava ılıktı, New York'ta bıraktıkları dondurucu yağmura göre oldukça farklıydı.

Bagajlarını küçük uçağın yan tarafındaki bir bölmeden çıkaran genç bir Bahamalı durdu ve ona döndü. "Hangarın orada beklerseniz sizi almaya gelen bir minibüs var efendim. Az önce aradılar. Birkaç dakika içinde burada olurlar."

David ona teşekkür etti ve etrafına bakındı. Onlarınkinin yanında başka bir küçük uçak duruyordu. O da yeni gelmiş bir uçak gibi görünüyordu. Bir işçi de uçaktan bagajları indiriyordu. Havaalanı çok küçüktü ve özel olduğu belliydi. David Freeport'un ticari jetlerle gelen turist trafiğini idare eden bir havaalanı olduğunu biliyordu ama bu havaalanı o değildi. Özel mülkiyete ait olduğu anlaşılan bir dizi küçük uçak bir çit boyunca sıra sıra park etmişti. İşaretlenmemiş bir jet, havaalanı ofisi olduğunu düşündüğü

İKİNCİ KİTAP

küçük bir binanın yakınına park edilmişti. Orada herhangi bir yaşam belirtisi yoktu ama zaten ona gitmesi söylenen yön de bu değildi.

"Şu tarafa gitmemiz gerektiğini söyledi," dedi Leah, uçaklarından elli metre ötedeki küçük bir hangarı işaret ederek. Leah'nın sandalyesini o yöne doğru itmeye başladı. Kapıları iki ucundan da açık olan hangar en azından gölge sağlıyordu. Bekliyor gibi görünen iki kişi orada duruyordu. David onların vücut dillerinden bir tartışmanın ortasında olduklarına karar verdi. Biraz yavaşladı ama onlara doğru ilerlemeye devam etti.

Bu adada aynı proje üzerinde çalışan bir ekip olacağını biliyordu. Bunun ötesinde, nereden geldiklerini ya da uzmanlıklarının ne olduğunu bilmiyordu.

David tekerlekli sandalyeyi hangara doğru iterken Leah, "Satranç oynamayı öğrenmek istiyorum," dedi.

"Yıllardır satranç oynamadım. Artık nasıl oynandığını hatırlıyor muyum bilmiyorum," dedi ona. Hangar kapısının hemen içinde, gölgede durdu. Hangar, duvarlar boyunca uzanan birkaç tezgâh, bazı hortumlar ve parçalar ile uzak bir köşede kısmen sökülmüş İkinci Dünya Savaşı'ndan kalma bir savaş uçağı dışında boştu.

"Güzel. Birlikte öğrenebiliriz." Ona gülümsedi. "Bu şekilde, eğer kazanırsam, bunun adil olduğunu bilirim."

Uzanıp kulağını çekti ve ona gülümsedi. Bugünlerde David çok fazla gülümsüyordu. Kendi satranç tahtasının kontrolünü kare kare ve parça parça ele alıyordu. Leah'nın DNA örnekleri Almanya'daki kliniğe gönderilmişti ve görünüşe göre klonlama olması gerektiği gibi ilerliyordu. Ayrıca kızı da onunla birlikteydi. Hâlâ ne iş yaptığını bilmemesine rağmen maaşını ve sosyal haklarını almaya başlamıştı bile. Ama bu kısım önemli değildi. Eğer Dalai Lama'dan zimmetine para geçirmesini isterlerse, onu temizleyecek ve daha sonra bir teşekkür notu gönderecekti. İşvereni her kimse, David Leah için yaptıklarından dolayı ona borçluydu. Onu hayatta tutuyordu ve David ona borçluydu.

"Satranç oynamayı biliyor musun?"

David, Leah'nın hangarda duran çiftle konuştuğunu fark etti.

"Evet, biliyorum," dedi kadın ona.

"Güzel," dedi Leah. "Adada mı kalıyorsun?"

David iki kişi arasında geçen rahatsız edici bakışı fark etti. Adam

169

Jan Coffey

uzaklaştı ve açık kapıların dışında durdu, elleri ceplerinde, sırtı onlara dönük, küçük havaalanı pistine bakıyordu.

Leah'ya "Büyük olasılıkla bir sonraki uçakla ayrılacağım." dedi.

"Bu çok kötü," dedi Leah. Sonra kendi tekerlekli sandalyesini ileri itmeye çalıştı. David ona yardım etti. "Ben Leah'ım. Bu da benim babam."

Kadının yüzü bir gülümsemeyle yumuşadı. David onun da kendisiyle aynı yaşlarda olduğunu düşündü. Bir buçuk metre boylarında, siyah saçlı, siyah gözlü, narin yüz hatlarına sahipti. Büyük olasılıkla İspanyol kökenliydi. Makyajsızdı ve siyah iş elbisesi pantolonu, beyaz yakalı bir gömlek ve içinde sıcak tutması gereken siyah bir hırka giymişti.

"Ben Alanna." Leah'nın elini sıktı. "Alanna Mendes."

"Dr. Mendes," kapıdan biri seslendi.

O tarafa döndü. Kraliyet mavisi polo tişörtlü genç bir adam elinde bir pano ile yaklaştı.

"Talebinizi kontrol ettik. Sizi adadan ayırabileceğimiz en erken uçuş yarın sabah" dedi. "Eşyalarınızı gece için tesise taşısak ve yarınki uçuş için sizi Freeport'a götürsek sorun olur mu?"

"Yani, bu havaalanından hiçbir şey kalkmıyor mu?"

"Hayır, hanımefendi."

"Peki ya bindiğim uçak?"

"Bu uçaklar yaklaşık bir saat içinde kalkacak, ama biri Bermuda'ya, diğeri de..." Klipborda göz attı. "Evet, Curaçao'ya."

Çok etkileyici bir yüzü vardı. David onun yüz hatlarına yansıyan mücadeleyi görebiliyordu. Omzunun üzerinden hangarın diğer açık kapısının yanında duran adama baktı. Adam hareket etmemişti.

"Sanırım sorun değil," dedi sessizce.

"Teşekkür ederim." Adam hangardan çıkarken cep telefonunu çıkardı.

"Bu, bu gece bana satranç oynamayı öğretmek için zamanın olacak mı demek?" diye sordu Leah.

"Lea," diye kızını nazikçe azarladı Davut. Kadına döndü. "Özür dilerim. Kızım ve ben kulak misafiri olmak istememiştik. Ben David Collier."

El sıkışması sıkıydı. Yüzünde hafif bir gülümseme belirdi. Leah'ya baktı.

"Aynı yerde mi kalacağımızı biliyor musun?" diye sordu.

İKİNCİ KİTAP

Sekiz yaşındaki çocuk omuz silkti ve David'e baktı.

"Gerçekten bir şey söyleyemem," diye yanıtladı.

"Kaldığınız tatil köyünün adı nedir?" diye sordu.

David ile Leah birbirlerine baktı. "Sanırım bu özel bir tatil köyü. Adını hatırlamıyorum."

"Cevap bulamayan tek kişinin ben olmadığıma sevindim," dedi onlara.

"Yani bu iyi bir şey, değil mi?" Leah sordu. "Aynı isimsiz yerde kalıyor olmalıyız."

Gülümsemesi koyu renk gözlerine ulaştı. Leah tarafından tamamen eğlendirilmiş görünüyordu.

"Eğer bir şey varsa, kızım ısrarcıdır," dedi David Dr. Mendes'e. Kadının, arkadaşına doğru bir kez daha baktığını fark etti. O artık orada değildi.

"Peki sen ne tür bir doktorsun?" diye sordu Leah.

"Buna cevap vermek zorunda değilsin," diye araya girdi David hemen. " "Kızım, çoğu zaman herkesin onun sorgusuna ilgi duymadığını unutur."

"Bu beni rahatsız etmiyor," dedi kadına. "Ben bir bilim insanıyım. Bir doktora sahibim, ama tıp doktoru değil."

"Bu iyi bir şey. Doktorları pek sevmem," dedi Leah ona. "Tıp doktorlarını kastediyorum."

David, Dr. Mendes'in bakışlarının istemsizce tekerlekli sandalyeye ve Leah'nın bacaklarına doğru kaydığını fark etti.

"Neden tıp doktorlarını sevmiyorsun?" diye sordu.

"Bir sürü sebep var," dedi küçük kız. "Bir kere annemi kurtaramadılar. Kanserdi. O şimdi ölü."

"Çok üzgünüm," dedi Alanna sessizce, başını kaldırıp David'e bakarak.

Kızının fikirlerini bir yabancıya bu şekilde ifade ettiğini duyunca şaşırdı ve telaşlandı. Leah, birçok yönden sekiz yaşındaki bir çocuk için oldukça olgun görünüyordu. Yine de onun tanımadığı birine içini döktüğünü hiç görmemişti. Ayrıca Leah'nın görüşlerinin ne kadarının David'in doktorlar hakkında söylediklerini duymuş olabileceğini de bilmiyordu.

"Ve benim için yaptıklarından da hoşlanmıyorum," diye açıkladı Leah.

David Leah'nın eline uzandı ve nazikçe eline aldı. "Dr. Mende-

Jan Coffey

s'in tıp mesleğiyle ilgili hayal kırıklıklarımızı duymak istediğinden emin değilim, tatlım."
"Ah, hayır. Gerçekten çok ilgileniyorum. Ama lütfen bana Alanna deyin."
Leah onun elini sıktı. Aniden, kadının iyi biri olduğunu hissetti.
"Böbrek hastasıyım hatta bir kez nakil oldum ama işe yaramadı."
"Özür dilerim," diye fısıldadı Alanna. Leah ile göz hizasına gelene kadar çömeldi. "Bu kadar çok hayal kırıklığı yaşamış olmak için çok gençsin."
"Sorun değil. Dünyadaki en iyi babaya sahibim. Pek çok çocuk buna sahip değil."
David gözlerini Leah'ya dikti. Birden dili tutuldu. İçindeki duygular kabardı. Sağlık sorunları, Nicole'ün ölümü, David'in işini kaybetmesi ve yasal zorluklar yüzünden çocukluğunun büyük bir kısmını kaçırmıştı. Leah'nın olumlu hissedebileceği bir şey olduğunu hiç düşünmediğini şimdi fark etti. En azından kendisi için.
"Bunu söylemem için bana beş dolar veriyor," dedi Leah sonra.
Bir an sessizlik oldu ve ardından bilim adamından bir kahkaha patlaması yükseldi.
Bir uçağın iniş sesi dikkatlerini çekti. Uçak hangara doğru yaklaşırken Dr. Mendes kaşlarını çatıyordu.
"Bu kadar çok uçağın geldiği bir yerde neden Miami'ye dönecek bir uçak bulamadığımı anlamıyorum."
"Belki de hemen gitmeni istemiyorlar," diye önerdi David.
"Benim için sorun değil," diye cıvıldadı Leah.
Alanna küçük kıza gülümsedi ve ardından gelen uçağa baktı. David'in bindiği uçaktan biraz daha büyüktü.
"Baba, acaba bunlar bizim olduğumuz yerde kalacak başka insanlar mı?" dedi. "Gidip onları kontrol etmeliyiz."
David'e kendisini açık kapılara doğru götürmesini işaret etti.
Alanna'ya, "Üzgünüm, daha fazla kurban var," dedi.
Bilim adamı gülümsedi ve David onun hangara ilk geldikleri zamankinden çok daha iyi bir ruh hali içinde olduğunu hissetti.

Bölüm 39

BIR MINIBÜS ve eski bir Suburban, son uçaktaki yolcuların inmeye başlamasıyla hangarın önüne yanaştı.

Alanna sabaha kadar uçamayacağı için pek mutlu değildi ama bu konuda yapabileceği bir şey yok gibi görünüyordu. Yeterince gürültü yaparsa, muhtemelen kendisini Freeport'ta bir otele götürmelerini sağlayabilirdi. Yine de, Ray'e rağmen, bu durumda tuhaf bir şekilde tehditkâr olmayan bir şeyler vardı. Son gelenler onun fikrini doğruluyordu. Bir bebekleri olan çok genç bir çift betonun üzerinden hangara doğru geldi. Görünüşe göre bu uçuştaki tek yolcular onlardı. Alanna Ray'le tartışmasının onu derinden yaraladığını biliyordu. Minibüse en son o bindi ve şoförün yanındaki ön koltuğa oturdu. Hiçbir şey söylemedi ya da ona doğru bakmadı bile. Minibüste şoförün arkasında üç koltuk vardı ve Alanna arka sıraya oturdu. Genç çift ve bebek onun önünde oturuyordu. Leah ve babası şoförün arkasındaydı, herkes içeri girip oturduktan sonra küçük kızın tekerlekli sandalyesi katlanıp kapının içine yerleştirildi.

Bagajları ve onları havaalanında karşılayan çalışanlarla dolu eski Suburban, minibüsün arkasından geliyordu.

Alanna'nın olaylara bakışında artık bir farklılık vardı. Bunun hasta ama alıngan küçük bir kızın hayata ve tanıştığı insanlara bakışıyla ilgili olduğunu biliyordu. Alanna pencereden dışarı baktı, yanıp sönen manzarayı hayranlıkla seyretti. Yeşil örtünün ortasında,

Jan Coffey

devrilmiş sayısız ağacın gövdesi yerde yatıyordu, sanki bilerek öyle yerleştirilmişler gibi yan yana dizilmişlerdi. Kadın sorduğunda, şoför ziyaretçilere devrilen ağaçların birkaç yıl önce meydana gelen birkaç kasırga nedeniyle devrildiğini söyledi. Fırtınalar adadaki bitki örtüsünün çoğunu yerle bir etmişti ama şimdi tekrar her şey eski haline geliyordu.

Önündeki iki sıra koltukta oturan insanlar, Alanna'ya göre buraya gelirken çok daha büyük riskler almış gibi görünüyorlardı Açıkça belli ki hepsi aynı proje için buradaydı, ancak David Collier, tekerlekli sandalye kullanmak zorunda olan zayıf kızıyla birlikte gelmişti. Öndeki çift ona kendilerini Jay ve Padma Alexei olarak tanıtmıştı ve yeni doğan oğullarıyla gelmişlerdi. Bebek bir aylık bile değildi. Çift lisede okuyacak kadar genç görünüyordu. Bir bakıma, diye düşündü, hayat bir bakış açısı meselesidir. Alanna olup bitenlere bakınca şimdi çok daha kendinden emin hissediyordu. Sanki en az riski alan oymuş gibi geliyordu.

Öyle bile olsa, sabah buradan gitmiş olacaktı.

Ray'in başının arkasına baktı. Düşüncelerinde kaybolmuş gibi görünüyordu. Aralarında olanlarla ilgili anlamadığı o kadar çok şey vardı ki -şimdi olanlarla ilgili. Daha önce hiç kavga etmemişlerdi ve Alanna ona güvenmediğini itiraf etmesinin ilişkilerini geri dönülmez bir noktaya getirip getirmediğini merak etti. Ona değer veriyordu. Onu seviyordu. Söyledikleri yüzünden içi acıyordu. Aynı zamanda, kalbinde ne hissettiğini ve düşündüğü gerçeği dile getirdiğini biliyordu. Ray'in ona söylemediği şeyler olduğundan emindi.

Küçük minübüs sola, su boyunca uzanan bir ana yola döndü. Döndüklerinde Alanna sağ tarafta, yıpranmış deniz taşıtlarıyla dolu yıkık dökük bir tekne iskelesine baktı. Deniz, büyüleyici bir şekilde turkuaz ve koyu mavi tonlarının karışımından oluşuyordu.

"Oraya varmamız ne kadar sürer?" Leah'nın sorusu Alanna'yı kasvetinden uzaklaştırdı. Kendisini, cevap vermesini bile beklemeyen sekiz yaşındaki çocuğa gülümserken buldu. Leah onun yerine çoktan koltuğunda dönmüş ve bebeğe yumuşak sesler çıkarıyordu.

"Neredeyse geldik, küçük hanım," diye yanıtladı şoför. "Sadece havaalanının etrafında uzun bir yoldan gitmek zorunda kaldık. West End'deki bazı yollar fırtınalar yüzünden yıkıldı ve henüz tamir edilmedi."

Alanna, uçağın penceresinden Grand Bahama Adası'nın batı

İKİNCİ KİTAP

ucunda olduklarını görmüştü. Havadan bakıldığında, havaalanını oluşturan beyaz beton şerit, denizle çevrili bir kara parçasında bir marinaya sahip bir tatil köyünün hemen yanında gibi görünüyordu.

"Erkek mi, kız mı?" diye sordu Leah.

"O bir erkek," diye yanıtladı genç kadın.

"Adı ne?"

"William Harsha Alexei."

"Çok havalı," diye karşılık verdi Leah. "Harsha ne anlama geliyor?"

"Sevinç ya da neşe demek," dedi genç anne. "Hindistan kökenli bir isim."

"Daha önce hiç Hintli bir arkadaşım olmamıştı," dedi Leah ona. "Ona William yerine Harsha diyebilir miyim? Bu ismi çok sevdim."

Genç kadın başını salladı. "Biz de bu ismi çok sevdik. Ama onun yaşına geldiğinde, arkadaşları muhtemelen ona William ya da Will diyeceklerdir."

"Ya da Bill," diye ekledi Leah. "Ama biz ona Harsha diyeceğiz, tamam mı?"

Alanna, Leah'nın insanları kabuklarından çıkarma yeteneğine hayran kaldı. Minibüste herkes, Leah sayesinde çok daha rahat görünüyordu. Herkes, Ray hariç, diye düzeltti kendini. O, hiçbir şeyle ilgilenmiyordu. Alanna, pencereden dışarı bakarak etraflarındaki güzelliğe odaklanmaya çalıştı.

Kaliforniya'da yaşayan ve çalışan Alanna'nın doğuya yaptığı tek seyahat New York, Boston ve Atlanta gibi büyük şehirlerde düzenlenen profesyonel konferanslar içindi. Hayatında Bahamalar gibi adalara hiç gitmemişti. Aslında bugüne kadar Florida'ya da hiç gitmemişti.

Minibüs, ana yolun bittiği bir kapıdan geçerken yavaşladı. Palmiyeler, bölünmüş yolun her iki tarafını süslüyor, orta refüjde ise rengarenk çiçekler parlıyordu. Alanna, bir plaja ve açık Atlantik Okyanusu'na baktı.

Burada her şey çok medeni görünüyordu. Burası Alanna'nın hayal ettiğinden çok uzaktı. Yüksek, zincirli çitlerin ardında bir yerleşke yoktu. Herhangi bir kaçış olasılığını engellemek için Dobermanlı silahlı muhafızlar da yoktu.

Sürücü, yolun bir kıvrımında yavaşladı ve durdu. Hemen ilerisinde bir kapılı giriş vardı, ama yine de etrafta hiçbir çit yoktu. Bir

175

nöbetçi dışarı çıktı. Alanna, adamın doksan yaşlarında olduğunu düşündü. Kısa kollu kahverengi bir polo gömlek, siyah şort ve beyzbol şapkası giymişti. Ahşap bariyeri kaldırırken gülümseyerek el salladı.

Burası kesinlikle muhteşemdi. Bakımlı bahçeler, küçük kulübeler ve beyaz kumsalların manzarası nefes kesiciydi.

"Bu gerçekten iş mi?" diye sordu önündeki genç adam, karısına bakarak.

Alanna, ertesi sabah buradan uçma talebinin erken alınmış bir karar olup olmadığını düşünmeye başladı. Minibüs, korunaklı bir marinaya bakan, geniş bir tek katlı binanın önünde durdu. İki devasa kabin kruvazörü ve yarım düzine yelkenli, iskeledeki daha küçük teknelerin yanında park etmişti. Kapı bekçisiyle aynı renkte giyinmiş üç adam, onlara yardım etmek için dışarı çıktı.

Kapılar açıldı ve valizler dışarı çıkarıldı. Leah, onlara yardım eden herkese sorular sormaya başladı. Alanna, diğerleri minibüsten inene kadar sabırla yerinde oturdu. Ray'in dışarıdaki adamlardan birine bir şey sorduğunu ve sonra binaya girdiğini gördü.

Nereden bakarsa baksın, Alanna içinde bulunduğu durumdan rahatsızlık duyuyordu. Ray ile aralarında bir anlaşmazlık vardı. Fikrini değiştirse bile şimdi onunla kalmak isteyip istemeyeceğini bilmiyordu. Bu projede üzerine düşeni yapmazsa Ray'in hayatının tehlikeye girip girmeyeceğini de bilmiyordu. Aynı zamanda, işvereninin kim olduğunu ve burada ne yapmasının beklendiğini bilmeden kendini nasıl rahat hissedebilirdi? Bu bir düşünceden daha fazlasıydı; Ray'in doğruyu söylediğine inanmıyordu.

"Dr. Mendes?"

Onlara rehberlik edenlerden birinin ona hitap ettiğini fark etti. Araçta kalan tek kişi oydu.

Adam ona, "Beni takip ederseniz size kulübenizi gösterebilirim," dedi.

Alanna minibüsten indi. Adanın bu kısmında esen rüzgar daha güçlüydü, ama sıcak ve tuzlu hava çok hoş kokuyordu.

"Aslında..." Etrafında bir tur döndü. Rehberlerin, diğerlerini bakımlı bahçelerden geçerek ana binanın etrafına parmaklar gibi yayılmış olan kulübelere götürdüklerini görebiliyordu. "Aslında, önce ev sahibimizle görüşmek istiyorum."

İKİNCİ KİTAP

Adam, sanki bu cevabı bekliyormuş gibi başını salladı. "Tabii ki, lütfen beni takip edin."

Ray'le birlikte Sonoma şarap bölgesinde tanıştıkları iki adamdan henüz bir iz görememişti. Alanna bu kez Lyons ve Diarte ile konuşmak yerine, kendisinden hizmet talep eden gerçek kişiyle konuşmayı umuyordu. Bavullarını arabalara yükleyen görevlilere emanet etti.

Alanna genç adamı Ray'in kullandığı kapıdan içeri kadar takip etti. İçeride, birkaç rahat kanepe ve sandalyeli oyuklarla dekore edilmiş açık bir resepsiyon alanına girdi. Mekânın özel mülkiyete ait olduğu belli olsa da, misafir gruplarını ağırlamak için tasarlanmıştı.

Alanna, konuştuğu referansların hiçbirinin Grand Bahama Adası'na çalışmak için getirildiklerinden bahsetmediklerini hatırladı. Özellikle neden buraya getirildiklerini merak ediyordu.

"Bu taraftan lütfen." Adam onu başka bir kapıdan geçirerek resepsiyon alanını binanın başka bir bölümünden ayıran kapalı bir geçide yönlendirdi. Yürürken, Alanna büyük camlardan dışarıya bakıp güneşin öğleden sonra gökyüzünde alçalmaya başladığını izledi. Bir kez daha, buranın güzelliği karşısında hayranlık hissetti.

Yolun sonunda, bir erkeğin yaşadığı bir yere girdiğini anladı. Daha giriş holünde bile, renk ve mobilya seçimlerini belirleyen maskülen bir zevkti. Ahşap kaplamalı bir kütüphaneye getirildi ve beklemesi istendi.

Beklerken rahatlayıp oturmaya çalıştı ama başaramıyordu. Ne bir isim, ne bir yüz, ne de bu kişi hakkında herhangi bir bilgiye sahipti. Sol tarafında, bir üniversite kütüphanesinden alınmış gibi görünen uzun bir masa duruyordu. Odanın bir köşesinde oyma maun bir masa vardı. Tavandan tabana kitap rafları iki duvarı kaplıyordu. Masanın üzerinde birkaç çerçeveli fotoğraf vardı, ama ona bakacak kadar meraklı değildi.

Bunun yerine kitap raflarına yöneldi. Kitap koleksiyonu çeşitliydi ve belli bir düzen içinde sıralanmamıştı. Kurgusal ve kurgusal olmayan kitaplar yan yana duruyordu. Klasiklerin yanında kişisel gelişim kitapları, eski deri ciltli kitaplar ise karton kapaklılarla karışmıştı. Gizem ve romantizm, İngiliz ve Rus edebiyatı, şiir ciltleri... Aşınmış bir *Yüzyıllık Yalnızlık* kopyasının yıpranmış sırtına ve *Angel of Skye* adında bir kitaba dokundu.

Koleksiyon bir bakıma sevimliydi. Profesyonel bir dekoratör

Jan Coffey

tarafından estetik kaygılarla seçilip düzenlenmiş bir set değildi. Aksine, çeşitli ilgi alanlarına sahip bir bireyi gösteriyordu.

"Karım sıkı bir okuyucuydu," dedi bir ses arkasından.

Alanna kimsenin geldiğini duymamıştı. Hemen arkasına döndü, sonra bir an durakladı. Genellikle magazin haberlerini pek takip etmezdi. Ama bu yüzü tanımakta hiç zorlanmadı.

"Dr. Mendes," dedi adam nazikçe, ona doğru bir adım atarak. "West Bay'e hoş geldiniz. Ben Steven Galvin."

Bölüm 40

Göcek, *Türkiye*

FINN, iş ile keyfi her zaman ayrı tutmaya çalışırdı. Ailesini asla yaptığı bir işin yapıldığı yere götürmemeye özen gösterirdi. Elbette bu kuralın istisnaları da vardı. Bazı büyük şehirler kaçınılamazdı. İrlanda ise onun memleketiydi. Yine de, bu üç bin nüfuslu küçük kasabaya gelip hemen gelecek yıl için ailesiyle birlikte bir seyahat planlamaya başlayacağını hayal edemezdi.

Türkiye'nin güneybatı kıyısında ve Fethiye Körfezi'nin en derin noktasında yer alan Göcek, muhteşem bir Akdeniz köyüydü. Çam ağaçlarıyla kaplı dağların eteklerinde yer alan kasaba, mavi saten bir kutudaki mücevherler gibi körfezin etrafına dağılmış bir dizi küçük adaya bakıyordu. Kısacası, burası muhteşem bir yerdi.

Finn, Mick ve ikizlerle balık tutarken Kelly'nin merkezdeki dükkânlara girip çıktığını şimdiden hayal edebiliyordu. Burada yemek için birçok güzel yer ve konaklamak için harika mekânlar vardı. Aile olarak ihtiyaç duydukları tam da buydu: günlük hayatın sıkıcılığından uzaklaşmak.

Mick'in de ihtiyacı olan tam da buydu, diye düşündü Finn. Genç adamın, arkadaş dediği pisliklerden uzak kalması gerekiyordu.

Ve bu sözleşmeden sonra, her şeyle işi bitecekti. Ardından Kelly ile küçük bir kutlama yapabileceklerdi.

Marinadan parlayan sular üzerinde hızla ilerleyen şık motorlu

Jan Coffey

teknenin görüntüsü, Finn'i emeklilik planlama modundan çıkardı. Saatine baktı ve dizüstü bilgisayar çantasındaki dosyayı açtı. Hedefinin fotoğrafı en üstteydi.

Göcek, tatil yapan turistler için ne kadar şirin bir yer olsa da, bir suikast için ideal bir yer değildi. Şehir kalabalığı yoktu. Kimsenin fark edilmeyeceği kalabalıklar yoktu. Gökdelenler yoktu. Finn, bazı ayrıntıları değiştirmek zorunda kalmıştı. Hedefi günlerce gölgeleyip doğru zamanı ve yeri belirlemişti.

Utku Ahmet, eşi ve küçük kızıyla birlikte bu zengin sahil kasabasında tatil yapıyordu. Marinaya bakan bir tepede özel bir mülkte kalıyorlardı. Villada Finn'in atış yapabileceği açık bir alan yoktu.

Ancak Göcek'te geçirdiği birkaç günün ardından, Finn Ahmet'in rutinlerini yeterince öğrenmişti. Genç Türk'ün her akşam yaptığı bir şey vardı. Mevsim normallerinin üzerinde seyreden Ocak ayı havasının tadını çıkararak, Ahmet her akşam karısını ve kızını alıp gün batımını izlemek için limana açılıyordu.

Finn, bunun en iyi fırsat olduğunu biliyordu, ancak atış bazı zorluklar sunuyordu. Öncelikle, limanın yukarısındaki bir tepede pozisyon alması gerekiyordu. Neredeyse 1200 metre mesafe, tercih ettiğinden daha fazlaydı. Rüzgar da bir etken olacaktı, ama neyse ki o akşam rüzgar suyun üzerinden doğrudan ona esiyordu.

Asıl sorun, atıştan sonra temiz bir şekilde ortadan kaybolmaktı. Finn, Türk denizdeyken temiz bir atış yapması gerektiğini biliyordu. Şansı yaver giderse, Ahmet'in karısı o kadar sarsılacaktı ki, tekneyi sahile getirmesi biraz zaman alacaktı. Bu süre, Finn'in silahını imha edip arabasına ulaşması için yeterli olurdu.

Tüm değişkenler göz önünde bulundurulduğunda, ideal bir durum değildi. Olumsuzluklara rağmen, Finn işi kabul ettiği için memnundu. Bu, ailece yapacakları bir tatil için muhteşem bir yer olacaktı.

Güneş artık hızla alçalıyordu. Finn izlerken Ahmet tekneyi önceki iki akşam durduğu yerin neredeyse aynısına indirdi. Finn iki adım sağa ilerledi ve tüfeğin iki ayaklı sehpasını yumuşak, iğnelerle kaplı toprağa yerleştirdi. Yüzüstü uzanarak dürbününden alt tarafındaki yamaçta bulunan çam ağaçlarının dallarına baktı.

Finn, Ahmet'in kızını bir koluyla tuttuğunu görebiliyordu. Bebek babasının yüzünü okşuyordu. Küçük yumruklar araya giriyordu.

İKİNCİ KİTAP

Finn nişangâhı adamın kalbine doğru indirdi. Kurşun bebeğin poposuna isabet edecekti.

Finn nefesinin altından, "Kızı karına ver," diye mırıldandı. Kimse onu dinlemiyordu. Mesafesini tekrar kontrol etti. 1187 metre. Rüzgâr, saatte 10 kilometre hızla geliyordu. Bunu başarabilirdi. Güneş daha derine batıyor, batı denizine dalıyordu. Bir dakika sonra, bu işi yapmak için çok karanlık olacaktı.

"Hadi kadın," diye emretti Finn Ahmet'in karısına. "Bebeğini ondan al."

Genç kadın da en az bebek kadar baş belasıydı. Kurşunun yoluna doğru ilerlemişti.

Güneş neredeyse kaybolmuştu. Suyun üzerindeki altın renkler her geçen saniye daha da koyulaşıyordu. Finn işi bitirmek istiyorsa bunun tam zamanı olduğunu biliyordu. Tekne sabitti. Hızlı bir hesaplama yaptı.

"Bırak şu lanet bebeği, adamım."

Finn bu sözleri söylerken Ahmet ayağa kalktı ve çocuğu karısına verdi. Karısından bir fotoğraf makinesi alarak ufuk çizgisinin fotoğrafını çekmek için gözüne doğru kaldırdı. Karısı onun yanına gitti ve bebeğin elini güneşe doğru tuttu.

İrlandalı'nın ihtiyacı olan tek şey buydu. Tetiğe bastı.

Bir saniye sonra, Türk'ün bedeni gün batımına doğru öne savruldu ve yan tarafa düşerek gözden kayboldu.

Bölüm 41

SUSAN MASASININ ÜZERINDEKI eski moda dahili telefondan ona, "Eski eşiniz telefonda," dedi.

Paul Hersey, masasının üzerinde birikmiş belgeleri imzalamaya devam etmeden önce sadece hoparlör düğmesine basmak için kısa bir süre durakladı.

"June, aramayı kabul ettiğin için çok teşekkür ederim," dedi, her zamanki cazibeli tonuyla. "Nasılsın?"

"İyiyim, Paul," diye kısa bir yanıt verdi. "Ne istiyorsun?"

Aradan on yıldan fazla bir süre geçmesine rağmen aralarının pek de iyi olmadığını söylemek hafif kalırdı. Amber ve medya uğruna medeni kalıyorlardı, ancak Paul, June'un ona karşı hâlâ nasıl hissettiğini çok iyi biliyordu. Ara sıra kurdukları kişisel temaslar kısa ve özdü.

Dostane tonunu koruyarak, "VCA yasa tasarınızın bu sonbaharda Pennsylvania'da yeniden oylamaya sunulacağını duydum. Çok sevindim," dedi Paul.

June her zaman bir amaç seçer ve sonraki on beş ay boyunca uyanık olduğu her saati bu amaca adardı. Bu seferki özellikle can sıkıcıydı. Seçmen Tercihi Yasası tasarıları, bağımsızların ve iki parti dışındaki dönek politikacıların seçim zamanında aday olmalarını çok daha kolay hale getiriyordu. Elbette bu fikre kesinlikle karşıydı. Ama June'un bunu bilmesine gerek yoktu.

"Bu sefer tasarının geçme olasılığı nasıl?" diye sordu.

İKİNCİ KİTAP

Son anketleri ve istatistikleri sıralamaya başladı. Paul'ün şansına, söz konusu siyaset olduğunda June nedense ona hâlâ güveniyordu.

Önümüzdeki Kasım ayında VCA'nın bu kasım ayında oy pusulasına eklenmesi çabalarını baltalamak için perde arkasında çalıştığından June'un haberi yoktu.

Sekreteri Susan kapısına hafifçe vurdu ve başını içeri uzattı. Elinde gözden geçirmesi gereken bir kucak dolusu dosya daha vardı. İçeri gelmesini işaret etti.

"Unutma, buradayım," dedi Paul, zaten imzalamış olduğu belgeleri Susan'a doğru iterken. "Washington'da biraz baskı yapman gerekirse."

"Teşekkür ederim." Kısa bir duraklama. "Peki, bu telefonun asıl sebebi nedir?"

Paul artık sadede gelmenin zamanı geldiğini düşündü. "Amber ve yayıncısının kitabı için yapmaya karar verdiği tüm tanıtımlar oldukça harika, öyle değil mi?"

"Kesinlikle. Bunun müthiş olduğunu düşünüyorum."

"Bana Avrupa imza turuna birlikte çıkmayı düşündüğünüzü söyledi," dedi. "Bu harika."

"Gitmemi o *istedi*."

"Gideceksin, değil mi?"

"Bir sorun mu var?"

Paul birkaç saniye durakladı ve sekreterine beklemesini işaret etti. İmzalamak üzere olduğu belgede bir sorun vardı.

"Bu aldığım telefonu açıklıyor," dedi ayık bir sesle.

"Ne araması?"

"Gizli Servis'in güvenliğiyle ilgili yaptığı önerileri aşmanın bir yolunu bulmaya çalışıyor." Sandalyesinde arkasına yaslandı. "Sonuç olarak Amber güvenliğini göz ardı ediyor."

"Neler oluyor Paul?" diye sordu June, sesi birden endişeli bir tona bürünmüştü.

"Amber'ın hayatına yönelik bir tehdit mi var?"

Tepkisi Paul'ün beklediğinden hızlı olmuştu. June, yemi çoktan yutmuştu. "June, Amber bir Beyaz Saray yarışının önde gidenin kızı. Bu da onu farklı bir tür ilgi odağına sokuyor. Bu gibi bir durumda, daha dikkatli olmanız gerekir."

"Yani Gizli Servis, bu kitap turuna gitmesine karşı mı?" diye sordu, sesi endişeyle doluydu.

Jan Coffey

"Eh, hem evet hem hayır," dedi Paul, etkiyi artırmak için bir an duraksayarak. "Gizli Servis, Amber için güvenlik sağlama konusunda şu an biraz belirsizlikte. Kampanyanın daha ileriki aşamalarında olsak veya aday gösterilsek, her gittiği yere eşlik edilirdi. Ama henüz orada değiliz."

"Yani Gizli Servis endişeli," dedi June, açıkça tedirgin olmuş bir şekilde.

"Tam olarak değil. Sadece şu anda elleri kolları bağlı."

"O zaman çöz onları Paul," diye cevap verdi. "Bağlantılarını kullan. Onun için bu korumayı sağlamanın bir yolu olmalı."

"Bazı kişilerle temasa geçtim bile. Ve birkaç iyilik istedim." Kalemini birkaç kez kâğıda vurdu. "Ama sana bana anlatıldığı şekilde anlatayım. Amber bu tura yalnız çıkacak olsaydı, ona eşlik etmesi için birkaç ajan görevlendirmekte zorlanmazlardı. Ama sen de onunla birlikte seyahat edersen..."

"Gitmeyeceğim," diye teklif etti hemen.

"Amber'la bu konuyu çoktan konuştum. Sana bunu önerdiğim için bana çok kızacak," dedi.

"Bunu bilmesine gerek yok. Başka bir bahane bulurum. Halledebilirim," dedi June hızla. "Paul, yıllar içinde seninle aramızda birçok sorun oldu. Ama ikimiz de biliyoruz ki Amber'ın güvenliği, ikimizin de öncelik listesinin en başında."

"Tabii ki."

"Şey, ben gitmiyorum. Zaten bir bahane düşündüm. Gizli Servis'ten bir ekip gönderilmesini sağla."

Paul meseleyi daha fazla zorlayabilirdi ama bunun bir anlamı olmadığını düşündü.

"Peki, bunu böyle yapmayı istiyorsan," dedi. "Burada gerekeni yapacağım. Güvende olmasını sağlayacağım."

Telefonu kapattı ve sekreterinin ona baktığını fark etti.

"Senatör, sizi bölmek istemedim," dedi Susan. "Ama Amber'la kim seyahat ederse etsin, Gizli Servis'in ona eşlik etmesi için zaten düzenlemeler yapıldığından eminim."

"Bu doğru," dedi Paul, "ama eski eşim bunu bilmek zorunda değil. June, Amber'le yıllarca birlikte yaşadı ama onu yanında tutmayı başaramadı. Şimdi kızım benimle yaşıyor." Önündeki belgeye baktı. "Ve onu yanımda tutmayı istiyorum."

Bölüm 42

STEVEN BAŞINDAN BERİ onun en isteksiz olacağını biliyordu. Haklıydı. Adaya vardığı anda ayrılmak istediğine dair aldığı telefon bunu doğruluyordu.

İyi haber, el sıkışmasının sağlam ve kendinden emin olmasıydı. Kolay korkan bir kadına benzemiyordu. Hâlâ umut vardı.

"Bay Galvin. Şaşırdığımı söylemeliyim."

Neredeyse on yıldır bu işi yapmayan Steven, insanların onu hâlâ tanıyıp tanımayacağından emin değildi. Belli ki o tanıyordu.

"Neden şaşırdınız, Dr. Mendes?"

"Bay Diarte ve Lyons'un bir projeniz için benimle görüştüğünü varsaymak yanlış olur mu?"

"Bu doğru bir varsayım olur. Ve lütfen bana Steven deyin."

"Sizin için mi çalışıyorlar?" diye sordu.

"Sadece danışmanlık bazında," diye yanıtladı. "Belirli projeler için ekipler kurmada mükemmeldirler. Daha önce de hizmetlerinden yararlandım."

"Bu gizlilik neden?" diye sordu.

"Dr. Mendes, bu on kelime ya da daha kısa bir sürede yanıtlanması zor bir soru."

"Sana yirmi kelime veririm," dedi. "Ve bana Alanna diyebilirsin."

"Teşekkür ederim. Seattle'dayken, her zaman birbirimize ilk isimlerimizle hitap ederdik." Pencerenin yanındaki bir dizi sandalyeyi işaret etti. Kadın da onu takip etti ve ikisi de oturdu. Güneş,

Jan Coffey

ufka doğru parlak bir altın kırmızısı top gibi batıyordu. Gülümsedi.

"Korkarım yirmi kelime bile meramımı anlatmama yetmiyor."

"Kaç kelimeye ihtiyacınız var?" diye sordu bilim insanı, denize bakarak.

"Bir ya da iki günün yeterli bir zaman olacağını düşünüyorum." Göz temasından korkmuyordu. Birkaç saniye onu inceledi. "Ne için yeterli? Bilmelisin ki, buraya getirilme biçimimden hiç hoşlanmadım."

"Evet," diye başını salladı Steven. "Bunun için üzgünüm. Bu projenin çok önemli bir parçasısın ve senin burada olduğundan emin olmam gerekiyordu."

"Sadece bana sorabilir ve projenin neleri içerdiğini söyleyebilirdiniz" dedi.

"Haklısınız. Bunu yapabilirdik," diye kabul etti. "Ama hayır deme riskini göze alamazdım."

"Bu tür bir konuşma, bana pek güven vermiyor."

"Bunu anlayabiliyorum, bundan sonra sana söyleyeceğim her şeyin gerçek olacağına dair sana söz veriyorum."

Bilim insanı ona dikkatle baktı, onu tartıyordu.

"Bu projeye katılımına ihtiyacım var, Alanna," dedi Steven. "Şimdi senden beni dinlemeni, senden ne istediğimi öğrenmeni ve ardından bizimle çalışıp çalışmayacağına karar vermeni istiyorum."

"Proje nedir?" diye tekrar sordu.

"Sakıncası yoksa, bugün gelen herkese aynı anda açıklamayı planlıyorum. Bunu akşam yemeğinden sonra konuşmayı planlıyordum."

Alanna ona baktı, sonra başını salladı. İtiraz etmediği için Steven rahatladı. Şu anda başka bir şey düşündüğünü biliyordu, eski nişanlısını. Steven bekledi. Alanna sormaya başlayacak gibi oldu ama durdu. Gözlerini tekrar kütüphaneye çevirdi.

"Buradaki yer gerçekten çok güzel," dedi sonunda, pencereden dışarıdaki manzarayı işaret ederek.

"Teşekkür ederim."

"Tüm tesis sizin mi? Arazi ve kulübeler?"

Onun bazı cevaplara olan ihtiyacını anlıyordu. Onun zihninin nasıl çalıştığını anlıyordu. Kendisininkine çok benziyordu.

"Evet, benim."

"Özel bir mülk için oldukça geniş."

"Aslında burası bir iş yatırımıydı. Burayı 1989'da satın almıştım

İKİNCİ KİTAP

sanırım. Karımın fikriydi. Her zaman yöneticilerimi çok çalıştırdığımı düşünürdü. Burayı o buldu. Otuzlu yıllardan beri burada bir otel varmış. Yatçılar arasında oldukça meşhurdu. Film yıldızları da. Hepsi balık tutmaya, içmeye ve kumar oynamaya gelirlerdi diye tahmin ediyorum." Steven durakladı. Gerçekten ilgilenmiş görünüyordu. "Yemek odasında ve barda o görkemli günlerden kalma bir sürü fotoğraf var. Hatta birkaç fotoğrafta Ernest Hemingway ve Errol Flynn'in burada parti yaptığı görülüyor."
"Otele ne oldu?" diye sordu.
"İkinci Dünya Savaşı sırasında işlerin azalmasından dolayı otel kötüye gitmeye başladı. Havalimanı, otelin ulaşılabilirliğini artırmak için ellili yıllarda yapıldı ama fark etmedi. Otel, altmışların sonlarında bir kasırganın büyük hasar vermesinden sonra kapanmış. Mülkü aldığımızda tamamen harabeydi."
"Hayatta değişmeyen tek şey değişimdir."
"Bu doğru," diye yanıtladı Steven. "Ve karım, hayatı iyileştiren değişiklikler yapmayı severdi. Bu mülk, ne kadar harap olursa olsun, ona tam anlamıyla uygundu. İstediği tam olarak buydu. Burası için bir vizyonu vardı ve projeyi denetledi. Eski oteli yıkıp bunu inşa ettik. Ondan sonra, yılda birkaç kez beni burada personel toplantıları yapmaya zorladı. Herkes ailesini getirirdi." Masasındaki Kei'nin fotoğrafına baktığını fark etti. Karanlık gözleri, gülümsemesi, onu daha mutlu günlere götürüyordu. "Herkes harika vakit geçirirdi."
"Amerikan iş dünyası genellikle dengeyi bulmanın önemini keşfetmemiştir. Ben de bunun suçlusuyum. Çok çalışıyoruz, ta ki tükenene kadar," dedi Alanna, sesi yumuşayarak. "Eşiniz çok bilge biriymiş."
Bunu haberlerden uzak tutmaya çalışmıştı. Kei de öyle olmasını isterdi.
"Çok bilge bir kadındı," diye kabul etti. "Ama o da değişti."
"Ne demek istiyorsun?"
"Karım öldü, Dr. Mendes."

Bölüm 43

JAY BANYODAN çıktığında televizyon ekranında iki siyasi yorumcu görünüyordu, ama yalnızca biri konuşuyordu.

...kampanyası için umut verici bir başlangıç, ancak ilk başkanlık ön seçimine hala dokuz ay var. Çok şey değişebilir.

Senatörün en büyük avantajlarından biri de kampanyasına sağlam bir finansmanla başlaması. Hersey'in kampanyası bu yılın ilk üç ayında tahmini olarak on beş milyon dolar topladı. Bu rakama geçen yıldan kalan altmış milyonluk savaş sandığı da eklendiğinde, ilk sıradaki aday müthiş bir durumda.

Daha da önemlisi, Hersey'in kampanya yöneticisi, senatörün sahneyi hazırlamak için kendi parasından yüz otuz milyon dolar ayırdığını duyurmaya özen gösterdi. Büyük bağışçılar bunu görmek ister, Chris. Bir başkan adayının sözünün arkasında parasını koymasından daha etkileyici bir şey yok.

Yarışın bu noktasında bile, uzun vadede çok iyi durumda oldukları açık.

"Ne izliyorsun?" diye sordu Jay, mermer zeminde oturma alanına doğru yürüyerek.

"Bilmiyorum," dedi Padma gülümseyerek. Kanepenin köşesinde

İKİNCİ KİTAP

bebeğe sarılmış, onu besliyordu. "Sadece arka plandaki gürültü için açtım."

"Neden dışarıdaki verandada oturup manzaranın tadını çıkarmıyorsunuz?" diye sordu.

"Emziriyorum," dedi Padma. "Halka açık bir yerde bunu yapamam."

Jay güldü. Kumandayı alıp televizyonu kapattı, sonra kanepenin yanına geçip Padma'nın yanına oturdu.

"Ve senin de havluyla dolaşmaman lazım. Biri içeri girerse ne olacak?"

"Kapı kilitli," diye fısıldadı, bebeğin başının üzerinden onu öperek. "Ve kimse içeri girmeyecek."

"Burası harika bir yer, Jay."

"Ve orada harika bir duş var. İkimize de yetecek kadar yer var, biliyorsun."

"Hâlâ iki hafta daha beklemek zorundayız," diye fısıldadı ona.

"Ama sanırım *sadece* bir duştan zarar gelmez."

Jay güldü ve onu tekrar öptü. Parmaklarının arkasıyla Padma'nın boynundaki ve omzundaki yumuşak cilde dokunurken, onu ve bebeklerini burada yanında bulundurmanın ne kadar muhteşem olduğunu bininci kez düşündü. Burası, televizyonda gördüğünüz türden bir yer gibiydi. Jay, cennete ömüş ve gitmiş gibi hissediyordu.

Harsha annesini emerken bir ses çıkardı. Jay onun başına yumuşak bir öpücük kondurdu.

"Açgözlü küçük canavar, değil mi?"

Padma'nın kahkahası kulağına müzik gibi geliyordu. "Dinle, seni kıskanç canavar, giyinsen iyi olur. Akşam yemeği için diğerleriyle ana evdeki yemek salonunda buluşman gerekiyor."

"Seni burada yalnız bırakmak istemiyorum," dedi.

"Bu senin işinin bir parçası," diye hatırlattı ona. "O buzdolabı ve dondurucu yiyecek her türlü güzel şeyle dolu. Ayrıca, bavullarımızı getiren kişi akşam yemeği için istediğim her şeyi sipariş edebileceğimi söyledi."

"İyi, bir şeyler sipariş edersen kendimi o kadar da suçlu hissetmem."

"Bir düşünürüm. Sen git, iş arkadaşlarınla tanış," dedi Padma.

Bu büyük geceydi, diye düşündü Jay. Ne yapmasını istediklerini öğrenmek için sabırsızlanıyordu.

Jan Coffey

"Minibüsteki diğer insanlar bizden çok daha yaşlı görünüyordu," diye itiraf etti.

"Ve çok ciddilerdi," diye ekledi Padma. "Öndeki adam, buraya varana kadar tek kelime bile etmedi."

"Evet, hepsi öyleydi. Hasta kız hariç." Jay, öne doğru eğilip boş televizyon ekranına baktı. "Umarım patron beni görünce fikrini değiştirmez."

"Neden fikrini değiştirsin ki?" dedi Padma. "Jay, bebeğim, sen akıllısın. Bunu sakın unutma. Çok başarılı olacaksın. Sana sahip oldukları için şanslı olduklarını biliyorum."

"Senin sayende şanslı olan benim."

Jay ayağa kalktı ve yatak odasına doğru yürümeye başladı. Adaya gelmeden önce, hediye kartını kullanıp kendine bir çift haki pantolon ve birkaç polo tişört alması için onu zorlamıştı.

"Sen gidince Leah'ya bakmaya gideceğim sanırım," diye seslendi Padma ona. "Sanırım hemen yanımızdalar."

Jay başka birinin ailesiyle birlikte geldiğini görünce rahatlamıştı. Aynı zamanda tekerlekli sandalye yüzünden kendini kötü hissetmişti. "Nesi olduğunu biliyor musun?"

"Yürüyebiliyor. Bunu gördüm ama gerçekten çok zayıf. Babası muhtemelen sizinle birlikte olacak ve bir hemşirenin sürekli onunla kalacağını duydum. Ama belki daha fazla arkadaşa ihtiyacı olabilir."

"Bu çok güzel olur," diye teşvik etti Jay.

Jay, buradaki düzeni gerçekten sevmişti. Padma'nın konuşabileceği başka insanlar vardı. Yürüyüşe çıkabilirdi. Hava harikaydı. Eğer işler yolunda giderse, bu işte kazanacağı para, depoda bütün hayatı boyunca çalışarak kazanacağından daha fazla olacaktı.

Her şey yolundaydı. Sadece bir hata yapmadıklarını ve ne yapmasını istiyorlarsa, bunun için yeterince yetkin olup olmadığını umuyordu.

Bölüm 44

RAY'IN NEREDE KALDIĞI HER NEREDEYSE, Alannanın yanında kalmadığı oldukça açıktı.
Eşyalarının kulübesine getirilmediğini fark ettiğinde, Alanna hem rahatlamış hem de hayal kırıklığına uğramıştı. Onu özlüyordu— ve konuşmaları gereken birçok şey vardı—ancak aynı zamanda burada kalıp kalmama kararını mantıklı bir şekilde ve ilişkilerinin getirdiği dikkat dağınıklığı olmadan vermesi gerektiğini biliyordu.
Saçlarını hızla topladı ve aynadaki yansımasına kaşlarını çatarak baktı.
"Şimdi de ilişkinin dikkat dağıtıcı olduğunu düşünüyorsun," diye mırıldandı kendi kendine. "Bu pek iyi bir işaret değil, Alanna Maria."
Verandaya açılan cam kapılara giderek panjurları kapattı ve yatak odasına girdi. Alanna banyodaki eşyaları ve akşam yemeği için değiştirdiği kıyafetleri dışında hiçbir şeyi yerleştirme zahmetine katlanmamıştı. Yatağın üzerinden kırmızı hırkasını aldı ve odanın panjurlarını da kapatmaya gitti.
Durakladı, ufuktan on derece uzaklaşmış olan aya baktı. Neredeyse dolunaydı, kehribar rengi bir disk suyun üzerine binlerce ışık saçıyordu. Şartlar biraz farklı olsaydı, bu çok romantik bir manzara olurdu. Panjurları çekti.
Alanna kapıya doğru yöneldiğinde, dönüp etrafındaki konaklama yerlerine baktı. Steven Galvin'in adamları buraya kulübe diyordu

Jan Coffey

ama evinin yüzölçümü Kaliforniya'daki dairesinden daha büyüktü. Dizüstü bilgisayarına baktı ve kaşlarını çattı. Steven Galvin hakkında biraz araştırma yapma fırsatı bulmayı çok isterdi. Ama akşam yemeğine geç kalmayacaktı.

Dışarıda, hırkasını omuzlarına astı. İyi ki yanında getirmişti. Okyanustan esen rüzgar serindi. Ana binaya giden patika iyi aydınlatılmıştı ve onu marinaya kadar götürdü. Su, iskeleye ve teknelere hafifçe vuruyordu. Diğer kulübelere göz attı ve Ray'in hangisinde kaldığını merak etti.

Ana binaya doğru yürürken, Alanna, Steven Galvin'in "perdenin arkasındaki adam" olduğunu öğrenince büyük bir rahatlama hissettiğini itiraf etmek zorunda kaldı. On yıl önce neredeyse Bill Gates kadar tanınıyordu. Başarı için tam bir poster çocuğuydu. Onun hakkında bildikleri sadece manşetlere çıkabilecek şeylerdi elbette ama bunların hepsi de övgü niteliğindeydi.

Steven Galvin, özünde kendi çabasıyla zirveye çıkan bir adamdı. Birçok şirketi 'Fortune 500' statüsüne yükseltmede kilit rol oynamıştı. Elli yaşına geldiğinde, zengin ve güçlüler arasında sağlam bir yer edinmişti. Sonra, sadece ailesiyle zaman geçirmek ve sayısız hayırseverlik projesini sürdürmek için erken emekli olmuştu. Alanna, bu projenin de o hayırseverlik projelerinden biri olmasını umuyordu, ama neden onu bu proje için ihtiyaç duyduğunu pek hayal edemiyordu.

Alanna, Galvin'in ailesi hakkında pek bir şey hatırlamıyordu, sadece iş dünyasına dair bir yayında gördüğü fotoğraflarındaki karısının belirsiz bir görüntüsü aklında kalmıştı. Karısı Asya kökenli ve son derece güzeldi. Alanna, kadının öldüğünü düşünmenin ne kadar üzücü olduğunu düşündü.

Bu konu üzerinde biraz daha düşününce, geçtiğimiz yıl içinde gazetelerde onunla ilgili çıkan bir haberi hayal meyal hatırladı. STEREO projesiyle o kadar meşguldü ki gerçek dünyaya fazla dikkat edemiyordu ama yine de hafızasını kemiren bir şey vardı. Alanna düşündüğü şeyin karısının ölümü olup olmadığını merak etti.

Sol tarafındaki patikadan, Leah'nın babası David'in binaya doğru yürüdüğünü gördü. İçeri girip girmemeyi düşündü ama onu beklemeye karar verdi. Güven ve zekâ görüntüsü sergilemede iyiydi, ancak derinlerdeki güvensizlikleri hiç geçmemişti. Mühendislik alanında, erkeklerin egemen olduğu bir meslekte çalışan bir kadın

İKİNCİ KİTAP

olarak, bu tür bir duruma başka biriyle girmeyi öğrenmişti; böylece dikkatleri dağıtmak daha kolaydı. Onun beklediğini fark eden David Collier yaklaşırken gülümsedi.

"Beklediğiniz için teşekkürler," dedi. "Böyle şeylere yalnız girmekten nefret ediyorum."

"Ben de aynı şeyi düşünüyordum," diye itiraf etti Alanna. "Oldukça güzel bir yer, değil mi Dr. Mendes?" "Gerçekten çok güzel. Lütfen bana Alanna deyin." "Peki." David, ana binaya doğru işaret etti. "Girelim mi?" Alanna başını salladı. "Peki Leah burayı nasıl buldu?" "Küçük şeytan kulübemizin her santimini keşfetti. Burayı çok sevdi. Tek umudum burada olduğumuz her gün dışarıda yağmur yağması."

Kadın şaşkınlıkla ona baktı.

"Vücudundan çıkan diyaliz tüpleri var," diye açıkladı. "Enfeksiyon büyük bir endişe kaynağı. Henüz sormadı ama okyanusta yüzmesi gitmek kesinlikle yasak. Dışarıda kumda oynamak bile ciddi komplikasyonlara yol açabilir." Gözleri onunkilerle buluştu. "Bir çocuğa çocuk olmamasını nasıl söylersin?"

Alanna, bir kez daha, hayatındaki sorunların Leah ve babasının yüzleştiği sorunlarla kıyaslandığında ne kadar küçük olduğunu fark etti.

"Üzgünüm," dedi ve bunu söylerken muhtemelen herkesin ona bunu söylediğini fark etti. "Bu gece buradan yeterince erken çıkarsak, belki kızınızı ziyaret edebilir ve ona satranç nasıl oynanır konusunda hızlandırılmış bir kurs verebilirim?"

Bu söz, David'in yüzünde adeta erken bir Noel sevinci gibi bir ifade oluşturdu.

"Bu harika olur." diye mutlu bir şekilde yanıtladı. "Size dürüst olmak gerekirse, Leah bana gelip sizinle konuşmamı ve gelip gelemeyeceğinizi sormamı istedi. Ama size yük olmak istemedim."

David Collier, pahalı bir spor ceket ve tasarım bir kravatla, iyi görünüşü ve kusursuz tavırlarıyla bir yönetici imajı çiziyordu. Alanna, böyle birinin sadece sorarak her şeyi elde edebileceğini varsayardı. Ama yüzüne bir bakış, hayatın zorluklarının izlerini bırakmaya başladığını gösteriyordu. Alanna, Leah'nın annesinin kanserden öldüğünü söylediğini hatırladı.

193

Jan Coffey

Kapıya ulaştıklarında, beyaz gömlek ve siyah pantolon giymiş genç bir adam kapıyı açtı.

Alanna, işverenlerinin kim olduğunu David'den daha fazla biliyor olabileceğini fark etti. Ancak bu konuyu hiç konuşma fırsatları olmamıştı ve artık çok geçti.

Hostes olarak görev yapan genç bir kadın onları içeride karşıladı. "İyi akşamlar, Dr. Mendes. Bay Collier. Bu akşam kütüphanede kokteyl servisi var," dedi onlara Bahama aksanıyla. "Bu taraftan lütfen."

Kütüphaneye giden yürüyüş yoluna açılan kapılara varmadan önce ön kapı tekrar açıldı ve Jay Alexei içeri girdi. David'in spor ceketine ve kravatına gergin bir bakış attı.

Hostes, genç adamı da aynı şekilde davet etti.

Alanna, yaş tahmininde pek iyi olmasa da, Jay'in çok genç ve oldukça gergin göründüğünü düşündü.

"Merhaba, Jay," dedi David, ona sıcak bir şekilde selam vererek. "Eşinizin Leah ile akşam yemeği yemesi gerçekten çok nazik."

"Ah, evet... evet, tabii," dedi Jay, onlara katılarak.

Alanna, Jay'in gömleğinin yakasını huzursuzca çekiştirdiğini fark etti.

"Harika görünüyorsun," dedi sessizce.

Jay, şaşkınlıkla ona baktı, ardından minnettar bir şekilde küçük bir baş selamı verdi. Üçü birlikte hostesi takip ederek kütüphaneye yöneldi. Ancak bu sefer, Steven Galvin Alanna'ya yaptığı gibi görkemli bir giriş yapmayacaktı. Onları bekliyordu.

David Collier'in, ev sahibini tanıdığında yüzündeki aynı şaşkın ifadeyi görmek Alanna'yı memnun etti. Jay bile, ne kadar genç görünse de, onları buraya getiren adamı tanıyor gibiydi. O da biraz afallamıştı.

Alanna kütüphanenin etrafına bakındı. Ray'den hiçbir iz göremediği için hayal kırıklığına uğradı.

"Lütfen, barın oradan bir şeyler alın ve aperatiflerden tadın," dedi Steven.

David ve Jay'in yüzlerinden, Alanna'nın Galvin'le daha önce tanışmış olmasına şaşırdıkları anlaşılıyordu. Odaya baktı; herkesin konuşmalarından, buradakilerin ya Steven'ın çalışanları ya da onun için daha önce çalışmış kişiler oldukları izlenimini edindi. Farklı yaş gruplarından erkekler ve kadınlar vardı.

İKİNCİ KİTAP

"Alanna," dedi Steven, diğer ikisi uzaklaşırken onun koluna hafifçe dokunarak. "Konaklama yerlerinizden memnun musunuz?"

"Evet, kesinlikle. Her şey çok güzel," dedi ona ve tekrar odaya baktı. "Arkadaşım Ray Savoy da bu toplantıya davetli miydi?"

"Tabii ki," dedi Steven, onun arkasına bakarak. "Ama burada değil."

Alanna başını salladı. O sırada hostes arkadan yanlarına geldi.

"Afedersiniz, Steven. Sizinle bir şey konuşabilir miyim, efendim?"

"Tabii." Steven, Alanna'ya bakarak, "Bir saniye beni mazur görün," dedi.

Adam uzaklaşırken, arkasını döndüğünde David Collier'ın elinde iki kadeh şarapla yanında durduğunu gördü.

"Beyaz şarap uygun mu?"

"Tabii, teşekkür ederim," dedi Alanna, kadehi alarak.

David, ev sahiplerine doğru başını salladı. "Ondan haberin var mıydı?"

"Daha bu öğleden sonra öğrendim," dedi ona. "Havaalanından döndüğümüzde. Gerçekten çok şaşırdım."

"Hank Diarte adında biri sizinle iş görüşmesi yaptı mı?" diye sordu.

"İki kişi görüşmüştü," dedi Alanna. Bu kadar kafası karışık olduğunu itiraf eden biriyle konuşmak hoşuna gitmişti. "Biri Diarte'di, diğeri de Lyons."

"Diarte'yi göremiyorum."

"Ben de Lyons'ı görmedim," dedi Alanna. "Sanırım, buraya geldiğimize göre onların işi bitmiştir."

Galvin, Jay Alexei ile konuşuyordu. Alanna, genç adamın daha önce gergin olduğunu düşündüyse de, şimdi hiç gerginlik belirtisi göstermediğini fark etti. Kendisinde olduğu gibi, gerçekten önemli anlarda adrenalin devreye girmiş olmalıydı.

"Bugün buradan ayrılmak istiyordun," diye devam etti David. "Neden olduğunu sorabilir miyim?"

Alanna tekrar kapıya baktı. Ray'den hâlâ iz yoktu. "Kişisel bir meseleydi," diye sessizce yanıtladı, şarabından bir yudum alarak.

"Arkadaşının öğleden sonra ayrıldığını gördüm," dedi David gelişigüzel. "Biz geldikten yaklaşık bir saat sonra."

Alanna şaşkınlıkla ona baktı. "Arkadaşım mı?"

Jan Coffey

"Onun senin arkadaşın olduğunu düşündüm. Yanılıyor olabilirim. Havaalanında tartışıyordunuz sanırım. Minibüste önde oturdu. Adı Roy... Ray..."

"Ray Savoy," dedi ona. "Buraya birlikte geldik. Onu giderken gördüğünü mü söyledin?"

"Motorlu teknelerden birine bindi."

"Oh." Bir an düşündü. "Belki bir gezi turuna çıkmıştır. Tekneleri ve balık tutmayı sever."

"Belki," dedi David sessizce. "Ama valizlerini de tekneye yüklediklerini gördüm."

Bölüm 45

Dundalk, İrlanda

HUGHES & Hughes Kitabevi'nde çalışan insanlar kesinlikle yardımcı olmak için ellerinden geleni yapıyorlardı ancak Amber Hersey, insanları içeriye çekmenin ancak bir kementle sokakta dolaşarak mümkün olacağını biliyordu. Mağaza müdürüne ve çalışanlardan birine kitap satmak dışında tek bir müşterileri bile olmamıştı. Elbette, bardaktan boşanırcasına yağan yağmur da yardımcı olmuyor olabilirdi.

Yine de tüm bu turun ne kadar saçma olduğunu biliyordu. Yirmi dört yaşında Amerikalı bir yüksek lisans öğrencisiydi. Oldukça başarılı bir çocuk kitabı yazdığı doğruydu. Beynini çok fazla zorlamadan, burada olmaması gerektiğine dair en az on neden sıralayabilirdi ama yine de neden burada *olduğuna* dair on neden sıralamak daha da kolaydı.

Birincisi, uzun süredir Pennsylvania'da senatörlük yapan ve şu anda başkanlık yarışında önde giden bir ismin kızıydı. Kitabının New York'taki büyük bir yayınevi tarafından basılmasının nedeni de buydu.

İkinci olarak, yine aynı sebeple bu uluslararası kitap turuna çıkmıştı.

Üçüncü olarak, her gittiği yerde fotoğrafı yerel gazetelerde yer alıyordu.

Jan Coffey

Gerçek yazarlar bu tür bir reklamı hiçbir parayla satın alamazlardı ama gerçek şu ki, tek kitabı çıkan Amerikalı bir kızın basında yer alması yağmurlu ve gri bir İrlanda kasabasında kitap satmasına yardımcı olmayacaktı.

Ama bu işin amacı o değildi.

Amber, kampanya tanıtım makinesinin babasının basın bültenleri için harika, olumlu görüntüler elde ettiğini biliyordu.

Amber'in cep telefonu çaldığında, kendisiyle konuşmayı bırakıp başka nedenler düşünmemeye karar verdi.

Babası arıyordu. Tam zamanında.

"Ee, Büyük Tur nasıl gidiyor?" diye sordu.

"Bu bir hataydı, baba," dedi Amber, mağaza müdürünün duygularını incitmemek için alçak bir sesle.

"Müşteri yok mu?" diye sordu babası.

"Sıfır," diye cevapladı Amber. "Yine bir başka ülke, bir başka şehir, bir başka güzel ve çekici kitapçı, ve sıfır, sıfır, sıfır kitap satışı. Yayıncı arayıp avansı geri ister mi acaba?"

"Hayır. O para senin," dedi babası.

"Biliyorum baba. Şaka yapıyorum. Birazcık."

"Dinle tatlım. Kitap satmak için orada değilsin," dedi babası neşeli bir ses tonuyla. "Seyahat etmek ve iyi vakit geçirmek için oradasın."

"Ah evet. Nasıl unuttum ki?" diye fısıldadı Amber, mağazanın önüne doğru bakarken. Kapının yanında oturan korumalardan biri İrlanda isimleri kitabını okuyordu. "İki Gizli Servis ajanıyla seyahat etmek çok eğlenceli. Kurumuş mercimekten daha fazla kişilikleri var. Daha fazla eğlenceye dayanabileceğimi sanmıyorum."

"Neden arkadaşlarından birini arayıp hafta sonu için İrlanda'ya gelmesini istemiyorsun? Masrafları karşılarım," dedi babası.

"Hiçbir arkadaşım yok, baba. Beni o kadar çok seven biri yok ki hafta sonu için uçağa binip İrlanda'ya gelsin ve benimle bir kitapçıda otursun."

Annesinin bu geziyi iptal ettiğinden şikayet etmeyi istemiyordu. Bu ikisi zaten birbirlerini yeterince eleştiriyorlardı, Amber'in yardımına gerek yoktu. Annesi gelse her şeyin çok farklı olacağını biliyordu. Kavgaları olurdu, ama en azından konuşacak, gezilecek ve alışveriş yapılacak birine sahip olurdu.

İKİNCİ KİTAP

"Peki, bundan sonra sadece Londra kaldı ve sonra eve dönüyorsun, değil mi?"

"Ve sonra gelecek yaz, ABD'deki tüm çocuk kitapçıları," diye hatırlattı babasına.

"Eğer bu turu yapmak istemiyorsan, eminim ki çıkabilirsin," dedi babası.

Amber, sandalyeye yaslanırken ne yaptığının farkına vardı. Canı sıkılıyordu. Ama bu babasının suçu değildi. Kimse onu çocuk kitabı yazmaya zorlamamıştı. Bu, onun hoşuna gitmişti. Ve kitap turuna çıkmak teoride harika bir fikir gibi gelmişti. Ama Paul Hersey, ona bunları hatırlatacak kadar kibirli bir baba değildi.

"Üzgünüm baba," dedi Amber.

"Ne için üzgünsün?"

"Üç yaşındaki bir çocuk gibi mızmızlandığım için," diye itiraf etti. "Aslında, bu benim bir sonraki kitabım olacak. Kimsenin fark etmediği bir şekilde Beyaz Saray'a taşınan mızmız bir üç yaşındaki çocuk. Karakterin adını Amber koyarım. Sence nasıl olur?"

Babası, telefondaki kahkahasıyla onu gülümsetti. "Tatlım, istersen geziyi kısa kesip hemen eve dönebilirsin."

Amber bunu kendisi de düşünmüştü. Bu tür bir cesaretlendirme almak hoşuna gitmişti.

Bir müşteri içeri giremesiyle ön kapının üzerindeki çanlar tıngırdadı. Uzun boylu adam içeri adım attı ve onunla birlikte yağmur ve ıslak yün kokusu da geldi.

"Sanırım şuan gerçek bir İrlandalı geldi," dedi Amber.

O konuşurken adam başındaki yün şapkayı çıkardı ve kıvırcık kahverengi saçları omuzlarına döküldü. Kapının yanında oturan Gizli Servis ajanına başıyla selam verdi ve sonra dönüp ona doğru gülümsedi.

Tepkisi anında oldu. Amber, bir sıcaklık dalgasının karnına doğru yayıldığını hissetti. İrlanda bir anda çok daha ilginç hale gelmişti.

"Üzgünüm baba. Gitmem gerek."

"Ne oldu?"

"Sanırım bir müşterim var," dedi, umutla.

Bölüm 46

ALANNA'YI BURADA tutacak hiçbir şey yoktu ama yine de kalmıştı. Saat 8:15 civarında, Alanna onu aramayı bırakmıştı. Ray kokteyl saatine katılmadığı gibi, akşam yemeği için de görünmemişti. Alanna, herkes oturduktan sonra masadan kaldırılan ekstra bir tabak fark etti.

Steven Galvin'in nişanlısının ayrıldığından haberdar olmadığını öğrenmesi ona ilginç gelmişti. Belki de biliyordu, ama kötü haberi veren kişi olmak istememişti.

Her ne olursa olsun, Alanna gecenin geri kalanını medeni bir şekilde geçirmeye kararlıydı. Ray ile ne olursa olsun, Alanna sabahın ilk uçağıyla buradan ayrılmaya karar vermişti.

Akşam yemeğinde geçen konuşmaları dinleyerek, Galvin'in diğer çalışanlarının da bu proje için kısa süreliğine buraya getirildiğini öğrendi. Bazıları ailelerinin de burada olduğunu konuşuyordu. Görünüşe göre herkes mülkün içinde kalıyordu.

Akşam yemeğinden sonra, Alanna, David ve Jay tekrar kütüphaneye götürüldüler. Uzun masa, aperatiflerden temizlenmiş ve oda tertemizdi. Galvin, masanın bir tarafında açık duran dizüstü bilgisayarının yanında oturdu ve herkesi oturmaya davet etti.

"Her birinizin neden burada olduğunuzu, özel yeteneklerinizi veya bilginizi gerektiren bu gizemli işin ne olduğunu öğrenmek için sabırsızlandığınızı biliyorum." Masadaki herkesle göz teması kurdu. "Ve eminim sormak için beklediğiniz onlarca başka sorunuz vardır."

İKİNCİ KİTAP

Alanna, Galvin'in hemen konuya girmesiylr rahatlamıştı. Daha fazla kokteyl, akşam yemeği ya da genel sohbet istemiyordu.

"İçinizden en az birinin hâlâ kalmaya kararlı olmadığını biliyorum," diye devam etti. "Bu projenin ve teklifimin arka planını ve her birinizin sahip olduğu uzmanlığın planlarıma nasıl uyduğunu anlatacağım. Lütfen istediğiniz zaman sözümü kesmekten çekinmeyin."

Galvin, odaya bir kez daha bakarak devam etti.

"Sizden istediğim tek şey, eğer katılmamayı tercih ederseniz, gizlilik talebime saygı göstermenizdir. Bu benim için son derece önemli."

Alanna hayal görmüyordu. Galvin şimdi sadece ona bakıyordu.

Başıyla onayladı.

Eğer Galvin'den dikkat çekici, teknolojik bir giriş bekliyorsa, ekranda beliren görüntü hiç de öyle değildi.

Bir bebek resmi. Kel kafalı, tombul, küçük bir bebek yüzüstü yatıyor ve üzerinde sadece bebek bezi var.

"Oğlum," diye başladı, sesi boğuktu. "Nathan Robert Galvin."

Bir sonraki resimde, Nathan, Steven'ın omuzlarında oturan bir küçük çocuktu. Yanlarında ise olağanüstü güzellikte, Asya kökenli genç bir kadın duruyordu.

"Nathan, iki buçuk yaşında," diye devam etti Steven, sesi şimdi daha netti. "Ve bu, merhum eşim Kei. Bu fotoğraf, işten gerçekten uzaklaşıp ailemle tatile çıktığım eski güzel günlerde, Grand Canyon'da çekildi."

Slayt gösterisi devam etti; Nathan, dördüncü yaş gününde mumları üflerken gösterildi, ancak Steven artık ekrana bakmıyordu.

"Akıl sağlığımı kaybettiğimi ya da neden burada olduğunuzu unuttuğumu sanmayın. Çok yakında konuya geleceğim," dedi. "Nathan'ın fotoğraflarıyla başlamamın tek nedeni, size birazdan isteyeceğim şeyin arkasındaki motivasyonu anlamanızı sağlamak."

Jay'e baktı. "Yeni bir babasınız, Bay Alexei."

Jay başını salladı.

"Ve siz, Bay Collier. Kızınızın yanında olmak için dünyanın öbür ucuna gideceğinizi biliyorum."

"Bu doğru," dedi David temkinli bir ifadeyle.

"İkiniz de bir ebeveynin çocuğunu korumak için ne kadar ileri gidebileceğini biliyorsunuz."

İki adam da başını salladı.

Jan Coffey

Alanna, Galvin'in kendisinin bu anlayışa sahip olmadığını düşünmesinden dolayı aniden savunmaya geçtiğini hissetti. Savunmaya geçmesi kısa sürede yerini üzüntüye bıraktı; gerçek şu ki, hayatında böyle bir ebeveyn sevgisinden yoksundu. Büyükannesi onun tek desteğiydi. Steven'ın deyimiyle 'dünyanın öbür ucuna' gidecek bir annesi ya da babası yoktu. Aynı zamanda, başka bir insana, özellikle de kendisine bağımlı olan bir insana karşı böylesine güçlü duygular besleyebileceğini de içten içe *biliyordu*.

Alanna, geldiği yere dönmek istedi.

Fotoğraflar şimdi Nathan'ın liseden mezuniyetini gösteriyordu. Gururlu ebeveynler bazı fotoğraflarda yer alıyordu. Nathan, görünüş olarak ikisinin bir karışımı olmuş, çok yakışıklı bir genç adam haline gelmişti. Sonraki fotoğraflar, Nathan'ı bir çatı üzerinde, elinde çekiçle, bir tür topluluk hizmeti projesinde çalışırken gösteriyordu. Nathan, gözlerinin önünde büyüyordu.

"Her ebeveynin hayatında, çocuklarını serbest bırakmaları gereken bir an gelir. Ne kadar acı verici olsa da, bağları koparmanız ve oğlunuzun ya da kızınızın özgürce yüzmesine ve kendi hayatının yetişkin bölümüne başlamasına izin vermeniz gerekir. Bu an, Kei ve benim için Nathan Georgetown'dan mezun olduğunda geldi."

Sonraki birkaç slayt genç adamın üniversite mezuniyetini gösteriyordu. Yine gururlu, gülümseyen ebeveynler.

"Mühendisliğe ya da benim girdiğim iş koluna ilgi duymuyordu. Nathan'ın tek aşkı seyahat etmek, dünyayı görmekti. Bu yüzden bize dünyayı gezmeyi planladığını söylediğinde yapabileceğimiz tek şeyi yaptık. Tek çocuğumuzun gitmesine izin verdik."

Bir havaalanında çekilmiş bir fotoğraf ekrana geldi. Baseball şapkası takmış, omzunda bir sırt çantası, üstünde tişört ve kot pantolon vardı. Diğerlerinin aksine, bu fotoğraf ilerlemedi. Ekranda kaldı.

"Bu Kei ve benim oğlumuzu son görüşümüzdü," dedi alçak bir sesle.

Alanna Galvin'e baktı. O da resme bakıyordu. Daha önceki manşetlerden hatırlayamadığı şey bu olabilirdi. Önce oğlunu sonra da karısını kaybetmişti. Kimse bir şey söylememişti. Odadaki hava yoğunlaşmıştı.

Steven, "Nathan Robert Galvin, yirmi üç yaşında, on üç ay önce İstanbul'daki Kapalıçarşı'dan kaçırıldı," diye duyurdu.

İKİNCİ KİTAP

İstemsizce titreyen Alanna sandalyesinde daha dik oturdu. Bunu duymayı hiç beklemiyordu.

"Beş hafta sonra, oğlumuzun cansız bedenini eve getirmek için düzenlemeler yapmamız gerektiği söylendi," dedi Steven, sesi titreyerek. "Nathan'ın cenazesinden yirmi gün sonra eşim Kei, reçeteli antidepresan ve uyku haplarını kasten aşırı dozda alarak kendi hayatına son verdi. Acıya daha fazla dayanamadı."

Hepsi masada donup kalmıştı. Alanna nasıl tepki vereceğini bilemedi. Sanırım hiçbiri ne söyleyeceğini bilmiyordu. Burada bulunmalarının nedeni Nathan'a olanlardı.

Nathan'ın resmi ekranda kaldı. Steven ışıkları açtı ve onlara döndü. "Özür dilerim. Sanırım hepinizi hazırlıksız yakaladım."

"Onlar..." Jay tereddütle başladı. "Oğlunuzu kaçıranlar. Yakalandılar mı?"

"Hayır," diye cevapladı Steven. "Ne yazık ki İstanbul polisi suçluların peşine olabildiğince güçlü bir şekilde düşmedi. Hatta Interpol bile... benim düşündüğüm gibi harekete geçmedi. Hiçbir tutuklama olmadı, hatta bizim iyiliğimiz için sahte tutuklamalar bile olmadı. Aslında Nathan'ın ölüm nedenine ilişkin olarak kamuoyuna açıklanan nihai raporlar o kadar muğlaktı ki hiçbir kişi ya da grup bundan sorumlu tutulamazdı."

"Neden sizin oğlunuz?" diye sordu David. "Neden bir turisti kaçırdılar?"

Steven Galvin gözlerini onlardan kaçırarak oğlunun soluk görüntüsüne odaklandı.

"Nathan yanlış zamanda yanlış yerdeydi," diye açıkladı Galvin. "Sonradan, ABD hükümeti tarafından bana, kaçıranların Nathan'ı bir CIA ajanı sandıkları söylendi."

Bu tür bir servete sahip olup bu kadar çaresiz olmak... Alanna bunu hayal edemiyordu.

"Umarım sormamda bir sakınca yoktur, Steven," dedi Alanna yumuşak bir şekilde. "Ama geri dönmesi için fidye teklif etmeyi denediniz mi?"

Başını salladı. "Denedik. Washington'da, yurtdışında, Türkiye'de sahip olduğum her bağlantıyı kullandım. Her türlü miktarı ödemeye hazırdım ama artık çok geçti. İletişim berbattı. Kaçıranlarla hiçbir zaman net bir diyalog kuramadık."

Odaya yeniden sessizlik çöktü. Hiçbir şey bu adamın yaşadığı

Jan Coffey

acıyı ortadan kaldıramazdı. Sevdiği iki insanı kaybetmişti. Alanna geçen sonbaharda Ray'in tekne kazasında öldüğünü sandığında neler hissettiğini hatırladı. Zihinsel ve fiziksel olarak kendini kapatmıştı. Hayatında daha karanlık bir dönem hatırlamıyordu. Ama Ray'in kazası bir kurmacaydı. O kabus sahnelenmişti.

Alanna'nın bakışları, David'e doğru kaydı. Galvin'in yaşadıklarını bu odadaki diğer herkesten daha iyi anlayabilecek birinin David olduğunu düşündü. David'in eşi ölmüştü, ve kızı da potansiyel olarak ölümcül bir hastalıkla mücadele ediyordu.

"İşte böyle," dedi Steven onlara. Hâlâ duygularını tam anlamıyla kontrol edemiyordu gibi görünüyordu. Oğlunun fotoğrafını kapattı.

"Nathan ve Kei'nin ölümleriyle yaşadığım acıyı size tarif etmeme gerek yok," dedi, boğazını temizleyerek. "Ama geride kalan benim. Ve ne yapmam gerektiğini anlamam çok uzun sürmedi."

"Ben olsam," dedi Jay sessizce, "intikam peşinde olurdum."

Bu söz, herkese tanıdık gelmişti. Böyle bir durumda Alanna da 'göze göz' arzusuyla dolup taşabileceğini kolayca görebiliyordu. Ama nasıl?

"İntikam almayı her şeyden çok istiyordum," diye kabul etti Steven. "Ama oğlumu kaçıran ve öldüren hayvanların isimleri ya da yüzleri elimde yoktu. Dedektifler tuttum. ABD Hükümeti'nin ajanları ve eski ajanlarıyla çalıştım. Defalarca İstanbul'a kendim gittim. Orta Doğu'da çalışan özel müteahhitlerle ilgilenen uluslararası bir güvenlik şirketinden hizmet aldım. Bilgi istedim. Bana verebilecekleri her şeyi."

"Peki başarılı oldunuz mu?" diye sordu Alanna.

Başını salladı. "Evet, Nathan'ı kaçıran teröristlerin, onları finanse eden bir şemsiye örgüt altında faaliyet gösterdiklerini keşfettim. Sadece sıradan turist kaçıranlardan değillerdi, bu doğruydu."

"El Kaide mi?" diye sordu Jay.

"Tam olarak değil."

"Bu şemsiye örgüt ne kadar büyük?" diye sordu David.

"Size söyleyemem. Onlar şekilsiz, karanlık bir grup. Ama düzenli bir para akışları var gibi görünüyor ve onları destekleyecek fonlar orada olduğu sürece, finanse ettikleri faaliyetler de devam ediyor."

Steven sırayla her birine baktı. "İşte bu yüzden bir bilim adamını, bir bankacıyı ve bir bilgisayar güvenlik uzmanını bu savaşta bana katılmaları için davet ettim. Bireylerin peşinden gitmeme yardım

İKİNCİ KİTAP

etmenizi istemiyorum. Ben kuyuyu kurutmak istiyorum. Planım onları bildiğim tek yolla yok etmek. Hepsini finansal olarak mahvetmek istiyorum."

Alanna böyle bir şeyin imkânsız olduğunu söylemek için doğru zaman olduğunu düşünmüyordu. Batılı hükümetler yıllardır mal varlıklarını donduruyor ve para izlerini takip ediyorlardı. Hatta sırf bu amaçla Küba ve İran gibi tüm ulusları izole etmeyi bile denemişlerdi.

Jay'in yerinde huzursuzca kıpırdandığını fark etti. Sonunda öne doğru eğildi.

"Bakın, Bay Galvin. Sizi gerçekten anlıyorum," dedi genç adam. "Ama geçmişimden haberdarsınız. Dr. Mendes ya da Bay Collier bilmiyor olabilir, ama sistemine girmemem gereken bir yere hack yapmaktan iki buçuk yıl hapis yattım. Artık bir ailem var. Size yardım etmek için her şeyi yaparım, ama aynı zamanda, mümkünse bir daha hapishaneye dönmek istemiyorum. Yasaları çiğnemek istemem."

Alanna, bilgisayar güvenlik uzmanlarının bir hacker olduğunu düşündü. Hapishaneye girdiğinde on iki yaşında olup olmadığını merak etmeden edemedi.

"Endişeni çok iyi anlıyorum Jay," dedi Galvin sakince. "Bay Collier ve Dr. Mendes henüz söylemediler ama sanırım her ikisinin de yasadışı olduğunu düşündükleri bir şeye katılmaktan çekinmeyeceklerini varsaymak yanlış olmaz."

Steven'ın aklından geçenleri söylediği için memnundu.

" Teklifim ABD yasalarını esnetiyor ama çiğnemiyor," diye devam etti Steven. "Ancak hepinizi daha rahat ettirmek için operasyonu burada, denizaşırı bir bölgede kurdum. Ama yumuşak oynamayacağımızı da bilin. Hükümetlerin yapamadığı şekilde bu katillerin peşine düşeceğiz. Varlıkları sadece dondurmayacağız. Planım, bu örgütün likit varlıklarını tamamen tüketmek. Onları bir riyal bile almadan kesmek istiyorum."

"Söz ettiğiniz şey yüz milyonlarca, hatta milyarlarca dolar olabilir," dedi David, sesinde şüpheyi gizlemeye çalışmadan. "Bu büyüklükteki transferler, parayı kaybedenler veya onu korumakla görevli bankalar tarafından fark edilmeyecektir. Ayrıca, bu paranın aktarıldığı alıcı hesaplar olması gerek."

"Ayne

Jan Coffey

n öyle. Benim önerim, alıcı hesapların gizlice sıraya dizdiğimiz birkaç bin yardım kuruluşu olması. Transfer doğrudan olacak. Aracı yok, parmak izi yok. Kayıtlarda sadece bağışları kendileri yapmış gibi görünmeli."

"Küçük hayır kurumlarına, bir terör örgütünden para almalarını sağlayarak onları tehlikeye atmış olmayacak mıyız?" diye sordu Alanna.

Steven devam etti: "Bu insanlar paralarını Dubai'deki otuz yedi farklı hesapta gizlemişler. Bu hesaplar katman katman kamuflajla oluşturulmuş. Onları bulmak hiç kolay olmadı ve bana zaten büyük bir servete mal oldu. Ama bu hesaplar öyle bir şekilde düzenlenmiş ki, dünya üzerindeki hiçbir hükümet bu hesaplara dokunamadı. İlk olarak, odaklandığımız bankacılık faaliyetleri Dubai merkezli; ikinci olarak da bu hesaplar, finanse ettikleri terör faaliyetleriyle doğrudan ilişkilendirilemiyor. Sonuç olarak, bu paranın sonunda çok faydalı yerlere gideceğine inanıyorum."

"Bay Galvin, cesareti kırılmış bir bilgisayar kurdu gibi görünmek istemem, ama bunun arkasında oldukça güçlü insanlar olabilir diye düşünüyorum," dedi Jay. "Belki bir diktatör ya da en azından bazı kraliyet ailelerinin üyeleri. Size dürüst olmam gerekirse, o tip insanlar beni herhangi bir hapis cezasından daha çok korkutuyor. Peşimize düşerler. Ailemi düşündükçe endişeleniyorum."

Bu sözlerle Steven, planını daha da netleştiriyor ve yapılan araştırmanın ne kadar zahmetli olduğunu vurguluyordu.

Galvin, oğlunun ve eşinin görüntülerinin yansıtıldığı kitaplığa baktı. Ardından Jay'e döndü ve karamsar bir şekilde başını salladı.

"Endişelerini anlıyorum. Bu konuda korkakça bir şey yok," dedi Galvin. "Ama kim olduğumu ve hayatımda neler başardığımı biliyorsunuz. Bir projeyi asla yarım bırakmam. Her zaman detaylara önem veren biriyimdir. Planı size tüm ayrıntılarıyla açıkladığımda, hiçbir iz bırakmayacağımızı göreceksiniz. Yaptığımız şeyler ya da bu hesaplarla bizi bağdaştıracak hiçbir şey olmayacak. Aslında, tam da burada siz ve Bay Collier devreye giriyorsunuz."

David alçak bir sesle, "Yani Bay Lyons'ın söylediği gibi sadece hesap denetimi yapmayacağım," dedi.

"Hayır, Bay Collier. Ben asla—"

"Bay Galvin," diye araya girdi David, "Nerede olduğumuzun önemi yok, ister denizaşırı olsun, ister Mars'ta. Benim gözümde hâlâ

İKİNCİ KİTAP

yasayı çiğniyoruz. Yasa dışı bir şekilde hareket etmek benim için büyük bir endişe kaynağı. Adımı asılsız suçlamalardan temize çıkarmak için verdiğim hukuk mücadeleleriyle geçen yıllarımı saymayı bile unuttum. Böyle bir şey, elde ettiğim azıcık itibarı tamamen yok edebilir. Kaldı ki, beni kızım için bir işe yaramayacağım bir yere, hapse sokabilir."

"Bay Alexei'ye söylediğim şey sizin için de geçerli," diye karşılık verdi Galvin, David'e dikkatle bakarak. "Projenin etik doğruluğunun kendini kanıtladığına inanıyorum. Detayları duyduğunuzda, bu projeye adınızın kesinlikle karışmayacağından emin olacaksınız. Almanya'da sizin için doğrudan yapılan düzenlemeleri düşünün. Eğer sonuçlarından emin olmasam, sizi bu işin içine sokmazdım ve elde edilecek sonuçların keyfini süremeyeceğiniz bir duruma düşmenize izin vermezdim."

Alanna, Galvin'in David için yaptığı düzenlemelerin ne olduğu hakkında hiçbir fikre sahip değildi. Her neyse, daha fazla açıklamaya gerek yoktu, çünkü David sessizleşmişti. Galvin'in bu iki adamı da bir ipin ucunda tuttuğunu görebiliyordu; David'i daha uysal bir konuma getirmek için nazikçe çekiştirmesi yetmişti.

Odada oluşan sessizliği Jay bozdu. "Projenizin bazı ayrıntılarını bu gece bizimle paylaşacak mısınız?"

"Bu kesinlikle mümkün," diye başını salladı Galvin. "Ama bu ayrıntılara girmeden önce, Dr. Mendes'i bize katılmaya ikna edemezsek hiçbir şeyin ilerlemeyeceğini bilmelisiniz."

Sonra Alanna'ya döndü.

"Peki, sizi bu projeye katılmaya ikna etmek için ne yapabiliriz, Dr. Mendes?"

Bölüm 47

Dundalk, İrlanda

"BURAYA ZAR ZOR GELDİK," dedi nefes nefese, başı otel odasının kapısına yaslanmıştı. Kitap imzası sona erdiğinde yağmur durmuştu. Ancak Amber, Mick'le birlikte ıslak sokaklarda yürürken havanın farkında bile değildi. Kitap satışlarını ise artık hiç düşünmüyordu.

Davetiye, birkaç sokak ötedeki Barmen adlı şirin bir bara birlikte gitmek içindi. Yüzlerce çeşit bira servis ettiklerini duymuştu. Bunun yerine, yürürlerken adam kızın kulağına Galce birkaç kelime fısıldamış ve Amber onu fiziksel olarak başka bir yöne doğru yönlendirmişti. Gizli Servis'in İrlanda hükümetinin tahsis ettiği arabayla peşlerinden gelmesiyle, ikisi neredeyse koşarak Amber'ın kaldığı küçük, yorgun otele varmışlardı.

Kıyafetlerini çıkarma zahmetine hiç girmemişlerdi. Yatak odasına hiç gitmemişlerdi. Prezervatifi takacak zamanı bile olmamıştı. Ve sonra onu tam orada, süitin kapısının önünde götürmüştü. Birbirlerine olan arzuları patlayıcı bir şiddetle açığa çıkmıştı.

Şimdi ise Mick, vücudunu nazikçe Amber'dan ayırarak onu yere indirdi. Amber başını onun göğsüne yasladı.

"Bunu yaptığıma inanamıyorum," dedi gülerek. "Genelde böyle kolay biri değilim. Her zaman ilk buluşmada seks yapmamayı kural

İKİNCİ KİTAP

edinmişimdir. Ama bu bir buluşma bile değildi, değil mi? Sanırım korumalarımı oldukça şaşırtmış olabiliriz."

"Sus, kadın," dedi Mick, dudaklarına hafifçe dokunarak. Şefkatle onu öptü. "Burası banyo mu?"

"Bunu İrlandaca sor," dedi Amber, tekrar o büyüleyici aksanda kaybolmayı umarak, yaptığı aptallıkları unutmaya çalışarak. Mick gülümsedi. "Cá bhfuil an seomra folctha?" Amber derin bir iç çekti. Mick kesinlikle yakışıklıydı. "Bu yatak odasının kapısı. Banyo şurada."

Amber onun kotunu yukarı çekişini izledi. Fermuarını çekmeye zahmet etmedi. Şapkasını ve ceketini yerden alıp yakındaki bir kanepenin üzerine attı ve yatak odasında gözden kayboldu.

Amber kendine baktı. Montu omuzlarından yarı yarıya düşmüştü. Siyah yün elbisesi beline dolanmıştı. Tanga çamaşırı hala botlarının bileğinde asılıydı.

"Bu gazeteler için harika bir hikâye olurdu," diye fısıldadı kendi kendine, başını salladı ve daha iyi bir yer bulamadığı için ceketinin cebine soktu. Ceketini çıkardı ve elbisesini düzeltti. "Ama gerçekten çok yakışıklı."

Mick banyodayken, Amber hızla oturma odasının yanındaki küçük mutfakta lavaboya gidip temizlenmeye çalıştı.

Mick'in soyadını bile bilmiyordu. Adı Mick'ti ve Belfast'ta bir üniversite öğrencisiydi. Kitap imza masasına yaklaşmış, o kalpleri eriten gülümsemesiyle, "Seni gazetede görmemiş miydin?" diye sormuştu. İşte o kadar yeterli olmuştu. Amber, onu o anda öpmeye hazır hale gelmişti.

Tezgâhta durarak botlarını çıkardı. Yaptığı şeye hâlâ inanamıyordu. Onun sorunu, biriyle çıkmayalı çok uzun zaman geçmiş olmasıydı. Elbette lise ve üniversite yıllarında çılgın günleri olmuştu ama artık o kadar da takılmıyordu. Tabii ki, bu geceki davranışlarına bakılırsa, bu düşünceyi yeniden gözden geçirmesi gerekebilirdi. Adamın prezervatif kullanmayı akıl etmesine sevinmişti. Tanrı biliyor *ya*, bunu hiç düşünmemişti.

Onu yatak odasından çıkarken gördüğünde nefesi göğsünde sıkıştı.

"Sanırım kıyafetlerini kaybetmişsin," dedi şaka yollu, sanki farkında değilmiş gibi.

Mick, mutfağa doğru gelirken Amber geri çekildi.

Jan Coffey

"Ne yapmayı planlıyorsun?" Gözleri Mick'in vücudunda gezindi, sorusunun komikliğine gülmemek için kendini zor tuttu.

"Şey, kızım. Belki biraz daha sevişiriz diye düşünmüştüm." mber'ın elbisesini yukarı çekip başının üzerinden çıkardı ve tezgahın üzerine bıraktı.

Amber sütyenini çıkarmak için elini arkasına götürdü. Mick, işleri aceleye getirmeyi pek sevmiyor gibiydi. Ancak Amber'ın buna itirazı yoktu. Mick onu tezgaha oturttu.

"Bu biraz sert bir teklif gibi geldi, Mick. Bunu İrlandaca söyleyebilir misin?"

Mick güldü ve onu kendine çekerek, "Kadın, fock fock'tur... mo mhúirnín bán," diye fısıldadı.

Bölüm 48

BIR INSANI böyle köşeye sıkıştırmaktan daha zor bir şey yoktur. Steven Galvin'i dinlerken, Alanna'nın sabah ilk uçakla ayrılma kararını sadece geçici bir süreliğine ertelediğini fark etmişti. Ancak şimdi, odadaki herkesin gözü onun üzerindeydi.

"Daha fazlasını bilmeden, bu projeye bağlı kalmayı taahhüt edemem." dedi. "Benim ne katkım olabilir ki?"

"STEREO uyduları," dedi Galvin.

Alanna, bundan hoşlanmayacağını şimdiden anlamıştı. Diğerleri faaliyetlerini gizleyebilirlerdi, ancak STEREO görevinin sahibi oydu. Uydularla ilgili bir aksilik olsa, şüphelenen ilk kişi o olurdu.

"Bu uydular dünyaya önemli bir hizmet sunuyor. Görevin başarısını tehlikeye atacak hiçbir şey yapmam," dedi Alanna, kararlılıkla.

Galvin başını salladı. "Sizden bunu beklemem zaten."

"O halde nasıl yardımcı olabilirim?" diye sordu.

"Bizzat planladığınız test döngüleri var," dedi Galvin. David ve Jay'e dönerek devam etti, "Bu beyefendileri bilgilendirmek gerekirse, test döngüleri bir tür acil durum yanıt sistemidir. Doğru mudur? Her şeyin düzgün çalıştığından emin olunmasını sağlar."

Bu, gizli bir bilgiydi, ancak Alanna, Galvin'in nasıl bu kadar çok şey bildiğini sormaya bile gerek duymadı. Devlet sırları bu adam için geçerli görünmüyordu.

David araya girdi. "Aslında bu STEREO görevi hakkında hiçbir şey bilmiyorum."

Jay, Galvin'in yerine yanıtladı. "İki uydu dünya yörüngesine fırlatıldı. Güneş fırtınalarını izliyorlar ve enerjinin bizi vuracağı zaman konusunda uyarıyorlar. Bu da beklenmedik güç kesintilerinden kaçınmamızı sağlıyor."

"Bu çok doğru bir tanımlama," dedi Steven. Alanna da genç adamdan etkilenmişti.

"Peki testlerle ilgili olan ne?" diye sordu Alanna, Galvin'e dönerek.

"Bu testlerin başlatılmasıyla, sizin gönderdiğiniz ve oldukça güvenli olan bir mesaj listesi var. Bu mesaj, yalnızca bir test olduğunu ve acil bir yedekleme sisteminin devreye girmesine gerek olmadığını bildiriyor."

Bu da doğruydu. Galvin'in haklı olduğunu onaylamaya gerek duymuyordu.

"Sizden istediğim şey, bu test döngüsünü bizim belirlediğimiz çalışma penceresine denk gelecek şekilde ayarlamanız," dedi Galvin. "Sonra, mesajı etkinleştirmenizi istiyorum. Jay, listedeki bazı önemli kişilerin mesajınızı almalarının gecikmesini sağlayacak."

"Yani yedekleme sistemlerini etkinleştirmelerini istiyorsunuz," dedi Alanna.

"Kesinlikle," diye yanıtladı Steven. "Zaten bu değişiklik işlemi otomatik. Hedeflediğimiz kurumlar uluslararası nitelikte olduklarından, karar vermek için bir yöneticiyi bulmaya zamanları yok. İnsanı gecikmeyi prosedürden çıkardılar. Ayrıca, güç sistemlerinin ardışık şekilde kapanmasını istemedikleri için yanıtlarını önceden yapılandırmışlar. Kendi güvenlik modlarına geçiyorlar."

Jay yeniden söze girdi. "Eğer bu sinyalin sadece bir test olduğunu bildiren mesajı almazlarsa, bilgisayarları otomatik olarak güvenlik kapsamını yeniden yapılandırıyor ve yedek güç kaynağına geçiyorlar."

"Doğru," dedi Steven.

Alanna başını salladı. "Ama yedek güç kaynağı devreye girdiğinde güvenlik kapsamı arasında fark olmamalı. Bundan ne elde etmeyi umuyorsunuz anlamıyorum."

"Bir dakika yirmi üç saniye. Toplam seksen üç saniye. İlgilendiğimiz bankalarda bu süre, geçiş sırasında gücün kesilmesi ile açılması arasındaki ölü süredir. Hesapları boşaltmak için seksen üç saniyemiz var."

İKİNCİ KİTAP

Alanna ona baktı. O seksen üç saniye boyunca bu hesaplara nasıl erişebildiklerini hâlâ anlamamıştı. Ama bu onun uzmanlık alanı değildi. David ve Jay bu yüzden buradaydı.

"Bu iş bittiğinde, yanlış bir şey yapmış olmayacaksınız," dedi Galvin ona. "Her ay yaptığınız prosedürü eksiksiz yerine getirmiş olacaksınız."

"Ancak bazı kişiler mesajı alamayacak," diye hatırlattı Alanna.

"Alacaklar ama geç alacaklar. Ve bunun nedeni sizin yaptığınız herhangi bir hata olmayacak. Sorun ana bilgisayarlarındaki bir kesinti olacak. Sinyalinizin zamanlaması, sitelerine botnet'lerden gelen trafikle dolup taşan bir saldırı sağanağıyla aynı zamana denk gelecek."

Sıra David'deydi. "Botnetler nedir?" diye sordu.

"Farkında olmadan ele geçirilmiş binlerce PC," diye açıkladı Jay.

"Ama ben yanlış bir şey yaptığımı bileceğim," dedi Alanna.

"Yapmaya çalıştığımız şeyde 'yanlış' kelimesi nasıl geçerli olabilir?" diye sordu Galvin, felsefi bir tonda. "Dünya genelinde terör faaliyetlerini finanse eden kişilerin hesaplarından para alacağız. Bu yanlış değil. O parayı ihtiyaç sahibi insanlara yardım etmek için çalışan birçok kuruluşa vereceğiz. Bu da yanlış değil. Kimsenin hayat birikimlerini çalmıyoruz. Kendi çıkarlarına zarar vermeden başkalarına zarar verenlerden para alıyoruz. Bu insanlara karşı harekete geçebilecek hiçbir yasal otorite yok, Alanna. Kendilerini bir kötülük ve uluslararası finans kozası içinde başarıyla izole etmişler. Ama onların devam etmesine izin vermeyeceğiz. Bu, Robin Hood projesi, ama biraz daha sert."

Bu şekilde ifade edildiğinde, Alanna kendini hissiz bir robot gibi hissetti. Kuralları harfiyen uygulayan, asla sınırların dışına çıkmayan biri.

"Bunu düşünmem lazım," dedi. "Böyle bir şeye taahhüt vermeden önce, kendi açımdan her şeyi değerlendirmem gerekiyor."

"Sizden başka bir şey beklemezdim," diye kibarca cevap verdi Galvin. "Kararınızı verene kadar adada kalacağınızı varsaymam güvenli mi?"

Alanna başını salladı. "Çok uzun sürmemeli. Ve sanırım buradan çıkar çıkmaz size birkaç sorum olacak."

"Günün yirmi dört saati hizmetinizdeyim. İstediğiniz zaman

arayın ya da buraya gelin ya da nerede buluşmak isterseniz söyleyin. Her zaman hazırım."

Burada otururken kendini tuhaf hissediyordu. Görünüşe göre açıklama kısmı bitmişti, en azından onlara kararını verene kadar.

"O zaman sanırım odama geri döneceğim."

Üç adam ayağa kalktı. Şaşırmış ve duygulanmıştı, özellikle de Jay tarafından. Onun yaş grubunun eski moda nezaketten haberi olduğunu sanmıyordu. Alanna kapıda durdu ve Galvin'e döndü.

"Ah, şimdiden bir sorum var."

Galvin cesaret verici bir şekilde başını salladı.

"Eğer projeye katılmamaya karar verirsem, Jay ve David'e yaptığınız iş tekliflerine ne olacak?"

"Sakıncası yoksa durumlarını sizinle tartışmamayı tercih ederim."

"Ama kendiniz, benim katkımın bu projede kilit rol oynadığını söylediniz," diye hatırlattı Alanna.

Steven ona doğrudan baktı. "Projeye katılmama kararınız, ilerlemeyi ciddi şekilde tehlikeye sokar."

"Anladım," dedi Alanna. "Tam da düşündüğüm gibi."

Alanna, iki adama bakmadan onların hayatlarında böyle bir kararın ne kadar yıkıcı olacağını biliyordu. Ray'in durumu onun için ne kadar önemliyse, Steven Galvin'in de adaylarını seçerken onların ne kadar çaresiz olduklarına göre karar verdiğini hissediyordu.

"Size haber vereceğim," diyerek odadan çıktı.

Bölüm 49

Dundalk, İrlanda

AMBER DİĞER ODANIN kapısının kapandığını duydu. Sersemlemiş bir halde yatakta doğruldu. Başucundaki saat 03:23'ü gösteriyordu. Omzunun üzerinden yatağın diğer tarafına baktı. Adam gitmişti. "Mick?" diye seslendi yataktan kalkarken. Cevap gelmedi. Otel odası soğuktu. Yataktan battaniyeyi çekti ve çıplak vücuduna sardı. Pencereden sızan ışıktan banyonun kapısının açık olduğunu görebiliyordu.
Yanındaki lambayı açtı. Mick'in kıyafetleri gitmişti.
"Mick," diye seslendi, hâlâ umut ediyordu. Boş banyoya girdi ve ışığı açtı. Yansıması onu şaşırttı. Mutlu ve rahatlamış görünüyordu. Seks konusunda acemi değildi. Yıllar boyunca yarım düzine erkek arkadaşı olmuştu. Yine de bu ilişkilerin hiçbiri -en iyi hallerinde bile- onunla hissettiklerine yaklaşamamıştı. Bu gece inanılmazdı.
Oturma odasına doğru yürüdü ve oranın da ışığını yaktı. Ceketi ve şapkası yoktu.
"Umarım bana bir not bırakmışsındır." Amber tezgâhların üzerine ve oturma odasına baktı. Sanki buraya hiç gelmemiş gibiydi. Oda servisinden sipariş ettikleri balık ve patates kızartmasının boş ambalajları dışında ondan geriye hiçbir şey kalmamıştı.
Kanepeye çöktü ve elini mindere vurdu. Adamın soyadını bile bilmiyordu. Telefon numarası da yoktu. Belfast'ta kaç üniversite

Jan Coffey

öğrencisinin adı Mick'ti? Sadece bunu düşünerek bile ağlayabilirdi. Kitapçıdan çıktıktan sonra kimseye rastlamamışlardı. Onu tanıyan birine sorabileceği kimse yoktu. Oteline vardıklarında Gizli Servis ajanlarına el sallayıp gitmişti. Onun hakkında bir şey öğrenmelerine fırsat bile vermemişti.

Amber cep telefonunun çaldığını duydu. Telefonunun hâlâ çantasında olduğunu hatırlayarak etrafına bakındı. Odanın öbür ucuna, telefonu bıraktığı tezgâha doğru yürüdü.

Tezgâhın üzerindeki ışığı açtı ve çantasının içine baktı. Cep telefonu çalmayı bıraktı. Cüzdanının açık olduğunu fark ederek dondu kaldı. Cüzdanını çıkardı ve dün içinde olan paranın yerinde olmadığını gördü.

Fazla bir şey yoktu. On ya da on iki avro, belki... eğer o kadarsa. Kredi kartlarını kontrol etti. Hepsi oradaydı. Pasaportu hâlâ cebindeydi. Sadece birkaç avro almıştı. Ne kadar aptaldı.

Cep telefonu tekrar çalmaya başladı.

"İyi misin?" diye sordu babası, telefonu açtığında.

"Neden olmayayım ki?" diye sordu.

"Az önce ajanlardan biriyle konuştum ve-"

"Ne yapıyorsun, beni mi gözetliyorsun?" diye kısa kesti. Mick'in gidişine duyduğu üzüntü bir anda öfkeye dönüştü. Mick'in gidişinin Gizli Servis tarafından fark edileceğini düşünmüştü ama haberin babasına bu kadar çabuk ulaşması çok saçmaydı.

"Amber, o adamların seninle seyahat etmelerinin bir nedeni var," dedi babası sakin bir şekilde.

"Evet, senin gece yarısı onları arayıp kiminle takıldığımı öğrenmen için."

"Beni dinle. Bu gece bir güvenlik uyarısı geldi. Orada tehlikede olabilirsin. Gezini yarıda kesmeni ve eve dönmeni istiyorum. Bir kalem bulursan, yaptığımız uçuş düzenlemelerini sana söyleyeyim."

Amber hiçbir şey söylemedi. Babasının komite çalışmalarından Dışişleri Bakanlığı ve İç Güvenlik Bakanlığı'nın her gün güvenlik bültenleri yayınladığını biliyordu. Hayır, mesele o değildi. Babası bunu ona anlatıyordu çünkü gecenin bir yarısı onu terk eden İrlandalı bir aygırla bir gece geçirdiğini biliyordu. Ona bir çıkış yolu göstermeye çalışıyordu.

"Tamam," dedi, yanağından süzülen bir gözyaşını silerek, çantasından bir kalem çıkarırken. "Tamam, anlat bakalım."

Bölüm 50

DAVID COLLIER'IN KULÜBESINE döndüğünde beklediği son şey, Leah ve Alanna'yı verandada oturmuş satranç oynarken bulmaktı.

Alanna konferans odasından ayrıldığında, David'in en çok istediği şey onu takip etmek ve bu işin Leah'ın hayatı için ne kadar hayati olduğunu açıklamaktı. Ama bunu yapamadı. Ne kadar istese de başka birine böyle bir baskı yapamazdı.

Bu iş hakkında kendi endişeleri de vardı. Ne kadar zor zamanlardan geçmiş olursa olsun, her zaman yasanın doğru tarafında kalmıştı. Ama burada bir seçeneği yoktu. Galvin'in David'in endişesine verdiği kısa yanıt her şeyi net bir şekilde açıklamıştı. Yasanın gri bir alanında da olsalar, David bu işe katılmadığı takdirde Almanya'daki düzenlemeler ortadan kalkacaktı.

Her birinin kendi sorunları vardı. O sorunlar ya da çözüm yolları onları bu adaya getiren itici güç gibiydi. Alanna'nın ne tür krizler yaşadığını bilmiyordu ama kendi kararını vermesi gerekiyordu.

"Bu gece çok meşguldü," dedi hemşire David içeri girerken. Kadın ona Leah'ın diyalizi ve ardından Padma Alexei ve bebeğiyle yediği akşam yemeğini anlattı. "Onca seyahat saatinin üzerine, büyük ihtimalle dışarıda uyuyakalmıştır ve sadece yastıklarla desteklenmiştir."

"Ağzı hareket ettiğine göre uyanık olmalı," dedi David hemşireye.

Ona teşekkür etti ve gece için gönderdi. David, diyalizi kurup

Jan Coffey

uygulamak dışında, işteyken Leah'ı gözetmek ya da acil bir durum olmadıkça yalnızca nöbette kalmaları gerektiğini zaten belirtmişti.

Cam kapıdan avluya çıktı ve ikisi de onu görünce şaşırarak başlarını kaldırdılar.

"Baba, geri döndün!" diye heyecanla söyledi Leah.

Etrafında yastıklar vardı, omzuna bir battaniye örtülmüştü.

"Siz ikiniz burada üşümüyor musunuz?" diye sordu.

"Hayır, iyi hissettiriyor," diye yanıtladı Leah. "Okyanus çok tuzlu kokuyor."

Alanna'nın kollarını kavuşturuşuna bakılırsa, kesinlikle soğuk görünüyordu. Ona baktı ve gülümsedi. "Aslında çok iyi hissettiriyor."

Şaşkınlıkla başını salladı ve içeri girip bir battaniye daha alarak dışarı çıktı. Bunu Alanna'nın omuzlarına örttü.

"Bu gece yapacak çok işin olduğunu sanıyordum," diye doğrudan sordu ona.

"Şu anda çalışıyorum."

"Bana satranç oynamayı öğretmek zor bir iş mi?" diye sordu Leah.

"Sana öğretmek hiç zor olmadı," diye yanıtladı Alanna. "Ama seni yenmek gerçekten çok zor."

Sekiz yaşındaki çocuğun gülüşü David'in yüzünü güldürdü. Leah Alanna'nın piyonlarından birini devirdi. "Şah."

Tahtada sadece birkaç taş kalmıştı.

"Bu ilginç, Dr. Mendes. Sizi rakibinin beş ya da altı hamleyi geçmesine izin verecek türden bir oyuncu olarak düşünmemiştim."

Alanna bir hamle yaptı. Ona bakıp, "Ona ince bir satranç öğretmeye çalıştım. Bu şekilde tam da dediğiniz gibi onu hemen mat edebilirdim. Ama kızınız nedense daha kanlı bir oyun oynamayı seviyor. Bu yüzden burada gördüğünüz gibi bir katliam alanımız var," dedi.

David, masaya yaklaşıp bir sandalye çekti ve oturup onları izlemeye başladı.

"Bu gerçekten eğlenceli bir oyun baba," dedi Leah ona. "Nasıl oynandığını hatırlıyor musun?"

"Sanırım hatırlıyorum," diye yanıtladı David. Alanna'nın oyun seviyesini kızına göre ayarladığını fark etti. Leah, vezirini tehlikeye

İKİNCİ KİTAP

atan bir hamle yaptı. Alanna ise veziri almak yerine, ona durumu anlattı ve Leah'ın hamleyi tekrar yapmasını sağladı.

"Yumuşak kalplisin," dedi David ona.

"Hayır, iyi bir insan," diye düzeltti Leah. "Bana öğretmeye çalışıyor baba, öğretmeye."

David, Alanna'nın bir sonraki hamlede mat pozisyonunda olduğunu görünce, "Yumuşak kalplisin," dedi tekrar.

"Akıllı bir oyuncu, onları ilk kez kazanmalarına izin verir, böylece tekrar oynamak isterler," dedi Alanna ona. "Yarına para için oynarız."

"Harika!" diye heyecanla bağırdı Leah. "Baba, hadi şimdi seninle oynayalım?"

"Leah, saat çoktan yatma saatinden iki saat sonrası oldu."

Sekiz yaşındaki kız hayal kırıklığıyla iç çekti. "Kurallar, kurallar, kurallar."

"Haklısın genç hanım."

David tekerlekli sandalyeyi almak için ayağa kalktı ama Leah onu durdurdu.

"İhtiyacım yok. Yürümek istiyorum," dedi Leah, yavaşça ayağa kalkarak.

David onun her hareketini izliyor, ihtiyacı olduğunda ona yardım edebilecek kadar yakınında duruyordu. Kızı oyun arkadaşına sarılmak için kollarını açtığında şaşırdı. Alanna bir an tereddüt etti ama sonra genç kızı şefkatle kucakladı.

"Yarın gece tekrar oynayabilir miyiz?" Leah sordu.

"Tabii ki oynayabiliriz," dedi Alanna, omuzlarına koyduğu battaniyeyi katlayarak.

David, bunun gerçek olamayacak kadar iyi göründüğünü düşündü. Ama Leah'ın önünde bu konuyu sormak istemedi.

"Artık gitsem iyi olur."

"Bir-iki dakika daha kalabilir misin?" diye sordu David. "İşle ilgili bir şey sormak istiyorum."

Alanna başını salladı ve anladı. David, Leah'la birlikte banyoya yürüdü.

"Dişlerimi kendim fırçalayabilirim, baba," diye hatırlattı Leah, kapının eşiğinde beklerken. "Üstümü değiştirip yatağa kendim de girebilirim."

Jan Coffey

"Bugün çok fazla şey yaptığından endişeleniyorum. Tüm o seyahat ve diğer şeyler yüzünden."

"Harika hissediyorum," diye gülümsedi. "Uzun zamandır kendimi bu kadar iyi hissetmemiştim."

Söylediklerine inanarak onu alnından öptü. Duygusal olarak, bu onu uzun zamandır gördüğü en mutlu andı.

"Git," diye emretti. "Tek başıma da yatabilirim."

"Ama kendini örtüp, iyi geceler öpücüğü veremezsin," diye hatırlattı David ona. "Beş dakika sonra geri geleceğim."

"Baba?"

"Evet?" Arkasını döndü.

"Beni de yanında getirdiğin için teşekkürler," dedi Leah. "Bugün çok güzeldi."

Gülümsedi. "Bir şey değil."

Alanna, verandada onu bekliyordu. Leah'ın oturduğu yastıkları düzeltmiş ve tekerlekli sandalyeyi kapının içine taşımıştı. Leah'ın konuşmayı duymasını istemeyen David, kapıyı kapattı.

"Bir karar verdin mi?"

Alanna başını salladı. "Kalıyorum."

"Bu konuda fazla düşünmedin," dedi David.

"Leah bana Almanya'da ona yeni bir böbrek yetiştirdiklerini söyledi," dedi yumuşak bir sesle.

"Bu kadar önemli bir kararı Leah ve benim ya da Jay ve ailesinin iyiliği için vermemelisin."

"Neden vermemeliyim?" diye sordu Alanna. "Daha iyi bir neden düşünemiyorum."

"Alanna, ben..."

Alanna başını salladı. "Lütfen hiçbir şey söyleme. Beni caydırmaya çalışma. Çok özel bir kızın var. Ve bu iş benim için iyi olacak. Doğru nedenlerle sınırı aşmamın zamanı geldi. İyi geceler, David."

Bölüm 51

ALANNA VALIZLERINI BOŞALTTI, duş aldı ve rahat bir eşofman giydi. Kararını vermişti. Kalıyordu. Kararını Galvin'e bildirmesi gerekiyordu ama önce içinde bulunduğu belirsizliği netleştirmeliydi. Saat gece yarısını geçmişti ve onu aradı. Steven bizzat telefona cevap verdi.

"Seninle konuşmam gerek," dedi ona. "Şimdi gelebilir miyim?"
"Kesinlikle." Cevabında hiç tereddüt etmedi.

Onun çoktan kararını verdiğini bilmiyordu. David'in kararını ona açıklamayacağından emindi. Ancak buraya nasıl geldiği konusunda Ray'in rolüyle ilgili dürüst cevaplar almak istiyordu.

Eşofmanının üzerine bir ceket giydi ve dışarı çıktı. Kulübelerin geri kalanı karanlıktı. Bir yerlerden puro kokusu geliyordu ama nereden geldiğini bilemedi. Yürüyüş yollarını aydınlatan ışıklar vardı. Okyanusu göremiyordu ama sesini duyabiliyordu. Bir güvenlik görevlisi, yanında bir köpek ile sol tarafında bir patikada yürüyordu. Sessizce elini kaldırıp selam verdi. Alanna da aynı şekilde karşılık verdi.

Bu gece David ve Leah"ın yanından ayrıldıktan sonra Galvin hakkında biraz araştırma yapmak için biraz vakti oldu. İnternette, geçen yıl kaçırdığı bazı haberleri okumuştu. Oğlunun ölümü büyük bir manşet olmuştu. Ancak haberlerin hiçbirinde kaçırılma olayından bahsedilmiyordu. Cinayetle ilgili hiçbir şey yoktu. Gaze-

Jan Coffey

teler Nathan'ın ölümünü kaza olarak nitelendiriyor ve İstanbul'da gerçekleştiğini yazıyordu. Bir trafik kazası, diyorlardı. Alanna, bunun ailenin siyasi bir duruma karışmamak için bir tercihi olup olmadığını merak etti. Kei'nin ölümüne gelince, sadece ölüm ilanı vardı. Ani bir şekilde evde hayatını kaybetmişti. Hepsi bu kadardı.

Alanna, Steven'ın peşinde olduğu mahremiyeti, iki sevdiği kişiyi art arda kaybettikten sonra saygıyla karşıladı.

Steven onu ana binanın girişinde karşıladı. Yüzünde hiç uyumayan bir adamın ifadesi vardı. İlk kez tanıştıkları öğleden sonra olduğu gibi, şimdi de oldukça uyanıktı.

Binanın içine adım attı. Resepsiyon odası aydınlıktı ama etrafta kimse yoktu.

"Korkarım personelim medeni çalışma saatleri konusunda ısrarcı," dedi. "İsterseniz size kahve, çay ya da bir içki ikram edebilirim."

"Çay harika olur."

"Evin benim bölümüne dönmemizin bir sakıncası var mı? Buradaki aletlere dokunmam konusunda bana güvenmiyorlar."

Neden geldiğini gayet iyi biliyordu ama sorularla üzerine gitmedi. Bunun yerine, evin içinde yürürken Grand Bahama Adası'ndaki malikanesini ayakta tutan insanlardan bahsetti. Öğleden sonra ve akşam boyunca, Alanna büyük olasılıkla çoğuyla karşılaşmıştı, mutfak ekibi hariç. Hepsini şahsen tanıyor gibiydi.

Bu kadar zenginlik, güç ve zekaya sahip bir adamın yabancıyı rahatlatma konusundaki ustalığına hayran kaldı. Onun hakkında okuduğu makalelerde, iş dünyasında ne kadar sevilen ve saygı gören biri olduğu sıkça vurgulanıyordu. Şimdi bu ünün nedenini daha iyi anlıyordu.

Alanna'yı kütüphanenin ve yemek yedikleri alanın önünden geçirirken, "Burası evin yaşanılan kısmı," dedi.

"Kei çok sayıda pencereyi severdi. Mimarla birlikte çalışırken, evin neresi olursa olsun su manzarasına sahip olması konusunda kararlıydı" diye açıklıyor. "Birbirine bağlanan üç yapı, marinayı kucaklayan bir U şeklinde inşa edildi."

"Ön ofis, çalışma alanı ve özel konut," diye yorum yaptı Alanna.

"Aynen öyle. İdeal bir tasarım. Birkaç arkadaşım da teknelerini burada marinada tutuyor."

"Burada çok zaman geçirdi mi?" diye sordu Alanna.

İKİNCİ KİTAP

"Emekli olduktan sonra, yılda en az birkaç ayımızı burada geçirmeye çalışırdık. İkimiz de yelkenliyle gezmeyi severdik. Ayrıca yılın diğer aylarında da uzun bir hafta sonu için fırsat yaratırdık." Çift kanatlı bir kapının önünde durdu. "Sanırım burada gerçekten emekli olmak istemişti. Yıl boyu burada yaşamak ve oğlumuzun bir ailesi olursa, onları da buraya çağırmak. Sanırım bu, her ebeveynin hayalidir."

Alanna Steven'la daha bugün tanışmıştı. Kei'yi hiç tanımamıştı. Ama onun kendisine duyduğu aşkın ne kadar derin olduğunu anlamakta güçlük çekmiyordu. Kendisinin Ray'le yaşadığı şey farklıydı. Karasevdaydı, tutkuydu... ama böyle bir şey değildi.

Kapıyı açtı ve onu içeri buyur etti. Beyaz ve deniz mavisi renklerle dekore edilmiş ve döşenmiş güzel bir oturma alanı onları karşıladı. Pencere koltukları olan çok sayıda pencere vardı. Dışarıyı göremiyordu ama bir dizi pencereden güneşin doğuşunu ve diğerinden batışını izlediğini hayal etti. Şık, iyi tasarlanmış bir mutfak ve rahat bir yemek alanı yaşam alanına açılıyordu.

"Buradayken zamanımızın çoğunu burada geçirirdik."

Mutfakta yürüdü. Alanna ceketini çıkardı. Her yerde aile fotoğrafları vardı—Nathan ve Kei'nin fotoğrafları. Çoğu, Nathan'ın gerçekten küçük olduğu dönemlere aitti. Gitmişlerdi ama hatıraları burada korunuyordu.

"Kafeinli mi, kafeinsiz mi, bitkisel mi?" diye sordu.

Mutfağa gitti ve adam bir düzine seçenek içeren bir kutu poşet çayı Alanna'nın önüne koydu. Alanna bir tane seçti.

"Bal, şeker, limon?"

Hepsine başını salladı.

"Sana kararımı verdiğimi söylemeye geldim," dedi açıkça. "Ama önce bazı sorularım var."

Kendisi bir çay poşeti seçti. "Yani cevaplarımın sonuç üzerinde hiçbir etkisi yok mu?"

"Doğru," dedi. Alanna çay poşetini attı ve fincanını aldı. Onu birkaç kütüğün etrafında küçük alevlerin titreştiği şömineye götürdü. Önüne iki sandalye ve bir sehpa yerleştirilmişti. Alanna oturdu.

"Ray Savoy," dedi.

Steven öne eğilip fincanını masaya koydu. "Üzgünüm. Bu

Jan Coffey

öğleden sonra ayrıldı. Fikrini değiştireceğini ummuştum. Ama değiştirmedi."

Ray'in gittiğini David'den çoktan öğrenmişti. nunla ilgili kalbinde tuttuğu bölümde tuhaf bir gerginlik hissediyordu.

"Onu sizin Diarte ve Lyons'a buldurduğunuz kişilerden biri değildi, değil mi?" diye sordu, cevabı zaten biliyordu.

Sandalyede arkasına yaslandı. Ayaklarını çaprazlamış, parmaklarını karnında birleştirmişti. "Hayır, değildi. Sizi bu projeyi düşünmeye ikna etmek için ihtiyacımız olan bağlantıydı."

"Ve ben seçildim...?"

"Kei öldükten sonra. Oğlumu öldürenlerden intikam alma yolunu bulur bulmaz," dedi Steven. "En başından beri. Sen bunun bir parçası olmayı kabul etmedikçe başka hiçbir şey işe yaramayacaktı."

"O zaman neden benimle iletişime geçip sormadın?"

Başıyla onayladı. "Bu soruyu soruyorsan, sanırım kendini pek tanımıyorsun. En azından bir yıl önceki kendini tanımıyorsun. İşin senin hayatındı. Belirlenmiş protokollerden herhangi bir sapmaya— bu talep kimden gelirse gelsin—karşı koymak boşa olurdu."

Alanna tartışmak ve ona bunun gerçek olmadığını söylemek istedi. Ama öyle olduğunu biliyordu. Eskiden böyle biriydi. "Sana hâlâ öyle biri olmadığımı düşündüren nedir?"

"Buradasın. Yardım talebimi dinledin. İstediğim her şey bu kadardı. Bir yıl önce, seni buraya kadar getiremezdim."

"Ray... benimle olan ilişkisi... olan her şey ilk günden beri bir tuzak mıydı?" Sormak acı veriyordu ama bilmek zorundaydı.

Steven sandalyesinde hafifçe kıpırdadı.

"Bundan gurur duymuyorum," dedi sonunda. "Gerçi onunla karşılaştığımızda zaten seninle ilişkisi vardı. Tek söyleyebileceğim, hiçbir zaman senin düşündüğün gibi bir adam olmamış olabileceği."

Alanna sesini güçlü tuttu. "Nasıl yani?"

"Birçok ayrıntıda, söylediği kişi doğru. Gerçekten mühendislik diploması var ve çoğu zaman müteahhit olarak çalıştı. Sizi aylar sonra buraya gelmeye nasıl ikna edeceğimize gelince, bu tamamen onun kendi işi, kendi planıydı."

"Yani, kendi ölümünü sahte olarak düzenledi," dedi Alanna, Ray'in ne kadar ileri gittiğine hâlâ inanamıyordu.

"Doğru," diye itiraf etti Steven. "Bunu biz önermedik. Ama biz ona bulaşmadan önce de başı dertteydi. Kumar borçları. Borçlu

İKİNCİ KİTAP

olduğu bazı sert beyler vardı. Tanık koruma programı hikâyesi, tamamen yalandı. Diarte ve Lyons'a sana tam olarak ne söylemeleri gerektiğini o anlattı. Sonoma Vadisi'ndeki o görüşmeyi tamamen o kurguladı."

Alanna, uzun bir süre sessiz kaldı. O kadar uzun bir zamandır aptal yerine konmuştu ki. Ray'i gerçekten hiç tanımamıştı.

"Vay canına," diyebildi sonunda.

Steven ellerine baktı. "O nasıl oynamak istiyorsa öyle devam ettik. O, belirli bir meblağ üzerinde anlaşmıştı ve görevini yapıyordu."

"Ne kadar para aldı?" diye sordu.

Ona baktı.

Başını iki yana salladı. "Boş ver, bilmek istemiyorum. Şu anda olduğumdan daha öfkeli olamam."

Alanna çay bardağını aldı ve koyu sıvıya baktı. Ray'e buraya gelirken uçakta söylediği her şey fazlasıyla gerçekti. Bu yüzden daha fazla dayanamamıştı.

"Gerçek dünyada yasal olarak ölü mü?" Bilmesi gerekiyordu.

"Sanırım öyle. Böyle olmasını o istedi."

"Dün buradan ayrıldıktan sonra nereye gitti?"

Steven, sormasının pek de doğru olmadığını ima eden bir bakışla ona baktı.

"Onu takip etmeyeceğim," dedi Alanna. "Ve intikam peşinde değilim. Sadece iç huzurum için bilmem gerekiyor. Onu bir daha görmek ya da karşılaşmak istemiyorum."

"Öldüğünü düşündüğünüz dönemde yaşadığı yere geri döndü," dedi Steven. "Amsterdam'da bir kız arkadaşıyla birlikte yaşıyor. Orada yeni bir hayat ve kimlik kurmuş."

Alanna bunun canını acıtmasını istemiyordu. Ama acıtmıştı. Kurban olmadığını iddia etmek istiyordu. Ama olmuştu. Çayından bir yudum daha aldı. Tadı yoktu. Gözyaşları boğazını yakıyordu ama onları serbest bırakmayı reddetti. Galvin'e baktı.

"Şu anda cevabımın ne olduğunu bilmiyorsun. Sana hayır diyebilirim. Bunca aylık planlamadan sonra, harcadığınız onca para ve masraftan sonra, çekip gidebilirim. Buna değer miydi?"

Cevabında hiç tereddüt etmedi. "Kesinlikle. Bu riski almak zorundaydım."

Jan Coffey

Alanna aniden ayağa kalktı ve bardağı mutfağa götürdü. Ceketini alıp geri geldi. "Çıkışı kendim bulabilirim."

"Alanna," dedi Steven, ona seslenerek. "Kararın?"

"Kalıyorum," dedi Alanna, Fransız kapılarda durarak. "Yardım edeceğim."

Bölüm 52

Ankara, Türkiye

BUNDAN ON YIL önceki işlerinden bu yana Refik Ömer'i ortadan kaldırmak Finn'in yaptığı en kolay işlerden biriydi.

Dikmen Vadisi Kuleleri, mükemmel bir atış noktası sağlıyor ve altındaki alışveriş alanı o kadar yoğundu ki, Finn sürgülü kapıyı kapatıp perdeleri çektiğinde yerdekiler Ömer'in yansıma havuzuna düşme nedenini bile fark etmemişti.

Finn tüfeği bir kenara bırakıp bilgisayarın başına geçti ve internette bugünün *Belfast Telegraph* gazetesini okumaya başladı.

Cep telefonunu aldı ve hızlıca Kelly'yi aradı. Kelly telefonu açtı.

"Yüz," dedi Finn.

"Bir tane daha mı?" diye sordu Kelly, bir yandan onaylarcasına, bir yandan da sorgularcasına.

"Sadece bir tane," dedi ona. "Ama planda bir değişiklik oldu. Washington'a gitmek zorundayım."

"Neden?" diye sordu Kelly, sesinden hoşnutsuzluğu belli oluyordu.

Finn makaleye baktı. Manşet, başkanlık adayının kızının İrlanda'daki kitap turunu yarıda kestiğini ve bugün Amerika Birleşik Devletleri'ne döneceğini bildiriyordu.

"İş yeri değişti," dedi Finn.

"Hoşuma gitmedi," dedi Kelly. "Bence artık durmalısın."

Jan Coffey

"Hayır, çok yaklaştım. Bitmesi gerekiyor," dedi Finn. "İkizler nasıl?"

"İyiler," diye yanıtladı Kelly.

"Ya Mick?" diye sordu Finn.

"Yanımda, konuşmak ister misin?" dedi Kelly. Bir süredir aralarında konuşacak çok şey yoktu, en azından Mick onu dinliyordu ve hâlâ evdeydi. "Hayır, ona selam söylediğimi ilet," dedi. "Ona kendin söylemek istemediğine emin misin?" diye sordu.

"Hayır," dedi Finn. Yapmaları gereken her şeyi yüz yüze çözmeleri gerekiyordu.

"Çabuk dön, seni özlüyorum," dedi Kelly, sessiz bir tonla.

"Çok yakında benden bıkacaksın, aşkım. Her zaman yanında olacağım," diye söz verdi ona.

"Dört gözle bekliyorum," dedi Kelly.

Finn, aramayı sonlandırıp makaleyi tekrar okudu. Durumların karmaşık hale gelmesinden nefret ederdi. Şimdi biraz daha araştırma yapması gerekiyordu. Yeni bir yere, yeni bir zamana karar vermeliydi. Washington'da her yerde güvenlik kameraları vardı. Geçmişte orada sadece bir suikast yapmıştı ve başka bir suikast yapmayı düşünmüyordu.

İyi olan bir şey, silahını ayarlamakta işvereninin zorlanmayacak olmasıydı. Amerika'da güvenli bir silah bulmak Beyrut'tan bile daha kolaydı. Yine de ek masraflar vardı ve bunları hesaba yazdırması gerekecekti.

"Sonuncusu," diye kendine mırıldandı Finn.

Bu açıdan bakınca Finn neredeyse bu yolculuğu dört gözle bekliyordu.

Bölüm 53

Belfast

KELLY TELEFONU KAPATTI ve masadaki sütü alıp buzdolabına koydu.
"Ne hakkında konuştunuz?" diye sordu Mick, mutfak masasında kahvaltısını bitirirken.
Kelly, yeğenini sabahın bu saatinde uyanık görmekten memnundu. Aylar sonra onu en sosyal halinde görmek güzeldi. Bu sabah ikizlerle odalarında oynamış ve sonra aşağıya inmişti.
"Kocanla konuşuyordum," dedi Kelly.
"Ne zaman dönecek?" diye sordu Mick.
Yeni bir çay demlemek için suyu koydu. "Bilmiyorum. Emin değil."
"Ne demek bilmiyorsun?"
Kelly omzunun üzerinden ona baktı ve ses tonunun keskinliğine şaşırdı. "Bir şeye mi ihtiyacın var Mick? Yardım edebilirim."
"Finn nerede?" diye sordu genç adam.
Finn'in nerede olduğunun Mick için pek bir anlam ifade ettiğini hiç düşünmemişti. "Bunun ne önemi var ki? Muhtemelen haftanın sonuna kadar geri gelir."
"Kelly, lütfen," dedi genç adam, tabağını önünden iterek.
"Finn burada olduğunda aranızda üç kelime bile geçmiyor," dedi

Jan Coffey

Kelly kısa bir şekilde, Mick'e dönerek. "Şimdi nerede olduğu ve ne zaman geri geleceği hakkında telaş mı yapıyorsun?"

Genç adam iki yumruğunu masaya koydu, Kelly'ye doğru eğildi. "Bu önemli. Nerede olduğunu söyler misin?"

Ona söylemenin bir zararı olmayacağına karar verdi. "Eğer bilmek istiyorsan, o Türkiye'de."

"Peki şimdi nereye gidiyor?" diye sordu.

Kelly neredeyse gülecekti. Mick, ailelerindeki erkeklerde yaygın olan o tatlı ses tonunu kullanıyordu; kadınları böyle etkilediklerine emindiler.

"Amerika'ya gidiyor. Sanırım hemen ardından eve dönecek."

Kahvaltısını yarıda bırakan Mick, mutfaktan fırlayıp gitti. Kelly, onun koridor boyunca gidip banktan montunu almasını ve kapıdan dışarı çıkmasını izledi.

"Peki şimdi bu çocuğun içine ne girdi?"

Bölüm 54

Grand Bahama Adası

ALANNA'NIN KALMAYA KARAR VERMESİNİN ARDINDAN, işleri gereksiz yere uzatmanın bir anlamı kalmamıştı.

STEREO misyonu için test döngüleri ayda bir kez gerçekleşiyordu, ancak sabit bir zaman çizelgesi yoktu. Alanna, bu testi istediği yerden planlayabiliyordu. Her şey programlanmıştı, şifreler yalnızca onun elindeydi.

Zamanı belirlediğinde süreç kendiliğinden işleyecekti.

Adadaki ikinci günlerinde, projeye dahil olacak diğer dokuz kişi Galvin ile bir araya geldi. Bu toplantıda Alanna, operasyonun merkezi olarak mülkün kuzey ucunda bulunan küçük bir binanın kullanılacağını öğrendi. Yapı ona NASA'nın kontrol merkezlerinden birini anımsattı.

Jay ve David dışında, diğer katılımcıların Galvin'in vakıflarından çalışanlar olduğunu düşündü. O kişilerin ne yaptıklarını ya da projenin arkasındaki nedenleri tam olarak bilip bilmediklerinden emin değildi. Ancak en azından bir kısmının, vakıflara aktarılacak fonların yönlendirilmesiyle ilgileneceğini tahmin ediyordu.

Alanna'nın onlarla pek bir bağlantısı olmayacak gibi hissediyordu, ki bu da onun işine geliyordu. Öte yandan, David ve Jay ile arasında hızla bir dostluk hissi oluştu. Sözle dile getirmeseler de her

… Jan Coffey

iki adamın da Alanna'nın nihai kararını ne kadar takdir ettiklerini biliyordu.

Toplantı sırasında destek ekipleri dağıtıldı.

"Jay, bunlar senin ekibin," dedi Steven, ona dört kişiyi tanıtarak. "Sana dosyaları, sistemleri ve üzerinde çalıştığımız örnekleri gösterecekler. Seni duruma hızla adapte edecekler."

Jay'in bundan memnun olduğu belliydi. Alanna, genç adamda şimdiden bir fark görüyordu. Bilgisayar başında çok daha kendinden emin ve rahat görünüyordu.

"David, bunlar para transferi yapacağımız hesaplar." Steven bankacıya bir rapor verdi. "Bunların hepsi Dubai hesapları."

Daha sonra Steven, David'i sistemi öğrenmesi için ona yardımcı olacak iki kişiyle tanıştırdı.

"Ve bu da fonların aktarılacağı hesaplar," dedi Steven, çok daha kalın bir rapor sunarak. "İstediğiniz herhangi bir sivil toplum kuruluşunu bu listeye ekleyebilirsiniz. Listedeki hesapların çoğu ABD dışı hesaplar. İzlenebilirlik konusunda endişelenmeyin, işimiz bittiğinde paranın bu hesaplara nasıl ulaştığına dair bir iz bulunmayacak."

Alanna, David'in hemen raporları incelemeye başladığını fark etti. Dün gece Leah'ya karşı bir satranç oyunu daha kaybetmişti. O küçük kız, yüreği kocaman biriydi ve Alanna, onun bilgece şakalarını dört gözle bekliyordu. Şimdi babasına bakınca, böbrek hastalığını ya da klonlamayı destekleyen bir kuruluşun, eğer henüz yoksa, yakında orada olacağını düşündü.

"Dr. Mendes," dedi Steven ona dönerek. "Test gününe kadar yalnız çalışacaksınız. Tetikleyici ayarlandığında, Jay'in ekibi iletişimle ilgili herhangi bir konuda size yardımcı olacak."

Bu da demek oluyordu ki test gününe kadar Alanna'nın yapacak bir işi yoktu. Phil'i arayıp program hakkında bilgilendirecekti ama bu sadece bir nezaket araması olacaktı. Testi günün ya da gecenin en garip saatlerinde planlaması da olağandışı bir durum değildi. Asıl amaç, herkesin her an tetikte olmasını sağlamaktı. Ayrıca büyükannesini de aramak zorundaydı. Alanna bir iş gezisine çıktığına dair bir hikâye uydurmuştu. Sonuçta gerçekten bir iş gezisindeydi. Büyükannesinin onun sesini duyunca mutlu olacağını biliyordu. Ray'in sahte ölümünü ve geri dönüşünü ona hiç anlatmadığı için memnundu.

232

İKİNCİ KİTAP

Büyükannesi kadar iyi bir kadın tarafından iki kez yası tutulmayı hak etmiyordu.

"Testi en erken ne zaman planlayabiliriz?" diye sordu Galvin.

"On iki saat önceden haber vermem yeterli," dedi Alanna.

"İki gün içinde yapsak nasıl olur?" diye sordu Galvin.

Alanna başını salladı. Galvin, odadaki diğerlerine baktı. İnanması zor olsa da işler neredeyse bitmek üzereydi.

Bölüm 55

Washington, D.C.

AMBER, jet lag bahanesini kullanarak iki gün boyunca babasının evinin etrafında dolandı. Arkadaşlarından kimseyi aramadı. Mezuniyet danışmanına Amerika'ya döndüğünü haber vermedi, işlerini toparlamak için hiçbir düzenleme yapmadı. Annesine Avrupa'dan döndüğünü bile söylemedi. Yayıncısına seyahatini bir hafta kısa kestiğini söyleme zahmetine bile girmedi. Kitapçılara gelmeyeceğini haber verdi. Bu kadarı yeterliydi.

Neyse ki babası onu kendi haline bıraktı ve evdeki hizmetçi de ona yolundan çekildi.

Bir gün böyle geçebilirdi, ama bu ruh hali ikinci güne uzanınca herkes onu üzüntüsünden çekip çıkarmak için devreye girdi.

Hizmetçi ona senatörün sekreterinin telefonda olduğunu ve Amber konuşana kadar hattı kapatmayacağını söyledi.

Susan, sessiz ve etkili biriydi. Amber, genç kadını neyin böylesine kışkırttığını anlamadı. Sabaha iki kez aramıştı ve Amber bunlara dönüş yapmamıştı.

Susan, lafı fazla uzatmayı seven biri değildi, bu da Amber'in işine geliyordu. Gezi hakkında konuşmaya hiç niyeti yoktu. Susan konuya direkt girdi.

"Son yirmi dört saatte bir adam beş kez aradı ve seninle konuşmak için ısrar ediyor."

İKİNCİ KİTAP

Elbette evlerinin telefonu gizliydi ve Amber cep telefonu numarasını pek fazla kişiyle paylaşmazdı.

"Adını söyledi mi?" diye sordu.

"Bir bakalım, burada yazılı. Çok çekici bir İrlanda aksanı var. Gerçekten mi çekici dedim az önce? Açıkçası, sanki gemiden yeni inmiş gibi konuşuyor, ama aslında henüz inmemiş. Uluslararası bir arama."

Amber bir duvara yaslandı. Bu kadarını umamazdı bile. Kalbi o kadar hızlı atmaya başladı ki Susan'ın bunu duyabileceğinden korktu.

"Mick miydi?"

"Evet, Mick'ti. Soyadını söylemedi," dedi Susan ona. "Senin tanıyacağını söyledi."

Amber tanıyordu. "Bana geri dönebileceğim bir numara bıraktı mı?" diye umutla sordu.

"Hayır, sadece senin numaranı istedi. Ama sana sormadan veremezdim."

Susan konuşmaları ayrıntılı bir şekilde anlatmaya devam etti. Amber ise kendini iki yaşında bir çocuk gibi hissediyordu. Odanın içinde zıplamak istiyordu.

"Gün bitmeden tekrar arayacağını söyledi."

Amber şöminenin üzerindeki saate baktı. Saat öğleden sonra 4:30 olmuştu bile.

"Ona saat kaça kadar burada olacağını söyledin mi?" diye sordu Amber.

"Bu gece yapacak çok işim var. O yüzden büyük olasılıkla altı ya da yediye kadar buralarda olacağım," dedi Susan ona. "Ama ona beş demiştim."

Amber rahatlamıştı. "Dinle, Susan. Lütfen ona benim numaramı ver. Cep telefonu numaramı," diye sonradan ekledi.

Susan güldü. "Sesi kadar yakışıklı mı?"

"Daha da yakışıklı," dedi Amber, içinde bir sıcaklık hissederek.

"Onunla nerede tanıştınız?"

"İmza gününde."

"Çocuk kitabı mı alıyordu?"

"Bir nevi. Aslında pek de sayılmaz."

Amber, Mick'in aksanını duyunca dizlerinin bağı çözülen tek

235

Jan Coffey

kişinin kendisi olmadığına sevinmişti. Üstelik onu yüz yüze bile görmemişti.

Konuşmayı bitirdiğinde koşup bir duş almak istedi. Ama durdu. Onun aramasını kaçırmak istemiyordu. Evin içinde dolaşıp durdu. Yerinde duramıyordu. İrlanda'dan dönerken uçağa bindiğinde başladığı kitabı eline aldı. Ancak konsantre olamadı. Gözleri birkaç dakikada bir saate kayıyordu. Aklı, birlikte geçirdikleri zamanlara ve nasıl harika hissettiğine gidiyordu.

Neden bir numara ya da adres bırakmadan gittiğini düşünmek istemiyordu. Neden ona ulaşmaya çalıştığını bilmiyordu. Belki de cüzdanından aldığı parayı geri vermek istiyordu. Parayı ancak onunla yüz yüze görüşebilirse kabul edecekti. Ona isyan yasasını okuyacaktı... ve sonra üzerine atlayacaktı.

Cep telefonu tam saat beşe iki kala çaldı. Bir "merhaba" demesi bile Mick olduğunu anlamaya yetmişti.

Sanki otel odasından vedasız çıkmamış gibi birkaç dakika konuştu. Amber, son birkaç günün ne kadar zor geçtiğini saklayarak sorularına cevap verdi. Gezisinin neden kısa sürdüğünü sorduğunda, randevuları olduğunu yalan söyledi.

"Dinle, kısa bir ziyaret için oraya uçuyorum ve acaba seninle kalabilir miyim?" diye sordu sonunda.

Amber buna inanamıyordu. Sevinçten havalara uçmuştu. Ama gitmeden önceki haliyle ilgili sorularına açıklık getirmesi gerekiyordu.

"Evet demeden önce, Mick, sana bir şey sormam lazım."

"Parayı merak ediyorsun, biliyorum."

"Tamam mı? Ne olmuş yani?"

"Paraya ihtiyacım olduğu için değildi. Sadece, şey..." Dünyanın öteki ucundan kelimeleri arıyordu. "Bunu telefonda açıklamak zor. Ama açıklayacağım. Ve biliyorum ki beni affedeceksin."

"Öyle mi düşünüyorsun?"

"Bundan eminim." Sesi daha hafif bir tona büründü. "Aslında, seni çoktan affettiğini düşünüyorum."

"Gerçekten mi?" diye sordu Amber.

"Eğer affetmeseydin, şu an konuşuyor olmazdık, değil mi?" Sesi bir okşama gibiydi.

Amber gülümsedi. Bu adam çok fazlaydı.

İKİNCİ KİTAP

"Peki, nedir?" diye devam etti. "Birkaç günlüğüne sende kalabilir miyim?"

"Kesinlikle," dedi. "Buna emin olabilirsiniz."

Babasının buna karşı çıkabileceğini biliyordu ama önemli değildi. Böyle kararları kendi başına verebilecek yaştaydı. On sekiz yaşından beri kendi başına yaşıyordu. Eve geri taşınmış olması, babasının onun kişisel seçimlerine itiraz etme yetkisi olduğu anlamına gelmiyordu.

Bu tartışmayı erken yapıyordu. Henüz babasıyla konuşmamıştı bile. En kötü ihtimalle, gerekirse onunla bir otelde kalacaktı.

"Seni havaalanından alayım mı?" diye teklif etti.

"Tabii, harika olur. Uçuşumu ayarladığımda seni ararım."

"Bu harika," dedi Amber.

"Bu arada, ben oraya gelmeden önce uykunu alman iyi olur diye düşünüyorum," dedi Mick.

İçi kıpır kıpır oldu. Yüzünün yandığını hissetti. Utanıyordu.

"Bunu yaparım. Sen de dinlenmelisin."

"Benim için endişelenme, sevgilim."

"Mick, soyadını bilmiyorum."

"Bu doğru. Ama bunun bir önemi yok. Değil mi?" diye sordu.

Önemli değildi. Mick'in telefon numarasını almıştı. Uzun bir süre telefona baktı. En azından geri dönmesi için bir numarası vardı.

Yine içgüdüleriyle hareket ediyordu. Tıpkı Dundalk'ta onunla tanıştığı zaman yaptığı gibi. İrlanda'dan ayrılıp eve dönmeye karar verdiği gibi. Mick'in buraya gelmesinin ardında bir his mi vardı, yoksa o da içgüdüleriyle mi hareket ediyordu, merak etti.

Amber cep telefonuna baktı. İçgüdüden fazlası olmalıydı. En azından öyle olmasını umuyordu.

Bölüm 56

DAVID COLLIER, misafirlerine bakarken gerçek bir memnuniyet duydu. İlk geceden sonra, akşam yemeğini birlikte yemeyi bir gelenek haline getirmişlerdi. Leah'nın diyalizi nedeniyle David'in evi, herkesin toplanması için doğal bir yer olmuştu. Tabii ki, Leah da onları uzun zamandır kayıp olan amca ve teyzeleri gibi davranarak neşeyle ağırlıyordu. David, Leah'nın yıllardır geçirdiği en iyi zaman olduğunu düşündü.

Bir araya geldiklerinde, böylesine farklı bireylerden oluşan bir grubun bu kadar yakın bir bağ kurması oldukça beklenmedikti. Ama bu gerçekleşmişti.

Jay Alexei yirmi bir yaşındaydı. Eşi on sekiz. Yeni ebeveynler ve David'den çok daha gençlerdi. Ama bebekleri tam anlamıyla mükemmeldi. Asla ağlamıyordu, tabii Padma onu kucağından neredeyse hiç bırakmıyordu. Jay, bebeği neredeyse onun kollarından söküp almak zorunda kalıyordu. David, Nicole'ün Leah doğduktan sonraki ilk ayda aynı şekilde olduğunu hatırlıyordu.

Dışarıda, Jay'in verandada bebekle oturduğunu görebiliyordu. Alanna da oradaydı, suyun üzerindeki ayı izliyor ve sohbet ediyordu.

Alanna Mendes, "işine aşık" teriminin sözlük karşılığıydı. Ya da en azından kendisini böyle tarif ediyordu. Bununla alay edebilecek kadar rahattı, televizyon programlarını kaçırdığını, izleyemediği filmleri ve işine olan adanmışlığı nedeniyle gidemediği yerleri itiraf

238

İKİNCİ KİTAP

ediyordu. Ancak adada, Leah'ya bu kadar iyi davranmak için fazladan zaman harcamıştı. David, kızının ona gerçekten bağlandığını görebiliyordu.

Bu grubun neşeli uyumu, David'in Alanna ve Jay ile paylaşmayı planladığı şeyler konusunda tereddüt yaşamasına neden oluyordu. Ancak onlara gerçeği borçluydu. Hep birlikte bu işe karışmışlardı ve her biri, bu projeye dahil olmaktan endişe duymak için kendi sebeplerine sahipti.

Bu akşam yemekten sonra Padma oturma odasında Leah ile satranç oynama sırasını alıyordu. Genç anne bu oyunda içlerinde en iyisiydi ve Leah'yla oynarken hiç durmadan tartışıyorlardı. David bunun yaşlarının yakın olmasından kaynaklandığını düşündü.

David kalktı ve dışarı çıktı. Endişelerinden bahsetmek için iyi bir fırsattı. Harsha, artık herkesin bebeğe verdiği isimle, babasının göğsüne sarılmış, huzur içinde uyuyordu.

"Sizinle konuşmak istediğim bir şey var," dedi, verandadaki minderli sandalyelerden birine oturarak.

Alanna'nın yüzünün hemen ciddileştiğini gördü.

"Tamam," dedi Jay. "Neler oluyor?"

"Paranın aktarılacağı tüm hesapları gözden geçirdim," dedi diğer ikisine. "Bugünkü bakiyelerin toplamı, aktaracağımız miktarın yaklaşık beş yüz milyon dolar olduğunu gösteriyor."

"Ve umarım bu hesapların hepsinin Bill Gates'in adına olduğundan emin oldun," diye espri yaptı Jay.

Hepsi güldü.

"Galvin'in doğru hesapları verdiğine güveniyoruz," dedi David, ciddileşerek.

"Pek çok konuda onun sözüne güveniyoruz," diye itiraf etti Alanna. "Oyunun bu son aşamasında yapabileceğimiz tek şey ona güvenmek ve zarların atılmasına izin vermek."

"Beni her zaman şaşırtıyorsun," dedi David ona. "Ama sanırım haklısın."

"Ben de öyle yapıyorum," dedi Jay.

"Ancak," diye devam etti David, "fonların gittiği hesaplarla ilgili başka bir şey daha var."

"Bir sorun mu var?" Alanna'nın karanlık gözleri ay ışığında parladı.

Jan Coffey

"Görünüşe göre hepsi, dediği gibi, kar amacı gütmeyen kuruluşlar ve ABD ile uluslararası yardım kuruluşları... biri hariç." David, dikkatlerini çektiğini fark etti. "On milyon dolar, Pennsylvania senatörü Paul Hersey'e aktarılacak."
"Hersey mi?" diye tekrarladı Alanna. David başını salladı.
"Dur bir dakika. O, Beyaz Saray için yarışmıyor mu?" Jay sordu. Alanna, "Bu noktada partisinin adaylığını umuyor," diye yorum yaptı.
"Bu adamın neyi savunduğunu bilmiyorum," dedi Jay. "Ama kampanya bağışı hayır katkısı mı oluyor?"
"Hayır," diye yanıtladı David. "Ama bundan daha fazlası var. Bu, bir aday için izin verilen katkı payından sadece birkaç sıfır fazla. Ayrıca bu, kampanya fonuna değil, Hersey'in kişisel hesabına yapılan bir transfer. Ve başka bir şey daha. Hesap ABD'de, yani araştırılacak ve kaynağına kadar takip edilecek. Bu sadece adamın siyasi kariyerini mahvetmekle kalmaz, aynı zamanda onu kişisel olarak her türlü dolandırıcılık, komplo ve başka şeylerle suçlanma riskiyle karşı karşıya bırakır... özellikle de paranın kaynağının bir terör örgütü olduğu duyulursa."

İkisi de sessizce ona bakmaya devam etti. Sessizliği sonunda David bozdu.

"Ben de böyle bir pozisyonda bulundum. Tuzağa düşürülmenin nasıl bir şey olduğunu bilirim. Bu sizi mahvedebilir. Onu da mahvedecek."

Jay, "Galvin'in Hersey'e karşı bir şeyi var," diye karşılık verdi.
"Bana öyle görünüyor," diye onayladı David.
Alanna başını salladı. "Belki de bunu ona sormalıyız."
"Dinleyin," dedi Jay. "İzin verin kendi yöntemlerimle biraz araştırma yapayım ve Galvin ile Hersey arasındaki bağlantıları bulup bulamayacağıma bakayım."
"Her iki fikir de hoşuma gitti," dedi David.

Bölüm 57

Washington, D.C.

MICK YARIN GELIYORDU VE AMBER, İrlandalı misafirinden bahsetmek için babasıyla iki dakika bile baş başa kalamamıştı. Seçim kampanyası işleri, babasının tüm vaktini alıyordu. Bu akşam bir organizasyon için bağış toplama yemeğinde konuşacaktı. O da davet edilmişti ama gelmemişti. Yarın için konuşmalara ve gülümsemelere katlanamayacak kadar gergindi. Saat onu birkaç dakika geçe babasının geldiğini duydu. Ne yazık ki hemen ardından yakın arkadaşı Matt Lane geldi.

Amber, onları kısa bir süreliğine bölmeye karar verdi. Sonuçta, burası babasının eviydi ve eğer babası onların otelde kalmalarını tercih ederse, onun kararına saygı gösterecekti. Hızlı adımlarla aşağı indi.

Babasının çalışma odası, evin önündeki kütüphaneye bitişik rahat bir odaydı. Amber kütüphaneye doğru yürüdü. Çalışma odasının kapısı aralık kalmıştı, ancak içeriden gelen sesleri net bir şekilde duyabiliyordu. Sanki zaten bir tartışmanın ortasındaymışlar gibi geliyordu. Amber beklemeye karar verdi.

Matt Lane ve babası birbirlerini yıllardır tanıyorlardı. Hukuk fakültesine birlikte gitmişlerdi. Kariyerlerine Washington'da aynı zamanda başlamışlardı. Matt'in karizması ya da görünüşü politikaya uygun değildi. Hukuk alanında başarılı bir kariyer yapmıştı. Amber

Jan Coffey

onun zeki olduğunu biliyordu. Ayrıca bir ya da iki başkanın altında birkaç alt düzey kabine görevinde bulunmuştu. Ancak son zamanlarda, Matt Lane'in, babasının yolunu aydınlatan kişi olduğunu biliyordu. Babasının gözleri ve kulakları gibiydi, işleri kolaylaştırıyordu. Babası, Matt Lane'in tavsiyelerine kimsenin tavsiyesine güvenmediği kadar güvenirdi.

Amber, onları daha önce hiç böyle tartışırken duymamıştı. Tam dönüp gitmeye karar verdiği anda, duyduğu birkaç kelime onu olduğu yerde durdurdu.

"...iki ölüm... birkaç gün arayla..."

"Aşırı tepki veriyorsun..." diyordu babası.

Amber senatörün ofis kapısının yanındaki deri koltuğa geçti. Yanındaki ışığı yaktı ve sedirden bugünün gazetesini aldı.

"Daha bitmedi. Gardını indiriyorsun," diye uyardı Matt.

Konuşmalarını net bir şekilde duyabiliyordu. Amber, söylenenleri dinlerken hiç rahatsızlık hissetmiyordu. Babası her zaman siyasi meselelerinde onu bir sırdaş gibi görmüştü. Özellikle eve döndüğünden beri aralarındaki bağ daha da güçlenmişti.

"Amber evde, güvende... Umursadığım tek şey bu..."

Babasının sesi kapının arkasında alçalmıştı, ama Amber, İrlanda'dayken babasının aldığı güvenlik uyarısının o kadar da anlamsız olmayabileceğini düşünmeye başlamıştı.

Bir anda Matt Lane'in sesi duyuldu, öfkeli ve suçlayıcı bir tondaydı: "Ama Nathan'ın ölümüne göz yumdun."

Amber, ismi duyunca sırtında bir ürperti hissetti. Ölen sadece bir Nathan vardı bildiği kadarıyla: Nathan Galvin. Geçen yıl Türkiye'de seyahat ederken hayatını kaybetmişti.

"Steven bunu geride bıraktı. Emekli oldu," diyordu babası.

Amber, Nathan Galvin'den bahsettiklerini anladı.

"Tanrı aşkına, Paul. Adam oğlunu kaybetti, karısını kaybetti. Kei, Nathan'a olanlar yüzünden intihar etti. Sence hâlâ kin tutmuyor mu?" diye sordu Matt.

Gazete Amber'ın parmaklarının arasından kaydı. Ayağa kalktı ve çalışma odasının kapısına doğru yürüdü.

"Sana söylüyorum, bana kızgın değil," dedi Paul Hersey. "Hâlâ elimden geleni yaptığımı düşünüyor. Hayat bu, Matt. İnsanlar ölür. Yanılıyorsun. Steven'dan yeni bir bağış aldık. Eğer bana kin besleseydi, kampanyamı hâlâ desteklemezdi."

İKİNCİ KİTAP

Amber, çalışma odasının kapısını itip açtı. Babası irkildi. Matt, elleri Paul'un masasında, ona doğru eğilmiş bir şekilde duruyordu. Hızla arkasını döndü.

"Amber," dedi Paul, sanki hiçbir şey olmamış gibi. "Gel, tatlım. Bu gece harika bir parti kaçırdın."

"Seninle konuşmam gerek," dedi Amber.

"Matt'le işimiz bitti zaten." Babası, anlamlı bir bakış attı arkadaşına.

"Henüz değil."

"Ama bunu yarın konuşabiliriz," diye ısrar etti Paul.

"Sabah erkenden uğrayacağım," dedi Matt, kapıya doğru ilerlerken.

"Ben de Susan'a sekreterinle programımı paylaşmasını söyleyeceğim," diye ekledi Paul.

Matt Lane, odadan çıkarken Amber'in omzuna hafifçe dokundu. Birkaç saniye sonra ön kapının açılıp kapandığını duydular.

"Ee, ne haber tatlım?" diye sordu, kampanya gülümsemesini takınarak.

Amber bir yabancıya bakıyormuş gibi hissetti. Nathan'ın cenazesini hatırladı. Nathan'la aynı yaz kamplarına gittikleri yılları hatırladı. Birlikte aldıkları yelken derslerini. İki ailenin bir araya gelişlerini. Kendini bildi bileli hepsi çok iyi arkadaştı.

"Nathan," dedi Amber. "Nasıl öldü?"

"Tatlım, Matt yaşlanıyor ve paranoyaklaşıyor. Unut gitsin," dedi babası, onu önemsemiyormuş gibi elinin tersiyle geçiştirerek. "Bu arada Susan'ın bana anlattığı şu İrlandalı delikanlı meselesi neydi? Seni arayıp duruyormuş?"

"Nathan nasıl öldü, baba?" diye üsteledi Amber, bu sefer daha kararlı bir şekilde.

Babası arkasına yaslandı, papyonunu gevşeterek rahatladı. "Gerçekten bu konuyu konuşmak istemiyorum."

"Ama ben istiyorum," diye ısrar etti Amber. "Bana anlat."

Babası derin bir nefes aldı ve kaşlarını çattı.

"Nathan bir grup terörist tarafından kaçırıldı. Biz onun için herhangi bir pazarlık yapamadan onu öldürdüler. Şimdi mutlu musun?"

Cenaze törenindeki belirsizliği hatırladı. Birisi onun bir araba

243

kazasında öldüğünü söylemişti. Ailesine sorulabilecek bir soru değildi bu. Herkes şok olmuştu.

"Steven ve Kei bunu biliyor muydu?" diye sordu.

"Evet, biliyorlardı," dedi ona.

"Peki, neden bu kadar gizli tutuldu? Neden kaza söylentileri yayıldı?"

"Çünkü CIA için çalışıyordu. İşte bu yüzden."

Babasının karşısındaki sandalyeye oturdu. Bu hiç mantıklı gelmiyordu. Nathan'ın bunu yaptığını düşünemiyordu. Casuslara bulaşmak için fazla normal biriydi.

"Matt neden 'Nathan'ı ölüme terk ettin' dedi?" diye sordu Amber.

"Abartıyordu," dedi babası, sandalyesini çevircrek dizüstü bilgisayarını açtı.

"Baba, neden Steven Galvin seni Nathan'ın ölümünden sorumlu tutuyor?"

"Tutmuyordur."

"Neden, baba?" diye yineledi Amber, bir kez daha sordu.

"Amber, bu geçmişte kaldı," diye sert bir şekilde karşılık verdi babası, sandalyesini hızla çevirip yüzüne baktı. "Bırak artık."

"Bırakamam. Sen benim babamsın. Nathan ise arkadaşımdı. Gerçeği bilmem gerek."

"Ve sen benim sana gerçeği söylemediğime mi karar verdin?" diye sordu. "Bak tatlım, Nathan hakkında yeterince konuştuk. Sana söyledim, bu geçmişte kaldı. Şimdi yapmam gereken işler var."

Sandalyesini bir kez daha çevirerek ona sırtını döndü.

Amber, babasına bakakaldı. Onu tanıyamıyordu. Karşısındaki adam babası değildi. İçinde hiç duygu yoktu, merhamet yoktu. Gerçeği umursamıyordu.

"Anlamıyorum," dedi, ayağa kalkarak. Kapıya doğru ilerledi. "Sen başka birine dönüşmüşsün. Seni anlayamıyorum."

Bölüm 58

ERKEN KALKAN ALANNA, Steven'ı aramaya gitti. Ana binada, onu taş bahçelerde çalışırken bulabileceği söylenmişti. Alanna bahçenin nerede olduğunu biliyordu. Birkaç gün önce mülkü gezerken bu alanı fark etmişti. Egzotik çiçeklerden oluşan, yaklaşık yirmiye kırk feetlik bir bahçeydi ve kumlu plajın hemen yakınındaydı. Bitkiler, dört feet yüksekliğinde el yapımı bir taş duvarla korunuyordu. Oraya vardığında Steven'ı çiçeklerin etrafındaki yabani otları temizlerken buldu. Renkler canlıydı ve toprağın ve yeşilliklerin bakımı son derece özenliydi.

"Seni asla bir bahçıvan olarak hayal edemezdim," itiraf etti Alanna.

"Kei'nin başlattığı bir başka proje. Toprağı işlemeyi, güzelliğe hayat vermeyi çok severdi." Sırtını dikleştirdi ve çiçek tarhına baktı. "Sanırım onlarla ilgilendiğimi bilmek onu mutlu ederdi. Bahçeyle uğraşmaktan nefret ettiğim için onunla ne kadar dalga geçtiğimi düşününce."

Alanna taş duvarın dışındaki bir taş banka oturdu, kolunu duvarın üzerine uzatarak taşların sıcak ve pürüzsüz yüzeyine dokundu. Gökyüzü masmaviydi ve ada için hava durumu güneşli olacağını vaat ediyordu. Rüzgar hiç dinmiyordu.

"Bu öğleden sonra geri sayım başlıyor," dedi Steven, bir dizini kaldırıp dirseğini dayayarak ona göz attı. "Hazır mısın?"

Jan Coffey

Başını salladı. "Yine de size sormak istediğim önemli bir soru var. Aslında bu hepimizin sorusu; Jay, David ve benim."

Steven'ın yüz ifadesinde ne sorudan ne de yanıt verecek olmasından bir endişe vardı. Omuzlarını silkerek, "Sor bakalım," dedi.

"Neden Senatör Paul Hersey?" diye sordu Alanna.

Steven ona bir dakika boyunca baktı, ardından başını salladı. "David'in bunu bulacağını biliyordum. Aslında ona güvenmiştim."

"Ama soruma hala cevap vermedin," diye üsteledi Alanna.

Steven ayağa kalktı. Üzerindeki eski kot pantolonun dizleri toprakla kaplıydı. Ayaklarındaki spor ayakkabıların delikleri vardı. Elindeki budama makasını yere koydu ve eldivenlerini çıkarıp sepete bıraktı.

"Paul Hersey, en eski arkadaşlarımdan biri, Nathan'ın ölümünden sorumluydu." Ses tonundaki öfke zar zor gizleniyordu.

"Oğlunu teröristlerin öldürdüğünü söylemiştin," dedi Alanna.

"Evet, doğru. Ama teröristler onu başka biriyle karıştırdıkları için öldürdüler, daha tecrübeli bir CIA ajanı olan gerçek hedefle," diye açıkladı Steven.

"Peki Senatör Hersey'in bununla ne ilgisi var?" diye sordu Alanna.

"Paul'e gittim. Ondan yardım etmesi için yalvardım. Beni sürece dahil etmesi için rica ettim." Sabah esintisiyle birlikte sesi yükseldi. "Ona, herhangi bir miktar parayı teklif etmesini söyledim. Sırtımı sıvazlayıp bana Nathan'a yardım edeceğine dair yalan söyledi. Ama onun ofisinden çıktığımda, önemli olan kişilere teklifimi iletmedi. Ve daha değerli ajanı korumak adına Nathan'ın feda edilmesine karar verildiğinde, hiçbir şey yapmadı. Bir arkadaşına sırt çevirdi. Oğlumun hayatını kurtarmak için hiçbir şey yapmadı."

Steven sepeti kaldırdı. Kederin ağırlığıyla sırtı eğilmişti. Saçları bu sabah daha gri, yüzündeki çizgiler daha derin görünüyordu. Elli yaşlarında olan bir adamdan çok daha yaşlı görünüyordu.

"Bu yüzden kamuoyuna yansıyan raporlar kaçırma olayından hiç bahsetmedi, öyle mi?" diye sordu Alanna.

"Evet," diye başını salladı Steven. "Hükümetimiz ve Langley'deki yetkililer, oğlumun hayatını kaybettiği bu operasyondaki gerçek hedefin kimliğini açıklamak istemediler."

"Paul Hersey'in bu olayda sorumluluğu olduğundan nasıl emin olabiliyorsun?"

İKİNCİ KİTAP

"Bu büyük ülkemizde her şeyin bir bedeli vardır. Aslında bu dünyanın herhangi bir yerinde de geçerlidir. Doğru bedeli ödediğinizde bilgi satın alabilirsiniz. Benim bağlantılarım var, Alanna. Oğlumla ilgili yaşanan olayda kimlerin ne yaptığını, kimlerin ne yapmadığını biliyorum. Oğlumun ölümünden kimin sorumlu olduğunu biliyorum...hem ülkemizde hem de Orta Doğu'da."

Steven taşların dışına çıktı ve Alanna da ayağa kalktı. İkisi birlikte ana binaya doğru yürümeye başladılar.

"O paranın hesabına aktarılmasıyla," dedi Alanna, "onun siyasi kariyeri sona erecek."

"Biliyorum. Planlarımı öfkeyle değil, dikkatle oluşturdum. Onun en çok değer verdiği şeyi elinden almak istiyorum."

Bölüm 59

Washington, D.C.

PAUL HERSEY, kızının kendisi hakkında ne düşündüğünün önemli olmadığını söyleyerek kendini kandırmaya çalıştı. Ama bu bir yalandı. Onun düşünceleri çok önemliydi.

On beş dakika kadar bekledi, e-postalarını ve yarınki programını kontrol etmekle meşguldü. Anlamsızdı. Dizüstü bilgisayarını kapatarak yukarı çıktı. Bütün ışıklar açıktı. Merdivenlerin başında, çoktan toplanmış bir bavul buldu. Amber'ın yatak odasının kapısı açıktı. Dolapla yatak arasında gidip geliyor, kucak dolusu giysiyi açık bavula atıyordu.

"Ne yapıyorsun?" diye sordu, kapı aralığında durarak.

"Taşınıyorum," dedi Amber, sakin bir sesle, ama duraksamadan işine devam etti.

"Neden?"

Cevap verme zahmetine girmedi.

"Amber," dedi sertçe. "Bir açıklamayı hak ediyorum."

Amber, aniden ona döndü. "Peki, ben hak etmiyor muyum?"

Bakışları birbirine kilitlendi.

Önce gözlerini kaçırdı. Onun gitmesine izin veremezdi. Şu anda bunu ona itiraf edemezdi ama kız onun için herhangi bir siyasi kariyerden, servetinden ve değer verdiği her şeyden daha önemliydi. Aralarındaki yenilenen ilişki Paul'e hayatında nihayet doğru bir şey

İKİNCİ KİTAP

yapmış gibi hissettiriyordu. Evliliğini ne kadar kötü batırmış olursa olsun o, açan bir çiçekti. Onun bir parçasıydı. Amber ona fazla benziyordu.

"Geçmişi deşmenin doğru olmadığını düşünüyorum," dedi Paul, sakin bir sesle.

"Nathan'ın ölümünden nasıl sorumlusun?"

"Başına silah dayayıp onu ben vurmadım," dedi Paul, soğukkanlılıkla.

"Yaptığın ya da yapmadığın neydi?" diye sordu Amber, her kelimeyi yavaşça vurgulayarak.

"Bütün hayatın boyunca siyasetin içinde büyüdün. İşlerin her zaman siyah ve beyaz olamayacağını biliyorsun. Herkesi besleyemeyiz. Bazıları aç kalmak zorunda," dedi Paul.

"Bana bir kampanya konuşması yapma, baba," dedi Amber sert bir şekilde. "Sadece bana Nathan hakkında gerçeği söyle."

Paul, ona gerçeği söylemezse Amber'ın gideceğini biliyordu. Gerçeği söylese de gitme ihtimali vardı. Yine de, Amber akıllı bir çocuktu. Belki de anlamasını sağlayabilirdi.

"Eğer büyük bir komplonun arkasındaki beyin olduğumu düşünüyorsan, öyle değildim. Kimse değildi. Sadece olan oldu. Nathan, oradaki bir hata yüzünden kaçırıldı. Güney Irak'ta görev yapan ve İstanbul'a yeni nakledilen başka bir ajanımızla karıştırıldı."

Amber dinliyordu.

"Ve sonra bazı kararlar verilmek zorundaydı."

"Ne tür kararlar?" diye sordu Amber.

"Nathan ile karıştırılan ajan, son derece hassas bir görevdeydi. Yapılabilecek en iyi şey, onun ismini ortadan kaldırmaktı." Paul, kapı aralığına yaslandı. Kendini yorgun hissediyordu. Yaşlı. Yalan söylemekten bıkmıştı. "Olanlardan gurur duymuyorum."

"Ne oldu baba?"

Paul, Amber'ın odasının kapısının hemen içindeki düz bir sandalyeye oturdu. Yorgun kollarını dizlerine dayadı. "Kaçıranlara, deneyimli ajanı ellerinde tuttuklarını teyit etme kararı alındı. Onları kandırmak için yeterince sahte bilgi ürettik."

"Bu Nathan için ne anlama geliyordu? Daha fazla para mı istediler? Bir mahkum değişimi mi?"

Başını iki yana salladı. "Hayır. Diğer ajanın Irak'ta yaptığı bir şeyin intikamını almak istediler."

Jan Coffey

"Ve sen bunu biliyordun."

"Evet," dedi sessizce.

"Ona ne yaptılar?" diye sordu Amber, duygusuz bir şekilde.

"Ne yaptıklarını biliyorsun. Onu infaz ettiler. O..." Paul'un sesi kesildi.

Bu, Amber'a bir tokat atmış gibi oldu. Gözyaşları yanaklarından süzülmeye başladı. Uzun bir süre hareketsiz kaldı. Gözyaşlarını silmedi. Sadece ona baktı.

Paul, gidip onu kollarına almak ve alınan kararların onu nasıl yıllarca rahatsız ettiğini söylemek istedi. Ama Amber'ın bakışlarından, onun bu kucaklaşmayı kabul etmeyeceğini anladı.

"Onların ne yapacağını biliyordun?"

Paul hala yalan söyleyebilirdi, ama gerçeği seçti. "Evet. O brifinglerin her birine dahil oldum, ama bu karmaşık bir durumdu. Siyasi olarak bazen bir adamın yumuşak görünemeyeceği, yumuşak olamayacağı anlar vardır." Gözleri ayakkabılarına kaydı. Bu gece bir yerde çizilmişlerdi. "Her şeyi biliyordum, Amber. Onu öldüreceklerini biliyordum."

"Ve olmasına izin verdin."

Amber, bir cevap beklemeden valizlerden birini bile kapatmadan, sadece onun yanından geçip merdivenlerden aşağı indi.

Bölüm 60

JAY YATAKTA OTURMUŞ, sevgi dolu bakışlarla Padma'yı izliyordu. Harsha'yı yarım saat önce duş alıp traş olmadan hemen önce ona getirmişti. Şimdi, anne ve oğul karşı karşıya yatakta derin bir uykudaydılar. Jay, yastığını bebeğin yanına koydu. Harsha henüz yuvarlanacak kadar büyük olmasa da Jay, korumacı bir baba olarak önlemini alıyordu. Eğilip eşinin saçlarına nazik bir öpücük kondurdu.

Padma gözlerini açtı ve Jay'in elini tuttu. "Şimdi mi gidiyorsun?" diye sordu.

"Bugün işe başlamadan önce Galvin'le görüşmem gerekiyor," dedi ona.

"Bugün her şeyi açıklayacağı gün mü?"

"Sanırım öyle." Steven Galvin ve Jay, o geldiğinden beri bire bir konuşmamışlardı. İletişimde herhangi bir sorun yaşanmamıştı. Onunla çalışmak üzere görevlendirilen grup tüm cevaplara sahipti. Yine de ona yardımcı olamadıkları tek şey, adadaki bu projeyi bitirdiklerinde ne olacağıydı.

Galvin, dün Jay'e bu sabah konuşmak istediğini söylemişti. Jay, bu görüşmenin o beklediği açıklama olacağını umuyordu.

"Geçtiğimiz birkaç gün harikaydı. Bunun için minnettarım," dedi Padma ona. "Ve bil diye söylüyorum, bundan sonra nereye gideceğimizin bir önemi yok. Birbirimize sahibiz. İyi olacağız."

Onun dudaklarını öptü. İyi günde de kötü günde de onun

251

Jan Coffey

yanında olacaktı. "Ben şanslı bir adamım," diye fısıldadı randevuya gitmek için ayağa kalkarken.

Jay, adaya geldiklerinden beri her sabah, iş yerine doğru yürüyüşünü keyifle yapıyordu. Mavi okyanus, yumuşak ve sıcak deniz meltemi, dört bir yanda kusursuzca düzenlenmiş manzaralar – Boston'daki işe gidişine hiç benzemiyordu.

Ancak bu sabah Galvin'le ana binada buluşacaktı, bu yüzden daha kısa bir yolu vardı. Binaya yaklaşırken Jay onun Alanna'yla birlikte sahil yönünden yukarı doğru yürüdüğünü gördü. Eski bir kot pantolon ve solmuş bir polo tişört giymişti. İçinde bahçe aletleri olan tahta bir sepet taşıyordu. Jay ona senatör hakkında bir şey sorup sormadığını merak etti.

Alanna el salladı ve onlar ona ulaşmadan önce kendi kulübesine doğru yürümeye başladı. Galvin onu bekledi.

"Şimdiden çalışmaya başlamışsın," dedi Jay selamlar gibi.

Tüm gece beni uyanık tutacak bir bebeğim olmadığı için erkenciyim," dedi Galvin, Jay'in içinde hafif bir özlem taşıyan ses tonunu fark etmesini sağlayarak. "Harsha iyi bir uykucu. Hiç şikayet edemem," diye yanıtladı Jay.

"Nathan da her zaman iyi uyurdu," dedi. "Seninki gibi mutlu bir çocuktu."

Jay, daha bir aylık oğluna ne kadar düşkün olduğunu düşündü. Bir çocuğu yıllarca sevip büyütmek ve sonra onu kaybetmek nasıl bir şeydi, hayal bile edemiyordu. Yaşlı adam için içi burkuldu.

Peyzajcılardan biri yaklaştı ve Galvin'den alet sepetini aldı.

"Kahvaltı ettin mi?" diye sordu Steven.

"Hayır, ama iyiyim," diye kibarca cevap verdi Jay.

"Ben değilim. Günde üç öğün yemek yemem gerekiyor."

Jay, Steven'in bu esprili tavrına gülümsedi ve onunla birlikte binanın içindeki camla kaplı, marinaya bakan bir terasa doğru yürüdü. Steven, birkaç masadan birini işaret etti ve oturdular. Mutfak ekibinden biri geldi, Jay'in kahvaltı siparişini aldı, sonra patronuna döndü.

"Her zamanki gibi mi?"

"Evet, harika olur. Teşekkürler."

Garson gittikten sonra Steven, Jay'e döndü.

"Peki, programımızda bir aksama var mı?"

"Sanmıyorum. Yedek sistem devreye girdiğinde, 83 saniyelik

İKİNCİ KİTAP

kesinti sırasında uzun menzilli bir anten kullanacağız. Onların wifi ağlarına doğrudan erişim sağlayabiliriz. İçeri girdikten sonra David işini yapabilir."

"Şifreleme? Şifreler? Bizi yavaşlatabilecek herhangi bir şey?" "Karşımıza ne çıkarırlarsa çıkarsınlar ben hazırım ama herhangi bir sürprizle karşılaşacağımızı sanmıyorum. Günlerdir ağlarında ve donanımlarında geziniyorum."

"Peki Alanna'nın iletişim konusundaki gereksinimleri?"

"Her şey hazır. Zaman açısından her şey senkronize edildi. Botnet saldırıları bu sabah başladı bile. E-posta sistemleri en az sekiz saat devre dışı kalacak, böylece sinyal onlara ulaştığında gerçekmiş gibi kabul edilecek."

"Mükemmel. İyi iş çıkardın."

Jay, Steven'ın tepkisini görünce memnun oldu. Siparişlerini alan aynı kadın iki fincan kahveyle geri geldi.

Steven, "Peki sen benim hesaplarımda ne arıyorsun?" diye sordu sakince.

Jay, neredeyse kahvesini püskürtecekti. David'in dün gece senatörün adını listede gördüğünden beri hesaplarında dolaştığını biliyordu.

Dürüst olmaya karar vererek, "Sadece birkaç şeyi kurcaladım," dedi.

"İlginç bir şey buldun mu?" diye sordu Steven.

"Hayır, pek sayılmaz. Ama kişisel dosyalarınızın güvenlik sistemi pek iyi değil. Aslında şunu kullanmalısınız..." Cümlesini yarıda kesti.

"Bunu yapmamam gerektiğini biliyorum."

"Ama yaptın," dedi Steven.

Jay içinden küfretti.

"Yapmaya çalıştığım şey, öğrenmeye çalıştığım şey..." Eğer bu onların geleceğini mahvederse, kendini asla affetmeyecekti. "Alanna sana belli bir senatörün adını gördüğünden bahsetti mi bilmiyorum."

"Ne yapmaya çalıştığımı, öğrenmek istediğim..." Eğer bu geleceğini mahvederse, kendini asla affetmeyecekti. "Alanna'nın belirli bir senatörün adını gördüğünden bahsetti mi size?" "Evet, bahsetti," dedi Steven. "Ve ona Paul Hersey'nin neden listede olduğunu tam olarak anlattım. Şimdi, bugün işe başlamadan önce, üçünüz bir araya gelip bu konuda ne hissettiğinizi belirlemeniz gerekiyor. Gerçek eğlence başlamadan önce bunu bir çözüme kavuşturalım."

253

Jan Coffey

Jay başını salladı. Kahvaltıları gelmişti. Ama iştahı tamamen kaçmıştı. Steven gelecekle ilgili bir şey söylememişti.

"Oregon'a hiç gittin mi?" diye sordu Galvin, poşe yumurtalarına dalarken.

"Hayır," diye itiraf etti Jay.

"Sence karın orada yaşamayı sorun eder mi?"

"Hayır. İkimiz de nerede çalışıp geçinebilirsek orada mutlu oluruz. İkimiz de... her şeye açığız efendim."

"Eugene, Oregon. Aileni oraya yerleştireceğim. Üniversitede derslere devam edeceksin, diplomanı alacaksın. Bunu yaparken ofislerimden birinde yarı zamanlı çalışacaksın. Seni beladan uzak tutacak kadar çalışacak ve sana rahat bir maaş ödeyeceğim."

"Bu inanılmaz, efendim. Size nasıl teşekkür edeceğimizi bilemiyorum."

"Bir yol var. Bana evimden başlayarak sağlam bir güvenlik sistemi kuracaksın. Sonra uydu ofislerim için aynısını yaparsın. Sonra neler yapacağımızı konuşuruz."

O sırada, önceki partide gördüğü hostes kapıda belirdi ve acil bir telefon görüşmesi olduğunu bildirdi.

Bölüm 61

Washington-Dulles Uluslararası Havalimanı

MICK'IN UÇAĞI YENI INMIŞTI, ama Amber onun gümrükten geçmesinin on ya da on beş dakika daha süreceğini biliyordu. Çantasını karıştırarak Steven Galvin'in telefon numarasını buldu.

Bu aramayı yapmak zorundaydı. Gece yarısı babasının evinden ayrıldığından beri Nathan'ı ve cenazesini düşünmeden edememişti. Nathan'ın ailesi çok acı çekmişti ve Amber kendi babasının bu konudaki sorumluluğunun boyutunu bilmiyordu. Babasının yanında, aileye taziyeye gelenlerin elini sıkarken, aslında hiç gerçeği bilmiyordu.

Steven Galvin'in kış aylarını Bahamalar'da geçirdiğini duymuştu. Hatta babası birkaç hafta önce bu konudan bahsetmişti. Aramayı yaparken, bir süre hatta bekletildi, ki bu onun için iyi bir şeydi. Aslında ne diyeceğini tam olarak bilmiyordu. Babasının ona itiraf ettiği her şeyi Galvin'in zaten bilip bilmediğini kestiremiyordu.

Yapabilirse Steven Amca'ya yardım etmek istiyordu. Daha çok, kendine yardım etmek istiyordu. Üzerine yapışmış olan suçluluk duygusundan kurtulması gerekiyordu ve bu suçluluk duygusundan kurtulmasına yardımcı olabilecek tek kişi Steven Galvin'di.

Sonra telefondan onun sesi geldi.

"Steven Amca?" diye başladı.

"Kimsiniz?"

Jan Coffey

Havaalanı çok gürültülüydü. Arka planda çok fazla gürültü vardı. Pencerelerden birine doğru ilerledi. Dışarıdan geçen trafiğe ve insanlara baktı. Kendini bir fanusun içindeki balık gibi hissediyordu.

"Steven Amca, ben, Amber."

"Amber. Neredesin? Nasılsın?" Aramaya oldukça şaşırmış gibiydi. En son onunla Kei'nin cenazesinde konuşmuştu. O kadar çok zaman geçmişti ki.

"Washington'dayım, havaalanındayım, bir arkadaşımı alacağım. Ama seni aramam gerekiyordu." Artık gözyaşlarını tutamıyordu "Steven Amca, çok üzgünüm."

"Ne için üzgünsün, tatlım?"

"Nathan için çok üzgünüm. Bilmiyordum. Aptalca. Onun bir kazada öldüğünü sanıyordum. Senin neler yaşadığını hiç bilmiyordum. Onun başına gerçekten ne geldiğini."

Kendisini cam ve parlak granitlere yaslayarak köşeye oturdu.

"Ve Kei. Sen çok mutluydun. Ve tüm o acıyı yaşamak zorunda kaldın. Tek başına."

Yoldan geçen insanlar ona bakıyordu. Artık umursamıyordu.

"Amber, neden şimdi? Nasıl öğrendin?"

"Önemli değil. Ama lütfen bilmediğimi söylediğimde bana inan. Bu çok acı verici ve ben... senin için ne yapacağımı bilmiyorum. Çok şey kaybettin. Nathan. Kei. Kendimi...bilmiyorum...sorumlu hissediyorum. Ve hepiniz benim için ailem gibiydiniz." Kelimeler ağzından dökülüyordu.

"Baban yanında mı, Amber?"

"Hayır. Evden ayrıldım. Zaten orada yaşamak için çok yaşlıyım. Bu bir hataydı." Aklına bir fikir geldi. "Steven Amca. Gelip seni görebilir miyim? Seninle kalabilir miyim? B Yanıma bir arkadaş da alabilir miyim?"

"Elbette. Ne zaman istersen gelebilirsin?"

"Bilmiyorum. Belki hafta sonuna doğru," dedi ona.

"Neden şimdi gelmiyorsun? Havalimanında olduğunu söyledin. Bir sonraki uçağa bin. Biletini ben alırım." Sesinde bir aciliyet vardı. Gerçekten ilgileniyordu. Amber'ın aramasına sevinmişti.

"Hayır, teşekkür ederim." Kendini şimdiden daha iyi hissediyordu. "Halletmem gereken bazı şeyler var. İptal edemeyeceğim birkaç randevum var. Ama geleceğim. Söz veriyorum. Seni görmeye ihtiyacım var."

İKİNCİ KİTAP

"Benim de seni görmeye ihtiyacım var. Amber, lütfen, bugün gel. Şimdi."

"Haftanın sonunda. Söz veriyorum." Kalabalığın içinde Mick'i gördü. "Şimdi gitmem gerekiyor. Arkadaşım burada. Seni ararım," dedi. "Seni seviyorum, Steven Amca."

Bölüm 62

HEPSI OPERASYON MERKEZINDE TOPLANMIŞTI. Sadece Steven yoktu.

Alanna, Jay ve David, Paul Hersey meselesini konuşmak için bir araya gelmişlerdi. Alanna, öğrendiklerini onlarla paylaştıktan sonra hiçbiri, Steven'ın senatörle ilgili planlarına güçlü bir şekilde karşı çıkmak istememişti. Hepsi bu projeye devam etmeye karar vermişti. Buraya gelmeden önce Galvin'i arayıp haber verdiler.

David, projeyi bitirmek için en sabırsız olanıydı. Kızı Leah ile birlikte hemen Almanya'daki kliniğe gideceklerdi. Leah gayet iyi gidiyordu ama David, durumunun ne kadar hızlı değişebileceğini biliyordu. Şanslarını zorlamak istemiyordu.

Steven, Leah'nın nakil işlemi tamamlana kadar ofislerinden birinde resmi olarak çalışmaya başlayamasa da, David'i maaşlı tutacağını söylemişti. Ona maaş ve diğer ödemeleri önceden alabileceğini belirtmişti.

Bu da David'in Galvin'in Hersey'le ilgili kararını sorgulamaya cesaret edememesinin bir başka nedeniydi. Adamın cömertliği çok fazlaydı. Ve David'in kendisinin de ailesiyle yaşadıklarını düşününce, diğer adamın hissettiği hayal kırıklığını anlıyordu. Eğer Galvin'in yerinde olsaydı, o da intikamını almak isterdi. Hem de sadece bir şekilde değil, birçok farklı yoldan.

David Alanna'nın telefonu kapattığını gördü. Kaliforniya'daki iş

İKİNCİ KİTAP

arkadaşlarından biriyle konuşuyordu. Projedeki rolü sona ermişti. Artık her şey ona ve Jay'e bağlıydı.

Jay, kulağındaki kulaklığı çıkardı ve mikrofona bir şeyler söyledi. Sonra diğer ikisine dönüp, "Galvin beklememizi söylemedi. Başlamamızı istiyor," dedi.

David ve Alanna bakıştı. David, onun da aynı şeyi düşünüp düşünmediğini merak etti. Tüm bu karmaşık planları geliştirip sonucu izlemeye gelmemek neden?

Belki de, diye düşündü, Galvin ne yaparsa yapsın -kime acı çektirirse çeksin- karısının ve oğlunun geri gelmeyeceğini çoktan anlamıştı.

Bölüm 63

STEVEN GALVIN ÇILGINA DÖNMÜŞTÜ. Tetikçiyi geri çağırmak zorundaydı. Ama ona ulaşmanın bir yolunu bulamadı.

Kontratı kurmanın—ödemenin, talimatların, her şeyin—tamamı son derece karmaşık bir insan ağı üzerinden gerçekleştirilmişti. Kendini korumak için bunu yapmıştı. Ona geri dönecek hiçbir iz istemiyordu. İşin sonunda kimi öldürdüğünü bilmiyordu ve bunu böyle tutmak istemişti. Hakkında bildiği tek şey, işe aldığı adamın hiçbir zaman bir sözleşme yerine getirmekte başarısız olmadığıydı.

Steven, bağlantılarını aradı. Onlar da kendi bağlantılarına ulaşacaklarını söylediler ama sonucunu değiştirebileceklerine dair pek ümitli değillerdi.

Bu arada, Steven odada volta attı. Bekledi. Başka aramalar yapmayı ve Amber'e koruma tutmayı düşündü. Ama bunun bir fark yaratmayacağını biliyordu. Amber, zaten Paul'ün kampanyası yüzünden Gizli Servis tarafından korunuyordu. Paul'ün kampanyası yüzünden zaten Gizli Servis tarafından korunuyordu. Ama kiraladığı kişiyi durduramayacaklardı.

Tetikçiden aldığı tek iletişim birkaç gün önce gelmişti. İki kişi öldürülmüştü. Biri için yer değişikliği gerekiyordu. Bu ek bir masraf demekti. Ve hepsi buydu. Mesaj yine karmaşık bir taşıyıcılar ağı üzerinden geçmişti ve Steven, kimin gönderdiğini bilmiyordu.

Amber, Washington'a dönmüştü. Yer değişikliğinin anlamı buydu.

İKİNCİ KİTAP

teven masasının başına oturdu. Ne düşündüğünü bilmiyordu. İki Türk'ün öldürülmesi, zihninde haklı bir eylemdi. Oğlu Nathan'ı öldürmüşlerdi. Üçüncü kişi ise Nathan'ın gerçek kimliğini cep telefonu aracılığıyla öğrenmişti. Ama çok geç kalmıştı. Nathan'ı çoktan öldürmüşlerdi. Yine de Galvin'le temasa geçmişti. Ortaklarının isimlerini vermek için iki yüz bin doları kabul etmişti. Onlar katildi, teröristti.

Steven, Paul'ün kendi çektiği acıyı derinden hissetmesini istemişti. Ama Amber? Babasının günahlarından tamamen masum olan birine bunu nasıl yapabilirdi? Yüzüne dokundu. Yaşlar içindeydi. Ağlıyordu. Acının sonu yoktu. Bu durumun sorumlusu oydu. Amber ölemezdi. O, Paul'ün Nathan'ın hayatını aldığı gibi umursamazca bir canı alamazdı. Buna bir son vermek zorundaydı.

Ama bunu nasıl yapacağını bilmiyordu.

Bölüm 64

Dulles Uluslararası Havalimanı, Washington

"BENİ GÖRDÜĞÜNE ÜZGÜN MÜSÜN, KADIN?" diye sordu Mick, Amber'i kollarına alarak. Onu camdan uzaklaştırıp sırtını granit duvara yasladı.

Amber ona tutundu. Steven'la konuştuktan sonra kendini daha iyi hissetmesi gerekirdi ama Steven'ın sesindeki hüzün hâlâ içindeydi. Bundan kurtulamıyordu. Birlikte bir günden fazla zaman geçirdiklerinde sürekli kavga ettiği bir annesi vardı. Şimdi ise nefret ettiği bir babası.

Ve Steven'ın kimsesi yoktu. Amber, ona bir şekilde bunu telafi etmeye çalışacaktı. Eğer izin verirse, ona aile olmaya hazırdı.

"Ne oldu?" diye sordu Mick. "Telefonla kiminle konuşuyordun?"

Adamın yakışıklı yüzüne baktı. Washington Nationals beyzbol şapkası takıyordu. Etiketi hâlâ yanından sarkıyordu.

"Güzel şapka," dedi, bir yandan gözyaşlarını silerken bir yandan da gülümsemeye çalışarak.

"Teşekkürler. Az önce kapıdan inerken aldım." Mick, ona profilini gösterdi. "Yakıştı mı, sence?"

"Çok yakışıklı. Ama bence fiyat etiketini üzerinde bırakmana gerek yok."

Birlikte sadece bir gece, birkaç saat geçirmişlerdi ama Amber,

İKİNCİ KİTAP

onu sanki sonsuz zamandır tanıyormuş gibi hissediyordu. Mick gülümsedi ve etiketi çekip kopardı.

"Teşekkürler. Ve az önce kiminle konuştuğunu söylemiştin?" diye sordu.

"Bir adam. Bir arkadaş. Babamdan daha yakın bana."

"Ve şimdi ölmek üzere mi?"

"Hayır," dedi Amber şaşkınlıkla. "Neden böyle söyledin?"

"O kadar çok ağlıyordun ki, ölüyor olmalı diye düşündüm."

Her şeye rağmen Amber gülmeden edemedi ve Mick onu yeniden kollarına çekti. Burada onunla birlikte olmak o kadar doğru gelmişti ki.

"Arkadaşım kışın bir bölümünde Bahamalar'da yaşıyor. Ne kadar kalacağını bilmiyordum ama belki önümüzdeki hafta sonu, eğer hala buralarda olursan, gidip onu görebiliriz." dedi Amber.

"Artık gidebiliriz," dedi ona çantasını göstererek. "Ben hazırım."

Güldü. Bir saat içinde ikinci kez bir sonraki uçağa atlaması için teşvik ediliyordu. "Hayır... Yapamam. İrlanda'dan yeni döndüm. Yeniden seyahate çıkmadan önce halletmem gereken işlerim var."

"İrlanda mı?" diye sordu Mick. "Ülke olan mı?"

"Adını duymuşsundur."

"Kötü bir yer, herkes öyle söylüyor. Nasıl buldun orayı?"

"Manzaraları beğendim."

"Hepsi bu mu?" diye sordu ona ters ters bakarak.

"Tamam, erkekler de o kadar fena değildi."

"Sana 'o kadar fena değil' ne demekmiş göstereyim!" Mick, onu halkın içinde açgözlüce öptü. Amber, Mick'in elini montunun altına sokup göğsünü kavradığını hissettiğinde şaşkınlıkla irkildi.

"Bu ülkede halka açık yerlerde bunu yaparsan tutuklanabilirsin," diye fısıldadı dudaklarına karşı. Mick fazlasıyla cazipti. Amber, kolunu onun koluna doladı ve onu kapıya doğru çekti.

"Araba halka açık bir yer sayılıyor mu?" diye sordu Mick.

"Evet. Şimdi, kes şunu." Onunlayken kendini bir genç kız gibi hissediyordu. Gizli Servis ajanları kapının yanında duruyordu. Dün gece babasının evinden çıkıp bir otele yerleşirken onları atlatmıştı. Ama bu sabah onu dışarıda bekliyorlardı.

İçlerinden biri ona "Araba hazır," dedi.

"Eve geri dönmüyorum," diye cevapladı Amber.

263

Jan Coffey

"Sizi otele götüreceğiz," dedi diğeri.

Amber onlarla tartışmaya hazırlanıyordu, ama Mick araya girdi.

"Zorluk çıkarma. Sadece işlerini yapıyorlar."

Amber ona babasıyla kavga ettiğini söylemek için doğru zaman olduğunu düşünmüyordu. Onun özel hayatı hakkında, İrlanda gazetelerinde ya da internette okudukları dışında hiçbir şey bilmiyordu. Şimdilik bu şekilde kalmasının en iyisi olduğunu düşündü.

Siyah cip yanaştı. Amber ve Mick arka koltuğa geçerken iki Gizli Servis ajanı ön koltuklara oturdu.

Mick arabayı gözden geçirdi. Karartılmış camlı pencereye parmaklarıyla vurdu. "Kurşun geçirmez mi bu?" diye sordu ön koltuktaki ajanlardan birine.

Adam başını salladı.

"Güzel," diye fısıldadı Mick.

Amber, onun tepkisine gülümsedi ve Mick hemen bunu fark etti.

"Belfast'lı olabilirim," diye şaka yaptı. "Ama film izledim."

"Anlıyorum," diye yanıtladı Amber. "Daha önce hiç Washington'a gelmedin mi?"

"Hayır." Mick'in eli Amber'in eteğinin kenarına kaydı ve bacağına doğru yukarı çıktı. Amber, iki ajanın ön koltukta oturduğunu hatırlatarak elini itti. Cam bölmesi yoktu, hiçbir şey yoktu.

"O zaman biraz gezi planlamamız gerekecek," dedi Amber.

"Neden?" diye sordu Mick.

"Çünkü turistler Washington'a geldiklerinde bunu yaparlar. Gidip anıtları görüyorlar ve-"

"Sen delirdin mi? İrlanda'da dört bin yıllık anıtlar var ve onları bile görmeye gitmem. Neden burada turist gibi dolanayım ki?"

"O zaman neden buradasın?" diye sordu daha alçak bir sesle.

"Tabii ki seni görmek için... bunu bilmiyormuşsun gibi davranma."

Amber'in içi eridi. Onun ne yaptığının farkında olmadığını düşündü. Yanaklarını Mick'in omzuna şefkatle sürttü, koluna sıkıca sarıldı. Bir an önce otele gitmek için sabırsızlanıyordu.

Elini cebine attı ve cüzdanını çıkardı. Kadın onun elini cebine attığını ve birkaç avro çıkardığını gördü. Avroları ona uzattı.

"Bu nedir?" diye sordu Amber.

264

İKİNCİ KİTAP

"Dundalk'tayken almıştım." Mavi gözleri onunkilerle buluştu. "Seni tekrar göreceğimden emin olmak için aldım, geri vermek için."

"Buna inanmamı mı bekliyorsun?"

"Peki, inanıyor musun?"

Ön koltuktaki ajanlar umurunda değildi. Adamın yüzünü ellerinin arasına aldı ve onu öptü.

Bölüm 65

ERİŞİM SAĞLADIKLARI HESAPLAR DUBAİ'DEYDİ. Beklendiği gibi, tahmin edilen kesinti öncesinde Dubai bankası dünya çapında bankacılık hizmetlerini durdurdu. Seksen üç saniyelik yedek sisteme geçiş sırasında yerel bir wi-fi ağı aktif hale getirildi. Grand Bahama'daki uzun menzilli antenler işlerini yaptı. Sisteme girdiler. . İşte o zaman oda çılgına döndü.
Alanna, bu operasyonun sadece bir gözlemcisi olduğu için memnundu. Herkes başka bir işin başındaydı. Sorumluluk David'deydi. Parmaklar klavyeler üzerinde hızla dans ediyordu. Hedef hesaplar boşaltıldı, transferler yapıldı. Birisi zamanı kontrol ediyordu. Son geri sayım başlamadan önce Alanna, Dubai bankasının güvenlik açığından sorumlu tutulup tutulamayacağını sormuştu. Cevap, hesap sahipleri dışında kimsenin bu transferleri gerçekleştirdiğine dair bir kanıt olmayacağıydı. Hiçbir güvenlik açığının izi kalmayacaktı. Jay bunu tamamen kendisi düzenlemişti.
Steven'ın bu anı izlemek için burada olmaması Alanna'yı şaşırtmıştı. Grup, transferleri iki saniye kala tamamladı ve odada alkışlar yankılanırken patron nihayet içeri girdi. Alanna, onun hedeflerine ulaşmış bir adam gibi görünmediğini fark etti.
Steven, birkaç kişiye el sıkışıp David'i tebrik ettikten sonra Alanna'nın yanına geldi.
"Beklediğin sonucu alamadın mı?" diye sordu Alanna. "Servet dağılımını oldukça kolay bir iş gibi gösterdiniz."

İKİNCİ KİTAP

Steven gülümsemedi. "Ah, evet." Odanın etrafına bakındı. "Herkes inanılmaz bir iş çıkardı."

Alanna ciddi olmaya karar verdi. "Bu bir gerileme olabilir, ancak bu hesaplara katkıda bulunanlar her kimse, onları oluşturmaya devam edeceklerdir." Başını salladı. "Doğru. Ama en azından bir engel yarattık. Terörün ticaretini anlık olarak sekteye uğratmayı başardık. Belki de güvenilirlikleri hakkında sorular yaratabiliriz. Birbirlerini suçlayarak içlerindeki kini birbirlerine yöneltebilirler. Belki de birkaç hayat kurtarırız."

"Peki, Senator Hersey ile şimdi ne olacak?" diye sordu Alanna.

"Onunla ilgili düzenlemeler bu andan çok önce yapılmıştı." Saatine baktı. "Önümüzdeki bir saat içinde, birkaç büyük gazete ve televizyon kanalı, Hersey'in şüpheli ve oldukça büyük hesaplarının kokusunu alacaklar."

"Bir kez kamuoyu önünde sorgulanırsa, o zaman kaybolur."

"Kaybedilen güven nadiren geri kazanılır."

Galvin'in yine saatine baktığını gördü. Huzursuz ve üzgün görünüyordu. "Başka bir şey mi var?"

"Ofisime dönmem gerekiyor. Beklediğim bir telefon var," dedi Galvin, belirsiz bir şekilde, ardından arkasını dönüp hızlıca odadan çıktı.

Bölüm 66

Washington, D.C.

PAUL HERSEY, ofisine her zamankinden bir saat erken geldi. Henüz çalışanlarından hiçbiri gelmemişti, bu onun için sorun değildi. Dün gece herkes sabahın ilk saatlerine kadar çalışmıştı. Ama o, Amber'le yaptığı tartışmayı kafasında tekrar tekrar oynatmaktan, hiç uyuyamamıştı.

Onun çekip gittiği noktaya nasıl geldiklerini anlayamıyordu. Zaten o kadarını bilmesine gerek yoktu. Bütün bu saçmalıkları açığa çıkarmak Matt'in hatasıydı. Matt ne düşünüyordu ki, Steven Galvin'in aklını yitirdiğini ve Nathan'ın ölümüyle ilgili herkesi infaz ettirdiğini sanıyordu?

Matt Lane, Steven Galvin'i Paul gibi tanımıyordu. Steven orijinal ve nazik ruhlu biriydi. Kanını emse bile bir sivrisineğe tokat atmayan adamdı. Şansı yaver gitmiş ve internetin başlangıcından bir servet kazanmış olan bir masa başı çalışanıydı. Paul düşündüğünde, elbette tek pişmanlığı Nathan'ı CIA'e katılmaktan vazgeçirememiş olmasıydı. Genç adam ona gelmiş, ona danışmıştı. Sorun Nathan'ın babasına çok fazla benzemesiydi. O aldatma ve cinayet dünyasında hayatta kalamazdı.

Tüm bunları Amber'e anlatmalı ve dün gece yaptığından daha iyi açıklamalıydı. Kızını kaybetmek istemiyordu. Bir kez daha değil. Amber, bu politika dünyasının ne kadar acımasız olduğunu bili-

İKİNCİ KİTAP

yordu. Nathan'a olanlar kişisel değildi. Birinin ölmesi gerekiyordu. Her yıl sahada ajanlar kaybediyorlardı. Ne yazık ki, o gün Nathan en uygun adaydı.

Telefon çalmaya başladığında, hâlâ sekreterinin masasının yanında durduğunu fark etti. Ofiste telefona cevap verecek kimse yoktu. Mesaj sisteminin bu işi halletmesine karar verdi. Cep telefonu çalmaya başladığında ceketinin düğmelerini daha yeni çözmüştü. Arayanın Amber olma ihtimaline karşı göğüs cebinden çıkardı.

Arayan Matt Lane'di. Kesinlikle şu anda konuşma havasında olduğu son kişiydi.

"Televizyonun yanında mısın?" diye sordu Matt, sesi neredeyse çılgınca geliyordu.

"Ofisimdeyim," diye cevap verdi Paul.

"Televizyonu aç," dedi Matt.

Ofis telefonu tekrar çalmaya başladı.

"Neler oluyor?" Paul, ofisine doğru yürüdü.

Mesaj sistemi bir çağrıyı daha yeni almışken, ofis telefonu yine çalmaya başladı. Susan'ın masasındaki ekrana göz attı. Tüm hatlar doluydu.

Cep telefonunu kulağına götürdü. "Sadece bana ne olduğunu söyle, Matt," diye kısa bir şekilde konuştu.

"Sen bana inanmazsın, kendin görmen gerek," dedi Matt.

"Bunun için zamanım yok," dedi Paul, televizyonu açarken. "Ne oluyor? Başkan mı vuruldu yoksa?"

Cevap beklemesine gerek kalmadı. CNN'deki muhabir, ekranın sol köşesinde Paul'un fotoğrafını gösteriyordu. Alt kısımda kırmızı bir çubukta 'Son Dakika Haberi' yazıyordu. Paul sesini açtı.

...kimliği belirsiz kaynaklardan alınan bilgilere göre Senatör Paul Hersey'in kampanyasına en büyük katkıyı sağlayanlardan biri, ... ile bağlantılı bir terörist grup..."

"Bu da ne böyle?" Paul tersledi. "Bu bir şaka mı? Böyle saçmalıkları nereden buluyorlar?"

"Seni uyarmıştım, Paul," dedi Matt, diğer uçta. "Vurulan başkan değildi. Sensin. Seni bitirdi. Kampanya sona erdi."

Bölüm 67

TEKNOLOJİ ONA BIR SERVET KAZANDIRMIŞTI. Dünyanın birçok yerinde, teknoloji eğitimin temeli, günlük ihtiyaçların kaynağı haline gelmişti. Su, hava, yiyecek, internet, cep telefonları... Ancak şu anda, Steven Galvin için teknoloji tamamen işe yaramaz hale gelmişti. Amber, cep telefonuna cevap vermiyordu. Paul'un hizmetçisi, onun bir valizle evi terk ettiğini fark etmiş, ama nerede olduğunu bilmiyordu. Galvin, Washington D.C. bölgesindeki iki havalimanını aradı ve anons yaptırdı, ancak uzun süreli bekleyişlere rağmen cevap alamadı.

Polisi arayamazdı. ABD senatörünün kızını öldürmeye hazırlanan, yüzü olmayan, isimsiz bir tetikçi hakkında bilgi veremezdi. Ne zaman ne de nerede olduğunu söyleyebilirdi. Ve bu arada, suikastı yapması için bu tetikçiyi Steven Galvin'in tuttuğunu da polise açıklayamazdı.

Zaten polis, katili durduramazdı.

Steven bir anlık çaresizlikle Paul'ün numarasını bile aramıştı. Eski dostuna ne söyleyeceğini bilmiyordu. Belki de Amber'ı aradığını söyleyecekti. Paul'ün ofis telefonları meşguldü. Paul'ün cep telefonu aramasını doğrudan sesli mesaja gönderdi. Galvin mesaj bırakmaya zahmet etmedi.

Kütüphanenin kapısına hafifçe vuruldu. Gelenin kim olduğunu tahmin edebiliyordu. Bu, ekibiyle bir araya gelip mükemmel bir şekilde gerçekleştirilmiş projeyi kutlaması gereken bir andı. Alanna,

İKİNCİ KİTAP

David ve Jay gelecek hafta içinde ayrılacaklardı. Jay ve David ile yolları yeniden kesişecekti. İkisi de Steven'ın maaş bordrosunda kalmaya devam edecekti. Ancak Alanna'nın durumu daha karmaşıktı.

Yumuşak bir şekilde tekrar kapıya vuruldu. Kimin geldiğini kapıyı açmadan biliyordu.

"Sana eşlik etmemi ister misin?" Alanna sordu.

Kapıyı açık bırakarak odaya geri döndü. Masasının arkasındaki pencere duvarına doğru ilerledi. Bulutlu gökyüzüne baktı.

"Sanırım bunu görmelisin," dedi Alanna arkasından.

Arkasını dönmesine gerek kalmadı. Kadının televizyonu açtığını ve bir haber kanalına geçtiğini duydu.

Senatör Paul Hersey.

Kanalı tekrar değiştirdi.

Beş dönemdir Pennsylvania senatörlüğü yapan...

Kanalı tekrar değiştirdi.

Senatör'e ulaşamadık.

Steven arkasını döndüğünde, Alanna televizyonun sesini kıstı.
"Neden bundan keyif almıyorsun?" diye sordu.

Steven, televizyona daha yaklaşıp Paul'un ekrandaki resmine baktı. Bu, her şeyin sonu olmalıydı. Bunu bitirmeliydi. Amber'in adını, acı çekecekler ve ölecekler listesine eklemesine sebep olan çılgınlığın ne olduğunu bilmiyordu.

"Başka bir şey var, değil mi?" diye yumuşak bir sesle sordu Alanna. "Beklediğin başka bir şey var."

Yakındaki bir sandalyeye oturdu. Kei, planladığı bu şeyi asla affetmezdi. Telefonu eline alıp Amber'in numarasını tekrar çevirdi. Yine doğrudan sesli mesaj sistemine yönlendirildi. Bu kez bir mesaj bırakmaya karar verdi.

"Lütfen beni ara, Amber. Lütfen. Ben Steven. Bu acil. Beni ara."

Jan Coffey

Alanna, uzaktan kumandayı masaya koyup yanındaki sandalyeye oturdu.

"Amber kim?"

"Paul'un kızı," dedi ona. "Tüm bu haberlerden nasıl etkileneceği konusunda mı endişeleniyorsun?" diye sordu.

Yüzünü ellerine gömdü. Gerçeği itiraf edemezdi. Kei bunu istemezdi. Alanna onu asla affetmezdi. İki kadının yargısı, sanki tek bir vicdana dokunmuştu. Yüzleşemezdi.

"Evet," diye yalan söyledi. "Onun için endişeleniyorum."

Bölüm 68

Washington, D.C.

AMBER AÇLIKTAN ÖLÜYORDU. Dün gece akşam yemeği yememişti, bu sabah da kahvaltı etmemişti. Otele geldiklerinde saatlerce odadan çıkmayacaklarını biliyordu. Tabii ki, bu Mick'in "güzel bir problem" olarak adlandıracağı bir durumdu.

Arabayı süren ajandan, otelin bir blok ilerisindeki bir kahvaltı mekânında onları bırakmasını istedi. Georgetown'daki Ritz-Carlton'da kalıyordu. Burasını seviyordu; buradaki tarihi, şirin mahalleler, Washington'un yoğun merkezine kıyasla çok daha huzurluydu.

Ajanlar, onları kapının önünde bıraktı.

"İstediğiniz yere oturabilirsiniz," dedi ev sahibi, içeri girdiklerinde.

Amber pencerenin yanındaki kabinlerden birine yöneldi. Mick beyzbol şapkasını kafasından çıkarıp Amber'ın dirseğinden tuttu ve onu mutfak kapısının yanındaki işlek bir köşeye yönlendirdi. Amber onun istediği gibi davranmasına izin verdi.

Mick açlıktan hiç söz etmemişti, ama kendisine Amber'in üç katı kadar yemek söyledi. Sonuç olarak, Amber tabağını sıyırıp bitirdiğinde, Mick henüz kahvaltısının yarısındaydı.

Amber, ona eşlik etmek için bir cappuccino sipariş etti.

"Soyadını söylemiyorsun ki bu gayet normal," diye takıldı

Jan Coffey

Amber, Mick'in kalan pankekine yarım şişe şurup dökerken. "Bari kaç yaşında olduğunu söyle."

"On dokuz."

Amber'in ağzı neredeyse yere düşüyordu. "Aman Tanrım. Beş yaş küçüksün. Bu tam anlamıyla bir bebek kaçırma vakası! Ben... ben... Bayan Robinson oldum."

"Bayan Robinson da kim?"

"*The Graduate*'i izledin mi?" diye sordu.

"Bu bir film mi?" diye sordu ağız dolusu yemek arasında.

"Evet, ama boş ver. O kesinlikle senin zamanından önce. Muhtemelen izlememişsindir. 'Mrs. Robinson' bir şarkıydı aynı zamanda. Simon ve Garfunkel tarafından."

"Adlarını duymuştum," dedi Mick.

Rahatlamıştı. Yine de on dokuz yaşında biriyle ilişkisi olduğuna hâlâ inanamıyordu. "Ailen olmadan seyahat etmek için çok genç değil misin?" diye sordu.

"İkisi de öldü," dedi Mick.

Amber ona baktı, onun şaka yapıp yapmadığını anlamak için. Anlayamıyordu. Mick, hız kesmeden yemeğine devam ediyordu. "Ciddi misin?"

Mick başını salladı. "Annem ben bir yaşındayken vefat etti. Babam ise yedi yaşımdayken."

"Bu çok üzücü," dedi ona, uzanıp eline dokunarak. Parçalanmış bir ailenin çocuğuydu. Ama yıllar boyunca her iki ebeveyniyle de yaşadığı sorunlara rağmen, onlar hâlâ hayatının bir parçasıydı. "Seni kim büyüttü o zaman?"

"Amcam ve karısı."

"Onlar çok özel insanlar olmalı," dedi Amber.

"Kadın harika; adam idare eder."

Amber kahvesinden bir yudum daha alıp onu izledi. Yemeği neredeyse bitirmek üzereydi. "Üniversite öğrencisi olduğunu söylerken doğruyu mu söylüyordun?"

"Evet, ne yazık ki."

"Neden maalesef?" diye sordu.

"Çünkü ben oraya ait değilim."

Adamın çatalıyla yemeğin son lokmasına saplanmasını ama sonra tabağa geri bırakmasını izledi.

274

İKİNCİ KİTAP

"Neden böyle söylüyorsun?" diye sordu nazikçe.
"Ailemden hiç kimse üniversiteye gitmedi."
"Bunun bir önemi olmamalı, değil mi?" diye sordu. "Ebeveynlerimizin izinden gitmek zorunda değiliz."
"Sen gidiyorsun."
Amber bu yorumdan rahatsız olduğunu hissetti. "Ailemi tanımıyorsun. Neden böyle söylüyorsun?"
Omuz silkti. "Baban bir senatör. Yakışıklı, gazetecilerle iyi konuşuyor. İnsanların önünde iyi görünüyor. Sen de aynı niteliklere sahipsin. İstersen bir gün senatör olabilirsin, diye düşünüyorum."
Amber, babasıyla yaptığı tartışmayı düşündü. Babasının yaptığı seçimleri asla yapmazdı.
"Sanırım pas geçeceğim," dedi ona. "Peki, başka bir yemek sipariş etmek ister misin, yoksa hazır mısın?"
"Buradan nereye gideceğimize bağlı," diye sordu Mick, bakışları Amber'in kazağının önüne kayarken.
Amber kendi kendine onun on dokuz yaşında olmasını umursamadığını söyledi. "Otelim kulağa nasıl geliyor?"
"Bana uyar."
Amber, kahvaltılarını ödemeye çalıştı ama Mick buna izin vermedi ve hesabı o ödedi.
Kapıya geldiklerinde Mick şapkasını tekrar kafasına geçirdi.
"Peki adamlar bizi buradan mı alacak?"
"Hayır. Onlara gerek olmadığını söyledim. Neredeyse otelin karşısındayız."
"Taksiye binelim."
"Saçmalama." Amber, Mick'in koluna girdi. "Hadi, yürüyebiliriz."
"Hayır, çok yorgunum, kızım."
Adamın isteksizliği onu daha da kararlı hale getirdi. Sokağa çıktılar.
"Ve gezmek istemediğin konusunda söylediklerin umurumda değil," dedi ona. "Sen ve ben yarın birkaç yere gideceğiz. En azından Smithsonian Havacılık ve Uzay Müzesi. Müthiş bir yer."
Arabalar cadde boyunca yavaş ilerliyordu. Amber, kavşakta beklemeyip Mick'in elini çekiştirerek karşıya geçti.
"Bu otelde sadece ben mi kalıyorum?" diye sordu Mick.
"Hayır, ikimiz de kalıyoruz. Ben de dün gece buraya taşındım."

Jan Coffey

"Kendi evin yok mu?" diye sordu Mick.

"Yaklaşık bir yıl önce babamın evine geri taşındım."

"Ve baban evine adam getirmeni istemiyor mu?" dedi Mick, kolunu Amber'in omuzlarına dolayarak onu kendine çekti. Adımları birlikte uyum sağladı.

"Hayır, mesele bu değil," dedi Amber. Ona daha fazla bir şey anlatmaya hazır değildi. Ama zaten Mick'in gerçekten umursadığını da düşünmüyordu. Sokaktaki binalara bakmakla o kadar meşguldü ki.

"Burada kaldığını kim biliyor?" diye sordu Mick, caddenin etrafını süzerken.

"Otelde mi?" diye karşılık verdi Amber.

Mick başını salladı.

"Kimse bilmiyor." Amber omuzlarını silkti. "Öyle sahte isimlerle otele giriş yapmıyorum. Ünlü falan değilim. Kimin nereye gittiğimi umursadığı yok."

"O ajanların şu anda burada olup seni izliyor olmaları gerekmiyor mu?" diye sordu etrafına bakarak.

"Babama iyilik olsun diye bana eşlik ediyorlar. Kendisi önemli bir aday ama ben onların korunmaya ihtiyacı olan kişiler listesinde değilim. Bu yüzden beni rahat bırakmalarını söylediğimde beni dinliyorlar," diye itiraf etti.

"Bu bana doğru gelmiyor, genç kız. O zaman biri sizi sokak ortasında kapıp götürebilir."

"Sen çok evhamlısın. Washington, Belfast kadar tehlikeli değil," dedi Amber, Mick'in endişesini hafife alarak.

Yaklaşık yüz metre ilerdeki otel girişini işaret etti. Otelin önünde park etmiş bir haber minibüsü gördü. Yaklaştıklarında, birinin mikrofon ve kamerayla araçtan inip onlara doğru koştuğunu fark etti.

"Ne oluyor be?" Mick şapkasını yüzüne indirdi ve onu arkasından itti.

"Bay Hersey. Amber. Babanızla ilgili çıkan haber hakkında söyleyeceğiniz bir şey var mı?" diye sordu muhabir.

Amber şaşkınlıkla, "Ne haberi?" diyerek muhabire doğru bir adım attı.

Neden olduğunu anlamadı, ama bir anda Mick'in eli onu yere

İKİNCİ KİTAP

doğru itti. Amber sert bir şekilde kaldırıma düştü, ardından Mick'in vücudu da büyük bir gürültüyle üzerine kapandı. Nefesi kesilmişti. Mick çaprazlamasına onun üzerine uzanmış, başını boğazına dayamıştı. Muhabirler üstlerine üşüşmüştü ve sonra bağırışlar ve tam bir kaos başladı.

Amber ne olduğunu, onu neden aşağı ittiğini, neden hareket etmediğini anlayamıyordu. Sonra boğazına sızan ılık ıslaklığı hissetti.

Bölüm 69

ALANNA ONUN GIDEREK daha fazla üzüldüğünü anlayabiliyordu.
"Sanırım gitmeliyim."
"Hayır, gitme," diye karşılık verdi, sandalyede doğrularak. "Bir tür anlaşma yapmamız gerek. Sana çok şey borçluyum."
Neden bahsettiğini biliyordu. Aralarındaki anlaşma, Ray'in hayatına geri dönmesiydi. Ama bunun bir yalan olduğu ortaya çıkmıştı. Alanna, bu haftanın hayatını yeniden gözden geçirmesine yardımcı olduğunu fark etti. Olanlardan dolayı ona karşı hiçbir kızgınlık hissetmiyordu. Aksine minnettardı. Artık daha zeki bir insandı. Geçmişte yanlış olan şeyleri görmüş ve gelecekte neyi değiştirmesi gerektiğini anlamıştı.
"Hiçbir şey istemiyorum," dedi.
"Mutlaka bir şey olmalı. Belki de zamanın için mali bir tazminat, bir danışmanlık ücreti," diye önerdi.
Başını salladı. "İhtiyacım olan her şeye sahibim."
Bu kararından rahatsız görünüyordu. Alanna, onun kimseye borçlu kalmayı sevmeyen biri olduğunu anladı. Ve burada, ona borçlu hissettiğini görüyordu.
O sırada ekranda bir başka son dakika haberi belirdi. Bir sokak sahnesi. İnsanlar bağırıyordu. Heyecanlı bir muhabir mikrofona bir şeyler söylüyordu. Steven hemen uzaktan kumandaya uzandı ve sesi açtı.

İKİNCİ KİTAP

...polis her yerde. Keskin nişancı binanın tepesinden ateş etmek zorunda kalmış."

" "Hayır. Lütfen, olmasın..." Alanna onun fısıldadığını duydu.

Kamera ekibimiz bu görüntüyü dakikalar önce yakaladı. Georgetown'daki Ritz-Carlton Oteli'nin önünde kurbandan bir adım ötede duruyorlardı.

Alanna inanamayarak televizyon ekranına baktı. Washington Nationals beyzbol şapkası takan genç, yakışıklı bir adam kameranın önüne geçti. Bir muhabir mikrofonu onun yanından geçirerek arkasında duran birine uzattı.

"Amber. Bayan Hersey. Babanızla ilgili haber hakkında bir şey söylemek ister misiniz?"

Yanında genç ve güzel bir kadın belirdi.

"Ne haberi?"

Sonra her şey bir anda çığırından çıktı. Kadın yere yığıldı. Genç adam onun üzerine düştü. Herkes eğildi, kameraman bile yere düşmüştü.

Kamera etrafı taradı. İnsanlar bir haber minibüsünün arkasına siper alıyordu. Çığlıklar. Sirenler. Sivil polislere benzeyen iki adam onlara doğru koşuyordu.

Kamera tekrar yere doğru döndü, iki kişinin kanlar içinde yerde yattığı görüldü.

Steven panik içinde ayağa fırladı. Televizyonun önüne doğru ilerledi. "Hayır. Kim yaralandı? Bana o olmadığını söyle."

İlk gelen haberlere göre bu sabah haberlere konu olan Senatör Paul Hersey'in kızı Amber Hersey olaydan yara almadan kurtuldu. Tekrar ediyorum, Senatör Hersey'in kızı Washington'da bir caddede uğradığı saldırıdan yara almadan kurtulmuştur. Arkadaşının durumu ise şu an için bilinmiyor."

Jan Coffey

Alanna, Galvin'e baktı. Yüzünden yaşlar süzülüyordu.

"Bunu da mı sen planladın?" diye sordu.

O sadece sesi açtı ve hiçbir şey söylemedi.

Alanna, bir an ona baktı ve sonra odadan çıktı. Ana binadaki resepsiyonda durarak görevli personele bu akşam için uçak bileti ayarlamalarını istedi.

Artık eve gitmeye hazırdı.

ÜÇÜNCÜ KİTAP

Serçenin düşüşünde bile özel bir kader vardır. Eğer şimdi olacaksa, henüz gelmemiştir; gelmeyecekse, şimdi olacaktır; şimdi olmayacaksa da, sonunda gelecektir: Hazır olmak her şeydir...

-Hamlet

Bölüm 70

Belfast, İrlanda

BU SABAH SAINT Brigid kilisesinde yapılacak cenaze törenine yüzlerce kişinin katılması bekleniyordu. Monsenyör Cluny dün gece evi aramıştı. Yas tutanların sayısının çokluğu nedeniyle kilisede herkese yetecek kadar yer kalmayabileceğinden endişe ediyordu. Kelly, tüm işleri tek başına halletmek zorunda kalmıştı. İlk olarak cenaze evini araması gerekiyordu. Bir tabut seçmek, Mick'in naaşını Amerika'dan Belfast'a getirtmek, cenaze öncesi taziye düzenlemek, çiçek sipariş etmek, ve cenaze sonrası evde yapılacak buluşma için yiyecek hazırlamak zorundaydı.

Finn geri döndüğünden beri tek kelime etmemişti. Onun kendini toparlayacağına güvenemese de, cenaze töreninde Mick hakkında konuşmak istemiyordu. Bunu yapamazdı.

Finn bu konuda konuşmak istemiyordu, Kelly de sormuyordu. O sabah büyük bir sorun yaşandığını, birçok kişinin kocasına ulaşmaya çalıştığını biliyordu. Finn'in telefonu kapalıydı, ona ulaşmanın bir yolu yoktu.

Finn eve döndüğünde saatlerce ofisine kapanmıştı. Yemekler için dışarı çıkıyordu ama tek kelime etmiyordu. Dışarı çıkmıyordu.

Finn artık emekli olmuştu, ama Kelly, kocasının bu trajediden asla kurtulamayacağını düşünüyordu.

Jan Coffey

İkizler mutfağa koşarak bir şeyler bağırarak geldiler. Kelly onların masumiyetine imrendi. Mick'in gitmiş olduğunu biliyorlardı ama bunun sonsuza kadar olduğunu anlamıyorlardı. Muhtemelen Paskalya'da, Mick'in nerede olduğuna dair sorular tekrar başlayacaktı. Ve sonra Noel'de yine aynı şeyler tekrarlanacaktı.

Kelly Finn'e bir fincan kahve doldurdu. Cenaze törenine bile gitmemişti. Kelly herkesle kendisi yüzleşmek zorundaydı. Yine de bu sabah başka seçenek yoktu ve bunu ona söylemişti. Evden ayrılacak ve cenazeye gelecekti. Kardeşinin oğlunun yasını bir erkek gibi tutacaktı.

Liam onun elini çekiştirerek, "Kaldırımda biri var anne," dedi. Eve gelmesini bekledikleri biri yoktu. Kelly fincanı tezgâhta bıraktı ve arabaya doğru baktı. Bir kadın arabadan iniyordu.

"Kim o?" diye sorarken buldu kendini.

"Çok güzel bir kız," dedi Liam kardeşine. "Belki onunla evlenebilirsin."

Bir saniye sonra iki çocuk kavga ederek yerde yuvarlanıyordu.

"Conor! Liam!" diye bağırarak ikisini birbirinden ayırmaya çalıştı. Gömlekleri ütülüydü. Kravatları düzgündü. Böyle devam ederlerse onları baştan giydirmek zorunda kalacaktı. Merdivenlerden yukarı bağırdı. "Finn, sana burada ihtiyacım var."

Kapı zilinin sesi bir kova buzlu sudan daha etkiliydi. İkili birbirlerini bıraktı ve kapıya doğru koştu. Kelly'nin onlara yetişmesini beklemediler ve ön kapıyı açtılar.

Kelly ön salona ulaştığında kocasının merdivenlerden indiğini gördü. Onu siyah takım elbise giymiş görmek içini rahatlatmıştı. İkisi de açık kapıya ve eşiğin önünde duran kadına baktılar.

"Merhaba. Beni tanımıyorsunuz ama ben Amber Hersey'im," dedi kadın, sesi titreyerek. Bir Amerikan aksanı vardı. "Mick benimle birlikteyken... Cenazeye katılmak istedim. Ama önce sizi görmem gerektiğini düşündüm... ve olanlar için ne kadar üzgün olduğumu söylemek istedim. Kısa bir süre tanımış olsak da, onun benim için ne kadar değerli olduğunu bilmenizi istedim. Ben..."

Gözyaşları, sözlerini yarıda kesti. Kelly, Finn'e baktı. Kocası kadına doğru yürüdü.

"Sizi tanıyorum Bayan Hersey," dedi ona. "Onun için çok şey ifade ediyordunuz."

ÜÇÜNCÜ KİTAP

Kollarını açtı ve Amber, gözyaşlarıyla sırılsıklam olmuş halde ona sarıldı.

Kelly, Amber'in arkasından yürüyüp kapıyı kapattı. Belki de, diye düşündü. Belki de bu olayın üstesinden hep birlikte gelebilirlerdi.

Bölüm 71

Eugene, Oregon
Yedi Ay Sonra

HARSHA, dersleri en çok seven kişiydi.
 Yüz ila iki yüz öğrencinin büyük bir salonda oturup, Ekonomi, Tarih ya da Psikoloji hakkında sürekli konuşan bir profesörü dinlediği bu dersler, Harsha için harikaydı çünkü bebek, kısa sürede derin bir uykuya dalıyordu. Jay'in bazı zamanlar, oğlunun yanında taşıma çantasında yatan bir yastık kapıp, kıvrılıp uyumak istediği anlar oluyordu. Ama hiçbir kuralı çiğnememeye kararlıydı.
 Dersin bitiminde, öğrencilerin kitaplarını ve defterlerini kapatarak ayağa kalktıkları o ani ses, sekiz aylık bebeği her seferinde uyandırıyordu. Ama Harsha ağlamazdı, hiçbir zaman ağlamazdı.
 "Umarım bu derste bol bol not aldın," dedi Jay ona. "Bu sefer makaleyi sen yazacaksın."
 Harsha, tombul bacaklarını tekmelerken iki alt dişini gösteren kocaman bir gülümsemeyle karşılık verdi.
 "Aferin benim oğluma."
 Padma, konferans salonunun hemen dışında onu bekliyordu. Taşıma çantasını Jay'den aldı.
 "Sırada ne var?" diye sordu Jay.
 "Laboratuvarım bitti. Eve gidiyorum," dedi Padma, Jay'i hızlıca öperek. "Akşam yemeğinde görüşürüz, değil mi?"

ÜÇÜNCÜ KİTAP

"Tabii ki," dedi Jay, karısı ve oğlunun arkasından bakarak. On dakika uzaklıkta yaşıyorlardı. Restore edilmiş iki yatak odalı, yüz yıllık, büyük bahçeli evleri sessiz bir mahalledeydi ve inanılmaz bir keşifti. Özellikle de Steven Galvin'in yardımıyla evi peşin ödeme yaparak satın alabildiklerinde.

Sonuç olarak, ikisi de okula geri dönmeye karar vermişlerdi. Padma bu dönem iki ders alıyordu; biri kimya, diğeri muhasebe. Yıl ortasında mühendislik okuluna resmi başvuru yapacaktı. Jay, karısıyla gurur duyuyordu.

Oregon Üniversitesi, Harsha'yı derslere getirmeleri için ekstra ücret almıyordu, bu yüzden bakıcıya para vermeden çok tasarruf ediyorlardı. Okul iyi gidiyordu. Jay de iki ders alıyordu, ikisi de beşeri bilimler alanındaydı. Bu dersleri halletmeye çalışıyordu.

İşi daha da iyi gidiyordu.

Çalıştığı insanları sevmişti. Ofislerinde on dört kişi çalışıyordu ve herkes oldukça bağımsız bir şekilde işini yürütüyordu. Hepsi ilginç insanlardı. Her birinin kendine özgü bir hikayesi vardı. Bir çeşit teknik destek ekibiydiler. Jay'e iş başında biraz seyahat etmesi gerektiği söylenmişti, ama şu ana kadar hiçbir yere gitmemişti, bu da onun için gayet iyiydi. Kendi saatlerini belirliyor ve neredeyse kendi patronuydu.

En güzel haber ise, Padma'nın ailesiyle yeniden konuşmaya başlamış olmasıydı. Aslında, aileleri Şükran Günü'nde onları ziyarete gelecek ve torunlarını ilk kez göreceklerdi.

Ve Jay, hiç endişeli değildi. Hayat güzeldi.

Bölüm 72

Erie, Pennsylvania

PAUL HERSEY'NİN, paranın kaynağını bilmediğini iddia etmesinin hiçbir önemi yoktu. Para hesabına yatmıştı, hem de tek seferde değil, zamanla akmaya devam etmişti. Gazeteler bu paraların "terörist örgütler" tarafından geldiğini iddia ediyordu. Bu tamamen bir yalandı. Ama sürekli olarak "bilgisayarlar yalan söylemez" diyorlardı.

Kampanya dolandırıcılığı, ticari rüşvet ve zimmete para geçirme suçlamaları gündemdeydi. Orta Doğu'ya İstihbarat Gözetim Komitesi üyesi olarak yaptığı resmi ziyaretler incelemeye alındı. Hediyeler, yemekler, yaptığı her şey, gittiği her yer... Ona yüzlerce farklı suçlama yöneltilmeye çalışıldı. Çoğu dava mahkemede reddedildi. Ancak Paul Hersey'nin hâlâ açıklamakta zorlandığı bir suçlama, gerçek bir bağışçının adı altında olmayan kampanya bağışlarıydı. Görünüşe göre, bu türden pek çok bağış vardı.

Her şey bir tuzaktı, bunu biliyordu. Ama bunun bir önemi yoktu. Artık çok geçti. Eğer bir şeyleri açıklamaya çalışıyorsanız, zaten kaybetmişsinizdir.

Sonunda başkanlık yarışından çekildiğini duyurdu. Hedefi artık Beyaz Saray'a girmek değil, hapse girmekten kaçınmaktı. Geçen ay, resmen Senato'daki görevinden istifa etmişti. Sağlık sorunlarını bahane olarak göstermişti, ancak kimseyi kandıramamıştı.

ÜÇÜNCÜ KİTAP

Bu karmaşa süresince Amber, uzak durmuştu. Geçen ay, prostat kanseri için kemoterapiye başladığında, onu Erie'de ziyaret etmeye gelmişti. Ancak o ziyaret sırasında bile, Amber'in yalnızca bir sorumluluğu yerine getirdiği açıktı. Ziyaretin ardında yürekten bir bağ yoktu.

Matt geçen hafta sonu Washington'dan onu ziyarete gelmişti. Paul'un başkentte kalan tek savunucusu, tek dostuydu. Kesip atılmış bir dünyada Paul'u yalnız bırakmıyordu. Matt, her ay en az bir kez onu görmeye geliyordu. Paul bunu takdir ediyordu.

Paul Erie'de doğmuş ve büyümüştü, ancak suçlanmamış olsa bile gözden düşmüş bir politikacıyla ilişki kurmak isteyen çok fazla insan yoktu.

Ailesinin 1950'lerde inşa ettiği aynı eve geri taşınmıştı. Onun için burası evdi. Bu şehir, tekrar sağlığına kavuşacağı ve hayatını yeniden kuracağı yerdi.

Matt'in arabasının giriş yoluna geldiğini duydu. Haftanın üç günü gelen bir hizmetçi vardı, işleri yoluna koyuyordu. Ancak özellikle hafta sonları, Paul yalnız kalıyordu. Matt, eczaneye onun için reçeteleri almaya gitmişti. Kemoterapi hiç de kolay değildi. Saçlarının çoğunu kaybetmişti. Şimdilerde ellilerinde değil, seksenlerindeymiş gibi görünüyordu. Mecbur kalmadıkça dışarı çıkmıyordu.

Kitabını kapatıp koltuğunun ayak kısmını indirdi. Matt'in anahtarları vardı. Birkaç dakika sonra arka kapıdan içeri girdi.

"Haberleri izledin mi?" diye sordu Matt.

Televizyon her zaman arka planda açıktı, sadece ona arkadaşlık etmesi için. Ama Paul çok dikkat etmiyordu. Ekrana göz attı. Hava durumu gösteriliyordu.

"Amerika hava durumuna takmış durumda," dedi Matt'e, sesi biraz daha açarken.

"Al Gore'un işi," diye yorum yaptı Matt. "Küresel ısınma."

Paul güldü. Demokratları suçlamak eğlenceliydi. "Peki, haberlerde ne duydun?"

"Steven Galvin."

Bu basit isim bile tansiyonunu felç seviyesine çıkarmaya yetmişti. Kriz başladığından beri birbirlerini görmemişlerdi. Hiç konuşmamışlardı. Ama Paul bu tür bir intikamı alabilecek tek bir kişi olduğunu biliyordu. Bir başka trajik şey de Amber'ın Galvin'le

Jan Coffey

çok yakınlaşmış olmasıydı. Paul onun Galvin'i sık sık ziyaret ettiğini düşünüyordu.

"Eee? Ne olmuş?" diye homurdandı.

"Kayıp," diye devam etti Matt.

"Nasıl?"

"Grand Bahama Adası'ndan Florida'ya yelken açmak için altı gün önce yola çıkmış. Ondan hiç haber yok. Hiçbir iz yok, tamamen kaybolmuş."

"Yanında biri var mıymış?" diye sordu Paul.

"Sanmıyorlar." Matt, reçeteleri kahve masasının üstüne bıraktı. "Washington'da duyduklarıma göre, son zamanlarda biraz tuhaf davranıyormuş. Yaz boyunca adada kalmış, uzun zamandır kimse onu insan içine çıkarken görmemiş."

"Amber hâlâ onu ziyaret etmeye gidiyor, değil mi?"

"Öyle. Onun görüştüğü çok az insandan biri," dedi Matt ona. "Kei'nin ölümünün sonunda onu yakaladığı söyleniyor. Onu çok iyi tanıyordun. Sence bu onun her şeyi bitirmek için kullandığı bir yol mu?"

Paul, arkadaşına baktı. "Ne demek istiyorsun?"

"Bitirmekten bahsediyorum. Karısının yaptığı gibi canına kıymak ama bunu kendi yöntemiyle yapmak."

Paul ekrana, bir zamanlar arkadaşı olan adamın yüzüne baktı. Her şey kötüye gitmeden önce.

"Bilmiyorum. Onu tanıdığımı sanıyordum. Ama yanılmışım Matt." Paul yine omuz silkti ve uzaklara baktı. "Sonunda fena halde yanıldım."

Bölüm 73

San Francisco, Kaliforniya

LEAH'NIN BÖBREK NAKLININ üzerinden yedi ay geçmişti ve hiçbir komplikasyon olmamıştı. Tüm test sonuçları hâlâ normaldi. Vücudu yeni organı sanki oraya aitmiş gibi kabul etmişti. Reddetme karşıtı ilaçları bile bırakmaya başlamıştı. David, sıkıntılarının bittiğine inanacak kadar cesur değildi. Aynı zamanda, hayatlarına devam etmeleri gerektiğini de biliyordu. Steven Galvin'in serveti vakıfları tarafından yönetiliyordu ve bu süreç gayet sorunsuz ilerliyordu. David, Galvin'in vakfındaki kişilerin, Almanya'da kızının yanında kaldığı tüm o aylar boyunca ona karşı son derece cömert davrandıklarını düşünüyordu. Uzak mesafeden yapabileceği bazı danışmanlık işleri olmuştu, ama bunun ötesine geçmemişti. Onu maaşlı olarak tutmuşlar ve tüm faydalarını eksiksiz ödemişlerdi. David, Steven Galvin'e ve onun yaptığı düzenlemelere büyük bir minnettarlık borçluydu.

Leah'nın hastaneden taburcu olmasıyla, Galvin'in organizasyonunda David'in seçebileceği birçok pozisyon açılmıştı. Bu pozisyonlar dünyanın dört bir yanına dağılmıştı. David'in karar verdiği yer ise San Francisco'daydı.

Leah ve David'in değişikliğe ihtiyacı vardı, yeni bir çevreye, yeni bir başlangıca. Leah, aylarca okuldan uzak kalmış ve kendi yaşındaki diğer çocuklara yetişmek için öğretmenlerle çalışmıştı. Artık gerçekten okula gidebilecek, sınıflarda oturabilecek, spor yapabilecek kadar iyiydi. Sonunda sağlıklı dokuz yaşındaki çocuklar gibi yaşayabilecekti.

Noel'den iki hafta önce Batı Yakası'na varacaklardı ama taşınma zamanı David için pek de önemli değildi. Leah nerede ve ne zaman olursa olsun arkadaş edinme konusunda bir profesyoneldi. Ve David'in her ikisi için de aldığı kararlara çok iyi uyum sağlamıştı.

"Bu sürpriz nedir?" diye sordu Leah, altı saat içinde yüzüncü kez.

New York'tan San Francisco'ya olan uçuşlarının Phoenix'te bir durağı vardı. David, kalkıştan beş dakika sonra sürprizden hiç bahsetmemesi gerektiğini fark etti.

San Francisco Havaalanı'nda, uçaklarından inen ve kendileri gibi bagajlarını bekliyorlardı.

"Eğer sürpriz ne olduğunu biliyorsan, sürpriz olmaz," dedi David, diğer yüz keresinde olduğu gibi. "Bekle ve gör."

"Bu hiç adil değil baba," diye yakındı. "Şükran Günü'nde elime bir kutu tutuşturup 'İşte Noel hediyen, ama Noel gününe kadar açamazsın' demek gibi bir şey bu."

Banttan orta boy bir valiz çıkardı. Kızın önüne koydu. "Tüm Noel hediyelerin bu çantada, ama onları iki hafta boyunca açamazsın."

Leah çantaya inanamaz bir ifadeyle baktı. "Çok zalim olmuşsun."

David gülerek bandın üstünden iki bavul daha aldı. Eşyalarının geri kalanı, taşınma şirketi tarafından hafta sonuna kadar getirilecekti. David, kızına mutlu ve normal bir Noel yaşatabilmek için her şeyin bir an önce yerleşmesini istiyordu.

Leah, içinde hediyeler olduğunu düşündüğü çantayı sıkı sıkı tuttu. "Bunu ben çekeceğim. Diğer ikisini sen taşıyabilirsin."

İlk tepkisi onun bir şey kaldırmasını veya bir şeyleri çekmesini engellemek oldu. Doktorları tüm bunları yapmasına izin vermiş olsa da, kendini bırakmak ve iyi olduğuna inanmak çok zordu.

Boyun eğerek başını salladı. İkisi birlikte kapıya doğru gitmeye başladılar.

"Taşınacağımız yerde havuz var demiştin, değil mi?"

"Evet." Yıllarca yüzmeye gitmesine izin verilmemişti, bu yüzden havuzlar onun en büyük merakıydı.

Dışarı çıktılar. Taksi ve çeşitli minibüsler kapı önünde sıralanmıştı.

ÜÇÜNCÜ KİTAP

"Bu tarafa, küçük hanım," dedi David.

Leah etrafına bakarak onu takip etti. "Etrafımızda çocuk var mı, biliyor musun?"

"Öyle olduğunu varsayıyorum. Gerçekten bilmiyorum," dedi ona.

"Okulum yaşayacağımız yerden ne kadar uzakta?" diye sordu.

"Belki on dakikalık bir mesafede."

"Okula otobüsle mi gideceğim?" diye sordu.

"Sanırım öyle," diye cevap verdi.

"Güzel."

"Yarın kontrol etmeye gittiğimizde tüm detayları öğreneceğiz."

Yaya geçidinde durdular.

"Aslında," dedi. "Yeni bir şehre taşınmak oldukça korkutucu. Kimseyi tanımamak."

"Olumlu tarafından bak," dedi yanlarında duran bir kadın. "Artık birlikte satranç oynayabileceğin birin var."

Leah elindeki hediye çantasını unutmuş bir halde sözleri söyleyen kişiye döndü. Kollarını Alanna'nın boynuna doladı.

Leah, bu sözleri duyan gibi kadına döndü. Hediyelerle dolu olduğunu düşündüğü çanta bir anda unutuldu. Kollarını Alanna'nın boynuna doladı.

Başıyla onayladı. Alanna ve David birbirlerine beşlik çaktılar.

Yaya geçidindeki ışık yeşile döndü. Leah elindeki hediye torbasını unutup Alanna'yla kol kola karşıya geçmeye başlayınca David başını salladı. Üçüncü çantayı da alıp onları takip etti.

Almanya'da geçirdikleri aylarda Alanna ile iletişimde kalmışlardı. Leah'nın böbreğinin bir gerçekliğe dönüşmesinde onun da David kadar emeği vardı. David bir iş ararken, Batı Kıyısına bakmak doğal gelmişti; adada arkadaş oldukları kişiye yakın bir yerlerde yaşamak iyi bir fikir gibi gelmişti. Leah'nın okulu, yaşam alanı gibi konularda Alanna onlara yardım etmiş, taşınmalarını kolaylaştırmıştı.

David, önden yürüyen ikisini izledi.

"Aynı binada mı oturacağız?" diye umutla sordu Leah.

"Aynı sitede," dedi Alanna.

"İstediğim zaman gelip ziyaret edebilir miyim?" diye sordu.

"Ne zaman istersen." Alanna, Leah'nın beline kolunu doladı.

"Boyun uzamış, biliyor musun?"

Jan Coffey

Leah parmak uçlarında yürümeye başladı. "Yakında senden uzun olacağım."

"Hiç fark etmez. Yine de satrançta seni yenerim."

Birkaç dakika boyunca birbirlerine kimin daha iyi oyuncu olduğunu iddia ederek atıştılar. Alanna, David'e arabasını hangi katta park ettiğini söyledi ve birlikte asansöre yöneldiler.

"Hayatında başka biri var mı?" diye sordu Leah.

"Büyükannem haftada birkaç kez gelip ziyaret ediyor."

"Benim bir büyükannem yok. Sence ona büyükanne dememin bir sakıncası olur mu?" diye sordu Leah.

"Aslında ben ona 'Abuela' diyorum."

"Ona Abuela diyebilir miyim?" Leah sordu.

"Çok sevinir. Sizden o kadar çok bahsettim ki sizinle gerçekten tanışmak için sabırsızlanıyor."

Leah omzunun üzerinden baktı ve babasına ışıltılı bir gülümseme attı.

"Yani... Alanna. Diğer soruma cevap vermedin."

"Ne sorusu?"

"Bir *erkek arkadaşın* var mı?" diye sordu Leah.

"Sen dokuz yaşında mısın yoksa yirmi dokuz mu?"

"Soruya cevap ver," diye emretti Leah.

"Erkek arkadaşım yok," diye itiraf etti sonunda.

Leah arkasını dönüp babasına baş parmağını havaya kaldırdı. Sonra tekrar Alanna'ya döndü.

"Babam da istediği zaman gelip seni ziyaret edebilir mi?"

Kukla Ustası'yı okumaya zaman ayırdığınız için teşekkür ederiz. Eğer kitabı beğendiyseniz, arkadaşlarınıza önermek ya da kısa bir yorum paylaşmak isterseniz çok mutlu olurum. Söylentilerin gücü, bir yazar için en büyük destek... ve bu gerçekten minnetle karşılanır.

AYNA ÇATLADIĞINDA

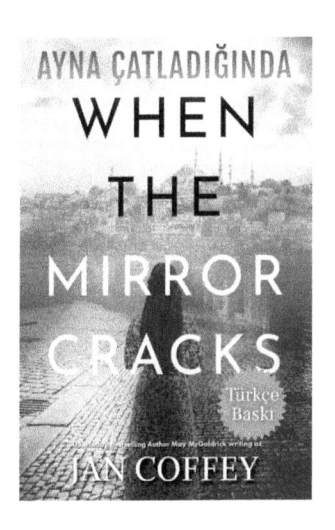

Kişisel bir trajedinin ardından yas tutan Christina Phillips, Kaliforniya'dan İstanbul'a gider ve bu antik şehrin egzotik görüntülerinin, seslerinin ve kokularının iyileşmesine yardımcı olacağını umar. Ancak kendini genç bir Kürt kadın tarafından takip edilirken ve ailesi ve hayatı hakkında her şeyi biliyor gibi görünen bir şoför tarafından tehdit edilirken bulduğunda, trajedi bir kez daha vurmadan önce aile sırlarını çözerek eski adaletsizlikleri düzeltmek zorundadır.

Zari Rahman, yeni doğan kızı için güvenlik ve yeni bir hayat arayışıyla savaşın parçaladığı Kürdistan'ın bombalarından ve kimyasal savaşından kaçtı. İstanbul'da evsiz ve çaresiz bir haldeyken, beklenmedik bir iyilikle karşılaşır ve bu iyiliğin bedeli çok ağır olur.

Bu kadınların hayatları, Doğu ile Batı'nın buluştuğu bu şehirde kesişir ve birlikte adalete ve kurtuluşa giden tehlikeli bir yolda ilerlemek zorunda kalırlar.

Yazarların Notu

BIR KEZ DAHA, bu hikâyeyle size ulaşmamıza izin verdiğiniz için teşekkür ederiz.

Birçok kişi bize yazıyor ve hikayelerimiz için fikirlerimizi nereden bulduğumuzu soruyor. Zor bir soruya basitçe cevap vermek gerekirse, romanlarımız tamamen karakterlerle ilgilidir. Ve hikayelerimizdeki karakterler bize gerçek hayattan geliyor. Haberlerden bir manşet, unutulmuş bir tarihten bir fısıltı, bir havaalanı ya da tren istasyonundaki bir yüz, bir mezar taşından bir isim. Tüm bu özellikleri, kusurları, umutları ve korkuları örüp bükerek yeni bir karakter yaratırız. Ve sonra bir başkası. Onları sayfaya koyarız ve nefes almaya başlarlar. Böylece bir hikâye doğar. Hepsi bu.

Kukla Ustası fikri bize çaresizlik anlarında var olan karakterlerden geldi. Çoğumuz bir zamanlar bu durumdaydık. Ailede bir hastalık. Maddi bir sıkıntı. Kaybedilen bir aşk. Hayatta bütün bir geleceği mahvedebilecek bir hata. Ve sonra, elbette, bu karakterlerden birinin çaresizliği intikam arzusuna dönüşür.

Kaçımız böylesine korkunç bir intikam almak için hesaplanmış bir planı uygulayabilir? Ve eğer yaparsak, kaçımız sonunda herhangi bir tatmin duygusu bulabiliriz?

Bu soruya siz cevap verin. Hikayenizin doğuşu olabilir.

. . .

The Puppet Master

Bu kitabı yazarken, yol boyunca yardımcı olan pek çok kuruluş ve kişi oldu. Ancak özellikle iki kişinin hakkını teslim etmek gerekir. Oğlumuz Cyrus McGoldrick'e... Seyahatlerinizin ayrıntılı anlatımı için teşekkür ederiz. Umarız o yerlerden bazılarını tasvir ederken hakkını verebilmişizdir. Ayrıca, oğlumuz Sam McGoldrick'e... yaratıcı katkılarınız için teşekkür ederiz; hayal gücünüz ve yeteneğiniz için teşekkür ederiz. İkinizi de çok seviyoruz. Ve hayalleriniz her zaman gerçek olsun.

Yazarlar olarak, el üstünde tutacağınız ve arkadaşlarınıza tavsiye edeceğiniz hikayeler yazmak için çok çalışıyoruz. *Kukla Ustası*'nı beğendiyseniz mutlaka yorum bırakın. Haber güncellemeleri için bültenimize kaydolun ve bizi BookBub'da takip edin.

Böylece bir hikâye doğar. Hepsi bu.

Bizi web sitemizden ziyaret edebilirsiniz.

Yazar Hakkında

USA TODAY BESTSELLING Yazarları Nikoo ve Jim McGoldrick, Jan Coffey, May McGoldrick ve Nik James takma adları altında iki kurgusal olmayan eserin yanı sıra elliden fazla hızlı tempolu, çatışma dolu çağdaş ve tarihi roman yazdılar.

Bu popüler ve üretken yazarlar, tarihi aşk romanları, gerilim, gizem, tarihi Western ve genç yetişkin türlerinde eserler kaleme almaktadır. Dört kez Rita Ödülü finalisti olmuşlar ve Daphne DuMaurier Mükemmellik Ödülü, Will Rogers Madalyası, Romantic Times Magazine Reviewers' Choice Ödülü, üç NJRW Golden Leaf Ödülü, iki Holt Madalyası ve En İyi Kurgu dalında Connecticut Basın Kulübü Ödülü de dahil olmak üzere birçok ödül kazanmışlardır. Çalışmaları, İskoçya Ulusal Müzesi'nin Popüler Kültür Kütüphanesi koleksiyonunda yer almaktadır.

Also by Jan Coffey, May McGoldrick & Nik James

NOVELS BY MAY McGOLDRICK

16th Century Highlander Novels

A Midsummer Wedding *(novella)*

The Thistle and the Rose

Macpherson Brothers Trilogy

Angel of Skye (Book 1)

Heart of Gold (Book 2)

Beauty of the Mist (Book 3)

Macpherson Trilogy (Box Set)

The Intended

Flame

Tess and the Highlander

Highland Treasure Trilogy

The Dreamer (Book 1)

The Enchantress (Book 2)

The Firebrand (Book 3)

Highland Treasure Trilogy Box Set

Scottish Relic Trilogy

Much Ado About Highlanders (Book 1)

Taming the Highlander (Book 2)

Tempest in the Highlands (Book 3)

Scottish Relic Trilogy Box Set

Love and Mayhem

18th Century Novels

Secret Vows
The Promise (Pennington Family)
The Rebel
Secret Vows Box Set

Scottish Dream Trilogy (Pennington Family)
Borrowed Dreams (Book 1)
Captured Dreams (Book 2)
Dreams of Destiny (Book 3)
Scottish Dream Trilogy Box Set

Regency and 19th Century Novels

Pennington Regency-Era Series
Romancing the Scot
It Happened in the Highlands
Sweet Home Highland Christmas *(novella)*
Sleepless in Scotland
Dearest Millie *(novella)*
How to Ditch a Duke *(novella)*
A Prince in the Pantry *(novella)*
Regency Novella Collection

Royal Highlander Series
Highland Crown
Highland Jewel
Highland Sword

Ghost of the Thames

Contemporary Romance & Fantasy

Jane Austen CANNOT Marry

Erase Me

Tropical Kiss

Aquarian

Thanksgiving in Connecticut

Made in Heaven

NONFICTION

Marriage of Minds: Collaborative Writing

Step Write Up: Writing Exercises for 21st Century

NOVELS BY JAN COFFEY

Romantic Suspense & Mystery

Trust Me Once

Twice Burned

Triple Threat

Fourth Victim

Five in a Row

Silent Waters

Cross Wired

The Janus Effect

The Puppet Master

Blind Eye

Road Kill

Mercy (novella)

When the Mirror Cracks

Omid's Shadow

Erase Me

NOVELS BY NIK JAMES

Caleb Marlowe Westerns

High Country Justice

Bullets and Silver

The Winter Road

Silver Trail Christmas